OLIVIA MILES

Herbstzauber in Briar Creek

Roman

*Ins Deutsche übertragen
von Kerstin Fricke*

LYX

LYX in der Bastei Lübbe AG
Dieser Titel ist auch als E-Book erschienen

Deutsche Erstausgabe

Die Originalausgabe erschien 2015 unter dem Titel *Hope Springs on Main Street* bei Grand Central Publishing, New York, USA
This edition published by arrangement with Grand Central Publishing, New York, NY, USA. All rights reserved.
Dieses Werk wurde vermittelt durch die Literarische Agentur Thomas Schlück GmbH, 30827 Garbsen.

Für die deutschsprachige Ausgabe:
Copyright © 2016 by Bastei Lübbe AG, Köln
Copyright © 2015 by Megan Leavell
Redaktion: Susanne Schindler
Umschlaggestaltung: Guter Punkt, München | www.guter-punkt.de
Umschlagmotiv: Guter Punkt unter Verwendung eines Motivs von Goran Bogicevic/shutterstock
Satz: Greiner & Reichel, Köln
Gesetzt aus der Adobe New Caledonia
Druck und Verarbeitung: CPI books GmbH, Leck
Printed in Germany
ISBN 978-3-7363-0197-9

1 3 5 7 6 4 2

Sie finden uns im Internet unter www.lyx-verlag.de
Bitte beachten Sie auch: www.luebbe.de und www.lesejury.de

Ein verlagsneues Buch kostet in Deutschland und Österreich jeweils überall dasselbe.
Damit die kulturelle Vielfalt erhalten und für die Leser bezahlbar bleibt, gibt es die gesetzliche Buchpreisbindung. Ob im Internet, in der Großbuchhandlung, beim lokalen Buchhändler, im Dorf oder in der Großstadt – überall bekommen Sie Ihre verlagsneuen Bücher zum selben Preis.

*Für meine wunderschöne Tochter.
Und für Dad, der Vermont liebt.*

1

»Ich muss dir was sagen, Mommy.« Die Worte kamen flüsternd und fast schon schüchtern heraus. »Ich bin verliebt.«

Die Ampel vor ihnen wurde gelb, und Jane Madison trat etwas fester auf die Bremse als beabsichtigt. Sie blickte auf und musterte ihre fünfjährige Tochter im Rückspiegel, wobei sie versuchte, sich ihre Belustigung nicht anmerken zu lassen. »Ach, wirklich? Wie heißt er denn?«

»Das weiß ich nicht«, erwiderte Sophie ruhig. »Aber wir lieben uns.«

»Verstehe.« Fing das so früh schon an? Tauschte sie schon jetzt ihre Puppen gegen Jungs aus? Erneut sah Jane in den Spiegel und bemerkte die zahlreichen Prinzessinnenketten um den Hals ihrer Tochter und die Ohrclips aus Plastik, die sie letzten Monat zum Geburtstag bekommen hatte. Sie war noch immer ihr süßes kleines Mädchen, auch wenn sie ein bisschen zu verrückt nach Jungs war. Vielleicht sahen sie einfach zu viele Zeichentrickfilme an, in denen der Prinz das Bauernmädchen in sein Schloss entführte, wo sie glücklich bis an ihr Lebensende lebten ...

Jane raubte ihrem Kind nur ungern diesen wunderschönen Wunschtraum, aber es wurde anscheinend Zeit, ihrer Tochter noch eine andere Vorstellung zu vermitteln: die eines Mädchens, das aufs College ging, einen Beruf ergriff und nicht ihr ganzes Leben auf einen Mann wartete – einen Mann, der sie von einem Tag auf den anderen verlassen konnte.

Das hatte durchaus seine guten Seiten, beispielsweise

Eiscreme zum Abendessen, wenn Sophie nicht zu Hause war, niveaulose Sendungen im Fernsehen, wenn es abends zu ruhig wurde, und den irgendwie beruhigenden Gedanken, dass sie ihre Beine nur noch rasieren musste, wenn es unbedingt nötig war – was immer seltener der Fall war. Und natürlich hatte sie Sophie. Das war das Wichtigste.

Sie wartete darauf, dass die Ampel wieder umschaltete, und fuhr dann die gewundenen Straßen entlang, die nach den drei Regentagen ziemlich schlüpfrig waren. Die Blätter verfärbten sich langsam, und der starke Wind der vergangenen Woche hatte viel Laub auf die Straße geweht und überall orange- und goldfarbene Akzente gesetzt. Es war ein grauer Tag, ein trüber Tag, wie manche sagen würden, aber nicht für Jane. Ihrer Meinung nach war dies der perfekte Abend, um es sich mit einer Schüssel selbst gekochter Suppe bequem zu machen und sich mit ihrer Tochter zu unterhalten. Obwohl Sophie nur eine Nacht im Haus ihres Vaters verbracht hatte, war es Jane viel zu ruhig gewesen und ihr war die Decke auf den Kopf gefallen. In der Zeit, in der sie keine Realityshows ansah oder die letzten Reste aus der Eispackung kratzte, hatte sie die Stunden gezählt, bis die Zimmer wieder von endlosem Geplapper und Gelächter erfüllt sein würden.

»Dann erzähl mal, Sophie. Woher weißt du, dass du verliebt bist?«

»Er hat mich heute in der Pause von der Schaukel geschubst«, berichtete Sophie. »Das nennt man wahre Liebe.«

Wenn es doch nur so einfach wäre, dachte Jane und stellte fest, dass sie die unschuldige Behauptung ihrer Tochter irritierte. Sie bog in ihre Straße ein, winkte den Nachbarn zu, die sie in den sechs Jahren, die sie jetzt hier wohnte, kennengelernt hatte, und spürte wie immer eine unglaubliche Ruhe, als ihr Haus in Sicht kam. Der Kranz mit orangefarbenen und weißen Beeren, den sie zusammen mit Sophie am letzten Wochenende gekauft hatte, hing an einem Band an der grünen Haustür, und die prächtigen roten, lila- und orangefarbenen Chrysanthemen, die sie im Garten gepflanzt hatte, stimmten sie sofort fröhlich. Aber während sie die hübsche Herbstdekoration bewunderte, machte sich schon wieder diese vertraute dumpfe Enge in ihrer Brust breit, die auch neun Monate nach dem Auszug ihres Mannes nicht verschwunden war.

»Das klingt ja nach einem ganz besonderen jungen Mann«, meinte Jane grinsend und stockte, als ihr etwas einfiel. Der neue Musiklehrer an der Grundschule von Briar Creek sah ziemlich niedlich aus, und Sophie war während des Sommers auch ziemlich vernarrt in ihren siebzehnjährigen Betreuer im Sommerlager gewesen. Jane war vor Überraschung der Mund offen gestanden, als Sophie kichernd versucht hatte, den armen Andrew durchzukitzeln. Ja, ihre Tochter flirtete gern. Woher hatte sie das nur? *Von ihrem Vater*, dachte Jane reumütig. »Ist er ... so groß wie du?«

Sophie nickte enthusiastisch, während Jane sie aus dem Kindersitz losschnallte und ihren glitzernden Einhornrucksack aus dem Wagen nahm. »Obwohl ...« Sie erstarrte und legte einen Finger an ihre Lippen. »Ich glaube, er ist doch ein bisschen kleiner.«

Jane lachte. »Na, dann komm«, forderte sie ihre Tochter auf und holte die kleine Reisetasche aus dem Kofferraum. »Ich habe dir gestern Abend noch Schokoladenkekse gebacken. Die isst du doch so gerne.«

»Oh, lecker! Kristy hat mir auch welche gebacken.«

Jane zuckte zusammen, sagte aber nichts. Sie ließ sich beim Aufschließen der Tür Zeit und versuchte, nicht an die andere Frau zu denken, für die ihr Mann sie verlassen hatte. Die Suppe, die sie den ganzen Nachmittag im Schongarer hatte sieden lassen, sorgte dafür, dass das Haus einladend nach Essen und Gewürzen duftete, aber auch das konnte die Leere in ihrem Herzen nicht vertreiben.

Sophie stürmte sofort in die Küche und ignorierte Janes Aufforderung, zuerst die Gummistiefel auszuziehen. Seufzend hängte Jane ihren Mantel an die Garderobe. Sie konnte hören, dass Sophie bereits die Folie vom Keksteller abzog. Als Nächstes würde sie ihr vermutlich noch erzählen, dass Kristys Kekse viel besser schmeckten als ihre. Es reichte der Frau nicht, Jane den Ehemann zu stehlen, nein, sie versuchte auch noch, sich die Zuneigung ihrer Tochter zu erschleichen.

Als Jane die Küche betrat, blickte Sophie auf. »Die schmecken viel leckerer als Kristys Kekse. Ihre sind immer ganz braun am Rand und kleben im Mund fest. Und sie nimmt Apfelmus anstelle von Butter. Tante Anna hat das Gesicht verzogen, als ich ihr das erzählt habe.«

Jane sah ihre Tochter interessiert an und konnte sich ein Lächeln nicht verkneifen. »Was du nicht sagst«, murmelte sie und holte eine Packung Milch aus dem Kühlschrank, während sich ihre Laune schlagartig hob.

»Ich habe ihr gesagt, dass sie mir schmecken, aber als sie nicht hingesehen hat, habe ich der Katze meinen Keks gegeben. Du bist doch nicht böse, oder, Mommy?«

Amüsiert hätte es eher getroffen. Jane presste die Lippen aufeinander und reichte ihrer Tochter ein Glas Milch. »Du hast das sehr höflich gehandhabt, Sophie, aber was die Katze angeht, wäre es besser, wenn du den Keks nächstes Mal einfach in die Tasche steckst.« *Oder ihn die Toilette hinunterspülst.* »Schokolade ist nicht gut für Tiere. Du willst doch nicht, dass das arme Kätzchen krank wird. Warum gehst du jetzt nicht nach oben und packst deine Tasche aus, während ich mich um das Essen kümmere?«

»Machen wir heute Abend eine Pyjamaparty?«, fragte Sophie aufgeregt und hüpfte vom Küchenstuhl.

Jane sah auf die Uhr und stellte fest, dass es erst zehn nach fünf war. An den Tagen, an denen sie nicht arbeitete, begann die Party manchmal schon um vier. »Das ist eine tolle Idee.« Sie seufzte bei dem bloßen Gedanken daran, die Leggings auszuziehen, die sie unter ihrer Yogahose trug und die so eng saß, dass sie Abdrücke in der Haut bildeten. Die Herbstkurse hatten heute nach einer dreiwöchigen Pause nach dem Sommerlager angefangen, und in nicht einmal einem Monat hatte sie vergessen, wie unangenehm und kratzig so ein Gymnastikanzug sein konnte.

Sie dachte an die zwei leeren Eispackungen, die sie ganz tief unten im Mülleimer vergraben hatte. Vielleicht sollte sie ihre Kekse demnächst auch lieber mit Apfelmus backen.

Sie nahm ihre Tochter an die Hand und lief mit ihr die Treppe nach oben, wo sie sich ihre Kuschelsachen anzogen, wie Sophie immer so schön sagte. Während sich Sophie mit einem Malbuch am Tisch in ihrem Zimmer beschäftigte, stellte Jane leise vor sich hinsummend die Waschmaschine an. Da klingelte es auf einmal an der Tür und die Welt blieb stehen.

Ihr Herz klopfte schneller. Wer kam bloß um diese Uhrzeit vorbei? Ach ja, es war ja noch nicht einmal halb sechs. Und sie trug eine rosa- und lilafarben karierte Hose, ein langärmliges T-Shirt und – du liebe Güte! – keinen BH. Mit schamrotem Gesicht ging Jane die mentale Liste möglicher Personen durch, die da vor der Tür stehen mochten. Eine Pfadfinderin, die Kekse verkaufte? Oder ein Hausierer? Sie könnte behaupten, krank zu sein, das würde auch ihre Kleidung erklären, aber nicht Sophies Nachthemd ... Sie knabberte an ihren Fingernägeln. Das schlimmste Szenario wäre ihr Exmann, der etwas vorbeibrachte, das Sophie vergessen hatte. Es klingelte erneut, und Jane kramte panisch im Wäschekorb herum auf der Suche nach einem Kleidungsstück, das nicht fleckig oder zerknittert war und nicht schlecht roch, irgendetwas, das vorzeigbarer war als das, was sie am Leib hatte. Es klingelte ein drittes Mal. Jane machte einen Schritt nach hinten. Sie trug zwar nur einen Schlafanzug, aber der war wenigstens sauber.

Nervös ging sie um die Ecke und schalt sich innerlich dafür, nicht eine weitere Stunde ausgehalten zu haben – 18 Uhr war eine weitaus akzeptablere Zeit, um im Schlafanzug herumzulaufen, oder … Sie schlich zur Tür, hielt den Atem an und seufzte erleichtert auf, als sie durch die Glasscheibe ihre älteste Schwester erblickte.

»Grace! Komm doch rein!« Sie lächelte ihre Schwester an und ignorierte deren irritierte Miene, als sie Janes Füße musterte, die in ihren bequemen Hasenhausschuhen steckten. Jane spürte, wie sie rot wurde. Daran hatte sie gar nicht mehr gedacht.

»Willst du schon zu Bett gehen?« Grace lachte, aber die Bemerkung saß, und Jane sagte sich, dass dieses Werktagsritual wirklich aufhören musste. Und das würde es auch. Bald. Gut, es war weitaus bequemer, im Schlafanzug herumzulaufen, aber der Tag war noch jung und es konnte jederzeit Besuch kommen – Menschen, die vollständig bekleidet waren und sich im Gegensatz zu ihr in der Öffentlichkeit zeigen konnten.

»Heute ist so ein trostloser Tag«, erklärte sie gut gelaunt und nahm Grace den Regenschirm ab. »Ich habe Minestrone gekocht, falls du zum Essen bleiben möchtest.«

Grace nickte und folgte ihr in die Küche. »Luke hat heute Abend Schulratssitzung«, erklärte sie, stellte ihre Tasche auf den Boden und ließ sich auf einen Stuhl sinken. Aus dem ersten Stock waren ein Poltern und Getrappel zu hören. Grace lachte und deutete zur Decke. »Tanzt sie etwa?«

»Ich liebe meine Tochter sehr, aber ich glaube nicht, dass sie mal beim Moskauer Ballett tanzen wird«, meinte Jane mit kläglichem Grinsen.

»Wie war der Unterricht heute?«

»Gut«, antwortete Jane ausweichend. Im Vergleich zu ihren vorherigen Stunden war es relativ ruhig gewesen. Vermutlich sollte sie das als gutes Zeichen sehen, erst recht, wenn sie daran dachte, wie ungestüm die Mädchen in ihren Sommerklassen gewesen waren. Aufgrund des vielen Gekreisches und Gespringes hatte sie jetzt immer eine Packung Ibuprofen in ihrer Tanztasche.

Grace zog eine Augenbraue hoch. »Du klingst ja nicht sehr überzeugt. Hat Rosemary wieder versucht, dich zu einem Date zu überreden?«

»Glücklicherweise nicht.« Jane lachte laut auf. Sie hatte ihrer Chefin im letzten Frühling gestattet, einige Verabredungen für sie zu arrangieren, die ihr die Augen geöffnet und sie in ihrem Glauben bestätigt hatten, dass sie allein besser dran war. Einer der Männer hatte keine Kinder gemocht und so viel getrunken, dass sie irgendwann die Kellnerin gebeten hatte, ihm die Autoschlüssel abzunehmen. Und dann war da noch Brian gewesen. Sie hatte so große Hoffnungen auf den Mann gesetzt, der ihr als Arzt mit Brille angekündigt worden war. Er war durchaus süß, auch wenn er sich als Krankenpfleger und nicht als Chirurg herausgestellt hatte, aber er ließ ihr Herz nicht schneller klopfen, und außerdem hatte er etwa eine Woche nach ihrer Verabredung eine andere Frau kennengelernt, mit der er jetzt zusammen war. Sie hatte versucht, sich einzureden, dass es so besser war, aber sie konnte nicht leugnen, dass es ein bisschen wehtat. Die fehlende Anziehungskraft war offenbar gegenseitiger Natur gewesen.

Und so war sie immer noch allein. Nicht aus eigenem Entschluss, aber sie würde das Beste daraus machen. Was hatte sie schon für eine andere Wahl?

»Rosemary hat ihre Aktivitäten als Kupplerin an den Nagel gehängt, nachdem sie Anna und Mark wieder zusammengebracht hat«, erklärte Jane und musste bei dem Gedanken an ihre Schwester und Rosemarys Neffen lächeln, die jetzt miteinander glücklich waren, nachdem sie sich jahrelang stur angeschwiegen hatten. »Und wenn mir meine Dates eines bewiesen haben, dann, dass sie nicht den geringsten Spaß machen.«

»Du hast nur noch nicht den richtigen Mann gefunden«, versuchte Grace sie aufzumuntern.

»Zeig mir jemanden, der unkompliziert, bindungsfähig, offen und in mich und meine Tochter verliebt ist, dann denke ich noch mal darüber nach. Und bis dahin bin ich mit meinem jetzigen Zustand ganz glücklich.«

»Zu Hause und im Schlafanzug«, meinte Grace und sah ihr in die Augen.

»Ganz genau.« Jane nickte. »Ich habe genug Verabredungen für den Rest meines Lebens gehabt, vielen Dank auch.«

Grace bedachte sie mit einem ernsten Blick. »Du weißt, was ich darüber denke.«

Ja, das tat Jane, und aus diesem Grund hatte sie nicht vor, diese Unterhaltung fortzusetzen. Da Grace verlobt und Anna ebenfalls verliebt war, schienen sich die beiden Schwestern mehr als jemals zuvor darauf zu konzentrieren, auch die jüngste Schwester glücklich unter die Haube zu bringen.

»Ja, also, meine Kurse liefen heute gut«, sagte Jane brüsk. Sie hielt inne und fragte sich, warum sie heute so gereizt war. Normalerweise hatte sie nie mehr als zehn Schüler pro Kurs, und ihr Anfängerkurs um 15:45 Uhr bestand sogar nur aus vier Schülerinnen. Außerdem war Rosemary ungewöhnlich ruhig gewesen, als sie Feierabend gemacht hatte.

Aber die Kurse fingen ja auch gerade erst an, und viele waren erkältet. Vielleicht waren auch einige der Schüler krank geworden oder stiegen erst später in den Kurs ein. Sie wollten doch gewiss alle wie jedes Jahr für den *Nussknacker* vortanzen.

»Es war sehr ruhig. Sehr ... stressfrei.«

»Bei Rosemary?« Grace schien nicht überzeugt zu sein, und das brachte Jane zum Lachen. Ihre Chefin konnte anspruchsvoll sein, aber Jane war viel zu dankbar dafür, dort arbeiten zu können, um sich zu beschweren. Hätte Rosemary Jane im letzten Winter nicht das Angebot gemacht, als Lehrerin an ihrer Tanzschule zu arbeiten, dann hätte sie vielleicht nie den Mut aufgebracht, Adam wegen seiner Affäre zur Rede zu stellen. Dieser Job war der Hoffnungsschimmer, den sie gebraucht hatte, um sich zu beweisen, dass sie auch auf eigenen Beinen stehen konnte. Sie hatte jede Hoffnung auf eine Karriere als Balletttänzerin aufgegeben, als sie mit gerade mal neunzehn Jahren geheiratet hatte, von einer möglichen Collegeausbildung ganz zu schweigen. Ihr Mann war ihr Leben gewesen, und jetzt musste sie ohne ihn auskommen.

Jane nahm einen Laib Sauerteigbrot aus einer Tüte und heizte den Ofen vor. »Welchem Grund verdanke ich denn nun die Ehre deines Besuchs?«

Grace' Augen funkelten, und sie strahlte Jane an. »Ich habe ein Blumenmädchenkleid für Sophie gefunden.«

»Und dieses Mal bleibt es auch dabei?« Grace hatte sich in Bezug auf ihr Hochzeitskleid bereits sechsmal umentschieden, und sie musste sich noch immer um die Blumenarrangements kümmern, obwohl die Hochzeit schon in wenigen Wochen stattfinden würde.

»Ich möchte eben, dass alles perfekt ist.«

»Ich weiß.« Jane bekam ein schlechtes Gewissen, weil sie ihre Schwester aufgezogen hatte. Sie war selbst einmal vor den

Altar getreten und hatte sich mit all diesen kleinen Details beschäftigt, die ihr jetzt so trivial vorkamen. Dabei hätte sie sich weniger Gedanken um die Blumen und mehr um ihren zukünftigen Ehemann machen und auf die leise Stimme in ihrem Kopf hören sollen, die ihr geraten hatte, die Sache abzublasen.

»Dann zeig mir mal, was du ausgesucht hast.«

Jane hastete zur Kücheninsel und beugte sich vor, während Grace in einem Hochglanz-Brautmagazin blätterte und ihr dann das Bild eines kleinen Mädchens in einem purpurfarbenen Ballkleid aus Rohseide mit einer großen elfenbeinfarbenen Schleife an der Taille zeigte. Nach der schokobraunen Variante, die Grace vergangene Woche vorgeschlagen hatte, war Jane klar, dass Sophie dieses Kleid mit Begeisterung anziehen würde.

»Sollen wir Sophie rufen?«, fragte sie strahlend.

»Hoffentlich gefällt es ihr«, meinte Grace. »Diese Kleider haben eine Lieferzeit von mindestens drei Wochen. Das könnte schon knapp werden.«

»Sophie!«, rief Jane. »Sophie! Komm mal runter. Tante Grace möchte dir was zeigen!«

Kurz darauf ertönte ein Poltern, das die Schwestern zusammenzucken ließ, gefolgt von dem Geräusch kleiner Füße, die die Treppe herunterkamen.

»Was ist es, was ist es?«, rief Sophie aufgeregt, als sie in die Küche gestürmt kam.

»Du hast ja auch schon dein Nachthemd an!«, bemerkte Grace und musterte das rosafarbene Nachthemd mit den vielen Rüschen. Sie warf Jane einen vielsagenden Blick zu, und Jane holte tief Luft und sagte sich, dass sie sich nicht aufregen musste. Gut, sie war in den Monaten, seitdem Adam zu seiner Freundin gezogen war, zu einer regelrechten Einsiedlerin geworden, aber konnte ihr das jemand verdenken? Ihr Mann hatte sie belogen und betrogen und war dann zu seiner Geliebten gezogen, die knappe fünf Kilometer entfernt lebte. Briar Creek war klein, und Neuigkeiten verbreiteten sich schnell – und auch wenn sie diejenige war, der man übel mitgespielt hatte, und von den meisten unterstützt wurde, brauchte sie das Mitgefühl nicht. Oder die Erinnerung an all das. Sie wollte nur ... Sie legte das Brot in den Ofen und stellte den Timer. Sie wollte sich sicher fühlen. Und welchen besseren Weg gab es, sich sicher zu fühlen, als zu Hause im Kreise seiner Lieben zu bleiben?

»Sieh dir mal das Kleid an, Sophie«, sagte Jane. »Möchtest du das als Blumenmädchen tragen?«

Sophie deutete mit dem Kinn auf das Bild, das Grace hochhielt, und schüttelte den Kopf. »Ich werde ein blaues Blumenmädchenkleid tragen.«

Jane und Grace sahen sich alarmiert an. Dies musste das elfte Kleid sein, das Grace gefiel, und meist entdeckte sie bereits am nächsten Tag ein anderes, das sie noch schöner fand, oder musste, wie im Fall des schokoladenbraunen Kleids, mit dem Veto des Blumenmädchens leben. Langsam lief ihr die Zeit davon. Dieses Kleid musste es jetzt einfach sein.

»Aber, Schätzchen, Grace und Luke haben bei ihrer Hochzeit nur Herbstfarben. Erinnerst du dich, wie wir uns die schönen roten und orangefarbenen Blumen angesehen haben?«

Und die grünen und die lilafarbenen ...

»Aber mein Blumenmädchenkleid ist blau! Aus blauem Samt! Das hat Kristy gesagt.«

Jane sah zu Grace hinüber, die sie verwirrt anstarrte.

»Was meinst du damit, das hat Kristy gesagt?«, hakte Grace vorsichtig nach, als offensichtlich wurde, dass Jane keinen Ton herausbrachte.

»Kristy hat mir mein Kleid gezeigt. Es ist aus blauem Samt und hat Blumen am Hals.«

Jane bekam keine Luft mehr. Ihr Brustkorb schien sich zusammenzuziehen, und ihr Herz raste. Sie starrte Grace an und flehte ihre große Schwester wortlos an, die Sache wieder in Ordnung zu bringen, das Missverständnis aufzuklären. Grace biss sich auf die Unterlippe, sah ihre Nichte an und runzelte verwirrt die Stirn.

»Kristy hat gesagt, dass du zu meiner Hochzeit ein blaues Kleid anziehen sollst?«

»Nein! Zu *ihrer* Hochzeit!«, schrie Sophie, die vor lauter Frustration schon ganz rote Wangen hatte. »Wenn sie Daddy heiratet!«

Jane spürte, wie sie kreidebleich wurde, und einen kurzen Moment lang glaubte sie schon, sich übergeben zu müssen. Oder in Ohnmacht zu fallen. Sie ließ sich auf einen Stuhl sinken und hörte zu, wie sich Grace fröhlich mit Sophie unterhielt, um die Situation irgendwie zu entspannen. In Janes Kopf herrschte ein heilloses Durcheinander. Adam heiratete – und dann auch noch die Frau, wegen der er Jane verlassen hatte! Er hatte ihre Ehe ruiniert und ihre Familie zerbrochen und war trotzdem bereit, einen neuen Anfang mit einer anderen Frau zu machen, das Leben zu leben, das er mit Jane hätte führen können und sollen – wenn er sie denn geliebt hätte.

Ihr stiegen Tränen in die Augen, aber sie blinzelte sie schnell weg, da sie nicht vor Sophie weinen wollte. Heute Nacht würde noch genug Zeit dafür sein – denn an Schlaf war jetzt ohnehin nicht mehr zu denken, trotz der unglaublich weichen Schlafanzughose.

Für Adam war das alles so einfach. Er war die eine Frau leid und suchte sich schnell eine andere. Er musste nicht mit dieser Leere im Herzen weiterleben oder feststellen, dass niemand sonst im Schlafzimmer war, dem er eine witzige Begebenheit erzählen konnte – und dass es zu spät war, um noch jemanden anzurufen. Er musste nicht an den Samstagnachmittagen am Spielplatz stehen und den glücklichen Paaren zusehen, die ihr Kind auf der Schaukel anschubsten, während einem selbst das Herz bei jedem Atemzug zu zerbrechen drohte – denn Adam war ja selbst Teil eines dieser glücklichen Paare!

Er lebte sein Leben weiter. Er hatte jemand anderes gefunden. Er musste nicht ausgehen, versuchen, neue Menschen kennenzulernen, und herausfinden, ob man zueinanderpasste. Während sie … noch immer – vergeblich, wie es den Anschein machte – versuchte, einen Sinn in ihr neues Leben zu bringen, das Leben, das sie sich nicht ausgesucht hatte, und zu vergessen, was ihr genommen worden war.

»Jane?« Grace' Stimme klang übermäßig fröhlich, ihr Lächeln wirkte gequält, und ihre grünen Augen funkelten. »Wollen wir jetzt die leckere Suppe essen?«

»Ich decke den Tisch!«, meldete sich Sophie freiwillig. Sie nahm drei Platzdecken aus dem Korb auf der Arbeitsplatte und legte sie auf den Küchentisch. »Daddy sagt, es ist wichtig, dass ich mithelfe, damit ich ein gutes Beispiel abgebe.«

Was redete sie denn da? Jane ging langsam zum Schongarer, nahm den Deckel ab und merkte, wie sich ihr bei dem Geruch der Magen umdrehte. Sie konnte jetzt nichts essen, selbst wenn sie es versuchte. Adam lebte ein bequemes Leben, nicht wahr? Für ihn war nichts Schlimmes passiert, er konnte einfach nach vorn blicken. Ohne einen Gedanken an Jane zu vergeuden oder den Schaden, den er angerichtet hatte. Ohne sich noch einmal umzudrehen. Das musste schön sein. Das musste wirklich sehr schön sein.

»Daddy hat gesagt, dass ich eine große Verantwortung habe, wenn das neue Baby da ist.«

Der Glasdeckel fiel Jane aus der Hand und zerbrach im Keramikspülbecken. Im nächsten Augenblick war Grace schon bei ihr, aber sie hatte sich nicht geschnitten. Körperlich war sie unverletzt.

»Was hast du gerade gesagt, Sophie?«, presste sie hervor, auch wenn sie es eigentlich gar nicht wissen wollte.

»Sie kriegen ein Baby, Mommy!« Sophie war ganz aufgeregt. »Ich werde Blumenmädchen sein! Und eine große Schwester!«

Jane schluckte den Kloß in ihrer Kehle herunter, versuchte, alles zu verdauen, und wartete darauf, dass sich die Wunden wieder schlossen. Sie hatte sich die ganze Zeit eingeredet, dass sie allein besser dran wäre und dass es ihr so lieber war. Wenn sie niemandem ihr Herz schenkte, dann konnte es auch nicht gebrochen werden. Dies war eine weitere Erinnerung daran, dass dem so war.

Grace hielt ihre Hand noch immer fest. »Willst du es wirklich nicht noch einmal mit einem Date versuchen?«, fragte sie halbherzig und sah ihre Schwester besorgt an.

Jane schüttelte entschlossen den Kopf, aber das Ziehen in ihrem Herzen sagte etwas ganz anderes.

2

Henry Birch stand mitten auf dem kunstvoll gestalteten Stadtplatz und hatte seinen Reiseschirm nicht geöffnet, obwohl feiner Nieselregen durch die goldenen Eichenblätter fiel. Er ließ den Blick über die Main Street wandern, die Cedar Lane entlang und zur Chestnut Street, über die dicken Kürbisse, die vor den Türen aller Geschäfte gestapelt waren, und die Getreidebündel, die man um jeden gusseisernen Laternenmast gewickelt hatte, und überlegte, wie er seine Heimatstadt Briar Creek in wenigen Worten beschreiben konnte.

Aufgrund der malerischen Geschäfte und des Kopfsteinpflasters ist es leicht, dem Zauber dieser kleinen Stadt in Vermont zu verfallen, aber beschränken Sie Ihren Besuch am besten auf ein langes Wochenende, sonst freunden Sie sich zu sehr mit den Einheimischen an …

Er verlagerte das Gewicht auf die Fersen, presste die Lippen zusammen und spannte seinen Regenschirm auf. Direkt vor ihm, genau in der Mitte des Platzes, stand der weiße Pavillon, der, wie jedes Jahr, im Frühling frisch gestrichen worden war. Feuchte Blätter klebten an den breiten Stufen, auf denen er schon so oft während eines Festes gesessen und mit seinen Freunden geplaudert hatte. Damals war sein Blick immer abgeschweift, seine Aufmerksamkeit war abgelenkt gewesen, während sich ihm vor Unruhe der Magen zusammenzog. Er hatte nach Hinweisen auf Schwierigkeiten gesucht, die er lösen oder vor denen er sich verstecken musste, bis das Unausweichliche geschah und er gehen musste. Es endete immer auf dieselbe Weise: Er trat mit schamrotem Gesicht den Rückzug an und die neugierigen Blicke folgten ihm, bis er in Sicherheit und außer Sichtweite war.

Während seine Finger den Plastikgriff des Regenschirms fester umklammerten, drehte er sich wieder zur Main Street um und versuchte, das schmerzhafte Ziehen in seiner Magengrube zu ignorieren. Es war sinnlos, Zeit mit Erinnerungen zu vergeuden.

Er überquerte die Straße, ging weiter in die Stadt hinein und suchte nach einem ruhigen Ort, wo er an seinem neuesten Auftrag arbeiten konnte. Die meisten Geschäfte hatten sich verändert, seitdem er vor über sechs Jahren weggezogen war, was ihm in Erinnerung rief, dass selbst in Briar Creek die Zeit nicht stehen blieb. Er runzelte die Stirn, als er sein Spiegelbild im Fenster eines neuen Restaurants erblickte, das *Rosemary and Thyme* hieß. Der Reiseschriftsteller in ihm musste zugeben, dass es mit den hohen Sprossenfenstern, hinter denen sich dicke Samtvorhänge und dunkles Holz abzeichneten, zumindest von außen, recht einladend aussah. Er überflog die Speisekarte, die in einem kleinen Glaskasten hing, war wider Erwarten beeindruckt und wandte dann schnell den Blick ab, bevor es Ärger geben konnte. Denn genau das war das Problem mit Briar Creek: Wenn man lange genug stehen blieb, traf man unweigerlich jemanden, den man von damals kannte, jemanden, der wissen wollte, wie es einem ergangen war und was man so getrieben hatte – *Bist du nicht verheiratet?* –, jemanden, der einen bemitleidete und die Stimme senkte, wenn er den Grund dafür erfuhr ...

Aber er brauchte ihr verdammtes Mitleid ebenso wenig wie ihre Nachfragen. Daher huschte er durch den Regen, duckte sich unter Vordächern und ging in Gedanken die Orte durch, die er kannte. Seine Optionen waren das *Hastings*, der hiesige Diner, oder ein Ohrensessel bei *Main Street Books*. Er entschied sich für Letzteres. Im *Hastings* würde er zweifellos auf jede Menge Einheimische treffen, die mit ihm plaudern wollten, aber das war nicht der Grund, warum er hier war.

Das Glöckchen über der Tür des Buchladens klingelte, als er hineinging, und er stellte seinen Regenschirm in den bereits überquellenden Ständer, trat sich die Füße auf der Kokosfußmatte ab und ging zu einem Tisch, um sich die Neuerscheinungen anzusehen. Der Duft von Kaffee und süßem Zimt erregte seine Aufmerksamkeit, und er drehte den Kopf nach rechts und betrat lächelnd das angrenzende Café. Seine Schwester hatte erwähnt, dass die Madison-Mädchen die Buchhandlung vor Kurzem auf Vordermann gebracht hatten, aber mit dieser völligen Umgestaltung hatte er nicht gerechnet. An der hinteren Wand befand sich ein Bäckereitresen mit allerlei Törtchen und Muffins, und vor dem großen Fenster waren mehrere Tische aufgestellt worden. Der Anbau, den sie »Anhang« nannten, hatte dieselben Dielenbretter aus dunklem Mahagoniholz wie die Buchhandlung und wurde mit gusseisernen Kerzen- und Wandleuchtern erhellt.

Dies war eins dieser lokalen Schmuckstücke, die er normalerweise in seinen Artikeln hervorhob. Falls er denn überhaupt einen Artikel über Briar Creek schreiben würde. Denn das wollte er eigentlich nicht. Definitiv nicht.

Grinsend ließ Henry seine Schultertasche mit dumpfem Poltern auf den Boden fallen. Hier würde er während der nächsten Wochen, die er in dieser verdammten Stadt festsaß, sein Lager aufschlagen.

Einige Menschen, die er glücklicherweise nicht zu kennen schien, saßen hier, tranken Cappuccino, lasen Bücher oder unterhielten sich leise. Henry ging zum Tresen, sah sich nach jemandem um, der hier arbeitete, und wurde immer ungeduldiger, während er wartete. Hoffentlich kam jetzt niemand herein, der ihn erkannte, während er hier herumstand. Dann wäre er wieder einmal gezwungen, die übliche Litanei zu überstehen, vor der er sich jedes Mal fürchtete, wenn er seine Pension verließ. Er wollte einfach in Ruhe gelassen werden.

Zähneknirschend sah er sich in dem Café um. Als er gerade nach nebenan in den Buchladen gehen wollte, kam eine erschöpft wirkende Frau mit gerötetem Gesicht durch eine Hintertür, die sich gerade eine Schürze umband. Sie errötete noch mehr, als sie seinen Blick bemerkte, schenkte ihm dann jedoch ein aufrichtiges Lächeln, das ihren verzagten Blick trotzdem nicht verbergen konnte.

»Henry! Das ist ja eine Überraschung!«

Er spürte, wie sein Grinsen noch breiter wurde, während er ihr schockiertes Gesicht musterte. Mit den geröteten Wangen und dem strahlenden Lächeln sah Jane Madison noch genauso wunderschön aus wie an ihrem Hochzeitstag. Er konnte sich noch sehr gut an diesen Tag erinnern, der sich in sein Gedächtnis eingebrannt hatte, obwohl er wieder und wieder versucht hatte, ihn zu vergessen.

»Jane! Wow … Jane!« Er zwang sich, wieder in die Realität zurückzukehren, sein wild klopfendes Herz zu beruhigen und sie anzusehen. Dann breitete er unbeholfen die Arme aus, um sie zu umarmen, aber der Tresen war so hoch und breit, dass es einfach nicht möglich war. Nachdem sie beide herzlich darüber gelacht hatten, reichte er ihr die Hand und umfasste ihre fest. »Es ist so schön, dich zu sehen! Arbeitest du jetzt etwa hier?«

Sie nickte und blickte dann auf ihre Hand hinab – er hatte sie noch nicht losgelassen und wollte es eigentlich auch gar nicht tun. Sein Lächeln wurde reumütig, als er ihre Hand freigab und die Hände in die Hosentaschen steckte. Jane blinzelte, biss sich auf die Unterlippe und sah ihn erwartungsvoll an. Von allen Menschen in Briar Creek war sie diejenige, die er am wenigsten hatte sehen wollen. Schließlich hatte sie seinen besten Freund geheiratet.

»Ich arbeite hier in Teilzeit und gebe auch Stunden im Ballettstudio«, fügte sie schnell hinzu.

Wie hätte er ihre langen Beine vergessen können und die Tasche mit den Tanzsachen, die sie immer bei sich gehabt hatte, wenn sie mit Adam ausgegangen war ... und das Stipendium an der Akademie, das sie ausgeschlagen hatte, nachdem Adam ihr einen Antrag gemacht hatte? Henry ließ den Blick über ihr Gesicht wandern und fragte sich, ob es Bedauern war, was er in ihrer Miene sah. Mit ihren großen haselnussbraunen Augen sah sie ihn unter langen schwarzen Wimpern hinweg an. Seit ihrer letzten Begegnung hatte sie auch ein wenig zugenommen und sah nicht mehr so schlaksig aus. Die sanften Kurven standen ihr, stellte er sofort fest, während sein Blick auf ihren Hüften verharrte. Er schluckte schwer.

»Du hast viel um die Ohren«, stellte er fest.

»Ja, das stimmt. Und ... was führt dich in die Stadt?« Ihre Augen schienen dunkler zu werden, während sie seinem Blick standhielt.

»Ivy«, antwortete er und bezog sich damit auf seine Schwester.

Jane schien sich ein wenig zu entspannen. »Ach so. Also, was kann ich dir bringen? Einen Kaffee?«

»Mit Milch«, erwiderte er und zog sein Portemonnaie aus der Gesäßtasche. »Den größten, den ihr habt. Ich habe jede Menge Arbeit mitgebracht.«

»Du bist Reiseschriftsteller, nicht wahr?« Sie stellte die Tasse vor ihm ab und hob abwehrend eine Hand, als er ihr einen Fünfdollarschein reichen wollte. Ihr Lächeln wirkte schüchtern, fast schon zögerlich, und sie wandte jedes Mal den Blick ab, wenn er ihr in die Augen sehen wollte.

Die Schuldgefühle lasteten schwer auf ihm. Er war viel zu lange weg gewesen. Aber wann fühlte sich eine Rückkehr jemals leicht an?

»Ich bestehe darauf.« Grinsend stopfte er den Geldschein in den Becher für das Trinkgeld.

Sie seufzte. »Na, dann nimm dir wenigstens einen Muffin. Mit wilden Blaubeeren, heute Morgen frisch gebacken.« Sie nahm einen riesigen, mit Streuseln bedeckten Muffin aus einem Korb. Darin waren gigantische Blaubeeren zu erkennen, und bei dem süßen Duft fing Henrys Magen an zu knurren. »Die gehen weg wie warme Semmeln«, drängte sie ihn grinsend.

»Hast du die gebacken?«, fragte er und nahm den Teller mit dem Muffin entgegen.

»Großer Gott, nein.« Jane lachte und errötete noch mehr. »Meine Schwester Anna backt sie. Sie hat ein Restaurant mit angeschlossenem Café in der Stadt, das *Rosemary and Thyme*. Du bist vielleicht schon daran vorbeigekommen.«

»Ja, an der Ecke Second Avenue. Es sieht nett aus.« Henry nickte. Er war beeindruckt.

»Mark Hastings und sie haben es diesen Sommer eröffnet. Davor war es ein Café namens Fireside, aber nachdem die beiden sich zusammengetan hatten, haben sie sich auch gleich vergrößert.«

»Mark Hastings!« Henry grinste. An den hatte er seit Jahren nicht mehr gedacht. »Meine Schwester und ich telefonieren nicht so oft, wie ich es gern hätte, aber mir ist, als hätte Ivy erwähnt, dass Luke und Grace wieder zusammen sind.« Er schüttelte den Kopf. »Da ist mir anscheinend weitaus mehr entgangen, als ich dachte. Ich wusste nicht einmal, dass sie sich getrennt hatten.«

Bei seinen Worten riss Jane die Augen auf. »Oh, da gibt es bestimmt noch mehr, was du nicht weißt. Du bist ziemlich lange weg gewesen.«

Er sah ihr in die Augen und ignorierte ihre Worte. »Warum erzählst du mir nicht alles? Wir könnten zusammen einen Kaffee trinken und uns auf den neuesten Stand bringen.« Er deutete auf den leeren Tisch in der Nähe des Fensters. Die Arbeit konnte warten. »Was hältst du davon?«

Sie schien sich zu verkrampfen. »Oh, aber ich muss hier bedienen.«

Er schaute sich um. Alle Anwesenden waren entweder in ein Buch oder eine Unterhaltung vertieft oder beugten sich hoch konzentriert über einen Laptop. Ein schneller Blick an den Bücherregalen weiter vorne vorbei verriet ihm, dass auch im Buchladen nichts los war.

»Wenn ein Kunde reinkommt, kannst du ja weitermachen. Ich muss auch noch einen Artikel fertigschreiben und werde eine Weile hier sein.«

Sie musterte ihn einige Sekunden lang, und er genoss das Vergnügen, ihr hübsches Gesicht zu betrachten, ohne sich dafür eine Ausrede einfallen lassen zu müssen. »Du wirst nicht locker lassen, nicht wahr?«

Er zog fragend eine Augenbraue hoch. »Sollte ich das denn?« Doch noch während er das sagte, wusste er, dass er genau das tun sollte. Er sollte sich an den Ecktisch setzen, seinen Laptop aufklappen und sein Leben fortsetzen. Seine Arbeit beschäftigte ihn und verhinderte, dass seine Gedanken Wege einschlugen, von denen sie sich besser fernhalten sollten. Dass sie sich beispielsweise um Menschen wie Jane Madison drehten und alles, wofür sie stand, alles, was sie ihm einst bedeutet hatte.

Sie zögerte. »Gut, dann trinken wir einen Kaffee. Ich könnte sowieso noch eine Tasse vertragen.«

Das Lächeln schien ihr jetzt leichter zu fallen und sie griff nach einer Tasse. Da sah er es. Der Verlobungsring, den er zusammen mit Adam bei einem Juwelier in der Nachbarstadt Forest Ridge noch ausgewählt hatte, war nicht mehr da, ebenso wenig wie der schlichte silberne Ehering, den er bei ihrer Hochzeit in seiner Brusttasche gehabt hatte, um ihn zum richtigen Zeitpunkt herauszuholen und mit anzusehen, wie sein bester Freund ihn Jane an den schlanken Finger steckte. Damals hatte sie gelächelt, hinter ihrem Schleier hatten Tränen in ihren Augen geglitzert, und er erinnerte sich noch ganz genau daran, wie er gedacht hatte, dass Adam der glücklichste Mann der Welt wäre.

Doch jetzt trug sie keinen Ring am Finger, und auf einmal machte es Klick. Dieser dämliche Mistkerl hatte das Beste verloren, was je in sein Leben getreten war. Und jetzt stand er hier und erinnerte Jane an eine Zeit in ihrem Leben, die sie wahrscheinlich lieber vergessen wollte.

Das konnte er verdammt gut verstehen.

3

Warum war sie denn so abweisend? Es gab doch keinen Grund dafür. Henry Birch war ein netter Kerl. Ivys Bruder. Ein anständiger Mann. Ein ehrlicher Mann. Manchmal etwas zu ehrlich, wenn sie das so sagen durfte, aber im Großen und Ganzen ein guter Kerl. Was war denn schon dabei, dass er Adams bester Freund und Trauzeuge gewesen war? Das war doch schon Jahre her. Er hatte sich nicht wirklich bemüht, den Kontakt zu halten ...

Aber irgendetwas sagte ihr, dass ihre Zurückhaltung nicht nur mit der Tatsache zu tun hatte, dass Henry und Adam sich als Kinder und Jugendliche so nah wie Brüder gestanden hatten, sondern vielmehr damit, dass Henry ... anders aussah. Besser. Geradezu ... attraktiv.

»Das mit dir und Adam tut mir sehr leid«, sagte Henry, sobald sie am Tisch saßen. Er strich sich mit einer Hand durch das dunkelbraune Haar und sah sie mit seinen himmelblauen Augen an. Warum waren ihr diese Augen früher nie aufgefallen?

Sie hielt seinem Blick einen Augenblick stand, versuchte, das flaue Gefühl in ihrem Magen zu ignorieren, und tat seine Besorgnis mit einem Achselzucken ab. »Das ist schon fast ein Jahr her.«

Bei dieser Erkenntnis durchfuhr sie ein Stich. Ein Jahr ... So lange schon? Das war ein erschreckender Gedanke. Seit dieser furchtbaren Weihnachtswoche, als sie endlich ihren Verdacht, er könnte eine Affäre haben, ausgesprochen hatte, waren irgendwie neun Monate vergangen. Doch diese neun Monate hatten Adam ausgereicht, um noch einmal von vorn anzufangen und alles, was sie miteinander verbunden hatte, als Vergangenheit abzutun, während sie noch in dem Haus lebte, das sie zusammen ausgesucht hatten, ihre einzige Tochter aufzog und in den Überresten ihres gemeinsamen Lebens festsaß. Das war so unfair. Sie hätte es doch sein sollen, die ein neues Leben begann, nach seinem Verrat triumphierte und erneut ihr Glück fand ...

Von der anderen Tischseite aus beobachtete Henry sie genau, zog fragend eine Augenbraue hoch und die Mundwinkel nach unten. Oh, da war wieder dieses Herzklopfen! Jane trank schnell einen Schluck Kaffee, um sich nichts anmerken zu lassen. Was war denn nur los mit ihr? Henry war nun einmal ein gut aussehender Mann. Das war er schon immer gewesen. Ebenso, wie er immer nett, ruhig und mitfühlend gewesen war. Aber er war auch Adams bester Freund. Und außerdem besuchte er nur Ivy, daher war das alles doch wirklich sinnlos. Er war ziemlich attraktiv, aber das war auch schon alles. Doch offensichtlich hatten ihre Schwestern recht, sie musste mehr ausgehen. Aber allein der Gedanke daran ...

»Es geht mir gut«, versicherte sie Henry und zwang sich zu lächeln. Und das stimmte auch. Es ging ihr großartig, sie stieg jede Nacht in ein leeres Bett in dem Wissen, dass die einzigen Männer, von denen sie momentan umarmt wurde, die Partner ihrer Schwestern waren, und das war wirklich erbärmlich, wie sie sich selbst eingestehen musste. Und sie war rundum zufrieden, wenn sie mitten in der Nacht allein in der Küche stand und sich ein Stück Käse abschnitt, wenn ihre Tochter nicht da war. Warum sollte sie dafür auch einen Teller schmutzig machen? Es gab nichts Deprimierenderes, als für sich allein etwas zu essen zu kochen, und war es nicht aufregend, ein Snickers aus dem Kühlschrank zu nehmen und zu wissen, dass niemand sie davon abhalten konnte, es zu essen? Also gab es doch wirklich keinen Grund, dass sich jemand Sorgen um sie machen musste. Gut, sie war eine sechsundzwanzigjährige Mutter und Single und von ihrem Ehemann betrogen worden, der seine Geliebte geschwängert hatte. Da gab es doch sicherlich Schlimmeres.

»Es geht mir wirklich gut«, wiederholte sie noch einmal.

Sie trank einen weiteren Schluck Kaffee und sah ihn über den Rand ihrer Tasse hinweg an. Seine gerunzelte Stirn verriet ihr, dass er nicht überzeugt war. Beinahe hätte sie ihm die Frage gestellt, die ihr schon auf der Zungenspitze lag und ihr Herz schneller schlagen und ihre Handflächen feucht werden ließ: *Hast du mit ihm geredet?* Aber sie zwang sich, es nicht zu tun. Sie wollte die Einzelheiten gar nicht wissen, nichts über die Hochzeit oder das Baby erfahren, ob sie das Geschlecht schon wussten, nichts davon. Dadurch würde das alles viel zu real, und das Leben, das sie geschätzt hatte, käme ihr austauschbar vor, wertlos gar.

Blinzelnd starrte sie in ihre Tasse. *Du darfst jetzt nicht weinen!*

»Tja, falls du je darüber reden möchtest, ich habe selbst mehr als genug Erfahrung mit gescheiterten Ehen.« Henry nahm ebenfalls einen Schluck Kaffee, stellte die Tasse ab und verzog grimmig die Lippen.

Jane runzelte die Stirn. »Das tut mir leid. Ich hätte eine Karte schicken sollen.«

Henry zog eine Augenbraue hoch, aber seine Mundwinkel zuckten. »Eine Karte?«

Unruhig rutschte Jane auf ihrem Stuhl herum und wurde unter seinem Blick immer nervöser. »Ganz genau.«

Er stützte die Ellbogen auf den Tisch und runzelte die Stirn, aber da lag ein Glanz in seinen klaren blauen Augen, den nur ein Mensch, der dieselbe schreckliche Erfahrung gemacht hatte, erkennen konnte. »Hast du denn Karten bekommen, als du und Adam euch habt scheiden lassen?«

»Ähm, nein ...« Stattdessen hatte man ihr Eintöpfe vorbeigebracht. Desserts. Brownies und Obstauflauf. Dabei konnte sie Obstauflauf nicht ausstehen. Anscheinend hatte jede Frau, die älter als fünfzig war, das Bedürfnis, sie aufzupäppeln oder mit einem Neffen zu verkuppeln, und jede Frau unter fünfunddreißig starrte sie nur ungläubig an, zweifellos besorgt, dass die Untreue ihres Mannes ansteckend sein könnte. *Keine Sorge*, hätte sie ihnen am liebsten gesagt, *nur, weil es mir passiert ist, heißt das nicht automatisch auch, dass ihr dasselbe erlebt!* Und so war es doch. Sie waren die Glücklichen. Aber sie waren auch nicht so dumm gewesen, mit gerade mal neunzehn Jahren ihren Freund aus der Highschool zu heiraten.

»Ich weiß dein Mitgefühl zu schätzen, aber eigentlich ist es besser so. Ich bin nicht geeignet für die Ehe.« Henry lehnte sich auf seinem Stuhl zurück und hob eine Hand. Als er damit den Griff seiner Tasse umfasste, musterte Jane sie unauffällig. Und tatsächlich, er trug keinen Ring. Seine Finger waren kräftig und männlich, und sie fragte sich unwillkürlich, wie es sich anfühlen mochte, sie auf der nackten Haut zu spüren ... Rasch trank sie noch einen Schluck Kaffee. Das wurde ja langsam lächerlich!

»Das mit Caroline und mir war eigentlich schon zu Ende, bevor es überhaupt begann«, berichtete Henry. »Wir haben es nicht einmal bis zu unserem zweiten Hochzeitstag geschafft.«

»Gut, dass ihr keine Kinder hattet«, merkte Jane an. »So ist es auf jeden Fall einfacher.«

Henrys Miene verfinsterte sich weiter, und Jane fragte sich, ob sie einen wunden Punkt getroffen hatte. »Ja, das ist wirklich besser so.«

Er teilte den Muffin und bot ihr eine Hälfte an. Jane schüttelte den Kopf, aber ihr Herz raste, als sie ihm in die Augen sah und darin eine Spur Belustigung entdeckte. »Wenigstens einen Happen«, drängte er sie und hielt ihr ein kleines Stück direkt vor den Mund. Als seine Finger ihre Lippen berührten, zuckte sie reflexartig zurück. Voller Panik hob sie die Tasse an ihren Mund und stürzte den restlichen Kaffee herunter. Ihr Magen war in Aufruhr, und von einem gut aussehenden Mann hier direkt am Fenster gefüttert zu werden, wo ganz Briar Creek sie sehen konnte … Das kam überhaupt nicht infrage, auch wenn es noch so verlockend war. Die Leute würden reden, und irgendwann würde es auch Adam erfahren, und wenn er hörte, dass es Henry gewesen war, würde das kein gutes Ende nehmen. Sie wollte schließlich auf gar keinen Fall den Anschein machen, als würde sie versuchen, ihren Exmann eifersüchtig zu machen.

»Hast du jemand Neues kennengelernt?« Jane legte den Kopf schief und fragte sich, warum sich ihr Magen gerade schmerzhaft zusammenzog. Das war doch eine völlig natürliche Nachfrage, und außerdem war sie wirklich gespannt darauf zu erfahren, wie lange man im Allgemeinen nach einer Scheidung wartete, bis man eine neue Beziehung einging. Das war wirklich der einzige Grund für ihre Frage, redete sie sich ein.

Henry schüttelte den Kopf. »Nein. Keine Zeit. Aufgrund meiner Arbeit bin ich ständig unterwegs.«

»Das klingt spannend.« Jane lächelte ihn an. Sie hatte Vermont erst zweimal in ihrem Leben verlassen, einmal, um Flitterwochen in Florida zu machen, und das andere Mal hatte sie Grace in New York besucht. Zwar hatte sie schon vor langer Zeit die Möglichkeit gehabt, von hier wegzuziehen, aber das wusste Henry natürlich.

Er zuckte wieder mit den Achseln. »Mir gefällt's. Aber Caroline sah das anders.«

Dann starrte er seine Tasse an und schwieg, und Jane bedauerte sofort, dieses Thema angeschnitten zu haben. Sie selbst konnte es nicht leiden, wenn man sie nach ihrer Scheidung fragte oder auch nur danach, wie es ihr jetzt ging. Gab es etwas Schlimmeres, als im Supermarkt durch eine Hand, die sich sanft auf ihren Arm legte, mitfühlende Blicke und die Frage »Wie geht es dir, Liebes?« aufgehalten zu werden, wenn man doch nur Milch kaufen wollte?

»Du hast bestimmt schon gehört, dass Adam wieder heiraten wird?« So, jetzt war es raus. Sie konnte genauso gut diejenige sein, die das Thema anschnitt. An Henrys erschrockenem Gesichtsausdruck war deutlich zu erkennen, dass er gerade zum ersten Mal davon erfuhr, und sie spürte, wie ihre anfängliche Skepsis nachließ.

»Jetzt schon?« Henry sah richtiggehend fassungslos aus, und irgendwie brachte Jane das zum Lachen.

»Ganz schön früh, nicht wahr?« Sie beugte sich über den Tisch und war froh darüber, sich mit jemandem über die Gedanken austauschen zu können, die ihr den Schlaf raubten. Sie genoss diesen Moment, griff über den Tisch und brach sich ein Stück von dem Muffin ab, den ihr Henry so bereitwillig angeboten hatte. Oh, schmeckte der gut. Anna hatte mal wieder nicht enttäuscht, aber das taten ihre Schwestern ja nie.

»Auf jeden Fall!« Henry erschauderte und schenkt ihr dann ein freches Grinsen, bei dem sie Schmetterlinge im Bauch bekam. »Aber ich habe nicht vor, ihm das nachzumachen.«

Sie ignorierte die Enttäuschung, die sie bei seinen Worten empfand, und konzentrierte sich stattdessen auf sein Lächeln. Wie hatte sie nur sein Grübchen auf der linken Wange vergessen können? Caroline, wer immer sie auch war, musste mächtig enttäuscht gewesen sein, dass die Ehe mit Henry gescheitert war. Es war schon schwer genug, einen Ehemann zu verlieren, aber einen ruhigen, mitfühlenden und witzigen Mann wie ihn? Jane konnte sich das nicht vorstellen und musste es zum Glück auch nicht. Henry hatte nicht vor, noch einmal zu heiraten, und wann hatte sie eigentlich angefangen, Henry mit diesen Augen zu sehen?

Jane rutschte auf ihrem Stuhl herum und wandte sich wieder der Realität zu.

»Und das ist noch nicht alles«, gestand sie und wurde dadurch belohnt, dass sich Henry begierig vorbeugte, wobei ihr sein männlicher Duft in die Nase stieg. »Sie bekommen auch noch ein Baby.«

Als sie das sagte, runzelte Henry die Stirn und lehnte sich wieder zurück. »Ach, Jane. Das ist bestimmt nicht leicht für dich.«

»Nein.« Jane blinzelte mehrmals schnell und spürte das vertraute Brennen in ihren Augen. Innerlich verfluchte sie sich und fragte sich, warum sie dieses Thema überhaupt angeschnitten hatte. Aber Henry war schon immer ein so guter Zuhörer gewesen …

Er ist Schriftsteller, rief sie sich ins Gedächtnis und musste an ihre Schwester Grace denken. Schriftsteller konnten immer gut zuhören. Sie beobachteten alles um sich herum, merkten es sich und verarbeiteten es. Mehr steckte nicht dahinter.

Und sie war nur eine einsame, frisch geschiedene Frau, und davor war sie eine einsame Ehefrau gewesen mit einem Ehemann, der sich nicht dafür interessierte, was sie während seiner Abwesenheit getan hatte oder wie sie sich fühlte.

Henry sah sie noch immer mit finsterer Miene an, und sie konnte die Sorge kaum ertragen, die seine blauen Augen überschattete, aber noch schlimmer war die Tatsache, dass er nicht überrascht wirkte.

»Es tut mir leid, Jane. Adam und ich hatten in den letzten Jahren nur wenig Kontakt. Aber ich habe mich immer sehr über eure Weihnachtskarten gefreut.«

Sie grinste ihn schief an. »Dann hast du die im letzten Jahr bestimmt auch erhalten?«

»Im März, nachdem ich aus Asien zurück war. Warum?«

»Die meisten Leute haben sie an dem Tag bekommen, an dem sie erfuhren, dass er bei seiner Geliebten eingezogen war. Einige haben mich sogar gefragt, ob sie die Karte zurückgeben sollen!«

Henry starrte sie grimmig an. »Die Menschen in dieser Stadt reden einfach zu viel.«

Jane musterte ihn, als er sich den Nacken rieb und sich dann zum Fenster umdrehte. Er spannte die Kiefermuskeln an, und als er sich über die Bartstoppeln an seinem Kinn strich, war ein leichtes Schaben zu hören.

»Tja, das Leben in einer Kleinstadt hat auch einige Nachteile«, stimmte Jane ihm zu und beschloss, ihn lieber nicht nach seiner Mutter zu fragen. Ivy sprach nur selten von Mrs Birch, die letzten Sommer gestorben war, und auch Henry hatte nie über sie reden wollen. Natürlich hatte es Gerede und Klatsch gegeben, als Jane jünger gewesen war, Spekulationen über Mrs Birchs Ruf, aber Jane hatte nie wirklich darauf geachtet. Sie hatte gespürt, wie Henry darunter litt, der manchmal schweigsam wirkte und es sehr zu genießen schien, aus dem Haus zu kommen und mit ihr und Adam Pizza essen zu gehen, selbst wenn er nicht viel redete, sondern eher zuhörte.

Jetzt wusste sie, wie es war, nicht über Dinge sprechen zu wollen, die einem wehtaten. Sie wusste es besser als viele andere.

Erneut griff er nach seiner Kaffeetasse. »Das kannst du laut sagen.«

»Tja.« Jane seufzte. »Ich sollte lieber wieder an die Arbeit gehen.« Sie lächelte ihn schüchtern an, stand auf und war ein bisschen traurig darüber, dass ihre Unterhaltung so kurz gewesen war.

»Dann bis bald«, erwiderte Henry mit klarer und entschlossener Stimme, als wäre es selbstverständlich, dass sie einander wiedersehen würden.

Jane geriet ins Wanken und musste an Adam denken, der sich bestimmt freuen würde, Henry wiederzusehen. Wenn die beiden dann in ihre alten Gewohnheiten zurückfielen, wäre es sehr unwahrscheinlich, dass sich Henry noch einmal derart unbefangen mit ihr unterhielt.

»Du weißt ja, wo du mich findest«, sagte sie daher nur.

Sie ging zurück zum Tresen, setzte Kaffee auf und sah auf die Uhr. In zwei Stunden war die Vorschule aus und ihr Leben würde wieder ganz normal weitergehen. Sophie würde müde sein, bestimmt Hunger haben, und danach würde sie in die Ballettklasse für die Jüngsten gehen, während Jane einer Gruppe von Zehnjährigen das Tanzen beibrachte. Schließlich würden sie nach Hause fahren, wo Jane Essen kochte, ihre Tochter ins Bett brachte und sich auf den nächsten Tag vorbereitete. Das war ihr Leben. Sie hatte genug zu tun, und das musste ausreichen.

Aber was war mit dem Mann, der drüben am Fenster saß und in den Regen hinausstarrte und nicht etwa auf den Laptop, den er gerade vor sich aufgebaut hatte? Er war Teil ihres Lebens mit Adam, und dieses Leben war schon lange vorbei.

※ ※ ※

»Hast du einen Augenblick Zeit, Jane?«

Jane hob den Kopf und sah, dass Rosemary Hastings, oder

Madame Hastings, wie sie im Studio genannt werden wollte, in der Tür stand. Sie hatte ihr ergrauendes Haar zu einem Dutt hochgesteckt und trug einen langen weißen Chiffonrock, den sie an der Hüfte über ihrem langärmeligen schwarzen Gymnastikanzug zusammengebunden hatte.

»Aber natürlich.« Jane lächelte, während die letzten fünfjährigen Mädchen den Trainingsraum verließen und nur noch Sophie zurückblieb. »Zieh deine Steppschuhe an, Liebling. Der Kurs beginnt in einer Viertelstunde. Danach fahren wir nach Hause und kochen uns etwas Leckeres.«

»Darüber wollte ich mit dir reden, Jane.« Rosemary betrat den Raum und schloss die Glastür hinter sich. »Der Steppkurs fällt heute aus.«

Jane, die Sophie gerade mit ihren Schuhen half, blickte auf. »Oh nein. Geht es dir nicht gut?«

»Es wird dieses Semester keinen Steppkurs für die ganz Kleinen geben, Jane. Ich musste ihn absagen.«

»Aber warum denn?« Jane hatte sich darauf verlassen, dass Sophie in diesen Kurs ging, während sie Ballett für Fortgeschrittene unterrichtete. Das musste Rosemary doch wissen.

»Es gab zu wenig Anmeldungen.« Rosemary hob abwehrend die Hände. »Gerade mal vier Kinder wollten teilnehmen.«

»Ich hatte heute auch nur drei Mädchen im Nachmittagskurs.« Jane runzelte die Stirn und ahnte, worauf diese Unterhaltung hinauslaufen würde.

»Den Kurs werden wir in diesem Semester leider auch nicht mehr anbieten können, Jane. Ich lege ihn mit dem anderen Nachmittagskurs zusammen. Es tut mir sehr leid, aber ich weiß nicht, was ich sonst tun soll. Die Kunstschule um die Ecke braucht mehr Platz, und ich hatte überlegt, ob ich ihnen für ein paar Tage pro Woche hier ein paar Räume anbiete.«

Jane sah sich in dem Studio um und musterte die glänzenden

Eichenfußböden, die Spiegelwände und die Dachfenster, die das Tageslicht hereinließen. »Aber ... Aber man darf hier doch nicht mal mit Straßenschuhen herumlaufen!«

Rosemary schloss die Augen und erschauderte. »Ich weiß. Glaube mir, ich weiß, wie schrecklich das ist. Aber ich werde älter und brauche ein festes Einkommen. Versteh mich nicht falsch, ich habe von dem, was mir mein verstorbener Mann hinterlassen hat, gut leben können, aber ich musste davon drei Kinder durchs College bringen, mein Haus abbezahlen, und ich habe das meiste für Investitionen in der ganzen Stadt ausgegeben, unter anderem für dieses Ballettstudio. Von dem Geld, das ich hier einnehme, lebe ich, es ist nicht nur ein Hobby.«

Jane nickte, da sie genau wusste, wie viel Geld Rosemary nicht nur ihren eigenen Kindern, sondern auch ihrer Schwägerin Sharon Hastings und ihren Neffen Mark und Brett gegeben hatte. Rosemary war vor zwanzig Jahren Witwe geworden, und sie hatte zwar gut gelebt, aber auch viel ausgegeben. Zu viel, wie es jetzt den Anschein machte.

»Bitte sag jetzt nichts. Ich bin mir sicher, dass es nur ein vorübergehendes Problem ist, und ich möchte nicht, dass sich mein Sohn Sorgen macht. Luke hat sein Erbe erhalten, wie alle meine Kinder, aber es ist ihr Geld und nicht meins. Ich möchte, dass sich Luke mit seinem Anteil ein neues Leben mit Grace aufbaut und es für seine Kinder aufhebt.« Bei den letzten Worten wackelte sie mit den Augenbrauen, und Jane lächelte dünn.

»Vielleicht wird es ja bald wieder besser. Zu Schulanfang haben die Kinder immer sehr viel zu tun«, meinte sie, doch diese Erklärung klang selbst in ihren eigenen Ohren jämmerlich.

»Gut möglich.« Rosemary schien auch nicht daran zu glauben. »Aber momentan habe ich keine andere Wahl. Ich wünschte nur, ich hätte dir schon eher Bescheid sagen können.«

Jane kaute auf ihrer Unterlippe herum. Sie wusste, in welche Lage sie dieses Dilemma bringen würde, aber sie hatte auch kein Recht, sich zu beschweren. Dieses Studio bedeutete Rosemary eine Menge – es hatte ihr dabei geholfen, den Tod ihres Mannes zu verarbeiten –, und Jane wusste viel zu gut, wie wichtig es gerade in schwierigen Zeiten war, ein Ziel im Leben zu haben. Lächelnd blickte sie zu Sophie hinüber, die sich gerade mit dem Zubinden ihrer Steppschuhe abmühte.

»Für wie viele Kurse brauchst du mich denn noch?«, erkundigte sich Jane.

Rosemary zuckte zusammen. »Für vier.«

Es gelang Jane nur mit Mühe und Not, ihren Schreck zu verbergen. Dadurch wurde ihr Einkommen praktisch halbiert, und obwohl Adam Alimente zahlte und sie sehr sparsam lebte, blieb kaum noch etwas übrig, wenn die Rate für die Hypothek, die sie auf das Haus aufgenommen hatten, sowie die anderen monatlichen Rechnungen bezahlt waren. Es war sowieso kaum Geld vorhanden, um sich hin und wieder einen kleinen Luxus zu gönnen, und in wenigen Monaten war Weihnachten …

»Vielleicht könntest du ja Grace fragen, ob du ihr öfter im Buchladen helfen kannst«, schlug Rosemary eifrig vor. »Möglicherweise braucht Anna ja auch noch jemanden im Restaurant?«

Jane setzte ein tapferes Lächeln auf, auch wenn ihr das Herz schwer wurde. Die Arbeit im Ballettstudio war perfekt für eine allein erziehende Mutter mit einem Kleinkind, da Sophie Stunden nehmen konnte, während Jane Kurse gab. Grace und Anna mochten ihre Schwestern sein, aber sie konnte Sophie unmöglich zur Arbeit in den Buchladen oder ins Restaurant mitnehmen. Und die Kosten für einen Babysitter wären einfach zu hoch ... Zwar konnte ihre Mutter manchmal aushelfen, doch meist hatte Kathleen als Innendesignerin mehr als genug zu tun.

Es bestand immer noch die Möglichkeit, das Haus zu verkaufen und aus Kostengründen zu ihrer Mutter zu ziehen. In dem alten viktorianischen Haus, in dem sie aufgewachsen war, gab es auf jeden Fall genug Platz, aber es war nicht mehr ihr Zuhause, und Sophie hatte im vergangenen Jahr schon genug Veränderungen mitmachen müssen. Jane hatte sich bereits vor der Geburt ihrer Tochter große Mühe mit der Einrichtung von Sophies Zimmer gegeben. Dies war der Raum, in dem sie ihr Baby im Arm gehalten, es in den Schlaf gewiegt und ihr später Geschichten vorgelesen und sie zu Bett gebracht hatte. Sie konnte den Gedanken nicht ertragen, das Haus aufzugeben. Sie hatte schon so vieles verloren.

Doch jetzt richtete sie sich auf. »Na, dann sehen wir uns morgen, nicht wahr?« Jane versuchte zu lächeln, aber ihre Stimme klang gequält.

»Nein, am Montag«, korrigierte Rosemary sie und sah sie mit gütigen Augen an, während sie Jane eine Hand auf den Arm legte. »Ich habe die Kurse am Freitag und Samstag gestrichen.«

Es fiel Jane schwer, sich von ihrem Fehler zu erholen. »Oh. Sicher. Dann am Montag.« Normalerweise arbeitete sie an den Wochenenden im *Anhang*, da Sophie dann bei Adam war. Vielleicht konnte sie eine Extraschicht bekommen, um die ausgefallenen Kurse irgendwie auszugleichen.

Da fiel ihr wieder ein, dass Rosemary sie gebeten hatte, Luke nichts davon zu erzählen, und sie vergaß diese Idee gleich wieder. Grace würde in wenigen Wochen heiraten, und Jane wusste aus Erfahrung, dass dies die glücklichste Zeit ihres Lebens war. Daher durfte sich Grace jetzt keine Sorgen um sie machen müssen. Sie hatte ihrer Schwester im letzten Jahr schon genug zugemutet, als sie sie aus New York zurückgeholt und ihr die Geschichte mit Adam und seiner kleinen Affäre im Büro anvertraut hatte.

Jane presste sich eine Hand gegen die Stirn und schloss die Augen. Sie bekam Kopfschmerzen und konnte nicht mehr klar denken.

Als sie die Augen aufschlug, sah Sophie sie besorgt an. Jane hatte sich immer große Mühe gegeben, sich vor ihrer Tochter nichts anmerken zu lassen. Keine Fünfjährige sollte mit ansehen müssen, wie ihre Mutter die Fassung verlor.

»Eine kleine Planänderung, Soph.« Jane beugte sich lächelnd zu ihrer Tochter hinunter und löste die Knoten wieder, die Sophie in ihre schwarzen Schnürsenkel gebunden hatte. »Wir fahren heute früher nach Hause.«

»Hurra!«, rief Sophie und hielt dann inne. »Aber ich wollte doch so gern steppen.«

»Wenn das die anderen Mädchen doch auch nur so sehen würden«, warf Rosemary ein. »Sag mal, Sophie, was machen die Kinder aus deiner Klasse denn nach der Vorschule?«

»Keine Ahnung.« Sophie zuckte mit den Achseln. »Fernsehen?«

Jane hörte, wie Rosemary schnaubte, und musste grinsen. Das war mal wieder typisch für Sophie, dass sie sie von ihren Sorgen ablenkte, wenn auch nur für kurze Zeit.

»Bist du fertig, Schätzchen?« Jane stand auf, zog ihrer Tochter die elfenbeinfarbene Strickjacke an und nahm dann ihre Hand. Sie hatte Sophie, und das war alles, was zählte. *Konzentriere dich darauf, Jane.*

»Ich bin hier, wenn du noch einmal mit mir reden willst, Jane.« Rosemary sah besorgt aus, als sie ihnen hinterherblickte. »Und das nächste Semester wird bestimmt besser. Das hoffe ich zumindest. Das Vortanzen für den *Nussknacker* beginnt in zwei Wochen, und es kann gut sein, dass ich bei den Proben Hilfe brauche …«

Sie wussten beide ganz genau, dass der *Nussknacker* Rosemarys Show war. Sie lag nachts wach und dachte über Choreografien nach und trank den ganzen November und Dezember hindurch Unmengen an Kaffee, um immer auf der Höhe zu sein. Jedes Detail war von äußerster Wichtigkeit, und ihre größte Sorge bestand darin, dass die Aufführung langweilig werden oder der vom letzten Jahr ähneln könnte oder dass zu wenig Tickets verkauft wurden. In der dritten Dezemberwoche summte sie dann ständig leise die Eröffnungsnummer vor sich hin, und ihre blauen Augen nahmen einen entsetzten Ausdruck an, wenn es eines der Mädchen auch nur wagte, zu husten oder anzudeuten, dass sie eine Erkältung bekam. Jane konnte bestenfalls darauf hoffen, für ein paar Wochen die normalen Kurse ihrer Chefin zu übernehmen, während die Eröffnung näher rückte.

»Das ist schon okay, Rosemary. Außerdem hast du vermutlich recht. Im nächsten Semester herrscht hier wieder mehr Andrang, und kurz vor Weihnachten ist es bestimmt ganz angenehm, mehr Freizeit zu haben. Mach dir um mich keine Sorgen. Ich komme schon über die Runden.«

Und wenn sie es irgendwie beeinflussen konnte, dann würde das Ballettstudio bald wieder bessere Zeiten sehen. Es musste einfach so kommen.

4

Vorerst würde sie Grace einfach bitten müssen, sie ein paar Stunden mehr bei *Main Street Books* arbeiten zu lassen. Grace würde in den kommenden Wochen doch bestimmt viel Freizeit benötigen, um ihre Hochzeit zu planen. Sie hatte ja selbst zugegeben, dass ihr all das, was zu erledigen war, langsam über den Kopf wuchs. Wenn sie etwas mehr Zeit hatte, um sich auf die bevorstehende Trauung zu konzentrieren, wäre ihnen beiden geholfen.

Jane seufzte schwer. Genau so würde sie es ausdrücken und es nicht als Gefallen für sie, der Besorgnis hervorrufen konnte, sondern als Vorschlag formulieren, um ihre ältere Schwester ein wenig zu entlasten … und selbst davon zu profitieren. Schließlich hatte Rosemary ja zu recht angemerkt, dass es im Winter schon wieder besser laufen könnte, und es bestand immer noch die Hoffnung, dass die Möglichkeit, beim *Nussknacker* aufzutreten, die Kinder wieder zurück ins Ballettstudio lockte. Es war nur ein vorübergehender Rückschlag. Falls dem nicht so sein sollte … Ihr Herz schlug schneller. Nein, darüber würde sie erst nachdenken, wenn es so weit war. Sie hatte im vergangenen Jahr gelernt, dass sie nicht zu weit im Voraus planen durfte, wenn es nicht unbedingt erforderlich war, da das nur zu noch mehr Stress führte, und sie hatte im Moment schon genug um die Ohren.

Wie die Tatsache, dass Adam wieder heiratete, Sophie sein Blumenmädchen sein würde und seine Geliebte ein Baby bekam.

Jane schloss die Augen und lehnte den Kopf an die glatte, lederne Kopfstütze. Sie saß jetzt seit gut zehn Minuten im Wagen vor dem *Rosemary and Thyme* und sammelte Energie, um ein Lächeln aufzusetzen und sich dann zusammen mit den anderen in die Hochzeitsvorbereitungen zu stürzen, die sie nur zu gern mit vollem Herzen unterstützen wollte. Sie freute sich sehr für Grace – natürlich tat sie das –, aber im Augenblick konnte sie nur daran denken, dass Kristy und Adam zweifellos auch gerade ihre Hochzeit planten. Bestimmt ging Kristy Unmengen an Hochzeitsmagazinen durch, suchte sich ein Kleid aus und überlegte, ob sie Spitze oder Satin bevorzugte. Jane wollte gar nicht erst wissen, wie der Ring aussah. Allein die Vorstellung, dass Adam – ihr Ehemann! – zu einem Juwelier ging und einen Ring für eine andere Frau aussuchte ... Nein, das wollte ihr einfach nicht in den Kopf. Jane war davon überzeugt, dass er dieses Mal einen größeren und auffälligeren Ring kaufen würde, nicht so einen winzigen Diamanten wie den, der jetzt zu Hause in ihrer Nachttischschublade lag.

Bevor sie weiter derart selbstzerstörerischen Gedanken nachhängen konnte, die nur darauf hinauslaufen würden, dass sie im Schlafanzug mit einer riesigen Portion Vanilleeis und einem Glas Erdnussbutter auf dem Sofa landete, stieg sie aus dem Wagen und eilte schnell zu der schweren eisernen Doppeltür. Es war Samstagabend, und sie hatte bereits genug Zeit damit verbracht, sich über Dinge den Kopf zu zerbrechen, die sie ohnehin nicht beeinflussen konnte.

Im Inneren des Restaurants war es warm und es herrschte viel Betrieb – ganz im Gegensatz zur Main Street um diese Uhrzeit. Ein einladendes Feuer knisterte im Kamin, und die Sofas und Klubsessel, die Anna im Eingangsbereich aufgestellt hatte, waren von mehreren Frauengruppen sowie einigen Paaren belegt. Jane reckte den Hals und hielt im Speiseraum Ausschau nach ihren Schwestern und Freundinnen, wobei ihr der köstliche Duft von frischem warmem Brot und Knoblauch in die Nase stieg. Das geschäftige Treiben wirkte sich sofort positiv auf ihre Stimmung aus, und sie schalt sich dafür, sich im Wagen ihrem Selbstmitleid hingegeben zu haben, wo sie doch längst hätte hier drin sein können, um Spaß zu haben und ihre Sorgen zu vergessen.

Ivy Birch, Grace' beste Freundin, entdeckte sie als Erste und winkte sie zu dem Tisch herüber, an dem Grace, Ivy und Kara Hastings, Lukes mittlere Schwester, bereits dabei waren, eine Flasche Wein zu leeren. Grace schenkte Jane strahlend ein Glas ein, während sich diese auf einen leeren Stuhl fallen ließ und ihren Schal abnahm.

»Danke«, sagte sie und trank einen Schluck. »Kommt Anna auch?« Sie warf einen Blick in Richtung Küche und hoffte, dass ihre mittlere Schwester auch einmal Pause machen würde. Schon damals hatte Anna hart gearbeitet, als sie das Fireside Café ganz allein geführt hatte, das sehr erfolgreich gewesen war, doch ihr neues Restaurant war noch weitaus beliebter. Inzwischen hatten sie eine Warteliste, die zwei Wochen im Voraus gefüllt war, doch das hielt die Gäste nicht davon ab, sich Abend für Abend um einen Platz an der Bar zu bemühen und darauf zu hoffen, das Tagesgericht doch noch kosten zu können.

»Ich bin ja schon da«, meinte Anna und setzte sich neben Jane. Sie hatte gerötete Wangen, ihre blauen Augen leuchteten, und ihr Lächeln ließ sich nur als Strahlen bezeichnen. Anna hatte schon immer gern hart gearbeitet, aber Jane vermutete, dass ihre Schwester auch deshalb so gut aussah, weil sie jetzt wieder mit Mark zusammen war.

»Ganz schön viel los«, stellte Jane fest.

Anna löste ihren Pferdeschwanz, schüttelte das blonde Haar

und trank einen Schluck Wasser. »Aus diesem Grund kann ich leider auch nicht lange bleiben. In einer Stunde kommen die nächsten Gäste, die reserviert haben. Tut mir wirklich leid, Grace«, entschuldigte sie sich und griff nach dem Brotkorb.

»Mach dir deswegen keine Sorgen. Wir werden nächste Woche bei der Kuchenverkostung mehr als genug Zeit haben.«

Anna grinste und setzte sich auf. »Ich bin gespannt auf eure Meinung zu dem, was ich mir ausgedacht habe.«

»Und ich hoffe, dass euch die Brautjungfernkleider gefallen werden.« Grace lachte, sah sich dann aber mit gerunzelter Stirn am Tisch um. Sie hatten alle die ersten vier Kleider gesehen und später viel miteinander telefoniert, um die Meinung der anderen über das schulterfreie Kleid mit der riesigen Schleife an der linken Hüfte einzuholen, und in der Woche danach über das Cocktailkleid im Empirestil, das derart unvorteilhaft geschnitten war, dass sie alle aussahen, als wären sie im fünften Monat schwanger.

Jane spürte, wie Anna unter dem Tisch ihre Hand nahm und fest drückte, während Grace eine Zeitschrift auf einer Seite aufschlug, die sie markiert hatte. Dann drehte sie das Heft um und blickte auf.

Schweigen breitete sich am Tisch aus, als die vier Frauen das Kleid begutachteten, in dem sie höchstwahrscheinlich hinter Grace zum Altar schreiten würden, und das vor den Augen von fast ganz Briar Creek.

»Und?«

Janes Schultern entspannten sich, als sie das schlichte schulterfreie Taftkleid in einem tiefen Purpurton betrachtete, dessen leicht ausgestellter Rock bis fast zum Boden reichte.

»Zusammen mit dem Strauß, den wir ausgesucht haben, wird es umwerfend aussehen«, erklärte Ivy.

»Oh … Na, darüber müssten wir auch noch mal sprechen.«

Grace kaute auf einem Fingernagel herum, und Ivy klappte die Kinnlade herunter.

»Bitte sag mir nicht, dass du deine Meinung erneut geändert hast.«

»Nein«, erwiderte Grace zögernd. »Ich hatte mir überlegt, dass etwas mehr Lila schön aussehen würde. Aber ich bin immer noch hin- und hergerissen, ob Sophie ein pflaumenfarbenes Kleid tragen soll.«

»Solange es kein blaues Samtkleid ist, kannst du dich beim Kleid des Blumenmädchens austoben«, entgegnete Jane. Sie griff nach ihrem Weinglas und trank einen großen Schluck. Erst als sie es wieder absetzte, stellte sie fest, dass alle Augen auf ihr ruhten.

Verdammt. An diesem Abend hatte es doch gar nicht um sie gehen sollen. Es war noch mehr als genug Zeit, um die anderen Frauen in Adams neuestens Schachzug einzuweihen, aber dies war nicht der richtige Zeitpunkt dafür. Heute sollte es nur um Grace gehen und um ihre Hochzeit. Um eine Flucht aus der Realität und das vorübergehende Eintauchen in eine Fantasiewelt. War das nicht genau das, was eine Hochzeit ausmachte? Es war ein märchenhafter Augenblick, aber kaum dasselbe wie ein Happy End.

»Das ist eine lange Geschichte«, murmelte sie und zwang sich zu einem Lachen. Grace' Lächeln wurde traurig, und Jane klappte entschieden die Speisekarte auf. Sie beschloss, eines von Marks Herbstgerichten zu bestellen – Butternusskürbis-Gnocchi in Salbeibuttersoße – und als Nachtisch Annas köstlichen Apfelkäsekuchen. Normalerweise, und vor allem auch jetzt, wo sie wieder im Ballettstudio arbeitete, achtete sie auf ihre Figur, aber heute war sie viel zu erschöpft, um darauf Rücksicht zu nehmen. Während sie hier in dem vollen Restaurant mit ihren Freunden zusammensaß, sah sie auf einmal einiges klarer. Hatten dünne Oberschenkel und eine schmale Taille ihren Ehemann etwa davon abgehalten, fremdzugehen? Nein!

»Und, wie war der Unterricht heute?«, erkundigte sich Anna und nippte an ihrem Wein, während sie sie erwartungsvoll anschaute.

»Oh ... Ich hatte heute keinen Unterricht.« Jane war sehr dankbar dafür, dass es hier so dunkel war. Hätte ihre Schwester erkennen können, wie rot ihre Wangen geworden waren, wäre sie ihr sofort auf die Schliche gekommen. Auch jetzt fiel es Jane schwer, Anna in die Augen zu sehen, und sie nahm sich ein weiteres Stück Brot.

Wie erwartet runzelte Anna die Stirn. »Aber heute ist doch Samstag, und du unterrichtest samstags immer.«

»Rosemary hat das Kursangebot umgestellt«, erwiderte Jane in einem, wie sie hoffte, lockeren Tonfall. »Übrigens sind deine Scones heute sehr gut angekommen.«

Man sah Anna deutlich an, wie sehr sie sich über dieses Kompliment freute. Auch wenn sie sich nur noch um das *Rosemary and Thyme* kümmerte und Gebäck für den Buchladen lieferte, war sie weiterhin finanziell am Familienunternehmen beteiligt.

»Sogar Henry hat sie gelobt«, erklärte Jane. Er war an diesem Vormittag erneut da gewesen und hatte beinahe dafür gesorgt, dass sie eine ganze Kanne Kaffee verschüttete, als er sie quer durch den Raum hinweg angelächelt hatte.

»Henry Birch? Adams ...« Anna unterbrach sich und lehnte sich dann über den Tisch. »Ivy, du hast uns gar nicht erzählt, dass dein Bruder in der Stadt ist.«

Ivy, die gerade in eine Unterhaltung mit Kara und Grace vertieft war, blickte mit einem seltsamen Gesichtsausdruck auf. »Oh, wir waren derart mit Grace' Hochzeit beschäftigt, dass ich es wohl irgendwie vergessen habe.«

»Wie lange wird er denn hierbleiben?«, wollte Anna wissen.

Ja, Ivy, wie lange bleibt er da? Jane hielt den Atem an und fragte sich, warum sie auf einmal so nervös war. Weshalb interessierte sie sich überhaupt dafür, wie lange Henry in der Stadt bleiben würde? Weil er gut aussah, gestand sie sich ein. Und weil sie das – aus welchem Grund auch immer – erst kürzlich bemerkt hatte.

»Das weiß ich gar nicht.« Ivy zuckte mit den Achseln, und Janes Herz setzte einen Schlag aus. Das bedeutete nicht unbedingt, dass er morgen oder nächste Woche wieder abreisen würde. »Er bleibt selten lange an einem Ort«, schloss Ivy.

Natürlich. Er war Reiseschriftsteller. Und er war seit Jahren nicht mehr in Briar Creek gewesen, nicht einmal im Sommer zur Beerdigung seiner Mutter hergekommen. Es hatte kein Trauergottesdienst stattgefunden, und Ivy hatte behauptet, sehr gut allein mit allem fertigzuwerden, aber Jane hatte sich dennoch gewundert, wie Henry einfach hatte fernbleiben können.

Na ja, das ging sie ja eigentlich auch gar nichts an. Jetzt war er wieder da, vielleicht genau aus dem Grund, weil er den Sommer über weggeblieben war. Und schon bald würde er erneut abreisen. Es war völlig sinnlos, sich zu wünschen, er würde länger hierbleiben, und selbst wenn er es tat, würde das auch keinen Unterschied machen. Schließlich war er Adams Freund, und bei einer Scheidung trennte man nun einmal mehr als nur Tisch und Bett.

Ein Kellner brachte eine weitere Flasche Wein an den Tisch, und alle fingen wieder munter an zu plaudern. Kurz darauf war Jane ebenfalls in eine Unterhaltung vertieft, und sie dachte gar nicht mehr an Henry, bis sie in dem Moment, als sie aufbrechen wollten, das tiefe, donnernde Lachen hörte, das ihr immer ein Grinsen entlockte. Sie sah sich im Raum nach ihm um und überlegte, ob sie zu ihm gehen, Hallo sagen und etwas mit ihm trinken sollte ... Er saß auf einem Barhocker, den Rücken leicht gekrümmt, und seine breiten, kräftigen Schultern zeichneten sich unter dem dünnen Stoff seines grünen Pullovers ab. Als er sich ein wenig umdrehte und in ihre Richtung schaute, wollte sie schon eine Hand heben und ihm zuwinken, falls er sie entdeckte, doch dann erstarrte sie.

Er war nicht allein. Und bei der Person, die neben ihm saß, handelte es sich um ihren Exmann.

○ ○ ○

Der Barkeeper räumte die halb leeren Gläser vom Ende der glänzenden Mahagonibar und sah Henry fragend an. »Was darf es sein?«

»Nur ein Sodawasser«, antwortete er.

»Das trinkst du immer noch«, stellte Adam fest und trank einen großen Schluck Bier.

Henry nahm sein Glas entgegen und zog den Strohhalm heraus. »Ja. Einige Dinge ändern sich eben nie.«

»Andere schon«, entgegnete Adam und sah Henry direkt in die Augen. »Ich weiß nicht, ob du schon gehört hast, dass Jane und ich uns getrennt haben.«

»Ivy hat so etwas erwähnt.« Henry beschloss, lieber nicht zu erwähnen, dass er Jane bereits begegnet war und auch von Adams geplanter Hochzeit wusste. Wenn Adam ihm das erzählen wollte, dann würde er es auch tun.

»Eine Ehe zu führen, ist verdammt schwer«, meinte Adam.

»Das musst du mir nicht erzählen«, erwiderte Henry und nippte an seinem Wasser. Er schüttelte den Kopf und dachte an die kurze Zeit, die er mit Caroline verbracht hatte, ihre ungestüme Romanze und ihren Hochzeitstag – damals hatte er das Gefühl gehabt, dass alles möglich wäre.

»Ich kann es noch gar nicht fassen, dass ich es schon wieder tue«, fuhr Adam fort und sah Henry aus dem Augenwinkel an. Der Muskel an seinem Kiefer pochte. »Kristy ist schwanger, und sie will heiraten, bevor das Baby kommt. Sie besteht sogar darauf.« Er trank noch einen Schluck Bier.

»Aha.« Damit war es raus. Henry fragte sich, ob Jane diesen Teil ebenfalls kannte – und ob das überhaupt etwas ausmachen würde. Bei ihrer Unterhaltung am Vortag hatte sie ein wenig geknickt gewirkt, und als Henry einige Stunden später den Buchladen verlassen hatte, wäre er am liebsten zu Adams Haus gestürmt, hätte ihn am Kragen gepackt und ihm anständig die Meinung gegeigt, so wie er es schon oft hatte tun wollen.

Er verdrängte seine Schuldgefühle, weil er sich bei Adam gemeldet hatte. Schließlich verband die beiden Männer eine langjährige Freundschaft, die nichts mit Adams und Janes Beziehung zu tun hatte.

Als ihr Essen kam, biss Henry herzhaft in seinen Burger. »Es fällt mir schwer, mir dich als Vater von zwei Kindern vorzustellen«, überlegte er laut. Der Adam, den er kannte, amüsierte sich gern. Henry hatte sich immer eingeredet, dass Adam sich vor seiner Hochzeit die Hörner abstoßen müsse – denn wer konnte Jane Madison mit ihren strahlenden Augen und diesem süßen Lächeln nicht lieben? –, doch er hatte die Absichten seines Freundes ganz offensichtlich falsch eingeschätzt.

»Ich bin wahnsinnig gern Vater«, erklärte Adam mit einem plötzlichen Lächeln. »Das ist vermutlich auch der Grund dafür, dass ich es so lange mit Jane ausgehalten habe.« Er starrte in sein Bier und nahm dann einen tiefen Zug.

»Ihr habt sehr jung geheiratet.« Zumindest das konnte Henry ihm nicht vorwerfen. Verdammt, er hatte schließlich dieselbe armselige Ausrede. Bei seiner Heirat mit Caroline hatte er sie gerade mal zehn Monate gekannt. Schon nach drei Monaten hatte er ihr den Antrag gemacht. Rückblickend fragte er sich, ob er sich zu jener Zeit in seinem Leben nicht auch an jede andere Frau gebunden hätte. Damals war er auf der Suche nach einem Rettungsanker gewesen, nach einer Fluchtmöglichkeit. Nach etwas Einfachem und Sicherem, das er nie zuvor gekannt hatte.

Er hatte nach dem gesucht, was sein bester Freund bereits gefunden hatte.

Und dann hatte er es weggeworfen.

Er trank noch einen Schluck Wasser und dachte daran, wie Jane morgens im Buchladen ausgesehen hatte. Sie hatte ihr braunes Haar zu einem Pferdeschwanz gebunden, wodurch ihr langer, anmutiger Hals gut zur Geltung kam. Zwar war sie an seinen Tisch gekommen, hatte seine Kaffeetasse aufgefüllt und sich höflich nach seiner Arbeit erkundigt, doch sie war weiterhin reserviert geblieben. Ihr Blick wirkte zögerlich und ihr Lächeln weniger herzlich als bei den anderen Gästen. Sie blieb auch nicht länger bei ihm stehen, obwohl er sich gewünscht hatte, dass sie es tat.

Als er jetzt hier mit dem Mann zusammensaß, der sie betrogen hatte, konnte er es ihr auch nicht verdenken.

»Tja, aus Fehlern wird man klug. Ich habe beschlossen, es dieses Mal richtig zu machen«, sagte Adam. »Das bin ich meinen Kindern schuldig.«

Einerseits wollte Henry das gar nicht hören. Viel lieber hätte er Adam verprügelt, weil er Jane nicht die faire Chance gegeben hatte, die Kristy jetzt bekam. Andererseits konnte er ihn aber auch verstehen oder es zumindest versuchen.

Gute Menschen taten manchmal schlechte Dinge, sagte er sich. Dieses Mantra hatte er sich in den letzten Jahren angeeignet. Anfänglich war der Grund dafür seine Mutter gewesen, doch in letzter Zeit war er es selbst.

»Und, wann findet die Hochzeit statt?«, erkundigte sich Henry. Er hatte eigentlich nur ein unverbindliches Thema anschlagen wollen, doch Adams Miene verriet ihm, dass er einen Nerv getroffen hatte.

»In vier Wochen. Solltest du dann noch hier sein, bist du natürlich herzlich eingeladen. Kristy wollte nicht warten oder an den Weihnachtsfeiertagen heiraten und … Es besteht die Möglichkeit, dass ich einen Job in einem anderen Bundesstaat bekomme.«

»Wo denn genau?«

»In Denver«, antwortete Adam.

»Schöne Stadt. Da kann man auch gut Ski fahren, wenn man mit Pulverschnee anstelle von Eis klarkommt.« Henry grinste.

Adam zögerte und schien Henry etwas sagen zu wollen, trank dann aber stattdessen sein Bier aus. Der weiße Schaum benetzte den Glasrand und sammelte sich am Boden, als er das Glas über die Bar schob. »Tu mir einen Gefallen und behalte das für dich, bis alles in trockenen Tüchern ist. Es gibt immer noch … einige Details, die zu klären sind.«

»Kein Problem. Du kennst mich doch. Ich hasse Klatsch und Tratsch.« Wenn er die Augen schloss, konnte er die Stimmen über die Geräuschkulisse im Restaurant hinweg beinahe hören, das Gerede, das seine Mutter immer verursacht hatte. In Briar Creek konnte man dem einfach nicht entkommen.

Er wandte sich ab und widmete sich erneut seinem Essen. Schon bald würde das alles wieder vorbei sein, und er wäre nicht mehr hier. Wie zuvor würde er all diese Leute wieder vergessen, so, wie es für ihn am besten war.

5

Im *Petals* an der Main Street war zu Beginn der Herbstsaison ungewöhnlich viel los, bemerkte Ivy mit zufriedenem Lächeln, als das Glöckchen über der Tür zum sechsten Mal innerhalb einer halben Stunde klingelte. Sie notierte sich gerade noch eine telefonische Bestellung – drei Dutzend rosafarbene Rosen für einen dritten Hochzeitstag, war das nicht süß? – und legte das Telefon dann seufzend beiseite. Sie hatte Henry versprochen, sich nicht zu überarbeiten, aber das war nicht gerade leicht, wenn sie ständig Kundschaft hatte, der sie ihre uneingeschränkte Aufmerksamkeit widmen musste. Eigentlich hatte sie vorgehabt, einen der Müsliriegel zu essen, doch jedes Mal, wenn sie das tun wollte, kam ein Kunde durch die Tür, lächelte erwartungsvoll und wollte bedient werden.

Ihre Hände fingen schon an zu zittern, als sie die Bestellung eingab. *Du musst unbedingt bald etwas essen.*

»Hallo, Ivy.« Mark Hastings grinste sie über den antiken Farmhaustisch hinweg an, den sie als Ladentheke benutzte. Sie hatte im Antiquitätengeschäft ein Stück weiter die Straße entlang höhere Beine anschrauben lassen, damit sie sowohl darauf arbeiten als auch kassieren konnte, ohne zu viel Platz im Laden zu verlieren. In diesen kleinen Laden hatte sie sehr viel Hirnschmalz, Zeit und Energie investiert. Es war ihr kleines Schmuckkästchen, angefüllt mit allen Farben des Regenbogens, selbst wenn das Wetter vor dem Fenster noch so trübe war. Hier war sie glücklich. Es war ihre Zuflucht. Warum konnte Henry das nur nicht einsehen?

Ginge es nach ihrem Bruder, dann konnte sie den Laden gleich morgen schließen und ein Ticket für den nächsten Flug nach San Francisco buchen. Aber wenn es nach ihm ginge, hätte sie ihn gar nicht erst aufgemacht ...

»Mark! Hallo!« Sie wischte sich den Schweiß von der Stirn, zog sich die blassblaue Wollstrickjacke aus und hängte sie an die Rückenlehne des Stuhls, auf dem sie an diesem Tag noch nicht ein Mal gesessen hatte. »Willst du schon die Bestellung für das Restaurant abholen? Ich bin noch nicht ganz fertig damit, kann aber alles in einer Stunde vorbeibringen.« Normalerweise brachte sie die Blumen immer persönlich ins *Rosemary and Thyme*, und wenn sie ein paar Minuten Zeit hatte, plauderte sie kurz mit Anna, während sie von Tisch zu Tisch ging, verblühte gegen frische Blumen austauschte und die größeren Arrangements in der Bar und in der Lobby durchsah.

»Nein, eigentlich wollte ich Anna mit einem Blumenstrauß überraschen.« Mark wirkte fast schon verlegen, als er die Hände in die Hosentaschen steckte und sich im Raum umsah, und Ivy versuchte, sich ein Lächeln zu verkneifen. Der einst begehrteste Junggeselle der Stadt schien in einer festen Beziehung hin und wieder ein wenig überfordert zu sein.

»Ach, das ist aber süß!« Ivy grinste, und Mark sah sie erleichtert an.

»Ich war mir nicht sicher, ob Frauen sich wirklich darüber freuen«, gestand er ihr mit einem beschämten Lächeln.

Ivy zog eine Augenbraue hoch und verdrehte innerlich die Augen. *Männer!* »Da ich meinen Lebensunterhalt damit verdiene, kann ich dir versichern, dass Frauen Blumen mögen. Sehr sogar. Denk nur mal an Muttertag. Und Schokolade mögen sie natürlich auch.«

»Gut.« Marks Lächeln wurde breiter. »Und, welche empfiehlst du?«

»Oh …« Mit einem Mal wurde ihr übel und ihr Herz raste. Sie musste sich an der Ladentheke festhalten und konnte nur hoffen, dass man ihr die Verzweiflung nicht anhörte. Warum hatte sie die Medizin nicht sofort genommen? Stattdessen hatte sie es aufgeschoben und war abgelenkt worden … Sie hatte sich auf die Arbeit konzentriert, die nötig war, um den Laden am Laufen zu halten. »Was ist Annas Lieblingsfarbe?«

Sie wusste, dass es Blau war, aber sie versuchte immer, ihre Kunden dazu zu bringen, selbst auf den passenden Blumenstrauß zu kommen. Sie half ihnen, wo sie konnte, aber mit Vorschlägen anstelle von Überzeugungsversuchen. Schließlich bedeuteten die Blumen für den Schenker beinahe ebenso viel wie für den Beschenkten.

»Vermutlich … Rot. Oder auch Rosa.« Mark runzelte die Stirn und schien nicht weiterzuwissen.

Ivy kam um die Ladentheke herum. Der Müsliriegel würde warten müssen. »Wie wäre es, wenn ich dir ein paar Blumen zeige, und du sagst mir, was dir am besten gefällt?«

Daraufhin schien die Unsicherheit in Marks dunkelbraunen Augen zu verblassen. »Danke, Ivy.«

»Aber gern.« Sie führte ihn durch den Laden und deutete auf verschiedene Rosen und Gerbera, wobei das Blut die ganze Zeit in ihren Ohren rauschte. *Fall nicht in Ohnmacht. Du darfst nicht in Ohnmacht fallen. Halte nur noch fünf Minuten durch. Nur noch fünf Minuten.*

Ihre Diabetes war etwas, worüber sie all die Jahre Stillschweigen bewahrt hatte – nur Henry, ihre Mutter und sehr wenige andere Menschen in der Stadt wussten darüber Bescheid. Sie wusste, dass es nichts war, weswegen sie sich schämen musste, und es eigentlich gar keinen Grund dafür gab, es geheim zu halten, aber sie hatte schon sehr früh im Leben gelernt, dass man sich umso besser anpassen konnte, je weniger andere über einen wussten. Doch dann drehte sich plötzlich der Raum um sie herum. *Oh Gott.*

»Ivy? Geht es dir gut?« Mark klang besorgt. »Du hast ganz rote Wangen.«

»Ach, wirklich?« Dabei spürte sie, dass sie einen hochroten Kopf bekommen hatte, und sie schwitzte so stark, dass ihre Baumwollbluse bestimmt schon Flecken bekam. Vor ihren Augen verschwamm alles, und der Rand ihres Sichtbereichs begann zu flimmern. »Es ist ziemlich warm hier drin, findest du nicht? Ich bin schon eine ganze Weile auf den Beinen.«

Mark nahm ihren Ellbogen und führte sie zu der Bank, die neben der Eingangstür stand. »Ich hole dir ein Glas Wasser.«

»Saft«, erwiderte sie schnell. »Ähm, im Kühlschrank im Hinterzimmer steht noch etwas Saft.« Sie bewahrte dort immer etwas Fruchtsaft auf für den Fall, dass ihr Blutzucker in den Keller sackte, und sie wusste ganz genau, dass das gerade passierte.

Einige Sekunden später war Mark mit einem Plastikbecher und einem Müsliriegel wieder da. »Ich hoffe, das ist in Ordnung. Der Riegel lag neben dem Waschbecken.«

Er hatte ja keine Ahnung, wie sehr sie sich darüber freute. Ihre Finger zitterten so stark, dass sie die Verpackung kaum aufbekam. Panisch nahm sie einen Bissen und wartete darauf, dass der Zucker seine Wirkung zeigte. Sie musste ihr Insulin unter Kontrolle bekommen. Henry hatte recht. Und aus genau diesem Grund durfte er auch nichts von diesem kleinen Zwischenfall erfahren, sonst würde er doch nur wieder versuchen, sie davon zu überzeugen, dass sie die Stadt verlassen musste.

»Offenbar habt ihr gleich zwei Ärzte in der Familie«, witzelte Ivy, als ihre Körpertemperatur endlich wieder fiel und ihr Herzschlag sich beruhigte. Ihre Haut fühlte sich kalt an, und sie wischte sich das schweißfeuchte Haar aus dem Nacken.

»Oh, das, was Brett tut, könnte ich niemals«, erklärte Mark

aufrichtig, und als Ivy den Namen seines jüngeren Bruders hörte, setzte ihr Herz einen Schlag aus. »Als meine Mom krank war, habe ich jedoch auch ein paar Sachen gelernt.«

Ivy nickte. Mark hatte sehr viel geopfert, um seiner Mutter durch die Chemotherapie zu helfen, und das gleich zweimal.

»Wie geht es Brett denn?«, erkundigte sich Ivy so beiläufig, wie sie nur konnte. Sie wickelte den Müsliriegel ganz aus, verspeiste ihn und schaffte es irgendwie nicht, Mark in die Augen zu sehen.

Er zuckte mit den Achseln. »Gut, denke ich. Er wird zu Lukes Hochzeit wieder nach Hause kommen.«

So viel dazu, dass sie ihren Körper unter Kontrolle bekommen wollte. Bei diesen Worten spürte sie ein Flattern im Magen und ihr Herz schlug schneller. *Hat er eine Freundin?*, hätte sie am liebsten gefragt, aber eigentlich wollte sie das gar nicht wissen. Es bestand natürlich die Möglichkeit, dass er in weiblicher Begleitung zur Hochzeit kam. Grace, die immerhin ihre beste Freundin war, würde ihr bestimmt die Gästeliste zeigen, wenn sie sie darum bat. Doch Ivy war noch nicht bereit, die Hoffnung darauf aufzugeben, dass er allein kommen würde, um sie quer durch den Raum in ihrem wunderschönen purpurfarbenen Brautjungfernkleid zu entdecken, zu erkennen, was ihm sein ganzes Leben lang entgangen war, sich durch die Masse zu drängen und sie zum Tanzen aufzufordern. Er würde sie den ganzen Abend lang in den Armen halten und sie an seine muskulöse Brust drücken, während er ihr süße Nichtigkeiten ins Ohr flüsterte, und nachdem sie den Brautstrauß gefangen hatte, würde er sie mit in die Pension nehmen, in der er übernachtete, die Tür mit dem Fuß zustoßen, ihr langsam den Reißverschluss ihres Kleides herunterziehen und ihren Hals mit Küssen bedecken, bis sie stöhnte, und dann ... Aber es konnte natürlich auch sein, dass er mit einer wunderschönen Blondine am Arm auftauchte. Es war schon deprimierend genug, ohne Partner zur Hochzeit ihrer besten Freundin zu gehen, aber wenn Brett auch noch mit einer Freundin erschien ... Das würde sie einfach nicht ertragen.

Briar Creek war nicht gerade ein erfolgversprechender Ort für Singles, und auch wenn sie es versucht hatte, konnte sie die Schwärmerei für Brett, die sie schon ihr ganzes Leben lang empfand, einfach nicht abschütteln.

Ivy stand auf, fühlte sich ein wenig besser und warf die Verpackung des Müsliriegels in den Mülleimer unter dem Tresen. Dann wandte sie sich wieder Mark zu und meinte: »Und, hast du dich entschieden?«

»Ich glaube, ich habe solche Blumen schon mal in ihrer Wohnung gesehen ...« Er deutete auf eine Hortensie. »Aber vielleicht sollte ich lieber bei Rosen bleiben.« Seine Miene wurde flehentlich. »Ich will schließlich alles richtig machen.«

Ivy ging zu den strahlend blauen Hortensien und suchte die sechs schönsten heraus. »Du schlägst dich schon ganz gut, Mark. Zufälligerweise weiß ich, dass das hier Annas Lieblingsblumen sind.«

»Warum hast du mir das nicht gleich gesagt?«, wollte er lachend wissen.

»Weil du derjenige bist, der Anna Blumen schenken möchte.« Sie bedachte ihn mit einem vielsagenden Lächeln, wickelte die Blumen in braunes Papier und band eine Schnur um den wunderschönen, aber dennoch einfachen Strauß. »Darüber wird sie sich sehr freuen.«

»Danke«, erwiderte Mark und wandte sich schon zum Gehen. Doch nachdem er die Tür schon geöffnet hatte, blieb er noch einmal stehen, und sein Lächeln verblasste ein wenig. »Geht es dir wirklich gut? Kann ich irgendetwas für dich tun?«

Ivy winkte lächelnd ab, auch wenn ihr eigentlich gar nicht

danach war. »Es ging mir nie besser. Und jetzt geh und bring deiner Anna die Blumen!«

»Du bist die Beste, Ivy.«

Mark winkte ihr noch einmal zu, und dann schloss sich die Tür hinter ihm. Ivy stand in dem jetzt leeren Laden und seufzte. Wenn sein Bruder das doch auch nur so sehen würde ...

○ ○ ○

Ivy steckte gerade knallrote und orangefarbene Blumen zu einem Strauß zusammen, als Henry hereinkam. Er blieb im vorderen Teil des Ladens stehen und wartete, bis sie fertig war, wobei er das Werk seiner Schwester und die Sorgfalt, die sie an den Tag legte, genau beobachtete. Das *Petals* an der Main Street war ein kleiner, wunderschöner Laden, was vor allem an Ivys gestalterischem Geschick lag. Selbst wenn das Geschäft nicht seiner Zwillingsschwester gehört hätte, wäre er beeindruckt gewesen – vermutlich widerstrebend, aber das änderte nichts an der Tatsache.

Auf den abgewetzten Dielenbrettern standen verzinkte Blumentöpfe voller Sonnenblumen und farbenfroher Arrangements, die auf kleinen, handgeschriebenen Karten genauer erläutert wurden. Einige, wie die Rosen und die Lilien, erkannte er, andere hatte er bisher nur aus der Ferne gesehen und nie wirklich zur Kenntnis genommen. Er lächelte. Das war typisch für Ivy, dass sie die schönen Dinge im Leben zu schätzen wusste.

Schon auf dem Heimweg von der Schule hatte sie immer angehalten, um Wildblumen zu pflücken, die sie vorsichtig an den Stielen nach Hause trug. Dort war sie auf die Arbeitsplatte geklettert, um ein altes Marmeladenglas aus dem Regal zu nehmen und es mit den Blumen in die Mitte des alten Küchentisches zu stellen, an dem sie so gut wie nie saßen. Meist war es nur Unkraut, oft Gänseblümchen oder Ranunkeln, doch das hielt sie nicht davon ab, die Blumen im ganzen Haus zu verteilen. »Vielleicht heitern sie Mama auf«, hatte sie immer gesagt, und in ihrem blauen Augen hatte neue Hoffnung geschimmert. »Vielleicht bringen sie sie ja zum Lächeln.«

Henry schluckte schwer, da es ihm auf einmal die Kehle zuschnürte. Es gab nur eine Sache, die ihre Mutter zum Lächeln brachte, und das war das Geräusch von Wein, der in ein Glas eingeschenkt wurde. Normalerweise bemerkte sie Ivy kaum. Schließlich war ja Henry da. Bis er es irgendwann nicht mehr gewesen war.

Er spannte die Kiefermuskeln an, während er zusah, wie seine Schwester eine letzte Blume in der runden Vase arrangierte und dann einen Schritt nach hinten machte, um ihr Werk zu bewundern. Jetzt war er jedoch hier, und er würde verdammt noch mal dafür sorgen, dass es seiner Schwester endlich gut ging.

»Hast du dich um deine Krankenversicherung gekümmert?«, wollte er wissen, sobald der Kunde den Laden verlassen hatte, unbeholfen einen Strauß umklammernd, der locker zehn Kilogramm wiegen mochte.

»Na, du kommst aber direkt zur Sache«, erwiderte Ivy und hielt seinem Blick stand. Sie schürzte die Lippen und wischte einige abgeschnittene Stiele und Blätter von ihrem Arbeitstisch. »Wie geht es dir, Henry? Wie schön, dich zu sehen. Was hast du an diesem schönen Herbsttag so getrieben?«

»Du weißt genau, warum ich dich das gefragt habe.« Sein Tonfall wurde sanfter, und er krempelte sich die Hemdsärmel hoch. »Ich mache mir Sorgen um dich.«

Ivy reichte ihm einen kleinen Mülleimer aus Korbgeflecht, und er säuberte den Tisch, bis nichts als das gemaserte Holz zu sehen war. Der Tisch war abgenutzt und wurde zweifellos heiß und innig geliebt. Es mochte ihr zwar nicht gelungen sein, das Leben ihrer Mutter zum Besseren zu wenden, doch es war offensichtlich, dass sie das Leben vieler Stadtbewohner aufzuhellen vermochte.

»Ich habe es dir doch gesagt«, beharrte Ivy und weigerte sich noch immer, ihm in die Augen zu sehen. »Ich werde mir Anfang nächsten Jahres eine bessere Krankenversicherung suchen. Momentan ist meine Selbstbeteiligung sehr hoch, und ich hatte in letzter Zeit viele Ausgaben. Das ist alles.«

Er wusste, welche Ausgaben sie meinte, und sein Magen zog sich so heftig zusammen, dass er fast keine Luft mehr bekam. Für die Beerdigung hatte er einen Scheck geschickt, der jedoch nie eingelöst worden war.

»Das ist keine Ausrede, um Arzttermine zu verpassen und deine Medikamente nicht zu nehmen«, schimpfte Henry. Er warf ihr einen bösen Blick zu, aber sie schlenderte durch den Laden und schien entschlossen zu sein, die ernste Lage auf die leichte Schulter zu nehmen. Die immerhin ernst genug war, dass er ihretwegen nach Briar Creek zurückgekehrt war.

»Hast du dir mit dem Geld, das ich dir gegeben habe, neue Medikamente besorgt?« Sie war nicht gerade erbaut darüber gewesen, weil er darauf bestanden hatte, dass sie am letzten Freitag ihren Arzttermin wahrnahm, doch in Anbetracht der Tatsache, dass sie erst vor zehn Tagen im Krankenhaus gewesen war, wusste sie es besser, als ihm zu widersprechen.

Sie seufzte schwer. »Ja, ich war heute Morgen in Forest Ridge und habe mir alles besorgt.«

»Gut.« Ihm gefror noch immer das Blut in den Adern, wenn er an den erschreckenden Telefonanruf dachte, den er aus der Notaufnahme erhalten hatte. Der Arzt hatte sich danach erkundigt, ob er Ivy Birchs nächster Angehöriger sei. Ihm hatte der Atem gestockt, und während dieser lähmenden Sekunden hatte er nur noch denken können: *Jetzt habe ich sie auch noch verloren.* Als er am nächsten Tag nach einem Nachtflug an ihrem Bett aufgetaucht war, hatte Ivy zuerst erschrocken und dann peinlich berührt ausgesehen. Sie hatte nicht gewollt, dass er sich Sorgen machte, hatte sie gesagt, als er sie nach dem Schwindel und ihrem Blutzuckerspiegel fragte. Sie hatte sogar behauptet, es für keine so große Sache gehalten zu haben, daher hatte sie gewartet und den Arztbesuch immer wieder hinausgezögert, bis es beinahe zu spät gewesen war.

Es war ihm nicht gelungen, ihre Mutter zu retten, aber er wollte verdammt sein, wenn er seine Schwester nicht retten konnte. Sie war alles, was er hatte. Alles, was er je gehabt hatte. Er schloss die Augen, und die Schuldgefühle bohrten sich wie ein Messer tief in seine Brust. Vielleicht war es egoistisch gewesen, vor einigen Jahren die Stadt zu verlassen. Vielleicht hätte er einfach alles ertragen und bleiben müssen, so wie Ivy es getan hatte.

»Ich denke darüber nach, diese Woche mit dem Haus anzufangen«, sagte Ivy gerade. »Ich helfe dir auch mit dem Dachboden. Vielleicht sollten wir uns aber auch als Erstes die Kisten in der Garage vornehmen.«

»Nein«, entgegnete Henry entschlossen. »Du bist hier den ganzen Tag auf den Beinen, dabei solltest du doch gar nicht so schwer arbeiten.«

»Ich kann es mir momentan aber nicht leisten, jemanden einzustellen«, meinte Ivy.

»Du vielleicht nicht, ich aber schon.«

»Henry!« Ivy schüttelte so energisch den Kopf, dass ihr kastanienbraunes Haar durch die Luft flog. »Ich habe doch gesagt, dass ich dein Geld nicht haben will. Außerdem werde ich mehr als genug haben, sobald wir Moms Haus erst verkauft haben.«

Viel Glück dabei, dachte er unwillkürlich. Das alte Farmhaus war schon heruntergekommen gewesen, als sie darin aufgewachsen waren, und das war dreißig Jahre her. Er konnte den Gedanken kaum ertragen, es noch einmal betreten zu müssen, aber Ivy hatte recht: Wenn sie es verkauften und ein für alle Mal frei davon waren, wäre es für sie beide am besten – vor allem für Ivy.

»Versprich mir, dass du in der Zwischenzeit regelmäßig deine Medikamente nimmst. Hast du dein Insulin heute schon genommen?«

Ivy errötete. »Das wollte ich gerade machen.«

Henry ballte die Fäuste. »Mach es jetzt, und lass mich dabei zusehen.«

»Henry!«, protestierte Ivy und stemmte die Hände in die Hüften. »Ich bin dreißig Jahre alt!«

»Und ich bin acht Minuten älter.« Seine Stimme wurde sanfter. »Bitte, Ivy.«

Sie starrte ihn an und nickte dann langsam. Ohne ein weiteres Wort verschwand sie hinter einer Tür und kehrte mit einer Spritze in der Hand wieder zurück. Obwohl er sie schon tausendmal dabei beobachtet und ihr die Spritze anfangs selbst gesetzt hatte, um ihr später beizubringen, wie sie es allein tun konnte, zuckte er immer noch zusammen, wenn die Nadel in ihren Oberschenkel eindrang.

»So.« Ivy sah ihn an, und ihre blauen Augen wirkten hell und entschlossen. Sie strich ihren Rock wieder glatt und wurde rot. »Bist du jetzt zufrieden?«

»Ich werde zufrieden sein, wenn ich weiß, dass ich mir um dich keine Sorgen mehr machen muss«, erwiderte er, auch wenn er wusste, dass dieser Tag niemals anbrechen würde. Er hatte sich um sie gekümmert, seitdem er alt genug gewesen war, um zu begreifen, dass es kein anderer tun würde, und schon lange, bevor sie mit sieben das erste Mal im Krankenhaus gelandet war. Und er würde ganz bestimmt nicht damit aufhören. »Wir sehen uns das Haus gemeinsam an, aber danach übernehme ich alle schweren Arbeiten.« Als sie protestieren wollte, hob er eine Hand. »Zwing mich nicht dazu, die Schlösser austauschen zu lassen, Ivy.«

Sie lachte, und er tat es ihr nach. Es war ein entspanntes Lachen, ein Lachen, das nur zwischen Geschwistern möglich war. Auf einmal vermisste er sie so sehr, dass sich sein Herz schmerzhaft zusammenzog, obwohl sie direkt vor ihm stand. Telefonate waren einfach nicht genug. Er wünschte sich, sie hätte seine Einladungen angenommen und ihn in Kalifornien besucht.

»Wie gefällt es dir in der Pension?«, wollte sie wissen und setzte sich in einen Schaukelstuhl. »Dir ist schon klar, dass du auf meiner Couch schlafen könntest?«

Ivys Wohnung über dem Laden war gemütlich, aber auch kleiner als die meisten Hotelzimmer, in denen er übernachtete. Die Couch war kaum mehr als ein Fernsehsessel, und er bezweifelte, dass er mit seinen knapp eins achtzig darauf auch nur eine Nacht, geschweige denn mehrere Wochen hätte schlafen können.

Ein paar Wochen, rief er sich ins Gedächtnis. Nur ein paar Wochen, dann hätte er all das hier hinter sich. Das Haus wäre verkauft und er müsste nie wieder einen Fuß hineinsetzen. Die Erinnerungen wären gebannt. Er würde die Stadt verlassen können in dem Wissen, dass ein Teil seines Lebens ausgemerzt worden war.

»Es ist eigentlich ganz gemütlich. Und das Essen ist in Ordnung. Gestern Abend war ich im *Rosemary and Thyme*. Netter Laden.«

Ivy hörte auf zu schaukeln und runzelte die Stirn. »Du warst gestern Abend dort? Ich auch.« Sie hielt inne. »Mit wem warst du denn da?«

»Mit Adam Brown«, antwortete er. Da er wusste, wie nah Ivy den Madison-Schwestern stand, machte er sich auf eine heftige Reaktion gefasst.

»Ihr wart früher sehr eng befreundet«, war jedoch alles, was sie sagte.

Sie waren beste Freunde gewesen. Adam war ein Jahr jünger als er, doch sie hatten nebeneinander gewohnt und Henry hatte der Altersunterschied nichts ausgemacht. Er hatte nichts mehr geliebt, als zum Abendessen bei den Browns zu bleiben, hatte seinen Teller immer leer gegessen und sich dort aufgehalten, solange er konnte, bis unausweichlich die Realität eingesetzt hatte und sein Wunschtraum, dass dies sein Heim wäre, vorbei gewesen war. Er hatte nichts mehr gehasst, als dann den Hügel zu dem alten, heruntergekommenen Farmhaus wieder hinaufgehen zu müssen.

»Und was ist mit dir? Hattest du eine Verabredung?« Henry grinste sie vielsagend an, aber Ivy schnitt nur eine Grimasse.

»Wohl kaum.« Sie seufzte und stand aus dem Schaukelstuhl auf, um nach einem Bündel Rosen zu greifen und die Blätter von den Stielen zu entfernen. »Nein, ich war mit meinen Freundinnen dort. Einige von uns sind Grace' Brautjungfern, und es gibt für die Hochzeit noch viel zu planen.«

Henrys Lächeln verblasste. »War Jane auch da?«

»Ja.« Ivy hielt in ihrer Arbeit inne. »Warum fragst du?«

Er knirschte mit den Zähnen und fragte sich, was sie wohl gedacht hatte, falls sie ihn und Adam bemerkt hatte. Betreten fuhr er sich mit einer Hand durch das Haar. Er konnte nur hoffen, dass sie sie nicht gesehen hatte.

»Ach, nur so«, stieß er hervor und zuckte mit den Achseln, um sich selbst davon zu überzeugen, dass es keine große Sache war. Adam war sein Freund, und er war sogar dessen Trauzeuge gewesen. Da war es doch nachvollziehbar, dass sie sich trafen, wenn er wieder in der Stadt war. »Ich dachte nur, dass sie ihrem Ex bestimmt nicht gern über den Weg gelaufen wäre.«

»Das müsstest du doch eigentlich wissen«, merkte Ivy an und widmete sich wieder ihrer Arbeit. »Aber ich glaube, Jane wird schon darüber hinwegkommen. Sie hat Sophie, und sie hat jetzt wieder angefangen zu tanzen. Wusstest du, dass sie Kurse im Ballettstudio gibt? Außerdem hilft sie Grace im Buchladen.«

»Im *Anhang*«, fügte Henry hinzu, dem durch den Kopf schoss, dass er an diesem Nachmittag eigentlich noch ein paar Stunden im Café hatte arbeiten wollen. Nach dieser Unterhaltung war er sich da jedoch nicht mehr so sicher. Gestern war Jane sehr freundlich gewesen und hatte sogar mit ihm geplaudert. Falls sie ihn allerdings gestern Abend gesehen hatte, würde sie heute auf Distanz bleiben.

Diese Aussicht enttäuschte ihn – mehr, als sie es eigentlich tun sollte.

»Bist du schon da gewesen?« Ivy schien sich darüber zu freuen. »Ich bin wirklich stolz auf sie alle. Sie haben aus einer schlimmen Lage das Beste gemacht.«

Er wusste, dass sie sich auf den Tod des Vaters der drei Schwestern und auf Janes Scheidung bezog, aber sie hatte auch einen Nerv getroffen. »Das können wir ebenfalls schaffen«, erklärte er, während ihm das Adrenalin durch die Adern schoss. »Wir renovieren dieses heruntergekommene Haus und erzielen einen guten Preis dafür. Wäre das nicht toll?«

Ivy bedachte ihn mit dem Hauch eines Lächelns und nahm einige Rosen aus einem Plastikeimer. »Hoffen wir einfach, dass uns überhaupt jemand das Haus abkauft. Dann wäre ich schon sehr zufrieden.«

»Wer sagt denn, dass wir uns nicht auch mal durchsetzen

können?«, konterte Henry, und er spürte, wie seine Schwester ins Wanken geriet. »Das haben wir uns schließlich verdient.« Und dieses Mal würde es auch so kommen. Dafür würde er schon sorgen.

6

Montagmorgens war bei *Main Street Books* im Allgemeinen nur wenig los. Die meisten Kunden hatten sich am Wochenende umgesehen und eingekauft und entspannten sich höchstens bei einem Cappuccino und einem von Annas berühmten Pistazienbiscotti. Normalerweise konnte sich Grace allein um alles kümmern, aber an diesem Tag hatte Jane beschlossen, vorsichtshalber trotzdem mal vorbeizuschauen ...

Heuballen, Chrysanthemen und einige dicke Kürbisse standen neben der farbenfrohen roten Ladentür, die Jane schon gekannt und geliebt hatte, als sie in Sophies Alter gewesen war. Grace dekorierte das Schaufenster gerade herbstlich, als Jane die Tür öffnete und hereinkam.

»Sehr gut, du kommst genau richtig«, rief Grace atemlos. »Hilf mir doch mal mit dieser Blättergirlande. Immer, wenn ich das eine Ende aufhängen will, fällt das andere wieder herunter.«

Sie hatte eine Schnur mit Blättern aus Bastelpapier in der Hand, die die Kinder während der Märchenstunde in der vergangenen Woche gebastelt hatten, um dann auf eine Seite den Titel ihres Lieblingsbuches zu schreiben.

Jane stellt ihre Tasche ab und half ihrer Schwester dabei, die Girlande innen am Fenster zu befestigen. Bei dem Gedanken daran, dass sie sie um Extraschichten bitten wollte, zog sich ihr Magen zusammen und ihr Herz schlug schneller. Dabei war ihr bewusst, dass das verrückt war, da sie Grace schließlich alles sagen konnte. Aber sie musste es auf eine Art und Weise ansprechen, bei der ihre Schwester nicht gleich alarmiert wurde. Das hatte sie Rosemary schließlich versprochen.

»Heute ist nicht viel los«, stellte Grace fest. »Wollen wir zusammen einen Kaffee trinken, um den Tag angenehm zu beginnen?«

Jane nickte. Grace' Bemerkung hatte ihr den Wind aus den Segeln genommen. Sie sah sich im Raum um, bemerkte die wenigen Kunden, die in den Ohrensesseln oder an einem der Tische saßen, und beschloss, die Gelegenheit beim Schopf zu greifen. Sie wartete, bis Grace mit den Kaffeetassen zurückgekommen war, und fragte dann: »Und, gibt es schon neue Hinweise von Luke, wohin es in den Flitterwochen gehen wird?«

»Nein«, erwiderte Grace, und Jane wusste, dass die Genervtheit ihrer Schwester nicht nur gespielt war. Grace versuchte jetzt schon seit gut einem Monat, Luke ein paar Andeutungen zu entlocken, aber er hatte sich vehement geweigert. Es war selbst Anna nicht gelungen, etwas aus Mark herauszubekommen – das hatte auch Grace bereits versucht, ebenso wie Jane Rosemary ausgefragt hatte, doch falls Lukes Mutter wusste, was ihr Sohn plante, so waren ihre rubinrot geschminkten Lippen versiegelt. »Ich habe ihm letzte Woche gesagt, dass ich zumindest wissen muss, was ich einpacken soll. Da dachte ich schon, jetzt wäre es endlich so weit, doch als er gerade den Mund aufmachen wollte, hat er ihn doch wieder zugeklappt.« Grace zuckte mit den Achseln und lächelte. »Aber da es hier ohnehin schon langsam kalt wird, kann ich mir nicht vorstellen, dass wir noch weiter in den Norden reisen. Das wäre wirklich grausam.«

»Das wären keine schönen Flitterwochen«, stimmte Jane ihr reumütig zu und legte die Arme enger um ihren Oberkörper. Es musste wirklich schön sein, wegzufahren, sich irgendwo im

Warmen am Strand zu entspannen und seine Sorgen für eine Weile zu vergessen.

»Ach, Jane, es tut mir leid. Wenn ich nicht mehr darüber reden soll, musst du es mir einfach sagen.«

Aber Jane schüttelte den Kopf. »Das ist schon in Ordnung.«

Grace sah nicht überzeugt aus, und Jane seufzte, als sie sich an dem Tisch, der dem Bäckereitresen am nächsten stand, auf einen Stuhl sinken ließ. »Ich habe darüber nachgedacht, und ich glaube, dass ich gar nicht so aufgebracht bin, weil Adam wieder heiratet und ...« Sie brachte die Worte nicht über die Lippen. Jahrelang hatte sie auf weitere Kinder gehofft, aber Adam war immer so distanziert gewesen, spät nach Hause gekommen und früh wieder zur Arbeit gegangen, und er war häufig auf der Couch vor dem Fernseher eingeschlafen, anstatt überhaupt ins Bett zu kommen. »Ich dachte nur, dass ich diejenige wäre, die als Erste ihr Leben wieder auf die Reihe bekommt. Das wäre nur ... fair gewesen.« Sie lächelte, während ihr die Tränen in die Augen stiegen, und kam sich auf einmal kindisch vor. Fair. Es war nichts fair daran, wenn einen der eigene Ehemann betrog. Wie hatte sie auf die Idee kommen können, dass sich danach irgendetwas ändern würde?

»Bist du dir sicher, dass du nicht doch wieder öfter ausgehen möchtest?«, drängte Grace sie.

Jane versteifte sich und trank einen Schluck Kaffee. »Nein, auf gar keinen Fall.« Allein bei dem Gedanken an ein weiteres Blind Date wurde ihr ganz anders ... dieser Stress, sich schick und verführerisch anziehen zu müssen, die Nervosität, ein Restaurant zu betreten, sich fragend umzusehen und keine Ahnung zu haben, was der Abend mit sich bringen würde. Einige Frauen mochten das ja aufregend finden, aber sie sah das anders. Sie brauchte keine Aufregung und keine großen Erwartungen. Sie wollte einfach jemanden haben, zu dem sie abends nach Hause kommen konnte. Sie sehnte sich nach Lachen und Trost. Sie brauchte einen Freund, der ihr sagte, dass sie hübsch war, und der sich freute, wenn sie bei ihm war.

Ihre Gedanken wanderten zu Henry und sie erinnerte sich, wie sie an seinem ersten Tag hier gemeinsam gelacht hatten und wie schnell er gemerkt hatte, wie es um ihre Gefühle stand. Das hatte er schon immer gut gekonnt, manchmal auch dann, wenn es ihr gar nicht so recht gewesen war.

Dann musste sie daran denken, wie er mit Adam an der Bar gesessen hatte, sich zweifellos angehört hatte, wie ihr Ex die ganze Angelegenheit schilderte und ihm all die Gründe dafür auflistete, warum ihre Ehe zerbrochen war und warum Adam hatte ausziehen müssen.

Sie trank noch einen Schluck Kaffee. Es war doch völlig sinnlos, jetzt an Henry zu denken. Aber wenn sie nur einen Mann finden könnte, der so war wie er – allerdings einen, der nicht gleichzeitig der älteste und engste Freund ihres Exmannes war –, dann …

»Du lächelst«, stellte Grace fest.

»Was?« Jane sah ihre Schwester ernst an. »Ich habe gerade darüber nachgedacht, dass mein Leben jetzt eigentlich viel besser ist. Ich hatte genug Komplikationen und wünsche mir, dass es alles einfach wird.«

»Die Liebe ist selten einfach«, merkte Grace an.

»Ganz genau.« Und das war noch ein Grund mehr, ihr lieber aus dem Weg zu gehen. »Außerdem kennen wir so gut wie jeden in dieser Stadt, und ich bezweifle, dass es hier einen Mann für mich gibt, sonst wäre er mir doch schon längst aufgefallen.«

»Ach ja?« Grace schnaubte. »Wann denn? Du bist während der ganzen Zeit auf der Highschool mit Adam ausgegangen und jetzt erst seit wenigen Monaten geschieden.«

»Du weißt ganz genau, was ich meine«, entgegnete Jane.

»Alle Singlemänner, die noch übrig sind, sind mittlerweile einfach gute Freunde. Da ist kein … Funke mehr.« Zumindest keiner, der sie derart nervös machte, wie es jeder Gedanke an Henry tat.

»Wissen Mom und Anna es schon?«, fragte Grace.

Jane ließ die Schultern sinken. »Ich muss es ihnen noch erzählen, bevor Sophie es ausplaudert, ich hatte bisher noch keine Gelegenheit dazu. Ich mache es aber bald. Ich will nur nicht, dass sie sich Sorgen machen.« Jane rieb sich die Stelle zwischen den Augenbrauen. Natürlich würde sich ihre Mutter Sorgen machen. Ihr Gesicht würde puterrot anlaufen und sie würde die Lippen schürzen, wie sie es jedes Mal tat, wenn Adams Name fiel. Es wäre für niemanden ein Trost, dass Janes Ehe nicht durch eine flüchtige Affäre, sondern anscheinend durch wahre Liebe gescheitert war, wie Sophie es ausdrücken würde. »Hat Luke wenigstens gesagt, wie lange die Flitterwochen dauern werden?«, hakte Jane nach.

Grace lächelte. »Zwei Wochen. Mehr wollte er mir aber nicht verraten.«

»Mach dir wegen des Buchladens keine Sorgen«, versicherte Jane ihr und nutzte die Gelegenheit. »Ich kann für dich einspringen.«

»Was ist mit deinen Tanzkursen?« Grace runzelte die Stirn.

»Ich kann auch einfach ein Schild an die Tür hängen, solange ich weg bin. Das würde jeder verstehen.«

»Ach, Unsinn! Außerdem habe ich momentan sowieso weniger Kurse.«

Verdammt! Grace sah sie sofort erschrocken an. »Warum das denn?«

Jane winkte ab und schenkte ihrer Schwester ein, wie sie hoffte, zuversichtliches Lächeln. »Zu Beginn des Schuljahres ist immer weniger los. Während der Probenzeit kommen dann immer mehr Schüler, aus diesem Grund hat mich Rosemary letzten Winter ja auch eingestellt. Daher kann ich dir sehr gern hier aushelfen«, beharrte Jane. »Wir wollen doch schließlich nicht das gute Weihnachtsgeschäft verpassen.«

Grace' Miene verriet Jane, dass sie ins Schwarze getroffen hatte. »Die Hochzeit findet zwar erst in fast sieben Wochen statt, aber danke. Ich weiß das wirklich zu schätzen. Apropos, du solltest diese Woche die Einladung in der Post haben.«

Irgendwie gelang es Jane, einen beiläufigen Tonfall beizubehalten, als sie ihren Stuhl zurückschob und die Tasse ins Spülbecken brachte. »Ich kann dir auch vorher schon aushelfen, falls du mit der Hochzeitsplanung zu viel zu tun hast.«

Grace kam um den Tresen herum und stellte sich neben sie. »Danke, vielleicht komme ich darauf zurück.«

Jane versuchte, sich ihre Frustration nicht anmerken zu lassen. Sie hatte Rosemary versprochen, Grace und Luke nicht mit ihren Sorgen zu behelligen, aber ihre Schwester schien die Andeutungen nicht zu verstehen. »Es hilft mir sehr, musst du wissen. Ich muss mich beschäftigen. Das hindert mich daran, nachzudenken ... über alles.«

Erst als sie die Worte aussprach, wurde ihr bewusst, wie wahr sie waren. Die schlimmsten Abende waren die, die sie allein verbrachte, wenn Sophie bei Adam war und ihre Schwestern mit Luke oder Mark zusammen waren. Manchmal ging sie mit Kara oder Ivy ins Kino oder abendessen, aber das war nicht dasselbe, und sie war immer nur halb anwesend, und wie schön das Restaurant oder wie spannend der Film auch sein mochten, sehnte sie sich nach den Annehmlichkeiten, die das Familienleben mit sich brachte.

Grace legte ihr eine Hand auf den Arm. »Hast du vielleicht heute Zeit? Mir wäre es ganz lieb, wenn ich ein paar Stunden frei hätte, um endlich die Kleider zu bestellen.«

»Hast du das noch immer nicht getan?« Jane lachte, aber die Erleichterung, die sie spürte, war weitaus größer als ihre Belustigung. »Ich habe Zeit.« Mehr als genug Zeit. »Mein erster Kurs beginnt erst um vier.«

Mein einziger Kurs, dachte sie, und der harte Knoten in ihrem Bauch war wieder da.

»Was hältst du dann von einer Sechsstundenschicht?«

Jane nahm ihre Schwester fest in den Arm. »Du bist die Beste.«

»Aber erzähl Anna nichts davon. Wir wollen doch nicht, dass sie eifersüchtig wird.« Grace zwinkerte ihr zu.

Einige Minuten später lächelte Jane noch immer, nachdem sie ihre Schwester verabschiedet hatte. Mit den sechs Stunden hier und dem Kurs am Nachmittag hätte sie zumindest den heutigen Tag herumgebracht. Im Ballettstudio wollte sie sich noch einmal mit Rosemary über die Zukunft unterhalten und danach einige Entscheidungen treffen. Schließlich musste sie ja nicht vorschnell handeln. Wenn es im Studio wieder besser lief, wären einige sorgenvolle Wochen noch nicht das Ende der Welt. Und falls nicht ...

Sie setzte eine neue Kanne Kaffee auf und beschloss, sich deswegen keine Sorgen zu machen – zumindest noch nicht.

Um elf Uhr wurde es langsam voller im Laden, und ihr fiel das Lächeln immer leichter. So sehr sie ihr gemütliches Zuhause auch genoss, so war es doch auch ganz schön, mal rauszukommen, sich dem Leben zu stellen und sich mit anderen zu unterhalten, selbst wenn es nur um Nichtigkeiten ging.

Sie stellte den letzten Blaubeermuffin zum Aufwärmen in den kleinen Backofen und wandte sich dem nächsten in der Schlange zu. Als sie Henry in die Augen schaute, wurde ihr auf einmal ganz warm. Er lächelte sie schief an, und sie schluckte schwer, versuchte, ihren Herzschlag zu beruhigen, und hoffte, dass sie nicht vor Aufregung puterrot geworden war. Dummerweise wusste sie allerdings, dass diese Hoffnung vergebens war.

»Ziemlich warm hier drin«, behauptete sie lächelnd und fächelte sich übertrieben auffällig Luft zu. *Reiß dich zusammen, Jane!*

Henry runzelte die Stirn, aber seine blauen Augen sahen sie freundlich an. »Draußen ganz und gar nicht. Ich hatte ganz vergessen, wie unangenehm das Wetter hier werden kann.«

»Dann warte erst mal, bis es Winter wird«, erwiderte sie keck und riss sich dann zusammen. Vermutlich würde Henry im Winter gar nicht mehr hier sein. Vielleicht reiste er sogar schon nächste Woche wieder ab.

Als ob sie noch einen weiteren Grund gebraucht hätte, um Abstand zu ihm zu halten.

»Und, was darf's sein?« Sie presste die Lippen zusammen und atmete langsam durch die Nase aus. Henrys Miene schien sich zu verfinstern, und sein Lächeln verblasste so weit, dass sie erkennen konnte, was für volle Lippen er hatte. Er starrte sie durchdringend an.

Sie beschloss, dass sie nach dem Kaffee sehen sollte. Nicht, dass die Kanne noch überlief.

»Einen großen Kaffee. Extra groß, falls ihr so was habt.« Bevor sie nachfragen konnte, fügte er zur Sicherheit hinzu: »Zum Hier-Trinken.«

Sie fluchte leise, als sie die Finger um den Griff der Kaffeetasse legte. Das konnte nur bedeuten, dass er nicht allzu bald wieder gehen würde.

Das ist doch unwichtig, sagte sie sich und füllte eine weiße Tasse, auf der das Logo von *Main Street Books* prangte, wobei sie darauf achtete, noch genug Platz für die Milch zu lassen. Sie versuchte, die Tatsache zu ignorieren, dass sie inzwischen wusste, wie er seinen Kaffee trank. Das war einfach nur guter

Kundenservice. Auf keinen Fall mehr als das. Schließlich kannte sie Henry schon seit vielen Jahren. Sie reichte ihm die Tasse, und als sich ihre Finger berührten, schien ihr ein Stromstoß durch den Arm zu jagen. Er grinste, wobei sie sein Grübchen erkennen konnte, und ihr Herz schlug schneller. Blinzelnd starrte sie den Tresen an und versuchte, ihre Fassung wiederzugewinnen. Gut, dann hatte er eben ein Grübchen. Na und? Das hatte er doch schon immer gehabt. Damals war sie nur zu sehr auf Adam fixiert gewesen, um es zu bemerken …

»Heute nehme ich auch einen dieser Cranberryscones.« Sein Blick ruhte bereits wieder auf ihr, als sie ihn anschaute und dann sofort wieder wegsah. Sie griff nach dem Scone und ließ ihn geradezu auf einen Teller fallen, damit Henry bloß nicht sehen konnte, wie ihre Hand zitterte. Wenn er doch nur aufhören würde, sie so anzustarren, noch dazu mit diesem trägen Grinsen, bei dem er die Mundwinkel nach oben zog und mit seinen langen Wimpern klimperte. Dann wäre sie auch nicht so nervös.

Sie war einfach aus der Übung, da sie es sich an den meisten Abenden zu Hause gemütlich machte, nachdem Sophie ins Bett gegangen war. Schließlich interessierte sie sich nicht für die Väter in der Schule – wie erbärmlich wäre das denn? –, und es gab eigentlich keine anderen Männer in der Stadt, die so einen kräftigen Kiefer und Bartstoppeln in genau der richtigen Länge hatten …

Jetzt beäugte Henry den Teller, den sie schon eine gefühlte Ewigkeit in der Hand hielt.

»Entschuldige«, stieß sie hervor und starrte die Kasse an. Sie reichte ihm den Teller und tippte seine Bestellung ein. »Ich war gedankenverloren.«

Wohl eher verloren in seinen Augen. Dabei passte das gar nicht zu ihr. Sie nahm keine Männer unter die Lupe. Sie suchte doch gar nicht nach einem Mann! Aber genau das hatte sie gerade getan. Sie hatte ihn angesehen. Doch sie suchte keinen neuen Freund. Diese Zeiten waren ebenso vorbei wie die als Ehefrau.

»Ziemlich ruhig hier heute«, bemerkte er und steckte ein paar Scheine in den Becher für das Trinkgeld.

»Montags ist immer wenig los«, bestätigte sie. *Bitte geh einfach. Nimm deinen Kaffee und deinen Scone und setz dich an einen Tisch, am besten mit dem Rücken zu mir, damit mich dein markanter Kiefer und dein jungenhaftes Grinsen nicht länger in Versuchung führen.* Sie starrte ihn an und wartete darauf, dass er ging, doch er blieb vor dem Tresen stehen. Er klappte den Mund auf, als ob er etwas sagen wollte, tat es dann aber doch nicht. Das Lächeln, das seine Lippen beim Hereinkommen umspielt hatte, war verschwunden, und plötzlich wirkte er unsicher und sah aus, als brenne ihm etwas auf der Seele. Sie kannte diesen Blick viel zu gut und hatte gelernt, sich davor zu fürchten.

Damit wäre der Small Talk zu Ende.

»Ich habe dich mit Adam zusammen gesehen«, meinte sie beiläufig. Das war doch wirklich nichts, weswegen sie sich aufregen musste.

»Ich wusste nicht, dass du da warst.« Er spannte die Kiefermuskeln an und sah ihr in die Augen.

Sie zuckte mit den Achseln und wischte ein paar Krümel vom Tresen. »Schon lustig, dass ihr euch im Restaurant meiner Schwester treffen müsst.«

»Du bist wütend …«

»Wütend? Nein, natürlich nicht! Ihr wart die besten Freunde. Es hätte mich überrascht, wenn ihr euch nicht trefft, solange du in der Stadt bist. Ich wünsche nur, ihr wärt ins *Piccolino's* oder in den Pub gegangen. Gut, vielleicht ist ihm gar nicht bewusst, dass Anna ihn am liebsten filetieren würde … Ein Glück, dass sie nicht gemerkt hat, dass er da war, sonst hätte er noch ein Stück verdorbenen Fisch serviert bekommen.« Sie lachte unglücklich auf, als sie abkassierte. Das Glöckchen über der Tür klingelte, und Jane blickte auf und sah eine Kundin, die um einen Büchertisch herumging. Sie winkte und lächelte, als die Mutter einer ihrer Schülerinnen näher kam. Genau das hatte sie jetzt gebraucht, ein freundliches Gesicht, das ihr half, wieder auf den Boden der Tatsachen zurückzukehren.

Henry starrte sie mit finsterer Miene an, und Jane spürte, wie sie errötete. Dabei gab sie sich die größte Mühe, es nicht zu tun.

»Weißt du was, ich werde Ivy einen Kaffee mitbringen. Sie hat ziemlich viel zu tun und macht entschieden zu selten Pausen.«

Jane nickte. »Gern. Ein Kaffee zum Mitnehmen?«

»Ich werde meinen auch gleich mit rübernehmen.«

Wider Erwarten spürte sie einen Stich der Enttäuschung. »Natürlich. Kein Problem.« Sie lächelte trotz des zittrigen Seufzers, der in ihr aufstieg, goss seinen Kaffee in einen Pappbecher und packte seinen Scone in eine Papiertüte ein.

Wieder berührten seine Finger die ihren, als er ihr Ivys Kaffeebecher aus der Hand nahm, und erneut kribbelte ihre Haut. Sie sahen einander in die Augen, und ihr Herz klopfte schneller, als er sie schüchtern anlächelte.

»Ich wollte dich nicht verärgern, Jane. Es tut mir leid, falls es so gewesen ist.«

Oh Mann, war das denn so offensichtlich? Sie hatte sich so große Mühe gegeben, sich nicht anmerken zu lassen, wie verletzt sie war, und einen Rest von Stolz zu behalten, obwohl Adam versucht hatte, sie öffentlich als Närrin abzustempeln, indem er sie erst betrog und dann mit seiner Geliebten in der

Stadt herumstolzierte. Sie hatte den besorgten Nachbarn und Freundinnen tapfer versichert, dass es ihr gut ging, wenn sich diese nach ihrem Wohlergehen erkundigten. Es ging ihr auch gut. Sie hatte sogar ganz allein die Kindergarteneinführung überstanden, während Adam und Kristy händchenhaltend auf der anderen Seite des Raumes gesessen hatten. Sie hatte ihr bestes Twinset und einen Glockenrock getragen, den sie zugegebenermaßen erst nach einer Ewigkeit des Onlineshoppens gefunden hatte, sich aufrecht hingesetzt und beim Lächeln die Zähne gebleckt, als wollte sie sagen: *Mich hast du nicht erniedrigt, ausgestoßen und betrogen!* Ohne ihn war sie sowieso besser dran, das wusste sie und das wussten auch alle anderen! Es gab nichts, weswegen sie verletzt sein musste, keinen Grund, rot zu werden oder die Fassung zu verlieren, wenn sein Name genannt wurde oder sie ihn beispielsweise im Restaurant ihrer Schwester entdeckte. Dabei hatte er dort überhaupt nichts zu suchen. Doch er war ganz offensichtlich dort essen gegangen, wobei er wieder einmal keinen Gedanken an sie verschwendet hatte …

»Hör mal.« Sie schloss die Augen und schüttelte den Kopf. »Es ist schon in Ordnung. Wirklich. Ich bin nur immer wieder ein bisschen … erschrocken, wenn ich Adam sehe, das ist alles.« Das war gelinde ausgedrückt, wie sie sich selbst eingestehen musste. »Aber ich bin froh, dass ihr euch getroffen habt. Ihr wart gute Freunde. Es wäre viel überraschender, wenn ihr euch nicht sehen würdet, solange du in der Stadt bist.«

»Bist du dir sicher?« Er sah skeptisch aus, und verdammt, war sein Grinsen nicht gerade etwas breiter geworden?

Jane schluckte schwer. Dann hatte er eben ein nettes Grinsen. Das hatten viele Männer. Viele Männer, die nicht mit ihrem Exmann essen gingen. »Es ist wirklich in Ordnung«, erwiderte sie leicht atemlos.

Henry machte einen Schritt nach hinten. »Wir waren alle Freunde, Jane. Es wäre schrecklich für mich, wenn sich daran etwas ändert, nur weil ich mit Adam gesprochen habe.«

Adam. Da war der Name wieder. Nichts, was Henry sagte oder tat, konnte sie den Menschen vergessen lassen, der sie beide verband, dabei war das genau die Person, die sie unbedingt vergessen wollte. Na, dann fiel ihm eben gerade eine Locke in die Stirn und sie verspürte den ungeheuren Drang, sie wegzustreichen. Dann war er eben nicht nur attraktiv, sondern auch mitfühlend. Nichts von alldem war von Bedeutung, wenn sie eine Tatsache nicht vergessen konnte: Bei Henry musste sie unwillkürlich an Adam denken, und das konnte sie einfach nicht ertragen. Dennoch zwang sie sich, ihn anzulächeln. »Es ändert gar nichts an dem, was zwischen uns ist.«

7

Henry schickte seinem Herausgeber seinen Artikel und lehnte sich seufzend auf seinem Stuhl zurück. Eigentlich hätte er erleichtert sein sollen, dass er seinen Abgabetermin eingehalten hatte und nichts Neues anstand, doch stattdessen war er verärgert. Er musste sich irgendwie beschäftigen. Sein Job war die perfekte Ablenkung, doch jetzt hatte er, zumindest für ein paar Wochen, nichts mehr zu tun.

Er schob seinen Laptop in die Hülle und schlang sich den Riemen seiner Tasche über die Schulter. Es war Zeit, Feierabend zu machen. Die Pension lag ein Stück weiter die Straße hinunter, und er konnte sich dort für ein paar Stunden entspannen und vielleicht sogar ein wenig schlafen, wenn er Glück hatte. Die meisten Menschen, die er kannte, hatten Schlafprobleme, wenn sie verreisten, doch bei ihm war das anders. Hotelbetten waren dafür gedacht, allein darin zu schlafen. Erst als er sich in seinem schlichten und makellosen Apartment eingerichtet hatte, war ihm aufgefallen, dass irgendetwas fehlte.

Die Pension an der Main Street nahm einen ziemlich hohen Platz auf seiner Reisewunschliste ein. Er hatte mit grellen Blumentapeten, einer aufwendig bestickten Tagesdecke und staubigen rosafarbenen Teppichen gerechnet, aber das Zimmer wirkte überraschend modern, und alles deutete darauf hin, dass er einen angenehmen Aufenthalt haben würde. Alles, bis auf ...

»Mr Birch!« Die Gastwirtin Mrs Griffin lächelte, als er einige Minuten später die Lobby betrat. Henry hätte beinahe die

Augen verdreht, und er zwang sich zu einem steifen Lächeln, während er versuchte, sich gegen diese begierigen grünen Augen und das breite Lächeln zu wappnen. Er sah sich in der Lobby um und suchte nach einem Grund, warum er die Richtung wechseln und ihr aus dem Weg gehen konnte. Eine Frau von etwa Ende zwanzig saß in dem geblümten Ohrensessel und lächelte ihn über die Zeitschrift in ihren Händen hinweg an. Er erwiderte die Geste beiläufig. Manchmal – äußerst selten – vermischte er Arbeit und Vergnügen. Eine kurze Affäre im Ausland, deren Ende von Anfang an feststand, war das Einzige, was für ihn funktionierte. Seiner Meinung nach hatte er in seinem Leben schon genug Frauen enttäuscht.

Sein Magen zog sich zusammen. Er wollte verdammt sein, wenn er auch seine eigene Schwester enttäuschen würde.

»Genießen Sie Ihren Aufenthalt in Briar Creek?«, wollte Mrs Griffin wissen, als er näher kam.

Henry gab sich die größte Mühe, sein Seufzen zu unterdrücken, als er am Fuß der Treppe stehen blieb, eine Hand bereits auf dem Geländer und den linken Fuß schon in der Luft. Er war daran gewöhnt, dass die Besitzer einheimischer Unternehmen versuchten, ihn zu beeindrucken. Das gehörte zu seinem Job nun einmal dazu und hatte häufig auch Vorteile für ihn, wenn er beispielsweise ein besseres Zimmer bekam oder eine kostenlose Flasche Champagner, die er bei der erstbesten Gelegenheit an ein sympathisch wirkendes Paar weitergab. Heute hatte er allerdings nicht besonders viel Geduld. Seine Erschöpfung setzte ihm zu, und zwar so sehr, dass er möglicherweise recht schnell einschlafen würde, ohne dass sich vorher seine Gedanken ewig im Kreis drehten.

Er lächelte die Frau müde an. »Sie führen hier eine sehr schöne Pension.« Um den nervösen Tick in ihrem Auge zu lindern, fügte er noch hinzu: »Und ich habe mich sehr über den heißen Kakao gefreut, den Sie mir gestern aufs Zimmer geschickt haben.«

Sie schnaufte ein paarmal und tätschelte ihr Haar, während ein mädchenhaftes Lachen durch die Lobby hallte. »Es geht doch nichts über einen schönen heißen Kakao, wenn man süße Träume haben will!«

»Da haben Sie recht. Vielen Dank noch mal dafür.«

Er wandte sich ab und wollte schon gehen, aber sie hielt ihn erneut auf. »Hatten Sie schon Gelegenheit, ein wenig in der Stadt herumzuschlendern? Was halten Sie von unseren wunderschönen kleinen Geschäften? Seit Sie das letzte Mal hier gewesen sind, haben viele neu aufgemacht. Ich sage immer, dass es im Herbst keinen schöneren Staat gibt als Vermont, nicht wahr, und unsere kleine Stadt ist übersät mit Ahornbäumen. Haben Sie den Cider schon probiert? Er wird jeden Tag frisch auf der Obstplantage hergestellt. Briar Creek hat zu dieser Jahreszeit so viel zu bieten!«

»Hmmm«, bekam er gerade so über die Lippen, während er das Gesicht verzog. »Ja, aber jetzt muss ich wirklich …«

Sie stellte einen Fuß hinter seinen auf die Treppenstufe. »Das Herbstfest steht kurz bevor, aber daran erinnern Sie sich ja bestimmt noch.« Sie blinzelte mehrmals schnell.

»Wann findet es denn statt?«, erkundigte er sich, während ihm Böses schwante.

Mrs Griffins Lächeln wurde noch breiter. »Na, dieses Wochenende natürlich! Es findet traditionell immer am letzten Samstag im September statt.«

Er wusste alles über diese Traditionen. Am Tag des Herbstfestes waren Ivy und er auf den Rücksitz des alten Kombis geklettert, den ihre Mutter schon Jahre vor ihrer Geburt gebraucht gekauft hatte, und in die Stadt gefahren, während im Radio die Oldies liefen, die ihre Mutter so sehr liebte. Obwohl es in Vermont zu dieser Jahreszeit schon sehr kalt werden konnte, hatte er das Fenster einen Spalt weit geöffnet, um der Woge des blumigen Parfüms zu entkommen, das sie benutzte, um ihre Alkoholfahne zu übertünchen. Als sie auf dem Stadtplatz angekommen waren, der sich für diesen Tag auf fast magische Weise verwandelt hatte, war er sogar so wagemutig gewesen, beim Anblick der anderen Kinder, die herumrannten, nach Äpfeln tauchten oder an Kürbissen schnitzten, ein wenig Hoffnung zu verspüren, doch dann war ihm wieder eingefallen, dass weder er noch Ivy Geld hatten, um an irgendwelchen Aktivitäten teilzunehmen. Immer, wenn er vorausgedacht und nach dem Schneeschaufeln oder Blätterharken ein paar Dollar gespart hatte, gelang es seiner Mutter, sich das Geld zu borgen. Sie stieß ihn mit dem Ellbogen an und bedachte ihn mit einem flehentlichen Blick, und schon gab er es ihr und verabscheute sich selbst dafür, dass sein Herz einen Satz machte, wenn sie ihm das Haar zerzauste und ihn dankbar anlächelte. Die Zufriedenheit ihrer Mutter war weitaus mehr wert als ein kandierter Apfel.

»Die Stände werden um zehn Uhr geöffnet«, fuhr Mrs Griffin fort.

»Gut zu wissen.« *Dann kann ich einen großen Bogen darum machen.* Henry nahm die nächste Treppenstufe und wollte nur noch weg und allein sein.

»Kommen Sie früh und sichern Sie sich einen der frischen Donuts! Und den Cider.«

Ah ja. Den Cider. Den hatte seine Mutter immer am liebsten getrunken, am besten mit einem Schuss Brandy. Nach dem zweiten war sie entspannt, nach dem dritten richtiggehend glücklich, nach dem vierten hörte er auf, sich Sorgen um Ivy zu machen, sondern sorgte sich stattdessen um seine Mutter, und nach dem fünften ... fingen die Leute an zu reden.

Sie blieb nie lange glücklich, auch wenn sie sich noch so große Mühe gab.

»Ist gut. Jetzt muss ich aber einige Anrufe machen.« Er lächelte höflich und hastete die Stufen zu seinem Zimmer im ersten Stock hinauf, wo er die Tür hinter sich verriegelte. Dann ging er zum Fernseher, schaltete ihn ein und hoffte, so die Geräusche in seinem Kopf ausblenden zu können.

Er legte sich auf das Bett, schloss die Augen und lauschte der Lachkonserve der albernen Familien-Sitcom, bis er endlich einnickte.

※ ※ ※

Zwei Stunden später zog sich Henry einen Pullover an und ging wieder in die Stadt. Der Wind hatte aufgefrischt, und die Ahornblätter raschelten unter seinen Füßen, als er von der Seventh Avenue in die Main Street abbog. Es war noch nicht einmal sechzehn Uhr, aber bereits jetzt erhellte das Licht der gusseisernen Straßenlaternen den Weg. Kinder huschten in dicke Mäntel gehüllt über den Bürgersteig. Ein kleines Mädchen ein Stück vor ihm blieb alle paar Schritte stehen, um ein Blatt aufzuheben. Sie hatte bereits einen ganzen Strauß in der Hand.

Henry lächelte traurig. Das hatte Ivy auch immer getan, sobald alle Blumen verblüht gewesen waren. Er beschleunigte seinen Schritt, um noch etwas länger an diesem Bild festhalten zu können, und bemerkte nichts außer dem Kind mit dem langen braunen Haar und der glücklichen Stimme, bis ihm auf einmal die Frau neben dem Mädchen auffiel.

»Jane.«

Sie drehte sich zu ihm um, und ihr freundliches Lächeln machte einer überraschten Miene Platz, als sie ihn erkannte. »Henry. Hallo.«

Er blickte auf das kleine Mädchen hinab und musterte es etwas gründlicher. »Dann musst du Sophie sein.« Als er die Kleine angrinste, wurde er mit einem scheuen Lächeln belohnt. Das Mädchen nahm die Hand seiner Mutter, während es mit der anderen weiterhin die Blätter festhielt. »Ich habe gerade deine schönen Blätter bewundert. Du hast wirklich nur die besten rausgesucht.«

Sophie strahlte ihn an. »Ich mag die roten am liebsten. Manchmal auch die orangefarbenen. Und die gelben sind auch sehr hübsch.«

Jane lachte leise auf. »Wir wollen eine Tischdekoration basteln«, erklärte sie.

»Gebt ihr eine Dinnerparty?«

»Nein, eine Pyjamaparty!«, rief Sophie und kicherte.

Jane errötete und rang nach Worten, während er sie fragend ansah. »Das ist ... Ich habe Sophie versprochen, dass wir das heute Abend machen.«

»Das machen wir doch jeden Abend, Dummerchen! Immer gleich nach der Schule«, kreischte Sophie, und Jane warf ihr einen strengen Blick zu.

»Nicht *jeden* Abend.« Jane verdrehte die Augen. »Kinder. Sie übertreiben so gern.«

»Aber ...«

Doch Jane übertönte Sophies Proteste. »So, äh ... Was hast du gerade vor? Ich meine, wir ... Nun ja, wir sind gerade auf dem Weg zum Ballettstudio. Wir haben gleich einen Kurs. Ich unterrichte. Aber das habe ich dir ja bereits erzählt.« Sie lachte und bekam rote Wangen, als sich ihre Blicke trafen. »Entschuldige, ich bin ein wenig aus der Übung, was Gespräche mit Männern betrifft.« Sie riss die Augen auf. »Ich meine, nicht, dass du ein Mann wärst ... Ähm, natürlich bist du einer, aber ...«

Er grinste sie schief an. »Ich weiß, was du meinst. In letzter Zeit bin ich auch oft allein gewesen.«

Sie lächelte dankbar. »Meine Schwestern sagen immer, ich sollte öfter ausgehen. Ich arbeite daran.«

»Ich begleite euch ein Stück, wenn du nichts dagegen hast«, schlug er vor. »Ich bin auf dem Weg zu Ivy.«

Bei diesen Worten schien sich Jane ein wenig zu entspannen, wie ihm auffiel. Vermutlich, weil sie jetzt wusste, dass er sich nicht mit ihrem Exmann treffen wollte. Er ging neben ihr her und wünschte sich, dass sie eine weitere Strecke vor sich hätten.

»Ich bin heute am Blumenladen deiner Schwester vorbeigekommen, als ich Sophie von der Vorschule abgeholt habe, und habe durch das Schaufenster gesehen, dass sie neue Kränze aufgehängt hat. Davon habe ich erst letzten Monat einen gekauft. Sie ist sehr talentiert.«

»Ja, das ist sie«, stimmte Henry ihr zu. Dann meinte er an Sophie gewandt: »Als meine Schwester noch klein war, hat sie auch immer Blätter gesammelt, genau wie du es jetzt tust.«

Sophie drückte sich ihr Blätterbündel noch etwas fester an die Brust. »Vielleicht werde ich eines Tages auch ein Blumenmädchen, genau wie Ivy!«

Jane warf ihm einen Seitenblick zu. »Sie bezeichnet Ivy immer als Blumenmädchen.«

»Eigentlich bin ich schon bald ein Blumenmädchen«, fuhr Sophie glücklich fort, und Henry bemerkte, dass sie inzwischen auf und ab hüpfte. Jane hielt ihre Hand weiterhin fest und schien das gar nicht zur Kenntnis zu nehmen. »Ich darf sogar zweimal Blumenmädchen sein«, fügte Sophie in gespieltem Flüsterton hinzu, und ihre Augen strahlten.

Janes Miene verfinsterte sich, während das kleine Mädchen von Kleiderfarben und Blumen erzählte sowie von Kristy und Adam.

Sie deutete in die nächste Straße, und sie bogen alle nach rechts ab. »Und, wie kommst du mit deinem Artikel voran?«

»Ich habe ihn heute Morgen abgeschickt. Vermutlich wird es noch einige Änderungen geben, aber im Großen und Ganzen ist der Auftrag abgeschlossen.«

»Dann werde ich dich und deinen Laptop wohl nicht mehr im Buchladen sehen«, stellte Jane fest, und Henry glaubte, eine Spur von Enttäuschung in ihrer Stimme zu hören. Das konnte aber auch nur Wunschdenken sein.

Er unterhielt sich gern mit Jane und mochte ihre lockere Art und dass sie ihm keine unangenehmen Fragen stellte. Dass sie so problemlos das Thema wechseln konnte, wenn das Gespräch eine unangenehme Richtung einschlug. Als er sie jetzt musterte, stellte er fest, dass ihre Augen traurig wirkten. Sie war eine starke Frau und riss sich höchstwahrscheinlich ihrer Tochter zuliebe zusammen, aber sie hatte auch eine Mauer um sich herum errichtet. Er kannte dieses Gefühl.

»So leicht kommst du mir nicht davon«, entgegnete er spielerisch. »Ich schwärme noch immer von diesem Blaubeermuffin. Allein darüber müsste man einen Artikel schreiben.«

»Vielleicht solltest du das tun«, lautete ihre überraschende Erwiderung.

Sie blieben stehen, damit Sophie ein paar Eichenblätter aufheben konnte. »Ich soll über Briar Creek schreiben?« Henry war sich nicht sicher, ob er tatsächlich eine Grimasse geschnitten hatte.

»Warum nicht?«, meinte Jane enthusiastisch und lächelte ihn an. »Du bist schließlich Reiseschriftsteller, und du hast gesagt, du hättest deinen letzten Auftrag abgeschlossen. So hättest du etwas zu tun, solange du in der Stadt bist.«

Er schüttelte den Kopf. »Lieber nicht.«

»Am nächsten Wochenende findet auch das Herbstfest statt.«

Als ob man ihn daran erinnern müsste. »Das ist ein interessanter Vorschlag, aber ... Ich glaube nicht, dass mein Verleger da mitspielen würde.«

Doch Jane hatte jetzt Feuer gefangen und deutete hierhin und dorthin, während sie weitergingen. »Du hast selbst gesagt, dass es dir gefällt, die Lebensweise kennenzulernen und auf Ecken hinzuweisen, die normalerweise nur von Einheimischen aufgesucht werden. Diese Stadt wäre doch perfekt dafür! Du könntest mit dem Blick eines echten Insiders darüber schreiben.«

»Ganz genau«, entgegnete er und sah die Gelegenheit, dieses Thema für beendet zu erklären. »Ich schreibe über Orte, die ich besucht habe, und nicht über die, an denen ich gelebt habe. Da kenne ich mich zu gut aus, ich bin kein Tourist.«

»Oh, aber Briar Creek hat sich so sehr verändert. Das beste Beispiel dafür ist doch *Main Street Books*.«

Da hatte sie recht, und Touristen liebten kleine unabhängige Buchläden, wie ihm schon lange aufgefallen war. Dennoch stand das nicht zur Debatte. »Ich glaube einfach nicht, dass ich der richtige Mensch dafür ...«

»Und dann ist da das *Rosemary and Thyme*. Und das *Piccolino's*«, fuhr sie fort. Letzteres war das seit Langem existierende italienische Restaurant. »Nicht zu vergessen die Pension. Ich habe gehört, dass es dort sehr schön sein soll. Außerdem gibt es einen wunderhübschen kleinen Papierwarenladen drüben an der Chestnut Street und auch eine neue Boutique.«

Auch wenn er nicht ihrer Meinung war, musste er grinsen, weil sie sich derart leidenschaftlich für diese Idee einsetzte. Sie liebte diese Stadt und fühlte sich mit ihr auf eine Art und Weise verbunden, wie er es niemals tun würde, auch wenn er sich wünschte, dass es so wäre ... Und dass seine Zeit hier anders verlaufen wäre.

»Und dann ist da natürlich das *Petals* an der Main Street. Ivy verkauft dort auch wundervolle Seifen und Kerzen, die alle hier hergestellt werden. Ihr Geschäft würde sehr davon profitieren, wenn du es erwähnst!«

Bei diesen Worten runzelte er die Stirn. Die Zeitschrift, für die er arbeitete, hatte die meisten Abonnenten in diesem Bereich, und Jane hatte recht – seine Leser wollten dieses lokale Flair, und die Geschenkartikel, die Ivy neben ihren Blumen verkaufte, waren genau die Art von Souvenir, die man gern mit nach Hause nahm.

Sein Magen zog sich zusammen, als er an seine Schwester dachte, die ihre Rechnungen kaum bezahlen konnte, sich aber dennoch geweigert hatte, den Scheck einzulösen, den er für die Beerdigung ihrer Mutter geschickt hatte, weil sie behauptete, er hätte bereits genug getan und sie wäre jetzt an der Reihe. Ihr zuliebe hatte er die Sache auf sich beruhen lassen, aber jetzt, wo er wusste, welche Opfer sie gebracht hatte, wünschte er sich, er hätte es nicht getan. Er hätte an dem Tag, an dem er ihren Anruf erhalten hatte, einfach in den Flieger steigen sollen. Aber er hatte es nicht tun können. Es war ihm schlichtweg nicht möglich gewesen.

Er würde alles dafür tun, dass Ivy gut versorgt war und über die Runden kam – aber Briar Creek? Er schrieb doch nur Fakten auf und konnte nichts über diese Stadt sagen, das Touristen dazu bewegen würde, hierher zu kommen.

»Ich glaube, das überlasse ich lieber jemand anderem«, sagte er angespannt. »Außerdem bin ich vermutlich sowieso nicht lange genug in der Stadt, um genug recherchieren zu können.«

»Oh.« Jane blinzelte einige Male. »Ich ... Ich wusste gar nicht, dass du nur so kurze Zeit bleibst.«

Inzwischen waren sie vor dem Ballettstudio angekommen. Kleine Mädchen in rosafarbenen Tutus quetschten sich an ihnen vorbei und durch die Tür. Sophie zerrte immer heftiger an Janes Hand und schien besorgt zu sein, dass sie zu spät kommen würden.

»Dann lasse ich euch jetzt mal gehen. Hat mich gefreut, dich kennenzulernen, Sophie«, meinte er. Mit ihren großen Augen und dem süßen Lächeln sah sie Jane sehr ähnlich. Als er Jane ansah und ihrem Blick standhielt, bekam er auf einmal einen trockenen Mund und musste sich zwingen, sie nicht zum Essen einzuladen oder sich eine andere Ausrede einfallen zu lassen, um noch ein wenig länger bei ihr bleiben zu können.

Jane brauchte jemanden, der fest im Leben stand und der ihr alles geben konnte, was sie bei Adam hatte vermissen müssen. Dieser Mann war er nicht.

»Man sieht sich.«

»Auf dem Herbstfest?« Sie strahlte ihn an.

Er nickte langsam, wandte sich dann ab und stopfte die Hände in die Hosentaschen. Eigentlich hatte er vorgehabt, nicht auf das große Fest zu gehen, aber jetzt, wo er wusste, dass Jane dort sein würde, fand er diese Idee doch ganz reizvoll.

8

»Seid ihr bereit, Mädchen? *Glissade, arabesque, pas de chat.*« Jane nickte, als das letzte Mädchen den Raum durchquerte. Sie schaffte es, nicht zusammenzuzucken, als einige der weniger anmutigen Schülerinnen beinahe die Wände zum Beben brachten, als sie nach einem Sprung, der eigentlich zart und anmutig ausgeführt werden sollte, wieder landeten. »Sehr schön, Mädchen. Nächstes Mal sollten wir aber etwas an der Leichtfüßigkeit arbeiten. Seid leise wie ein Mäuschen.« Sie hielt sich einen Finger an die Lippen und machte eine sanfte, lautlose Landung vor.

Die Mädchen standen in einer Reihe, nickten enthusiastisch und stürmten dann lautstark aus dem Raum. Jane seufzte. Sie gab ihr Bestes, und die Mädchen hatten Spaß. Vermutlich war das mehr, als sie von einer Gruppe siebenjähriger Mädchen erwarten konnte.

»Hast du schon einen angehenden Star entdeckt?«, erkundigte sich Rosemary. Ein Tanzrock schwang um ihre bloßen Knöchel, als sie in den Raum geschwebt kam. Im Gegensatz zu den meisten ihrer Schülerinnen bewegte sie sich so anmutig, dass Jane oftmals zusammenzuckte, wenn sie bemerkte, dass ihre Chefin den Raum betreten hatte.

»Vielleicht im Mittwochskurs«, antwortete Jane.

»Jane, ich fühle mich ganz schlecht wegen unserer Unterhaltung von letzter Woche. Zwar hoffe ich darauf, dass sich bald wieder mehr Schülerinnen anmelden, aber …« Sie hob die Hände. »Es gibt keine Garantie. In den letzten Jahren sind die

Anmeldungen immer mehr zurückgegangen. Vielleicht tanzen die Mädchen heutzutage nicht mehr gern.«

»Grace meinte, Luke hätte erwähnt, dass sie immer mehr Hausaufgaben aufhaben.«

Rosemary verschränkte die Arme vor der Brust und musterte Jane pikiert. »Ach, meinte sie das? Na, dann muss ich wohl mal ein ernstes Wörtchen mit meinem Sohn reden! Kinder brauchen ein ausgeglichenes Leben. Ist dir das bei Sophie auch schon aufgefallen?«

»Sie geht noch in die Vorschule«, erwiderte Jane, und als Rosemary die Augen noch etwas weiter aufriss, fügte sie erklärend hinzu: »Da müssen sie noch keine Hausaufgaben machen.«

Diese Antwort schien Rosemary zu enttäuschen. »Für unsere Kurse mit den Fünf- und Sechsjährigen liegen weniger Anmeldungen vor als vor zwanzig Jahren, als das Studio aufgemacht hat. Es muss doch noch einen anderen Grund dafür geben.«

»In Forest Ridge hat eine neue Turnschule aufgemacht«, meinte Jane achselzuckend. »Und Sophie redet schon eine ganze Weile davon, dass sie eislaufen lernen möchte.« Nicht, dass sie sich das im Augenblick leisten konnte …

Sie kämpfte gegen ihre Schuldgefühle an. Sophie war ein glückliches kleines Mädchen, was nach all den Veränderungen aus dem vergangenen Jahr fast schon ein Wunder war. Janes Magen zog sich zusammen, als sie daran dachte, wie viele weitere Veränderungen noch vor ihnen lagen. Schon bald würde Sophie eine kleine Schwester oder einen kleinen Bruder haben, eine ganz neue Familie, zu der Jane nicht dazugehörte. Dabei hatte sie sich jahrelang danach gesehnt, ein Geschwisterchen für Sophie zu bekommen. Auch wenn sie sich einerseits darüber freute, dass Sophie diesen neuen Menschen in ihrem Leben haben würde, bereute sie es andererseits, dass sie nicht diejenige war, die ihn zur Welt brachte.

»Gehst du am Wochenende zum Herbstfest?«, erkundigte sich Rosemary, als Jane ihren Mantel anzog. Schon jetzt war es recht kühl geworden, und laut Wetterbericht konnte es kommende Woche bereits schneien. Normalerweise mochte Jane diese Jahreszeit gern, aber bei Schnee musste sie auch an Weihnachten denken, und die Weihnachtszeit würde in diesem Jahr anders werden als sonst.

Sie schluckte den Kloß herunter, der ihr die Kehle zuschnürte. Es war eine Sache, sich von dem Menschen zu trennen, den man für den Rest seines Lebens hatte lieben wollen, aber eine ganz andere, immer die Hälfte der Zeit auf sein Kind verzichten zu müssen. Das war das Allerschlimmste.

»Wir finden das Herbstfest super!«, rief Sophie aufgeregt. »Mommy und ich nehmen dieses Jahr am Kürbisschnitzwettbewerb teil. Ich male das Gesicht, und Mommy schnitzt. Und weißt du, was es da auch gibt?« Sie legte eine Hand an die Wange und beugte sich zu Rosemary hinüber. »Kandidierte Äpfel!« Sie trällerte die Worte förmlich, sodass selbst Jane lachen musste. Es waren die einfachen Dinge, die Kindern Freude bereiteten und sie war froh, dass sich ihre Tochter derart begeistern konnte.

Sie konnte von Sophie noch einiges lernen.

»Ich hatte überlegt, dieses Jahr auch einen Stand aufzustellen«, meinte Rosemary. »Damit würden wir Aufmerksamkeit erregen und die Leute an unsere Kurse erinnern. Außerdem könnte ich auch gleich Flugblätter für das Vortanzen für den *Nussknacker* austeilen.«

»Das ist eine gute Idee«, erklärte Jane. »Wir könnten einige der Kostüme aus dem letzten Jahr ausstellen. Viele Kinder finden ein schimmerndes Tutu sehr faszinierend.«

»Das könnten wir auf jeden Fall versuchen. Aber ich überlege noch immer, Räume an diese Kunstschule zu vermieten.

Das Einkommen würde mir natürlich weiterhelfen, aber ich mag gar nicht an das Chaos denken, das sie anrichten würden. Denk doch nur an all die Farbe, Jane, und die vielen Flecken, die sie machen werden.« Sie erschauderte.

Jane konnte es sich lebhaft vorstellen. An einer Wand der Waschküche prangte noch immer eines von Sophies Bildern. Damals war sie sehr wütend gewesen, aber heute, drei Jahre später, konnte sie es einfach nicht über sich bringen, das Bild zu übermalen. Es war eine der zahlreichen Erinnerungen, die das Haus zu einem Heim machten.

»Ich hatte mir überlegt ... Was machen wir, wenn wir zu wenig Darsteller für den Nussknacker finden?« Das war Rosemarys großes Ereignis, noch wichtiger als die Frühlingsgala, die jedes Jahr auf einer behelfsmäßigen Bühne in der Stadtmitte abgehalten wurde. Während Janes Mutter die Weihnachtszeit durch ihren jährlichen Dekorationswettbewerb geprägt hatte, war der *Nussknacker* Rosemarys ganzer Stolz und für den Großteil von Briar Creek eine Familientradition. Die Aufführung fand immer am 21. Dezember statt, und Jane konnte sich noch ganz genau daran erinnern, wie sie zusammen mit ihren Schwestern auf dem Rücksitz des Wagens gesessen hatte, die Heizung auf Hochtouren lief und die Lichter hinter den beschlagenen Fenstern glitzerten, während die Familie durch die schneebedeckte Stadt fuhr. Ihr Vater hatte wahrscheinlich weitaus weniger Spaß daran gehabt als seine Frau und die drei Töchter, aber er hatte Jane immer ermutigt, weiter zu tanzen, und er hätte nie im Leben zugegeben, dass er sich gelangweilt hatte.

Jane lächelte. Sie stellte sich gern vor, wie ihr Dad aus dem Himmel auf sie herabblickte und sich darüber freute, dass sie ihre Liebe zum Ballett letzten Endes doch noch auslebte.

»Der *Nussknacker* ist den Menschen hier wichtig«, erklärte

Jane. »Alle wären sehr geknickt, wenn wir die Show dieses Jahr nicht auf die Beine stellen könnten.«

»Darüber mag ich noch gar nicht nachdenken«, murmelte Rosemary.

»Na ja.« Jane wickelte sich den Schal um den Hals und nahm Sophies Hand. »Immer schön einen Schritt nach dem anderen.« Genauso hatte sie in den letzten achtzehn Monaten gelebt, nachdem ihr Vater gestorben und ihre Ehe zerbrochen war. Immer einen Tag nach dem anderen.

Es gelang ihr zu lächeln, bis sie das Gebäude verlassen hatten, doch als sie den Wagen erreichten, knirschte Jane beinahe mit den Zähnen. Sie hatte vor *Main Street Books* geparkt, und anders als sonst fühlte sich die Vorstellung, nach Hause zu kommen und in einen gemütlichen Flanellschlafanzug zu schlüpfen, nicht besonders erstrebenswert an.

»Hey, was hältst du davon, wenn wir heute Abend im *Hastings* zu Abend essen?«, schlug sie vor.

Sophie hüpfte begeistert auf und ab. »Bekomme ich einen Milchshake?«

»Wie wäre es, wenn wir uns einen teilen?«, entgegnete Jane lachend, da sie momentan auch große Lust hatte, ihre Sorgen in Eis zu ertränken.

Sie gingen die Main Street entlang und durch die Tür des alten Diners, der direkt am Stadtplatz lag. Am Tresen saßen bereits einige Kunden und unterhielten sich mit Sharon Hastings, aber sonst war nicht viel los. Jane setzte sich auf eine mit rotem Vinyl bezogene Bank in einer Nische am Fenster und beugte sich über den Resopaltisch, um Sophie beim Ausziehen ihres Mantels zu helfen, aber ihre Tochter schob ihre Hand weg.

»Ich kann das alleine«, protestierte Sophie und zerrte an dem Stoff.

Jane lehnte sich zurück und lächelte, obwohl ihr Herz

schneller schlug, während sie Sophie dabei beobachtete, wie sie mit vor Konzentration gerunzelter Stirn an den Knöpfen herumfummelte. Ihr kleines Mädchen war gar nicht mehr so klein. Schon jetzt fiel es Jane immer schwerer, sie hochzuheben, auch wenn sie immer häufiger den Drang dazu verspürte. Sie wollte sie in den Armen halten, sie in den Schlaf wiegen und den süßen Duft ihres Haars einatmen. Sehr bald würde auch diese Phase vorbei sein, und sie hätte kein Kind mehr im Arm, dem sie Schlaflieder vorsingen konnte.

Oh, sie wusste genau, was Grace und Anna dazu sagen würden: dass Jane gerade erst sechsundzwanzig geworden war und ihr ganzes Leben noch vor sich hatte. Sie wünschte sich, sie könnte den Optimismus ihrer Schwestern teilen, doch nach den unglücklichen Verabredungen im letzten Frühling hatte sie die Hoffnung fast verloren. Bis letzte Woche hatte sie sich nicht einmal mehr zu einem anderen Mann hingezogen gefühlt ... Und bei dem Gedanken an Henry wurde ihr ganz flau im Magen.

Aber das war Unsinn. Er war nur auf der Durchreise. Und er war kein Mann zum Heiraten.

Sie gab ihre Bestellung auf, beschloss im letzten Augenblick, ein wenig über die Stränge zu schlagen, und bestellte zwei Milchshakes. Dann machten sie es sich bequem. Einige Minuten später kam Ivy herein, und Jane winkte sie an ihren Tisch.

»Euch sieht man aber selten hier«, stellte Ivy fest und musterte sie überrascht. Sie setzte sich neben Sophie und zog den Reißverschluss ihres Mantels herunter. »Ich glaube, ich komme öfter hierher, als gut für mich ist. Das ist eine schlechte Angewohnheit.«

»Aber es ist auch sehr bequem«, stellte Jane fest. Der Blumenladen befand sich nur einige Blocks weiter die Straße entlang, und das *Hastings* war das Einzige, was Briar Creek in Bezug auf Fast Food zu bieten hatte, vor allem seitdem Anna das *Fireside Café* in ein vollwertiges Restaurant verwandelt hatte.

»Besonders gesund kann es nicht sein, doch ich koche so ungern für eine Person.«

Jane schenkte ihr ein schiefes Lächeln. »Ich koche auch immer gleich für mehrere Tage und kann das Gericht dann irgendwann nicht mehr sehen.« Sie hatte sich während der Ehe mit Adam so sehr daran gewöhnt, selbst zu kochen, dass ihr gar nicht in den Sinn gekommen war, sich mal eine Pause zu gönnen und hierher zu kommen. Es fühlte sich irgendwie frevelhaft und auf seltsame Weise wie etwas Besonderes an. Dass Ivy jetzt auch noch hier war, machte es gleich noch viel schöner, und Jane beschloss, ab jetzt öfter essen zu gehen.

Ivy bestellte einen Salat und nippte an ihrem Wasser. »Ich treffe mich heute Abend mit meinem Bruder, und wir wollen uns im Haus unserer Mutter umsehen.« Sie schnitt eine Grimasse. »Da muss ich vorher Kraft tanken. Dort ist viel mehr zu tun, als er ahnt.«

»Dann hättest du vielleicht etwas Handfesteres bestellen sollen.«

Ivy blickte aus dem Fenster. »Ach, du kennst mich doch. Ich achte immer auf meine Figur.«

»Möchtest du etwas von meinem Milchshake abhaben?«, erkundigte sich Sophie und drehte Ivy den Strohhalm hin.

»Nein, danke, Liebes. Er gehört ganz dir.«

»Aber es ist sehr lieb von dir, dass du es angeboten hast«, sagte Jane zu ihrer Tochter und sah dann Ivy an. »Wir arbeiten noch immer daran, dass sie anderen etwas anbietet. Wenn wir uns einen Milchshake teilen, bekomme ich genau einen Schluck ab und werde auch noch gescholten, weil ich so viel getrunken habe.«

Die Frauen lachten. »Ich kann mich nicht daran erinnern,

dass ich dasselbe mit Henry durchgemacht habe, aber es muss wohl so gewesen sein.«

»Ihr beide habt euch immer sehr nahegestanden«, meinte Jane und musste daran denken, dass man über sie, Grace und Anna dasselbe sagen konnte. Zwar hatte es immer Spannungen gegeben, vor allem zwischen Anna und Grace, die älter waren und einen stärkeren Willen hatten, aber die meiste Zeit hatten sie sich in jeder Hinsicht aufeinander verlassen können – selbst, wenn sie einander nicht immer alles erzählten.

Jane kostete ihren Milchshake. Sie würde ihrer Mutter und Anna schon sehr bald von Adams Plänen erzählen müssen. In Briar Creek sprach sich so etwas schnell herum, und es würde nicht lange dauern, bis sie es sonst von jemand anderem erfuhren.

»Henry und ich brauchten einander während unserer Kindheit.« Ivy faltete das Einwickelpapier ihres Strohhalms zu einem Akkordeon. »Die meiste Zeit gab es nur uns beide.«

»Wie kommst du über die Runden?«, erkundigte sich Jane vorsichtig und warf Ivy einen zurückhaltenden Blick zu.

»Eigentlich ganz gut«, antwortete Ivy, und etwas in ihrem Tonfall gab Jane zu verstehen, dass sie es auch so meinte. Jane wünschte sich, sie hätte nach dem Tod ihres Vaters dasselbe über sich sagen können, aber noch heute machte sich seine Abwesenheit jeden Tag schmerzlich bemerkbar. »Und es tut mir gut, dass Henry hier ist.«

»Ich habe mich ein wenig mit ihm unterhalten«, berichtete Jane. Sie sah Ivy in die Augen und fragte sich, warum sie dieses Thema überhaupt anschnitt. Aus welchem Grund spürte sie auf einmal dieses Flattern in ihrem Bauch? Es ging doch nur um Henry. »Er hat im Buchladen an seinem Artikel gearbeitet, und ich habe ihm vorgeschlagen, dass er als Nächstes über Briar Creek schreiben soll.«

Ivy schüttelte nur den Kopf, dann brachte die Kellnerin ihr Essen und stellte es auf den Tisch. »Er reist gern an Orte, an denen er noch nie zuvor gewesen ist. Ich kann mir nicht vorstellen, dass er über Briar Creek schreiben möchte. Auch wenn es toll wäre, findest du nicht?«

»Vielleicht hätte ich das nicht vorschlagen sollen. Aber es schien mir eine gute Idee zu sein. Briar Creek hat sich in letzter Zeit ziemlich gemacht. Aber ich bezweifle, dass es ein attraktives Ziel für Touristen ist.«

»Immerhin gibt es ganz in der Nähe ein Skigebiet«, rief ihr Ivy ins Gedächtnis. »Und manche Menschen mögen Kleinstädte, um dort ein romantisches Wochenende zu verbringen. Nicht, dass ich da aus Erfahrung sprechen würde.«

Jane schenkte ihr ein vielsagendes Lächeln. »Hast du immer noch kein Glück in der Liebe?«

»Ach, vergiss es.« Ivy stöhnte auf und bohrte energisch ihre Gabel in ein Tomatenviertel. »Ich hatte seit ... über einem Jahr keine Verabredung mehr. Großer Gott, das ist mir selbst gerade erst klar geworden. Das letzte Mal bin ich mit Sam Logan ausgegangen. Ich erinnere mich noch gut daran, weil wir beim Picknick zum Vierten Juli im letzten Jahr ins Gespräch gekommen sind und abends im Pub zusammen ein Bier getrunken haben.« Sie hielt inne und verzog das Gesicht. »Das zählt nicht mal als richtige Verabredung, nicht wahr?«

Jane musste sich ein Lachen verkneifen. »Es klingt zumindest besser als meine letzten Verabredungen.«

Ivy legte den Kopf schief. »Aber eine war doch ganz nett, oder nicht? Der Krankenpfleger?«

Sie sahen einander an und musste kichern. »Er war sehr nett«, gab Jane zu, nachdem sie sich wieder ein wenig gefasst hatte. »Wirklich sehr nett, aber ...«

»Kein Funke?« Ivy seufzte. »Ich kenne das Gefühl. Wenn

man den Funken einmal gespürt hat, ist es schwer, nicht jedes Mal darauf zu hoffen.«

Jane sah sie an und fragte sich, was Ivy verschwieg. »Denkst du an jemand Bestimmten?«

Mit einem Mal schien Ivy großes Interesse an dem Salat auf ihrem Teller entwickelt zu haben. »Nein ... eigentlich nicht. Es ist nur ...« Sie sah Jane flehentlich an. »Du weißt doch, wie das ist, wenn man zu jemandem eine ganz besondere Verbindung spürt, nicht wahr? Man wird nervös, wenn er einen Raum betritt, ist schon aufgeregt bei dem Gedanken, ihn wiederzusehen, vermisst ihn, obwohl man ihn gerade erst vor fünf Minuten gesehen hat. Alles, was er sagt, ist irgendwie faszinierend, und jeder andere wirkt im Vergleich zu ihm langweilig. Und wenn man miteinander redet, dann passt es einfach. Es fühlt sich richtig an.«

Jane nickte, aber ihre Wangen brannten. Oh, und wie sie das wusste. Genauso ging es ihr jedes Mal, wenn Henry ihr nahe kam. Ivys Bruder! Wenn ihre Freundin das wüsste ... Aber sie würde es nie erfahren. Außerdem wäre sie vermutlich die Erste, die Jane ins Gewissen redete und ihr sagte, dass Henry nicht der Richtige für sie war. Denn das war er nicht. Jane wusste das, auch wenn ihr Herz das anders zu sehen schien. Henry war warmherzig und witzig, und er hatte eine Art, ihr in die Augen zu sehen, dass sie irgendwann den Blick abwenden musste, auch wenn sie es gar nicht wollte. Im Umgang mit Henry schien vieles leicht zu sein, und er ging ihr unter die Haut, wie es nur wenige andere taten. Es geschah irgendwie ganz natürlich und fühlte sich gut an. Es fühlte sich ...

Nein, es war falsch. Es war völlig falsch. Sie brauchte einen verlässlichen Mann. Und was war schon verlässlich an einem Typ, der in der Weltgeschichte herumreiste, um seinen Lebensunterhalt zu verdienen, und der nie wieder heiraten wollte? »Ich bin mir nicht mehr sicher, ob ich meinem Urteilsvermögen trauen kann«, gab Jane zu. Schließlich hatte sie auch geglaubt, in Adam den Mann fürs Leben gefunden zu haben, doch dann hatte der mit einer anderen Frau geschlafen. Was war sie nur für eine Närrin gewesen.

»Ich weiß, dass Adam dir wehgetan hat, und mir ist klar, dass er dein Mann war, aber ich glaube auch, dass er nicht der Richtige für dich gewesen ist.«

Jane schnaubte. »Das musst du mir nicht sagen.« Sie musterte Sophie, die zufrieden auf dem Tischset aus Papier herummalte, an ihrem Milchshake nippte und diese Unterhaltung überhaupt nicht mitzubekommen schien. »Tief in meinem Inneren weiß ich, dass es besser so ist. Eigentlich geht es dabei auch gar nicht um die Trennung, sondern eher darum ... dass ich desillusioniert bin. Manchmal habe ich das Gefühl, als hätte man mir den Boden unter den Füßen weggerissen.«

»Wenn du den idealen Mann für dich beschreiben müsstest, wie würde er aussehen?«, wollte Ivy grinsend wissen.

»Ich wünsche mir einfach nur jemanden, auf den ich mich in jeder Hinsicht verlassen kann«, antwortete Jane, die Ivys Enthusiasmus nicht teilen konnte.

»Aber er muss doch irgendwelche besonderen Eigenschaften haben.«

Janes Herz schlug schneller, und mit einem Mal war sie frustriert. Sie wollte einfach nur einen Mann, der sie liebte und dessen Liebe sie erwiderte. Sie wollte jemanden, mit dem sie lachen konnte, der nach Hause kam, der in guten wie in schlechten Zeiten an ihrer Seite stand und dessen Anwesenheit tröstend wirkte und keinen Grund zur Besorgnis darstellte. Sie wollte jemanden, der ihr das Gefühl gab, etwas Besonderes zu sein, bei dem sie sich geschätzt fühlte und der sie nicht nur als gegeben hinnahm.

Sie wollte das Unmögliche. Grace, Anna und einige andere mochten ihr Happy End gefunden haben, doch sie hatte ihres bereits hinter sich und es war nicht so gut ausgegangen. Irgendwann war alles einfach auseinandergebrochen.

»Was ist mit dir?«, erkundigte sich Jane in dem Versuch, von sich abzulenken. »Beschreib mir doch mal deinen idealen Mann.«

Ivys Miene nahm einen verträumten Ausdruck an. »Oh, ich schätze, er wäre groß, hätte dunkles Haar und tief liegende Augen. Er wäre klug, vielleicht Arzt oder aber Anwalt«, fügte sie schnell hinzu. »Und er hätte ein umwerfendes Lächeln und eine ganz besondere Art, mich zum Lachen zu bringen. Er wäre ernst, aber nicht zugeknöpft. Und er wäre ein Familienmensch.«

Groß, dunkelhaarig und gut aussehend ... und noch dazu Arzt. Das klang ganz so, als hätte Ivy Mark Hastings' Bruder Brett beschrieben.

Jane wollte sie gerade darauf hinweisen, als Ivys Handy klingelte. »Es ist Henry«, erklärte diese nach einem Blick auf das Display und nahm den Anruf an.

Oh, schon raste Janes Herz wieder, sie spürte erneut dieses Flattern im Magen und das Kribbeln entlang der Wirbelsäule. Sie strich sich das Haar hinter die Ohren und setzte sich etwas aufrechter hin, für den Fall, dass er noch vorbeikommen wollte.

So ein Blödsinn! Und wenn schon? Sie würde einfach seine Gesellschaft für einige Minuten genießen, kein Problem.

Ivy murmelte etwas ins Telefon und legte es dann wieder auf den Tisch. »Ich muss los«, erklärte sie dann und winkte die Kellnerin heran. »Es wird Zeit, sich dem alten Haus zu stellen.«

»Hoffentlich findet ihr schnell einen Käufer«, erwiderte Jane und wollte die Enttäuschung, die sie empfand, nicht wahrhaben. Sie sagte sich, dass das nicht etwa daran lag, dass Henry nicht vorbeikam, sondern dass die angenehme Unterhaltung mit einer guten Freundin zu Ende ging.

»Das hoffe ich auch.« Ivy zog den Reißverschluss ihres Mantels hoch und legte einen Zehndollarschein auf den Tisch. »Dann bis später.«

Jane winkte ihr zu und wandte sich dann an Sophie. »Iss auf, Liebling, dann gehen wir nach Hause.«

Sie sackte ein wenig in sich zusammen und trank ihren Milchshake aus. So gern sie auch mit ihrer Tochter zusammen zu Abend aß, so war es doch nicht dasselbe wie eine Unterhaltung mit einem anderen Erwachsenen. Es wäre schön, jemanden zu haben, mit dem sie über den vergangenen Tag sprechen konnte. Sie griff nach ihrem Handy, um nachzuschauen, ob eine ihre Schwestern versucht hatte, sie zu erreichen, und runzelte die Stirn, als ein verpasster Anruf angezeigt wurde. Von ihrem Anwalt.

Mit zitternder Hand rief sie zurück und versuchte, ruhig zu bleiben.

Er ging nach dem ersten Klingeln dran. »Ach, schön, dass Sie zurückrufen.«

»Ist alles in Ordnung?« Sie holte tief Luft, um sich zu beruhigen, aber ihr Herz klopfte wie wild.

Innerlich ging sie eine Liste möglicher Szenarien durch, Gründe, aus denen er angerufen haben konnte. Vielleicht hatte sie vergessen, seine letzte Rechnung zu bezahlen. Aber nein ... Sie war sich sicher, dass sie das getan hatte. Möglicherweise ging es um eine andere Rechnung, andere Gebühren. Ihr Magen zog sich zusammen. Das konnte sie sich jetzt beim besten Willen nicht erlauben.

»Können Sie morgen Vormittag in meinem Büro vorbeikommen?«

Jane spürte, wie sie erbleichte. »Was ist denn los?«

Eine kurze Pause. »Es ist vermutlich besser, wenn wir das persönlich besprechen.«

Oh, oh. Auf gar keinen Fall. Das würde ihr die ganze Nacht den Schlaf rauben.

Sie schob ihren Teller von sich weg. Ihr war der Hunger vergangen.

»Was ist los?«

Sie bekam kaum noch Luft, umklammerte das Handy immer fester und wartete auf den entscheidenden Schlag. Was kam jetzt wieder? Was konnte ihr Adam denn noch wegnehmen?

»Es geht um Sophie«, sagte ihr Anwalt leise. »Adam hat vor, in einen anderen Staat zu ziehen, und er hat einen Antrag gestellt, dass er Sophie mitnehmen darf.«

9

Der Knoten in Henrys Magengrube zog sich mit jeder Minute fester zusammen. Er rutschte auf dem Sitz herum und versuchte, es sich bequemer zu machen, aber es klappte nicht, und das lag nicht etwa an Ivys Auto. Aus dem Radio drang ein viel zu fröhliches Lied, daher schaltete er es lieber aus.

»Entschuldige«, murmelte er und warf seiner Schwester einen schuldbewussten Blick zu. »Mir ist gerade nicht danach.«

»Wir sind gleich da.« Ivy presste die Lippen aufeinander, und Henry wusste, dass sie sich ebenso davor fürchtete wie er. Sie sprachen selten über ihre Mutter. Selbst als sie noch am Leben gewesen war, hatten sie sich nur schweigend und mithilfe von Blicken verständigt, da es viel zu schmerzhaft gewesen wäre, die Worte auszusprechen. Wenn es ein Problem zu besprechen gab, wie ihren gescheiterten Aufenthalt in der Entzugsklinik, die zahlreichen Verhaftungen, die Tage, an denen sie auf der Couch das Bewusstsein verloren hatte, taten sie das effizient und emotionslos. Henry wusste, dass Ivy tief im Inneren genau dieselben widersprüchlichen Gefühle hatte wie er, aber es brachte nichts, sie rauszulassen. Es brachte überhaupt nichts. Vielmehr war es besser, sie für eine Weile zu vergessen.

Er seufzte schwer. »Je eher wir anfangen, desto eher ist es vorbei, richtig?«

»Es ist ein notwendiges Übel«, stimmte Ivy ihm zu und hielt den Blick weiterhin fest auf die Straße gerichtet. Es wurde langsam dunkel, und die Landstraßen waren nicht gut beleuchtet.

Henry knirschte mit den Zähnen und verspannte sich, als Ivy abbremste und den Wagen auf die mit Kies bestreute Auffahrt lenkte. Das war ein Pawlowscher Reflex – der Wagen wackelte, und die erste Übelkeitswelle brach über ihn herein, während sich seine Brust vor Furcht und einem unguten Gefühl zusammenzog. Wenn er die Augen schloss, konnte er beinahe hören, wie Flaschen zerbrachen und seine Mutter kreischend um sich schlug.

Er und Ivy hatten gelernt, mit ihrer Mutter zurechtzukommen, sie nicht aufzuregen und sie hin und wieder zu beruhigen, indem sie sie zur Couch führten und ihre Lieblingsfernsehsendung einschalteten, oder indem sie ihren Zorn ertrugen und die Worte hörten, ohne sie wirklich wahrzunehmen. »Sieh ihr nicht in die Augen.« Er konnte sich noch genau daran erinnern, wie er das mit etwa vier oder fünf Jahren zu Ivy gesagt hatte. Sie hatte genickt und ihn mit großen, verständnisvollen Augen angesehen. *Sieh ihr nicht in die Augen, denn sonst ...*

Sein Rücken verkrampfte sich. Er würde da rein- und wieder rausgehen und nie wieder zurückblicken. Je schneller sie sich an die Arbeit machten, desto eher würde alles vorüber sein.

Das Haus sah kleiner aus als in seiner Erinnerung und war in den Schatten, die die Äste im Mondlicht warfen, kaum zu erkennen. Inzwischen war es stockdunkel geworden, am Himmel ballten sich dichte Wolken, und in der Ferne schrie eine Eule. Himmel, wie er diesen Ort hasste. Er zog das geschäftige Treiben der Großstadt vor, das Verkehrschaos, die Art, wie man einfach in der Menschenmenge verschwinden, in der Anonymität untertauchen konnte, aber dennoch nie wirklich allein war. Hier draußen wurde er sich schmerzhaft bewusst, wie allein er und Ivy doch waren.

Langsam stieg er aus dem Wagen und folgte Ivy den Weg hinauf zur Haustür, wobei er darauf achtete, nicht über die flachen Steine zu stolpern, die sich im Laufe der Zeit gelockert hatten. Während Ivy den Schlüssel aus der Tasche zog und am Schloss herumfingerte, blickte er in die Ferne. Da drüben stand Adams Elternhaus. Es brannte Licht, und das Haus wirkte irgendwie fröhlich. Er wandte ihm mit klopfendem Herzen den Rücken zu und widerstand dem Drang, den Hügel hinunterzulaufen, die Tür aufzureißen, die warme Luft einzuatmen, sich an den Abendbrottisch zu setzen und zu lachen und zu reden, wie es Familien um diese Uhrzeit normalerweise taten. Er spannte die Kiefermuskeln an. Dieses Haus war nie sein Zuhause gewesen, auch wenn er es sich noch so sehr gewünscht hatte. Das hier war seine Realität.

Er steckte die Hände in die Hosentaschen und krümmte sich, da ihm der schneidende Wind durch die Kleidung fuhr. An diesem Abend würde er nicht vor seinen Problemen davonlaufen können. Er musste sich ihnen stellen, sich durchbeißen und konnte sie danach hoffentlich für immer vergessen.

Endlich ging das Schloss auf, und sein Magen machte einen Satz, als Ivy die Tür aufstieß. Über das Geräusch der raschelnden Blätter hinweg konnte er ihr Seufzen hören. »Da wären wir.« Sie drückte auf einen Lichtschalter, und die Lampe im Flur ging an.

»Hier drin ist es eiskalt«, stellte Henry fest. Er sah zur Decke, um nach möglichen Schäden Ausschau zu halten. »Ein Glück, dass wir jetzt hergekommen sind. Wenn wir noch lange gewartet hätten, wäre vielleicht ein Rohr gebrochen.«

Ivy runzelte die Stirn. »Ja, ich weiß, ich hätte vorbeikommen und die Heizung einschalten sollen, aber ich …« Sie schüttelte den Kopf, und Henry ging nicht weiter darauf ein. Sie hatte nicht herkommen wollen, und er konnte es ihr nicht verdenken.

Der Flur war karg eingerichtet. Auf der linken Seite lag das

Wohnzimmer, in dem Ivy und er so oft auf dem Boden neben dem hölzernen Wohnzimmertisch gesessen und Karten gespielt hatten. Er hatte Ivy immer gewinnen lassen.

»Dieses Zimmer wird die meiste Arbeit machen«, sagte Ivy, die bereits im hinteren Teil des Hauses stand.

Henry drehte sich um und ging in die Küche, wo er im Türrahmen stehen blieb. Die gelbe Blumentapete war über dem Herd angesengt, und auf allen Arbeitsflächen zeichneten sich dunkle Flecken ab, die man vermutlich nicht mehr beseitigen konnte. Das Fenster neben dem Spülbecken hatte einen Riss, und der Rahmen war verzogen, was darauf hindeutete, dass Wasser eingedrungen war und das Holz zu verrotten begann. Die Gummisohlen seiner Schuhe klebten auf dem abblätternden Linoleum fest.

»Tut mir leid«, murmelte Ivy verzweifelt und blinzelte mehrmals. »Ich hätte eher herkommen müssen, aber ...«

Henry schluckte schwer. »Du musst dich nicht entschuldigen. Es ist nicht deine Schuld.«

Sie gingen die schlecht beleuchtete Treppe hinauf und steckten die Köpfe in Zimmer, die sie gar nicht betreten mochten. Einige Minuten später kamen sie wieder herunter. Henry blieb vor der Kellertür stehen und riss sie dann auf. Er drückte auf den Lichtschalter, aber nichts geschah. Doch das war nicht weiter tragisch, da sie diese Treppe gut genug kannten. Das Knarren der Stufen hatte sich in ihr Gedächtnis eingeprägt, nachdem sie sich so oft dort unten hatten verstecken müssen. Ivy blieb dicht hinter ihm, und das Flurlicht erhellte ihnen den Weg.

Sie betraten den Betonfußboden, und Henry griff nach oben und zog an einer Kordel. Eine einzelne Glühbirne spendete ihnen Licht. Feuchtigkeit legte sich auf ihre Haut, und er musste sich eine Hand vor den Mund halten. War es hier unten schon immer so dunkel und feucht gewesen? Damals war ihnen der Keller wie eine himmlische Zuflucht vorgekommen, in der sie den Stress, der oben herrschte, vergessen konnten. Hier unten hatten sie ihre Freiheit gehabt. Er konnte sich noch genau daran erinnern, wie Ivy in ihren gebrauchten Rollerskates durch den Raum gesaust war. Als er weiter nach hinten ging, stolperte er beinahe über etwas. Eine leere Wodkaflasche rollte gegen die Wand. Weitere standen in der Ecke.

»Manchmal war es ihr schon zu viel, sie wegzuschmeißen«, sagte Ivy leise.

Henry rieb sich die Stelle zwischen den Augenbrauen. An den meisten Tagen war ihrer Mutter alles zu viel gewesen. Sie konnte nicht aufstehen. Sie konnte nicht einkaufen gehen und erst recht kein Essen kochen. Ihr Vater hatte sich schon vor der Geburt der Zwillinge von ihr getrennt. Die ersten sechs Jahre hatte ihre Großmutter noch bei ihnen gewohnt, doch nach deren Tod war alles auseinandergebrochen.

Er erschauderte und mochte gar nicht darüber nachdenken, was aus ihm und seiner Schwester geworden wäre, wenn ihre Großmutter nicht so lange gelebt hätte.

»Manchmal staune ich, dass wir es trotzdem jeden Tag geschafft haben, zur Schule zu gehen.« Oder dass es ihrer Mutter überhaupt gelungen war, einen Job zu behalten, auch wenn es nie länger als ein paar Wochen gut ging. Sie war irgendwie zurechtgekommen, hatte geputzt oder in den umliegenden Städten gekellnert. Wurde sie als Sekretärin eingestellt, entließ man sie meist nach wenigen Tagen schon wieder, erst recht dann, wenn sie dem Chef gegenüber zu freundlich wurde. Henry schüttelte den Kopf. Er hatte so vieles ausgeblendet und sich geweigert, an diese Zeit in seinem Leben zu denken. Es war weitaus einfacher wegzulaufen, immer weiter zu laufen und eine möglichst große Distanz zu diesem Ort aufzubauen.

Henry war gern zur Schule gegangen. Sie hatte ihm eine völlig neue Welt und ein Leben außerhalb dieser vier Wände eröffnet. Meist war er allein, in den Pausen hatte er mit Ivy gespielt oder seine Freizeit in der Bücherei verbracht, bis er Adam kennengelernt hatte. Adam war eine Klasse unter ihm gewesen, doch das war egal. Die Browns wohnten nebenan, gleich den Hügel hinunter, und die beiden Jungs mochten schnelle Autos und Baseball. Für einen Erstklässler war das schon genug, doch nachdem Henry das erste Mal bei Adam zu Hause gewesen war, klammerte er sich an seinen neuen Freund wie an einen Rettungsring, und Adam hatte nichts dagegen. Plötzlich gab es für Henry einen warmen, sicheren Ort, wo er jeden Tag hin konnte, und eine liebevolle, lächelnde Mutter, die ihm jeden Nachmittag auf dem Nachhauseweg nach der Schule einen Snack zusteckte. Er konnte sich noch genau daran erinnern, wie Mrs Brown jeden Morgen seinen Rucksack überprüft hatte, um sich zu vergewissern, dass er etwas zu essen dabei hatte, und häufig hatte sie ihm noch einen Apfel, etwas Käse oder einen Kakao eingesteckt. »Wir haben genug«, hatte sie immer lächelnd gesagt. Wenn Ivy schon vorausgegangen war, um sich mit einigen Freundinnen zu treffen, hatte er ihr auf dem Spielplatz die Hälfte abgegeben.

Er presste die Lippen aufeinander, als ihm bewusst wurde, dass er Adams Eltern besuchen sollte, solange er in der Stadt war. Aber irgendwie war der Gedanke, dorthin zurückzukehren, beinahe noch unerträglicher, als hier zu sein. Es würde ihn nur umso mehr daran erinnern, dass sie eine Familie waren, und er jetzt, selbst nach all diesen Jahren, nun ja … immer noch am Rand stand.

»Was sollen wir denn mit den ganzen Sachen machen?«, wollte Ivy wissen, als sie wieder im Erdgeschoss waren.

»Wir schmeißen alles weg«, antwortete Henry und zuckte

mit den Achseln. »Ich wüsste nicht, warum wir irgendetwas behalten sollten. Du etwa? Es ist ja nicht so, als hätte Mom großen Wert auf Familienfotos gelegt.«

»Da hast du recht«, erwiderte Ivy traurig. Sie seufzte und ging zurück ins Wohnzimmer. Keiner von ihnen machte Anstalten, sich hinzusetzen.

Henry sah sich im Raum um. Er war ebenso dunkel und ungemütlich wie in seiner Erinnerung. An den Wänden hingen keine Bilder, und auf dem Spiegel über dem Kaminsims, der schon immer da gewesen war, zeichnete sich in der Mitte noch immer der riesige, gezackte Riss ab. Seine Mutter hatte Henrys Stiefel dagegen geworfen. Er und Ivy hatten wie erstarrt dagestanden und es nicht gewagt, etwas zu sagen oder auch nur zu atmen, während sie über Geld und die ständigen Ausgaben geschimpft hatte. Erst nachdem sie nach oben gestürmt war und ihre Schlafzimmertür zugeknallt hatte, hatte Henry den Mut gefunden, die Glasscherben leise aufzuheben und wegzuwerfen und die viel zu kleinen Stiefel anzuziehen. Er hatte sie den ganzen Winter über getragen, obwohl seine großen Zehen wehtaten, und nie wieder um ein neues Paar gebeten.

Als ihre Mutter beim nächsten Weihnachtsfest in »festlicher« Stimmung gewesen war, hatte sie die Kinder zum Einkaufen mit in die Innenstadt genommen. Zwar mochten sie diese Seite an ihr, fürchteten sich aber auch ein wenig davor. Sie hatte im Wagen auf dem Weg in die Stadt das Radio angestellt, sogar die Heizung aufgedreht und aus vollem Hals gesungen. »Sucht euch aus, was ihr wollt!«, hatte sie lachend gerufen und sie an der Hand genommen. Ivy und er hatten sich nervös angesehen, mit den Achseln gezuckt und dann beschlossen, es zu genießen, solange es andauerte. Ivy wünschte sich eine neue Puppe mit einem pinkfarbenen Kleid und langem, seidigem dunklen

Haar, das sie bürsten konnte, aber er hatte ihr zu verstehen gegeben, dass es wichtigere Dinge gab. Es war ihnen gelungen, für sie beide ein neues Paar Stiefel und Sportschuhe sowie eine Mütze und Handschuhe für Ivy zu kaufen, bevor alles den Bach runterging. Als sie in den Spielzeugladen zurückkehrten, konnte er bereits den sauren Atem seiner Mutter riechen, und das Glitzern in ihren Augen war zurückgekehrt. Ivy hatte jammernd nach der Puppe verlangt, doch ihre Mutter hatte sie ihr aus den Händen gerissen und wieder ins Regal zurückgeknallt, woraufhin Ivy zu weinen begonnen hatte.

»Wir gehen noch in die Bücherei«, hatte Henry gesagt, während seine Mutter zum Wagen ging. Falls sie etwas erwiderte, so ging ihre Antwort im Winterwind unter.

Er rief Adams Mutter an. Sie holte die beiden zehn Minuten später ab, mit einem gezwungenen Lächeln und gerunzelter Stirn, obwohl sie sich um einen fröhlichen Tonfall bemühte.

»Ihr wisst, dass ihr einfach nur zu mir kommen müsst, wenn ihr etwas braucht«, sagte sie, als sie sie später am Abend nach einer warmen Mahlzeit zu Hause absetzte.

Einmal hatte er in Adams Zimmer gespielt und zugehört, wie Mr und Mrs Brown über ihn sprachen und Worte wie *Jugendamt* benutzten, die er nicht verstand. Am nächsten Nachmittag war er in die Bücherei gegangen, hatte das Wort nachgeschlagen und das Buch schnell wieder zugeklappt.

Wenn ihnen die Polizei die Mutter wegnahm, dann würde man ihn und Ivy fortschicken und sie vermutlich für immer trennen. Er hatte genug Bücher gelesen, um zu wissen, wie das ablief. Das durfte er nicht zulassen.

Von da an zuckte er immer nur mit den Achseln, wenn ihn Mrs Brown fragte, wie es zu Hause lief. Natürlich vermutete sie etwas, aber er würde ihr keine Beweise liefern. Seine Schwester brauchte ihn damals. Sie tat es noch immer.

»Wie fühlst du dich?«, fragte Ivy, nachdem sie die Haustür abgeschlossen und sich vergewissert hatte, dass sie auch wirklich zu war.

Er sah ihr ins Gesicht. »Ziemlich beschissen.«

Sie lächelte ihn gequält an. »Geht mir genauso.«

»Es tut mir leid, dass ich nicht früher zurückgekommen bin«, sagte Henry und musterte sie lange.

Ivy zuckte nur mit den Achseln. »Vor einem Jahr waren wir uns noch nicht sicher, wie das mit Mom weitergehen würde. Es gab keinen Grund für dich, früher wiederzukommen.«

Er öffnete den Mund, um etwas sagen, die Beerdigung erwähnen, sich erklären oder entschuldigen, aber es kam kein Ton heraus. Als Ivy ihn angerufen hatte, um ihm zu sagen, dass es so weit war, hatte er sich in einer Kleinstadt etwa eine halbe Autostunde von Amsterdam entfernt aufgehalten. Es war keine Überraschung gewesen, aber dennoch ein schwerer Schlag. Er hatte nichts gesagt, sich nur das Telefon eine gute halbe Stunde lang ans Ohr gehalten und Ivys Atem am anderen Ende gelauscht. Sie sprachen nicht über das, was geregelt werden musste. Ivy sagte, dass es keinen Trauergottesdienst geben würde, und Henry schickte ihr einen Scheck, um für die Kosten der Beerdigung aufzukommen. In dieser Nacht konnte er nicht schlafen, was aber nicht daran lag, dass er traurig war. Nein, in ihm war nichts als Wut, eine derart unbändige Wut, dass er sich kaum beherrschen konnte, und er verfluchte seine Mutter und sich selbst, weil es ihm nicht gelungen war, sie zu retten, obwohl er sich solche Mühe gegeben hatte.

Beim letzten Gespräch mit seiner Mutter hatte er es geschafft, sie zu einem weiteren Entzug zu überreden. Er hatte eine schöne Klinik außerhalb von Orange County gefunden, in der sie sich entspannen und wieder zu sich finden konnte. Nach und nach hatte sie sich mit der Idee angefreundet, und er hatte für den ganzen dreißigtägigen Aufenthalt bezahlt, ihr ein Erste-Klasse-Ticket gekauft und dafür gesorgt, dass Ivy sie an diesem Abend zum Flughafen fuhr. Sie hatte keine Ahnung, dass er sich das Geld mühsam abgespart hatte in der Hoffnung, dass es reichen würde und dass sie irgendwie wieder eine richtige Familie werden könnten.

Achtundvierzig Stunden nach ihrer Ankunft hatte sie die Klinik wieder verlassen, die Bar am Flughafen aufgesucht und war von der Flughafenpolizei aufgehalten worden, bevor sie in den Flieger steigen konnte. Als man ihn anrief, damit er sie abholte, hatte er sich geweigert.

Es war sein letzter Versuch gewesen, doch nach ihrem Tod hatte er sich gefragt, was wohl passiert wäre, wenn er es noch ein weiteres Mal versucht hätte ... Er holte tief Luft. Solche Gedanken brachten nichts.

»Ich beauftrage eine Putzkolonne und hoffe, dass sie diese oder nächste Woche herkommen kann.«

»Danke.« Ivy schloss den Wagen auf, und sie stiegen beide ein.

Da er auf einmal dringend daran erinnert werden musste, dass es außerhalb dieses schauerlichen Orts Leben gab, schaltete Henry das Radio ein. Augenblicklich erklang die Stimme des Moderators. Langsam wurde das Leben wieder normal.

Sie kamen an Adams Elternhaus vorbei. In der Küche brannte Licht, und er versuchte, einen Blick hinein zu erhaschen. Es sah noch genauso aus wie früher, klein und gemütlich. Im Verandalicht waren ordentlich geschnittene Büsche vor den vorderen Fenstern zu erkennen.

»Mir ist klar, dass es nicht leicht für dich ist, wieder in Briar Creek zu sein.« Ivy schwieg kurz. »Aber du sollst wissen, dass ich es sehr zu schätzen weiß.«

»Dann tu mir einen Gefallen«, erwiderte Henry. »Nimm das

Geld, das ich dir angeboten habe, und besorg dir eine bessere Krankenversicherung.«

»Henry ...« Ivy seufzte schwer. »Ich habe dir doch gesagt, dass sich das alles regeln wird. Ich hatte in diesem Jahr einfach nur mehr Ausgaben als üblich.«

»Wegen der Beerdigung. Lös den Scheck ein, Ivy.«

»Nein.« Ihre Stimme wurde schriller. »Du hast schon genug für sie getan. Ich war auch mal an der Reihe.«

Er strich sich mit einer Hand durch das Haar und starrte in den dunklen Wald hinaus. Sie schien entschlossen zu sein, seine Hilfe abzulehnen, und vielleicht sollte er einfach nicht darauf bestehen.

»Außerdem war das nicht der einzige Grund, warum es bei mir gerade nicht so rosig aussieht«, fuhr sie fort. »Die Ladenmiete ist dieses Jahr gestiegen, und mein Großhändler hat die Preise erhöht. Es kommt eben alles zusammen.«

»Es gefällt mir nicht, dass du Geld ins Geschäft investierst, das du besser für deine Gesundheit ausgeben solltest.«

»Was habe ich denn für eine Alternative?«, wollte Ivy wissen. »Ohne den Laden bin ich auch aufgeschmissen.«

»Du weißt, dass ich genug Geld habe.« Als Journalist war er nicht reich, aber er führte ein angenehmes Leben und hatte nur wenige Ausgaben, da er ständig auf Reisen war. »Bitte lass mich dir helfen.«

Sie sagte nichts mehr, bis sie wieder in der Stadt waren und sie vor seiner Pension anhielt. Er konnte ihr ansehen, dass sie müde war, und sollte sie nach Hause fahren lassen, damit sie sich ausruhen konnte.

Doch bevor er sich von ihr verabschieden konnte, schnitt sie noch ein anderes Thema an. »Jane hat erwähnt, dass du darüber nachdenkst, einen Artikel über Briar Creek zu schreiben.«

Sein Herzschlag beschleunigte sich. »Wann hast du denn mit Jane gesprochen?«

»Ich habe heute Abend mit ihr zusammen gegessen, bevor wir uns getroffen haben. Sie war mit Sophie im Diner.«

Da hatte er sich in seinem Zimmer auf den Besuch im Haus vorbereitet. Plötzlich wünschte er sich, er hätte Ivys Angebot angenommen und wäre mit ihr essen gegangen.

»Ich bin nicht gerade der beste Kandidat, um etwas über diese Stadt zu schreiben.« Er zog eine Augenbraue hoch und schenkte ihr einen vielsagenden Blick.

»Ich weiß.« Sie seufzte, beugte sich über die Armlehne und umarmte ihn. »Du bist der Beste, Henry.«

Henry schnallte sich ab, stieg aus dem Wagen und wartete, bis seine Schwester nicht mehr zu sehen war, während ihm ihre Worte weiterhin durch den Kopf gingen. Er war nicht der Beste. Nicht der beste Sohn, nicht der beste Bruder. Ihm drehte sich der Magen um vor lauter Schuldgefühlen, und wenn er an Ivys Probleme und ihre Rechnungen dachte, wurde er ganz unruhig und nervös. Was hatte Jane doch gleich gesagt, was er mit einem Artikel über Briar Creek bewirken konnte?

Ivy war seine Familie. Sie war alles, was er hatte. Und für sie würde er alles tun. *Sogar einen Artikel über diese gottverdammte Stadt schreiben*, dachte er grimmig.

10

Grace und ihre Mutter saßen bereits in der großen, glänzend weißen Küche des *Rosemary and Thyme*, als Jane völlig außer Atem hereinstürmte. Die Frauen lächelten und hatten gute Laune, und Jane gab sich die größte Mühe, es ihnen gleichzutun. Aber es klappte nicht. Ihre Gedanken drehten sich allein um eine Sache oder vielmehr um eine Person: ihre Tochter.

»Da bist du ja!« Kathleen stand auf und umarmte Jane. Da Jane sofort die Tränen kamen, schloss sie die Augen und drückte ihre Mutter etwas fester an sich als sonst.

Als sie sich von ihr löste, blinzelte sie mehrmals schnell, lächelte und war froh, dass sie ihre Sonnenbrille noch nicht abgenommen hatte. »Entschuldigt, dass ich so spät komme. Ich hatte heute Morgen einen Termin, und der Verkehr war die Hölle.«

»Was denn für einen Termin?« Grace sah sie mit gerunzelter Stirn an. »Ist alles in Ordnung?«

»Oh …« Jane wedelte mit einer Hand durch die Luft und setzte sich neben ihre Schwester auf einen Stuhl. Sie steckte ihre Sonnenbrille in die Handtasche, bevor sie diese auf den Boden stellte, und hoffte, dass ihre Augen vom Weinen nicht gerötet waren. »Ich wollte mal einen neuen Zahnarzt drüben in Forest Ridge ausprobieren.« Das war keine komplizierte Ausrede, und niemand würde weitere Fragen stellen. Jetzt konnte Jane etwas leichter atmen. Irgendwie kam ihr dieser ganze Albtraum weniger real vor, wenn sie nicht mit anderen darüber reden musste.

»Na, dann hoffe ich, dass du jetzt ordentlich Appetit hast.« Anna grinste und stellte einen Teller vor sie auf den Tisch. »Seid bitte ehrlich. Vergiss nicht, Grace, dass ich alles zubereiten kann, was du möchtest. Wenn dir also nur einige Bestandteile gefallen, dann lass es mich bitte wissen.«

Jane griff nach der schweren Gabel und beäugte die zehn runden Kuchen vor sich. Normalerweise wäre ihr jetzt schon das Wasser im Mund zusammengelaufen, aber heute hatte sie einen kratzigen Hals und zittrige Hände. Als sie die Gabel wieder auf den Teller legte, klapperte es laut. »Entschuldigt«, murmelte sie und verbarg ihre Nervosität hinter einem Lächeln.

»Können wir anfangen?«, wollte Grace wissen. »Ich habe extra nicht gefrühstückt, weil ich wusste, dass wir das heute machen.«

Jane sah sie fragend an. »Kommt Luke gar nicht her?«

»Er ist kein großer Freund von Süßigkeiten. Er meinte, solange ich zufrieden bin, wäre er es auch.« Grace' Lächeln wurde ein wenig sehnsüchtig, und Jane spürte, wie sie leicht das Gesicht verzog. *Wie muss es wohl sein, so einen Mann zu haben?*, dachte sie, setzte sich dann gerade hin und verdrängte diesen Gedanken. Hier ging es um Grace' Hochzeit, die für sie etwas ganz Besonderes sein sollte. Sie hatte ihre bereits gehabt. Es fiel ihr nur so schwer, sich daran zu erinnern, dass sie auch einmal eine glückliche Braut gewesen war. Damals hatte sie tatsächlich geglaubt, dass sie jetzt viele glückliche und unbeschwerte Jahre vor sich haben würde.

Nur mit Mühe gelang es ihr, nicht laut zu schnauben.

»Außerdem«, fuhr Grace fort, »glaube ich, dass er sowieso der Meinung ist, alles, was Mark und Anna zubereiten, muss einfach gut schmecken.«

»Da bin ich ganz seiner Meinung«, stimmte ihre Mutter zu und beugte sich gespannt vor.

Anna deutete auf den ersten Kuchen in der Reihe, und sogar Jane bekam richtig Appetit. Der Kuchen war mit dunkler Schokolade überzogen und von einer umwerfenden cremefarbenen Schleife aus Seidenzucker umhüllt. Anna nahm ein großes Messer und schnitt ein Stück heraus, sodass man drei herrliche Schichten erkennen konnte. Der Kuchen war so saftig und fest, dass kein Krümel herabfiel, als sie das Stück auf einen Teller legte und diesen vor Grace schob. »Das ist der ungewöhnlichste von allen«, erklärte sie und reichte auch Jane und Kathleen ein Stück. »Hier haben wir einen belgischen Schokoladenkuchen mit einer Füllung aus einer Milchschokoladen-Haselnuss-Creme und einem Überzug aus dunkler Schokoladen-Garnache. Grace, das ist vielleicht eher ein Kuchen für den Bräutigam.«

Grace stürzte sich begierig auf ihr Stück und schloss die Augen, als sie den ersten Bissen herunterschluckte. »Wir brauchen den Rest gar nicht mehr probieren. Das ist eindeutig der beste Kuchen.«

Wie aus weiter Ferne hörte Jane, dass Anna und ihre Mutter lachten. Sie versuchte, mit einzustimmen, aber in ihrem Kopf drehte sich erneut alles, ihr Herz raste, und kurz glaubte sie schon, sie müsste sich übergeben. Genauso hatte es für sie auch angefangen – mit dem Kauf eines Brautkleids und dem Aussuchen der Blumen und des Kuchens –, doch irgendwie hatte es dann nicht nur mit einer Affäre geendet, sondern auch damit, dass Adam versuchte, ihr das Einzige wegzunehmen, was ihr noch geblieben war: Sophie. Sie hatte ihre Tochter zur Welt gebracht und liebte sie mit jeder Faser ihres Wesens, doch jetzt bestand die Gefahr, sie zu verlieren. Das war unvorstellbar.

»Jane?«

Als sie aufblickte, merkte sie, dass Anna sie fragend anschaute. »Ist alles in Ordnung?« Jane nickte, und ihre Schwester deutete mit dem Kinn auf ihren Teller. »Du hast den Kuchen noch gar nicht probiert.«

»Oh.« Jane nahm die Gabel und steckte sich ein winziges Stück Gebäck in den Mund. Es schnürte ihr die Kehle zusammen. »Er schmeckt köstlich«, brachte sie mit Mühe und Not hervor.

Auch bei den nächsten sechs Kuchen spielte sie notgedrungen mit und schaffte es sogar, den ausgiebig zu loben, der ihr am besten schmeckte – einen Vanille-Biskuitkuchen mit Schichten aus Himbeerpüree und Marzipan –, aber ihr Herz zog sich schmerzhaft zusammen und ihr fiel das Atmen immer schwerer. Ihr kleines Mädchen würde irgendwo anders leben und nicht mehr bei ihr sein. Sie würde nicht da sein, um sie abends ins Bett zu bringen, ihr die Kleidung für die Schule heraussuchen, ihre Leibspeise kochen. Stattdessen würde *diese Frau* all das tun.

Sie griff nach dem Wasserkrug, den Anna auf den Tisch gestellt hatte, und warf ihn beinahe um.

Ihre Mutter starrte sie mehrere Sekunden lang an und kniff die blauen Augen zusammen. Mit zitternden Händen schenkte sich Jane etwas Wasser ein und trank einen großen Schluck. Dies war nicht der richtige Moment, um zusammenzubrechen. Vielmehr musste sie jetzt handeln und gut nachdenken. Sie musste ... irgendetwas tun. Wenn sie nur wüsste, was.

Grace warf die Hände in die Luft und zuckte mit den Achseln. »Ach, ich kann mich einfach nicht entscheiden.«

Anna kicherte, schüttelte den Kopf und warf sich den Pferdeschwanz auf den Rücken. »Damit hatte ich schon gerechnet. Solange du dich eine Woche vor der Hochzeit entschieden hast, ist alles kein Problem.« Als Grace etwas sagen wollte, hob Anna einen Finger. »Aber dann darfst du deine Meinung nicht mehr ändern. Die ganze Stadt kommt zu dieser Hochzeit, und ich kann nicht kurzfristig alles umschmeißen. Und sobald ich erst einmal mit dem Dekorieren angefangen habe ...«

»Ich habe es begriffen.« Grace nickte energisch, aber Jane entging das nervöse Zucken an ihrer Schläfe nicht.

»Wenn ich das Fondant angerührt habe, war's das. Dann steht der Kuchen.« Anna starrte Grace an, die jetzt auf ihrer Unterlippe herumkaute und den Crème-Brûlée-Kuchen mit dem himmlischen Karamellkern beäugte.

»Es wird entweder der oder der Red-Velvet-Kuchen«, entschied sie mit entschuldigendem Lächeln.

»Nimm ein paar Stücke mit nach Hause und denk darüber nach.« Anna holte einige Kuchenschachteln aus einem Regal und füllte sie. »Jane, du kannst Sophie auch etwas mitbringen.«

»Sie ist heute bei Adam«, sprudelte es aus Jane heraus. Dann griff sie aber schnell nach der Schachtel. »Danke. Sie wird sich sehr darüber freuen.«

»Wenn du den Kuchen in den Kühlschrank stellst, ist er morgen noch ganz frisch«, meinte Anna sanft.

Grace sah auf die Uhr und stand auf. »Oje, ich muss zurück in den Laden. Schließlich muss ich noch am Vormittag aufmachen.«

Janes Herz setzte einen Schlag aus. »Ich kann heute Nachmittag für dich einspringen, wenn du magst.« Wenn sie jetzt nach Hause ging, würde sie nur ziellos durch die Zimmer wandern und sich unendlich einsam fühlen.

Grace strich sich das haselnussbraune Haar aus dem Mantelkragen und knöpfte den Mantel zu. »Ach, heute ist bestimmt nicht viel los, aber danke für das Angebot. Dann sehen wir uns morgen?«

Jane schluckte schwer und schaffte es nur noch zu nicken. Vielleicht konnte sie ein bisschen einkaufen gehen. Aber die Vorstellung, weiterhin so zu tun, als wäre alles in bester Ordnung, ermüdete sie schon jetzt. Vielleicht fuhr sie doch lieber nach Hause. Dann konnte sie eine Liste schreiben und Pläne schmieden. Mit ihrer weißen Kuchenschachtel in den Händen folgte sie Grace und ihrer Mutter aus der Küche und prallte dabei fast gegen Mark, der gerade hereinkam.

»Guten Morgen, die Damen!« Er grinste breit, doch sein Blick wanderte schnell zu Anna. Beim Anblick ihres Freundes leuchteten Annas blaue Augen und sie strahlte.

»Du bist spät dran«, neckte sie ihn, wurde jedoch vor Freude rot. »Aber da du so süß bist und mir meine Lieblingsblumen geschenkt hast, werde ich dir dieses eine Mal verzeihen.«

Erst da bemerkte Jane den riesigen Strauß blauer Hortensien auf dem großen Farmhaustisch an der Rückwand der Küche, den Mark und Anna als Schreibtisch nutzten. Die Tischplatte war mit Rezeptboxen und Zeitungsausschnitten bedeckt.

Während sie die beiden in der gemütlichen kleinen Welt zurückließ, die sie sich geschaffen hatten, wurde Jane das Herz schwer. Sie hatte auch einmal so eine eigene kleine Welt gehabt, und vermutlich hatte sie das noch immer. Aber zum zweiten Mal innerhalb eines Jahres war diese in Gefahr, und das wegen des Mannes, der früher einmal ein Teil davon gewesen war. Ihr Herz schlug wieder schneller, und sie ballte die Fäuste. Nach dem Verlassen der Anwaltskanzlei hatte sie ihre ganze Willenskraft aufbringen müssen, um nicht direkt zu Adams Büro zu fahren und es mit ihm auszufechten, ihn anzuschreien, ihm zu zeigen, wie sehr er sie verletzt hatte, ihn zu fragen, wann es endlich aufhören würde, wann es ihm reichte, wann sie genug erlitten hatte. Sie hatte geglaubt, es wäre vorbei. Sie hatte gedacht, sie könnte den Schmerz endlich hinter sich lassen. Aber als sie die Freude in Grace' Stimme gehört und Annas Lächeln gesehen hatte, war erneut die Einsamkeit in ihr hochgestiegen und sie hatte mit den Zähnen geknirscht. Nicht, weil sie um Adam trauerte – er war nicht gut für sie, und das wusste sie inzwischen –, sondern weil sie das Gefühl der Sicherheit, die Stabilität und ... das Glück vermisste. Sie hatte es seit sehr langer Zeit nicht mehr gewagt, glücklich zu sein. Und ohne Sophie ... Ein dicker Kloß schnürte ihr die Kehle zu. Ohne Sophie würde sie nie wieder die Chance haben, ihr Glück zu finden.

Jetzt zwang sich Jane, sich gerade aufzurichten, dann stieß sie einen unsicheren Seufzer aus und ging durch das leere Restaurant nach draußen. Vor der Tür wartete Kathleen, bis Grace ein Stück weit entfernt war, bevor sie Jane eine Hand auf den Arm legte.

»Es ist bestimmt nicht leicht für dich, dass deine Schwestern beide so verliebt sind und Grace heiratet.«

Jane öffnete den Mund, um ihrer Mutter endlich die schreckliche, unerträgliche Neuigkeit mitzuteilen. Bisher wusste nur Grace, dass Adam wieder heiraten und erneut Vater werden würde. Aber als sie jetzt vor ihrer Mutter stand und ihr in die gütigen, vertrauten Augen blickte, drohte sie beinahe zu platzen und würde die Tränen nicht viel länger zurückhalten können.

Doch bevor sie etwas sagen konnte, kam ihr ihre Mutter zuvor. »Für mich ist es auch schwerer, als ich gedacht hatte. Es macht mich ... traurig, dass dein Vater nicht hier ist und Grace zum Altar führen kann. Das ist vielleicht dumm von mir, aber ich habe mich gefragt, wer denn dann mit ihr den Brauttanz machen soll.«

Kathleen stiegen die Tränen in die Augen, und Jane verfiel sofort wieder in ihren »Muttermodus«, wie Grace das immer amüsiert nannte. Sie bekam ihre Gefühle in den Griff, richtete sich kerzengerade auf und fasste sich wieder. Schließlich war es genau das, was sie am besten konnte.

»Ach, Mom.« Jane seufzte. »Es tut mir so leid.« Sie wusste, dass es ihre Mutter nicht trösten würde, wenn sie ihr gestand, dass sie sich das auch schon gefragt hatte. Sie selbst hatte niemanden, der sie zur Hochzeit begleiten würde. Mark oder sein Bruder Brett würden garantiert Mitleid mit ihr haben und sie ein- oder zweimal über die Tanzfläche wirbeln, aber die Wahrscheinlichkeit war groß, dass sie den ganzen Abend am Singletisch sitzen und sich den Spaß aus der Ferne ansehen würde.

Adam war kein guter Tänzer, rief sie sich in Erinnerung. Selbst bei ihrer Hochzeit hatte er sie nicht richtig an sich gedrückt, und die wenigen Male, als bei einer Veranstaltung die Möglichkeit zum Tanzen bestanden hatte, hatte Adam lieber an einem Tisch gesessen und zugesehen. Warum konnte er nicht mit ihr tanzen, wo er doch wusste, wie gern sie das tat? So etwas machte man doch für einen Menschen, den man liebte. Zumindest sah sie das so.

»Bitte sag Grace nicht, dass ich davon gesprochen habe«, flüsterte Kathleen eindringlich, und Jane nickte pflichtbewusst. Sie wollten beide Grace' Glück nicht trüben, und wenn das bedeutete, dass sie allein mit ihren Problemen fertigwerden musste, dann würde sie das eben tun.

Sie seufzte schwer. Wenn sie ihrer Mutter nicht bald die Wahrheit sagte, dann würde es jemand anders tun. »Ich habe dir noch gar nicht erzählt, dass Adam wieder heiraten wird.« Jane presste die Lippen zusammen und wartete auf die Reaktion.

Ihre Mutter sah sie erschrocken an und blinzelte mehrere Sekunden lang nicht.

»Und sie bekommen ein Baby.«

Da. Jetzt war es raus. Sie atmete durch die Nase aus und wappnete sich.

»Dich scheint das ja nicht sehr zu erschüttern«, bemerkte Kathleen.

Jane ballte in den Manteltaschen die Fäuste. »Nein. Warum sollte es auch.« Sie knirschte mit den Zähnen und zwang sich zu einem Lächeln. »Wir wissen doch alle, dass ich ohne ihn besser dran bin.«

»Das ist mein Mädchen«, meinte ihre Mutter und tätschelte ihr den Arm. »Du wirst schon einen anderen finden. Du bist jung und hübsch und ...« Auf einmal runzelte Kathleen die Stirn und schaute über Janes Schulter. »Ist das nicht ...«

Jane folgte dem Blick ihrer Mutter, die auf die andere Straßenseite schaute. Dann riss sie die Augen auf, ihr Herz schlug schneller und ihre Angst wurde auf einmal von einem Gefühl ersetzt, das ebenso mächtig war. Großer Gott, es war Begierde. Sie wandte sich wieder ihrer Mutter zu und hoffte, dass die Röte aus ihren Wangen verschwinden würde, bevor diese sie bemerkte, aber ihre Mutter sah weiterhin Henry an. Jetzt bereute Jane es, dass sie sich keinen Lippenstift aufgelegt hatte. Ihr Mascara war bestimmt auch völlig verlaufen. *Bitte mach, dass sie ihn nicht zu uns herüberruft!*

»Ich wusste gar nicht, dass Henry Birch wieder in der Stadt ist«, sagte Kathleen, während sich ein Lächeln auf ihren Lippen ausbreitete. Dann riss sie sich zusammen und drehte sich wieder zu Jane um.

Jane holte tief Luft, als Henry die Straße überquerte. Oh nein. Er kam wirklich zu ihnen, und hier stand sie und himmelte ... den besten Freund ihres Exmannes an! Was war denn nur los mit ihr? »Ich habe ihn schon ein paarmal gesehen.« Was machte da ein weiteres Mal schon aus?

»Er war immer so ein netter Junge«, erklärte Kathleen. »Ich werde nie verstehen, was er in Adam gesehen hat ...« Sie errötete schuldbewusst. »Entschuldige, Jane.«

»Du musst dich nicht entschuldigen«, erwiderte sie. An den meisten Tagen fragte sie sich das ja auch. Henry und Adam schienen überhaupt nicht zusammenzupassen, aber konnte man über sie und ihren Exmann nicht dasselbe sagen?

Sie musterte Henry, als er ihnen mit schnellen, selbstsicheren Schritten auf dem Bürgersteig entgegenkam. Ein Lächeln zeichnete sich auf seinem attraktiven Gesicht ab, und er kniff die blauen Augen zusammen, die sie derart faszinierten. Aber sie schüttelte dieses Gefühl ab und richtete den Blick entschlossen auf den Boden, um dieses lässige Lächeln und die Anziehungskraft, die er auf sie ausübte, zu ignorieren. Es gab eine Million Gründe dafür, dass ihr Herz nicht schneller schlagen durfte, wenn er in ihre Nähe kam, aber das Gespräch, das sie an diesem Morgen mit ihrem Anwalt geführt hatte, übertrumpfte alle anderen.

Adam machte sich kampfbereit, und da Henry nun einmal Adams ältester Freund war, wäre es eindeutig besser gewesen, wenn sie ihm vorerst aus dem Weg ging.

※ ※ ※

Henry spürte, wie sein Lächeln verblasste, als er sich den Madisons näherte, die vor dem *Rosemary and Thyme* standen. Kathleen sah ihn warmherzig an, lächelte und winkte ihm auch noch zu, als er näher kam, aber Jane schien zu erstarren, anstatt seine Freude über diese zufällige Begegnung zu teilen.

Entschlossen, nicht länger darüber nachzudenken, begrüßte er ihre Mutter, indem er sie kurz umarmte, dann einen Schritt nach hinten machte und die Hände in die Hosentaschen steckte. »Wie schön, Sie zu sehen, Mrs Madison. Das mit Ihrem Mann tut mir sehr leid.« Er wusste von Ivy, dass Ray Madison vor etwa achtzehn Monaten gestorben war. Das war für die Familie bestimmt nicht leicht. Er sah zu Jane hinüber – ganz besonders nicht für Jane.

Er konnte sehr gut nachvollziehen, was sie durchgemacht hatte, als sie dieses Tanzstipendium ausgeschlagen hatte, die Qualen und die Ängste, weil sie ihren Vater dadurch möglicherweise enttäuscht hatte.

»Danke.« Kathleen drückte seine Hand noch einmal und ließ sie dann los. »Ich habe jetzt leider noch einen Termin, zu dem ich schon zu spät komme. Bist du noch lange in der Stadt, Henry?«

So lange, wie es unbedingt sein muss.

Er zuckte mit den Achseln. »Das weiß ich noch nicht. Ich helfe meiner Schwester dabei, unser altes Haus wieder auf Vordermann zu bringen. Hoffentlich können wir es dann bald verkaufen.«

Kathleens Miene wirkte mit einem Mal verständnisvoll. »Na, dann sehen wir uns bestimmt noch einmal, bevor du wieder abreist. Briar Creek ist ja nicht so groß.«

Als ob man ihn daran erinnern müsste, dachte er grimmig.

»Das wäre schön«, erwiderte er und meinte es auch so. Die Madisons waren immer sehr nett zu seiner Schwester gewesen und fast wie eine Familie für sie, und dafür würde er ihnen immer dankbar sein – ebenso wie den Browns.

Er holte tief Luft und drehte sich zu Jane um, die ihrer Mutter schweigend hinterherschaute. Er überlegte, ob er gehen und Jane in Ruhe lassen sollte – damit sie über die Sache hinwegkommen, nach vorn schauen und einen anderen Mann finden konnte. Den richtigen Mann. Aber aus irgendeinem Grund konnte er das nicht tun. »Ivy sagte, ihr hättet gestern Abend zusammen gegessen. Schade, dass ich das verpasst habe.«

Sie riss leicht die Augen auf. »Oh, na ja ... Das wäre ... schön gewesen.« Sobald sich ihre Blicke trafen, sah sie auch schon wieder weg. »Ich sollte auch lieber gehen. Ich muss noch einiges erledigen, bevor ...«

»Ich hatte eigentlich darauf gehofft, dich heute zu treffen«, unterbrach er sie und trat ihr in den Weg, bevor sie die Gelegenheit bekam, ihm zu entkommen. Er sah ihr fragend ins Gesicht und bemerkte, wie ausdruckslos ihre Augen wirkten und wie blass ihre sonst so rosige Haut aussah, und auf einmal machte er sich Sorgen. Irgendetwas stimmte nicht, und er konnte nur vermuten, dass es etwas mit seinem Treffen mit Adam neulich zu tun hatte.

Eine Scheidung war immer schwer, das wusste er aus eigener Erfahrung. Er hatte dieses Gefühl des Verlusts und Versagens ebenfalls gespürt. Manchmal war er richtiggehend hoffnungslos gewesen. Noch Monate nach seiner Trennung von Caroline war er ihre Beziehung immer wieder durchgegangen und hatte versucht, den genauen Augenblick herauszufinden, ab dem alles den Bach runtergegangen und die Beziehung zerbrochen war. Er hatte sich gesagt, dass er seine Unabhängigkeit liebte, und er hatte mehr längerfristige Aufträge angenommen, die ihn weiter wegführten, um die Ziellosigkeit zu verdrängen, die ihm zu schaffen machte. War die Ehe etwa schon von Anfang an zum Scheitern verurteilt gewesen? Vermutlich schon, glaubte er. Caroline schien, wie die meisten Frauen, die er nach ihr kennengelernt hatte, etwas von ihm zu wollen, das er ihr nicht geben konnte. Nicht ihr und auch keiner anderen.

Sie sehnten sich nach einem Familienmenschen. Aber was wusste Henry schon darüber? Er gab sich die größte Mühe, aber es fiel ihm einfach nicht leicht. Caroline hatte ihm vorgeworfen, dass er ihr – ihnen – nie wirklich eine Chance gegeben hätte. Vielleicht hatte sie ja recht. Möglicherweise hatte er sich selbst sogar noch mehr vorgemacht als ihr.

Er räusperte sich. »Ich habe beschlossen, deinen Vorschlag

anzunehmen und einen Artikel über Briar Creek zu schreiben.«

Ihre Augen funkelten interessiert. »Wirklich? Das ist ja wunderbar!« Dann legte sie den Kopf schief. »Was hat dich dazu gebracht, deine Meinung zu ändern?«

»Mir wurde klar, dass ich damit Ivy und ihrem Blumenladen helfen kann«, gab er zu. Er blickte die Main Street entlang, wo sich die orangefarbenen Blätter auf den Dächern und vor den Geschäften sammelten und im Wind raschelten. »Ich hatte mir überlegt, mit dem Fest an diesem Wochenende anzufangen.«

»Sophie und ich werden auch da sein«, meinte Jane und musste dann mehrmals schnell blinzeln, da ihr die Tränen kamen. Sie strich sich mit einer Hand über den Mund und winkte ab, als er näher treten wollte. »Entschuldige. Ich weiß nicht, was über mich gekommen ist. Es ... geht mir gut. Wirklich.«

»Nein, es geht dir nicht gut«, widersprach er ihr und runzelte die Stirn. Plötzlich raste Adrenalin durch seine Adern, und er ballte die Fäuste und wollte das ungeschehen machen, was sie so sehr aufregte. »Was ist los, Jane?«

»Ich kann nicht mit dir darüber reden«, flüsterte sie und bestätigte ihm damit etwas, das er längst geahnt hatte.

»Es hat etwas mit Adam zu tun.«

Sie zögerte. »Es geht ... um Sophie. Er ... Er will Vermont verlassen und Sophie mitnehmen.«

Henry fuhr sich mit einer Hand durch das Haar und fluchte leise. Er hätte wissen müssen, dass mehr dahintersteckte. Die plötzliche Verschlagenheit in Adams Augen, die ihm Samstagabend aufgefallen war, passte nicht zum Small Talk oder einem Menschen, der nichts zu verbergen hatte. »So etwas hatte ich schon befürchtet.«

»Was?« Janes Augen wurden zu Schlitzen.

»Als ich mich mit Adam getroffen habe, hat er erwähnt, dass er vielleicht wegziehen wird.«

»Und du hast mir nichts davon gesagt?« Jane starrte ihn an, und sie wirkte so verletzt und verwirrt, dass ihm einfach nicht schnell genug eine Erklärung einfallen wollte. Alles, was er wollte, war, den Schmerz aus ihren Augen zu tilgen, ebenso wie aus ihrem Leben. Sie legte sich eine zitternde Hand an die Stirn und schüttelte den Kopf. »Natürlich hast du nichts gesagt. Du bist Adams Freund.«

»Aber ich bin auch dein Freund«, beharrte Henry, schwieg jedoch, als er ihren Gesichtsausdruck bemerkte.

»Nein, das bist du offensichtlich nicht.«

Glaubte sie das wirklich? »Er hat mich gebeten, niemandem etwas davon zu sagen …«

Doch sie ging langsam kopfschüttelnd rückwärts und schien jetzt am ganzen Körper zu zittern. »Und so hast du natürlich den Mund gehalten. Es ist meine Tochter, Henry. Meine Tochter. Sie ist alles, was ich habe.«

»Ich wusste nicht, dass er das damit gemeint hat, Jane …« Er machte einen Schritt auf sie zu, aber sie hob die Hände. »Jane, ich wollte mich da nicht einmischen.«

»Dann tu mir einen Gefallen und tu es auch weiterhin nicht.« Sie drehte sich auf dem Absatz um und rannte die Straße entlang, sodass ihr braunes Haar hinter ihr herwehte. Er sah ihr nach und spürte, wie der Druck auf seine Brust mit jedem Schritt, den sie sich von ihm entfernte, größer wurde.

Sie hatte das völlig falsch verstanden.

Damals hatte seine Loyalität zwar Adam gehört, aber sein Herz war schon immer das ihre gewesen.

11

Das Einzige, wofür Jane in diesem Augenblick dankbar sein konnte, war die Tatsache, dass Sophie die Nacht bei ihrem Vater, dem Mistkerl, verbringen würde. Sie schnaubte, als ihr diese Ironie bewusst wurde, und zupfte dann ein weiteres Taschentuch aus der Box. Es war das letzte, wie ihr auffiel, und sie wischte sich das Gesicht ab und zerknüllte das Tuch dann. Sie hatte sich versprochen, dass sie nur diese eine Packung brauchen würde. Schließlich konnte sie das Sorgerecht für ihre Tochter ja nicht für sich beanspruchen, indem sie einen Nervenzusammenbruch hatte, nicht wahr?

Jane stand auf und warf die Schachtel in den Papiermüll, in dem bereits eine leere Haferflockenpackung lag. Um eine gute Mutter aus ihr zu machen, reichte es anscheinend nicht aus, dafür zu sorgen, dass Sophie jeden Tag drei ausreichende Mahlzeiten bekam, badete, saubere Kleidung hatte und abends eine Geschichte vorgelesen bekam. Wieder schluchzte sie, als sie sich vorstellte, wie Kristy Sophie jeden Morgen zur Schule bringen würde ... in Denver!

Sie nahm den Magnetblock vom Kühlschrank, auf dem sie sonst die Dinge notierte, die sie einkaufen musste, und setzte sich an den Küchentisch. Grace hatte sich immer über diese Angewohnheit lustig gemacht, aber Anna hatte Jane stets insgeheim dabei unterstützt, wenn sie den Drang verspürte, Dinge zu organisieren. Vielleicht, höchstwahrscheinlich sogar, war es albern, dass sie Dinge auf ihre To-do-Liste schrieb, die sie bereits an diesem Tag getan hatte, wie das Bett zu machen oder die Spülmaschine einzuräumen, nur, damit sie diese Punkte wenige Sekunden später bereits abhaken konnte, aber es war auch schön, ab und zu das Gefühl zu bekommen, etwas geschafft zu haben, da sich das Dasein als Hausfrau oftmals wie ein undankbarer Job anfühlte. Sie hatte irgendwann aufgehört zu zählen, wie oft sie abends gekocht hatte, ohne dass Adam zum Essen nach Hause gekommen war. Zwar bezog sie regelmäßig einmal pro Woche das Bett neu, doch ihr Mann merkte es oft monatelang nicht, erst recht dann nicht, wenn er auf der Couch übernachtete und behauptete, beim Fernsehen eingeschlafen zu sein.

Sie hätte wissen müssen, dass irgendetwas nicht stimmte und dass er zu ihr auf Distanz ging. Doch stattdessen hatte sie ihm vertraut. Sie hatte ihm zu sehr vertraut. Diesen Fehler würde sie nicht noch einmal machen.

Seufzend drückte sie auf das Ende des Kugelschreibers, damit die Mine herauskam. Ihr Anwalt hatte gesagt, dass sie als die Hauptsorgeberechtigte gute Erfolgsaussichten hatte und dass sie sich darauf konzentrieren sollte, zu beweisen, was für ein stabiles Umfeld ihre Tochter bei ihr hatte. Die emotionale Stabilität war leicht zu demonstrieren, aber die finanzielle ... Das würde schwieriger werden, und die Anwaltsrechnungen halfen ihr da auch nicht gerade weiter.

Sie malte einen Haken neben die emotionale Stabilität und wandte sich dann den beunruhigenden Punkten zu. Vier Tanzkurse waren es insgesamt ... Sie starrte die Summe mit gerunzelter Stirn an. Das war nicht genug. Zehn Kurse brachten ihr ein solides Teilzeiteinkommen ein, vier ließen die Sache hingegen eher wie ein bezahltes Hobby aussehen. Wenn sich die Dinge im Studio nicht schnell änderten, dann würde sie sich irgendwo anders einen Vollzeitjob suchen müssen. Es wäre ja nicht das erste Mal, dass sie wegen Adam das Tanzen aufgab.

Sie ging zum nächsten Punkt auf ihrer Liste: *Main Street Books*. An drei Tagen pro Woche arbeitete sie im Café, das musste doch etwas zählen, immerhin war es ein Familienunternehmen. Grace hatte dafür gesorgt, dass sie in der Krankenversicherung ihres kleinen Unternehmens berücksichtigt wurde, und Sophie war über Adam versichert. Dieser Teil würde kein Problem darstellen. Aber es würde vor allem schwer werden zu beweisen, dass Sophie bei Jane besser aufgehoben war als bei ihrem Vater und seiner neuen Familie. Adam konnte die Eislaufstunden finanzieren, die sich Sophie wünschte, ebenso wie Tanz- und Musikkurse und vermutlich auch jährliche Urlaubsreisen. Auch wenn er während ihrer Ehe nie hatte verreisen wollen, dachte sie jetzt und kniff die Augen zusammen. Auf dem Papier schien Adam alles zu haben. Er hatte eine glückliche Familie, während sie eine allein erziehende Mutter war. Es war völlig ohne Bedeutung, dass ihr Anwalt ihr gute Chancen einräumte, da Sophie bisher hauptsächlich bei ihr gelebt hatte. Ein Gedanke nagte an ihr und wollte einfach nicht verschwinden: Sie hatte nicht die geringste Chance.

Ihr war bewusst, dass sie jederzeit ihre Sachen packen und ebenfalls nach Colorado ziehen konnte, aber warum sollte sie das tun? Hatte sie nicht schon genug aufgegeben? Adam war doch derjenige, der wegziehen wollte, und er hatte Kristy und bald noch ein weiteres Kind. Aber ihre ganze Familie war hier, ebenso wie seine.

Wie konnte Adam auch nur erwägen, Sophie ihren Großeltern und Tanten vorzuenthalten?

In ihr kochte Wut hoch, die rasch das Selbstmitleid und die Tränen ersetzte.

»Nein«, sagte sie laut und zerknüllte die Liste. Sie würde auf gar keinen Fall zulassen, dass er ihr die Tochter, das Tanzen und das Heim wegnahm.

Sie griff nach dem Stift und begann eine neue Liste, auf die sie all die Orte in der Stadt schrieb, an denen sie sich einen neuen Job suchen konnte. Als sie damit fertig war, zitterten ihre Finger nicht mehr und sie hatte das Gefühl, dass sie vielleicht sogar die Nacht durchschlafen konnte.

Ivy hatte in letzter Zeit immer wieder gesagt, dass sie so viel zu tun hatte. Am besten ging sie als Erstes in den Blumenladen.

∘ ∘ ∘

Henry betrat den Diner und ging zum Tresen. Er hatte das Hastings seit seiner Rückkehr gemieden, aber er konnte Mrs Griffins weiche Eier zum Frühstück ebenso wenig ein weiteres Mal ertragen wie die Tatsache, dass sie sich immer zu ihm setzte, um ihm beim Frühstück Gesellschaft zu leisten und mit ihm zu plaudern. Zweifellos wollte sie wissen, was er hier trieb und warum er so lange weg gewesen war. Die Pension an der Main Street bot zwar eine angenehme Unterkunft, war aber nicht das, was er suchte. Er sehnte sich nach einem Ort, an dem ihn niemand kannte und ihm keiner auf die Nerven ging. Ein Ort wie seine Wohnung in San Francisco.

Bald würde er wieder dort sein. Er konnte es kaum noch erwarten.

Henry drehte seine Kaffeetasse um, und eine junge Frau schenkte ihm Kaffee ein, während er die Speisekarte begutachtete. Es gab dasselbe wie immer, was ihn nicht überraschte. Dieser Diner war eine Institution und dem Anschein nach das zweite Zuhause vieler älterer Einwohner von Briar Creek.

»Henry Birch, nicht wahr?«

Henry ließ die Speisekarte sinken und sah den Mann zu seiner Linken an, der ihn interessiert musterte. Seine grauen Augen waren klar, sein Lächeln wirkte eher wie ein verschmitztes Grinsen. Henry musterte den Mann, aber ihm wollte nicht einfallen, woher er ihn kennen sollte.

»Ja. Äh … Kennen wir uns?« Er lächelte entschuldigend. »Tut mir leid, aber es ist eine Weile her, dass ich zuletzt in der Stadt gewesen bin.«

»Ich kannte Ihre Mutter«, erwiderte der ältere Mann.

Henry spürte, wie sein Lächeln gefror. Er knirschte mit den Zähnen und starrte den Mann finster an. »Verstehe.« Danach drehte er sich wieder zum Tresen um und hoffte darauf, die Aufmerksamkeit der Kellnerin zu erregen. Wäre er nicht so hungrig gewesen, wäre er auf der Stelle wieder gegangen, aber seine einzige andere Option wäre der *Anhang* gewesen, und dort wollte er sich nicht so oft aufhalten … und auch Jane nicht schon wieder sehen.

»Ich nehme das Western-Omelett«, sagte er zu der Kellnerin und klappte die Speisekarte zu.

Er trank einen Schluck Kaffee und starrte die Wand an, weil er hoffte, dass ihn dann niemand bemerken würde. Aber es nutzte nichts.

»Ja, die gute alte Debbie. Mit der konnte man richtig viel Spaß haben.«

»Tja, aber der ganze Spaß hat sie irgendwann eingeholt«, brachte Henry heraus, während sich seine Kiefermuskulatur noch mehr verkrampfte. Er trank noch einen Schluck Kaffee und griff nach der Zeitung, die Mrs Griffin jeden Morgen persönlich unter seiner Tür hindurchschob.

Irgendwann ging der Mann endlich, und Henry wagte es, einen Blick über die Schulter zu werfen. Eine Gruppe von Damen mittleren Alters saß an einem Tisch in seiner Nähe und starrte ihn an. »Debbies Sohn«, raunte eine einer anderen zu, nachdem er ihnen wieder den Rücken zugewandt hatte, und eine andere schnalzte missbilligend mit der Zunge.

Das Hastings, der obligatorische schmierige Kleinstadtdiner, bietet standardmäßige Kost, garniert mit einer Prise Klatsch und Tratsch. Nehmen Sie lieber etwas zu lesen mit und suchen Sie sich einen Platz am Tresen, sonst wird Ihre Lebensgeschichte bei einem Stapel Pancakes durchgehechelt.

Henry rieb sich das Kinn. Vermutlich wäre es klug, sich eine andere Einstellung zuzulegen – und zwar schnell –, wenn er vorhatte, diese Stadt überzeugend anzupreisen. Er nippte erneut an seinem Kaffee und stellte fest, dass er besser schmeckte als erwartet. Na, das war doch schon mal was, das er in seinem Artikel erwähnen konnte. Wenn ihm doch nur mehr solcher Dinge einfallen würden …

»Henry Birch!« Mark Hastings kam durch die Tür, lief mit breitem Grinsen auf ihn zu und schlug ihm auf den Rücken. »Was für eine Überraschung! Wir haben uns ja eine Ewigkeit nicht mehr gesehen!«

Es hätte ruhig noch länger dauern können, dachte Henry bedrückt, aber er erwiderte Marks Lächeln. Sie waren in ihrer Kindheit zwar keine engen, aber durchaus Freunde gewesen, und Mark hatte eine Art an sich, bei der jeder in seiner Nähe gute Laune bekam.

»Ja, ich dachte, ich schaue mal wieder vorbei.« Henry deutete auf den leeren Hocker neben sich, und Mark ließ sich darauf nieder.

»Ich komme irgendwie nicht von diesem Diner weg, obwohl ich mir jahrelang nichts sehnlicher gewünscht habe.« Mark schüttelte den Kopf und schob die Speisekarte zur Seite. »Ich nehme ein Western mit Roggenmehl und ein paar Scheiben Bacon, Vince«, rief er. Der Koch schaute kurz durch die Durchreiche und nickte ihm zu.

»Dir gehört jetzt das *Rosemary and Thyme*, richtig?« Henry faltete seine Zeitung zusammen und steckte sie weg. »Ich bin neulich dort gewesen. Ein sehr schönes Restaurant. Ich war sehr beeindruckt.«

Mark schien sich über das Kompliment zu freuen. »Von so einem Restaurant habe ich schon immer geträumt. Es hat nur einige Umwege gebraucht, bis ich es endlich geschafft hatte.«

»Und du und Anna?« Ivy hatte erwähnt, dass die beiden mehr als nur Geschäftspartner waren.

Mark hob die Hände. »Was soll ich sagen? Sie ist die Frau meiner Träume.« Die Kellnerin schenkte ihm Kaffee ein, und er trank einen großen Schluck. »Und, was ist mit dir? Bist du verheiratet? Hast du eine Freundin?«

»Ich war verheiratet. Momentan bin ich eigentlich Single.«

Henry runzelte die Stirn, während er das sagte. Warum drückte er das so ausweichend aus? Er ging mit keiner Frau aus – das hatte er schon recht lange nicht mehr getan –, und nur, weil er viel an Jane Madison denken musste, hatte das noch lange nichts zu sagen. Jane war für ihn unerreichbar – das war sie schon immer gewesen. Damals wegen Adam, und heute ... aus sehr vielen Gründen. Er griff nach seiner Kaffeetasse und leerte sie.

»Wie geht es Ivy?« Mark drehte sich zu Henry um und runzelte die Stirn. »Als ich am Sonntag in ihrem Laden war, schien es ihr nicht so gut zu gehen.«

Henry umklammerte seine Tasse fester. Er hatte seine Schwester am Sonntag auch gesehen, und sie hatte behauptet, dass es ihr nie besser gegangen wäre. Offensichtlich musste er mal ein ernstes Wörtchen mit ihr reden, und das möglichst bald. Er konnte die Stadt auf gar keinen Fall wieder verlassen, ohne dieses Mal dafür gesorgt zu haben, dass sie dazu in der Lage war, auf sich aufzupassen.

***

Ivy lud gerade einige Kisten aus, als Henry eine halbe Stunde später ihren Laden betrat.

»Hey, lass mich das machen.« Er nahm ihr die riesige Kiste ab und stellte sie auf den Tresen, während sie die Lieferung abzeichnete. »Das Ding wiegt ja eine Tonne. Was ist denn da drin?«

»Vasen.« Ivy deutete auf die Aufschrift »Zerbrechlich«. »Sei ja vorsichtig damit.«

»Ich bin immer vorsichtig«, erwiderte Henry gereizt. Er hielt dem Blick seiner Schwester stand und wartete darauf, dass sie ihm endlich die Wahrheit sagte. Doch dann musste er frustriert feststellen, dass sie einfach den Wasserhahn aufdrehte und einen Krug volllaufen ließ.

Sie ließ ihm keine andere Wahl. »Ich möchte, dass du im Laden mal eine Pause einlegst.«

»Was?« Ivy starrte ihn überrascht an und stellte das Wasser ab. »Vergiss es. Auf gar keinen Fall.«

»Mark hat mir erzähl, was Sonntag passiert ist«, fuhr Henry zornig fort und versuchte, nicht die Fassung zu verlieren. Ivy nahm ihren Zustand anscheinend nicht ernst genug, wenn sie noch immer vergaß, ihre Medikamente zu nehmen.

»Das ist alles?« Ivy schüttelte den Kopf und ging durch den Laden, um einige Topfpflanzen zu gießen. »Mir ist ein bisschen schwindlig geworden. Was ist denn daran so schlimm?«

»Schlimm ist, dass du deinen Blutzuckerspiegel offensichtlich nicht unter Kontrolle hast. Was hast du heute zum Frühstück gegessen, Ivy?«

»Hör auf damit.«

»Mir würde es sehr viel besser gehen, wenn du mal ein oder zwei Tage freinehmen würdest.«

»Ich habe dir doch gesagt, dass es mir ...« Sie stockte, als sie seine finstere Miene sah. »Na ja, ich muss heute ohnehin keine

Bestellungen ausliefern. Aber es wäre mir sehr unangenehm, wenn ein Kunde vor verschlossener Tür stehen müsste.« Sie seufzte. »Was ist, wenn sich jemand heute verloben will oder ein Baby bekommt?«

Henrys Mundwinkel zuckten. Ihr lag sehr viel an anderen Menschen, und das liebte er so an ihr. »Ich werde dich vertreten.«

Ivy fing an zu lachen. »Du? Du weißt doch noch nicht mal, wie eine Gerbera aussieht. Oder?«

Henry versteifte sich. »Sicher weiß ich das.«

Sie sah ihn fragend an und verschränkte die dünnen Arme vor der Brust. »Ach ja? Beweise es.«

Sie starrten einander einige Sekunden lang an, bis Henry verzweifelt aufseufzte. »Okay, ich habe keine Ahnung, wie eine …«

»Gerbera aussieht«, beendete sie geduldig seinen Satz.

»Gut, ich weiß nicht, wie eine Gerbera aussieht! Aber ich kann Bestellungen annehmen und ein oder zwei Tage die Kasse bemannen.« Seine Stimme wurde sanfter. »Jeder braucht mal eine Pause, Ivy.«

Sie geriet ins Wanken. »Falls jemand eine Lieferung haben will, kannst du ihn dann vertrösten? Es sei denn, es ist etwas Dringendes, weil gerade ein Baby zur Welt gekommen ist oder …«

»Oder eine Verlobung ansteht. Geht klar.« Er schien endlich Erfolg zu haben, auch wenn er es hasste, dass er sie zu ihrem Glück zwingen musste.

Es dauerte noch eine weitere halbe Stunde, in der Ivy ständig neue Ausreden einfielen, bis Henry sie schließlich durch die Tür scheuchen konnte. Er beschloss, sich nützlich zu machen, entdeckte einen Besen im Hinterzimmer und fegte den Laden und danach auch die schmale Treppe vor der Tür, auf der sich über Nacht einige Blätter angesammelt hatten. Die Blumen rührte er lieber nicht an aus Angst, er könnte noch etwas kaputt machen. Dafür nahm er sich einen Lappen und wischte die Behälter und Arbeitsflächen ab, um schließlich sogar die Fenster von innen und außen zu putzen. Als er gerade das Gefühl bekam, die Sache im Griff zu haben, klingelte das Glöckchen über der Ladentür.

Verdammt. Ein Kunde. Er konnte nur hoffen, dass es sich um jemanden handelte, der wusste, was er wollte, und der keinen aufwendigen Strauß kaufen wollte.

Ihm drehte sich vor Angst der Magen um, aber als er sich zur Tür umdrehte, schlug ihm das Herz auf einmal bis zum Hals. Jane stand wie erstarrt in der Tür und starrte ihn mit großen Augen an, und er grinste sie an, bevor ihm wieder einfiel, wie die Dinge zwischen ihnen standen und dass sie stinksauer auf ihn war.

Er machte einen Schritt auf sie zu und ließ den Blick über ihre langen Beine wandern, während sein Verlangen immer größer wurde. Wie gern hätte er ihr alles erklärt und sie um eine zweite Chance gebeten.

Was aber noch lange nicht hieß, dass er sie auch bekommen würde.

12

Das kann doch nicht wahr sein. Jane sah sich im Raum um und hoffte, dass man ihr den Schreck nicht ansah. »Ist Ivy da?« Sie reckte hoffnungsvoll den Hals, auch wenn ihr langsam klar wurde, dass ihre Freundin nicht hier war, um sich dann zur Tür umzudrehen und sie sehnsüchtig anzustarren. Ach, wie gern wäre sie jetzt einfach rausgestürmt. Oder gar nicht erst reingekommen. Es war ein Fehler gewesen, den Laden zu betreten, und sie sollte das als Zeichen sehen.

Henry, der auf der anderen Seite des Raumes stand, lächelte sie freundlich an, sodass sie sein Grübchen erneut bewundern konnte. Seine blauen Augen strahlten einladend, und Janes Herz schlug schneller. Er konnte es ihr anscheinend nicht leicht machen. Warum benahm er sich nicht einfach wie ein Idiot und bewies ihr so, dass es besser war, Abstand zu ihm zu halten? Aber nein, er musste ein netter Kerl sein, so wie immer. Das Yin zu Adams Yang. Und dennoch immer an Adams Seite stehen, wie sie sich ins Gedächtnis rief.

»Sie hat sich heute den Tag freigenommen«, erklärte er entspannt.

Ivy nahm sich einen Tag frei? Der Laden war einen Tag pro Woche geschlossen, aber Ivy nutzte diese Zeit meist, um zum Blumenmarkt zu fahren oder den Papierkram zu erledigen. Jane und Grace hatten immer Witze darüber gemacht, dass Ivy wohl vorhatte, Anna den Rang als größter Workaholic von Briar Creek abzulaufen. Irgendetwas stimmte hier doch nicht. »Geht es ihr gut?«

Henry nickte, aber die Ader an seinem Unterkiefer pochte, und Jane hatte den Verdacht, dass er nicht ganz ehrlich zu ihr war. Ivy sah in letzter Zeit immer sehr blass aus, aber es kam häufiger vor, dass sie überarbeitet und erschöpft wirkte. Bisher war Jane davon ausgegangen, dass sie sich einfach zu viel aufbürdete und gestresst war, aber jetzt fragte sie sich doch, ob nicht mehr dahintersteckte.

»Ich springe heute für sie ein. Kann ich irgendetwas für dich tun?«

Jane konnte ihre Überraschung nicht verbergen. »Du … springst für Ivy ein. Hier?«

Henry verschränkte die Arme vor der Brust und lehnte sich mit dem Becken an einen der Tische. »Ganz genau. Ist das so schwer zu glauben?«

Sein blau-weiß gestreiftes Polohemd spannte sich bei der Bewegung über seinem ausgeprägten Bizeps. Sie musterte seine muskulösen Arme und breiten Schultern und erinnerte sich daran, wie es sich damals angefühlt hatte, mit ihm zu tanzen. Jane blinzelte und stellte fest, dass er sie interessiert musterte. Sie schluckte schwer. »Ich bin nur verblüfft, das ist alles.«

Er hielt ihren Blick noch einen Augenblick fest und schien sich dann zu entspannen. »Womit kann ich dir denn helfen? Wir haben ein paar schöne Ger… Gar … Blumen da vorn.« Er deutete auf einige Töpfe mit lilafarbenen Chrysanthemen.

Jane biss sich auf die Innenseite der Wange. Warum war es ihr schlichtweg unmöglich, lange wütend auf Henry zu sein? Am liebsten hätte sie sich auf dem Absatz umgedreht und wäre gegangen, hätte laut geschrien und Henry Vorwürfe gemacht, weil er sie nicht gewarnt hatte, nachdem Adam Andeutungen über seine Pläne gemacht hatte, aber vielleicht wäre das unfair von ihr. Schließlich konnte niemand wissen, was Adam genau vorhatte.

»Eigentlich hatte ich nur mal bei Ivy vorbeischauen wollen.« Sie ging langsam rückwärts und versuchte, sich eine Ausrede einfallen zu lassen, um wieder zu verschwinden, aber da wurde die Tür hinter ihr erneut geöffnet und sie zuckte zusammen.

»Mrs Griffin.« Beim Anblick der älteren Frau entspannte sich Jane ein wenig. »Wie schön, Sie zu sehen.«

»Ich freue mich auch, dich zu sehen, Liebes.« Die Worte wurden lächelnd ausgesprochen, doch dann runzelte die Frau auch schon die Stirn, kniff besorgt die Augen zusammen und legte ihr eine Hand auf den Arm.

Jetzt kommt das wieder.

»Wie geht es dir denn, meine Liebe?«

»Es geht mir ganz gut«, antwortete Jane und zwang sich zu lächeln, obwohl ihr gar nicht danach war. *Sie meint es nur gut*, sagte sie sich.

»Nur ganz gut?« Mrs Griffin zuckte zusammen.

»Es geht mir wirklich gut, Mrs Griffin. Alles schick ...« Schick? Warum hatte sie nicht etwas wie wunderbar, super oder bestens sagen können? Weil sie nun mal nicht lügen konnte, und wenn sie es versuchte, dann kam eben so etwas dabei heraus.

»Ach herrje. Ist es so schlimm, Liebes?« Mrs Griffin schüttelte den Kopf und presste die Lippen so fest aufeinander, dass es fast schon schmerzhaft aussah. »Dieser Mann hatte dich einfach nicht verdient. Ein kluges, süßes, wunderhübsches Ding wie dich. Du hattest so viel zu bieten und dir stand so viel offen! Du weißt doch, was du jetzt brauchst, nicht wahr?«

Jane unterdrückte ein Seufzen. Sie konnte es auch einfach über sich ergehen lassen. »Was denn?«, presste sie hervor und wappnete sich.

Mrs Griffin umklammerte Janes Arm etwas fester. »Die Liebe eines guten, starken Mannes.« Jetzt erst bemerkte Mrs

Griffin auch Henry, und mit einem Mal schien sie zu strahlen. »Sieh einer an. Wen haben wir denn hier?«

Sie wackelte mit den Augenbrauen und bedachte Jane mit einem vielsagenden Lächeln.

Ach, du liebe Güte.

»Hallo, Mrs Griffin«, sagte Henry freundlich. Jane konnte ihm nicht in die Augen sehen. Bestimmt amüsierte er sich weitaus mehr über diese Situation als sie. »Ich vertrete Ivy heute. Kann ich etwas für Sie tun? Wie wäre es mit ein paar schönen ...«

Da er schon wieder auf die Chrysanthemen deuten wollte, schritt Jane schnell ein und zeigte auf den Topf mit den Gerbera. »Sind die Gerbera nicht hübsch?«, fragte sie mit breitem Grinsen.

Henry klappte den Mund sofort wieder zu.

»Oh ja, allerdings. Aber eigentlich ...« Mrs Griffin wandte sich erneut Henry zu, der zu erstarren schien. »Eigentlich war ich der Ansicht, ein paar Dahlien würden sich auf dem Tisch in der Lobby gut machen. Können Sie sich nicht auch vorstellen, wie schön sie vor dem Kamin aussehen würden? Dahlien sind wirklich ... romantische Blumen. Gerbera sind hübsch, aber etwas zu ... zwanglos für das, was mir vorschwebt. Und im Moment fühle ich mich sehr inspiriert.« Sie strahlte Henry an.

Der nickte langsam. »O-kay.« Als er sich verzweifelt im Laden umsah, biss sich Jane auf die Unterlippe. Sie versuchte, zuerst auf den entsprechenden Eimer zu deuten, dann starrte sie ihn mit weit aufgerissenen Augen an, aber er bekam ihren Hinweis einfach nicht mit. »Wie wäre es denn mit Sonnenblumen?«, schlug er vor und ging energischen Schrittes quer durch den Raum zu einem riesigen Eimer mit Sonnenblumen.

Mrs Griffin verzog das Gesicht. »Die sind mir nicht elegant genug. Sonnenblumen stehen ja nicht gerade für Romantik, Henry.« Sie warf Jane einen verzweifelten Blick zu.

»Was halten Sie denn von Rosen?«, warf Jane ein, aber Mrs Griffin rümpfte nur die Nase.

»Viel zu vorhersehbar. Nein, ich möchte ganz bestimmt Dahlien.« Sie verschränkte die Arme vor der Brust und wartete.

Jane bemerkte Henrys panischen Blick und holte tief Luft. Dann ging sie quer durch den Raum und griff nach einer pfirsichfarbenen Dahlie. »Sie haben recht, Dahlien sind wirklich sehr schön.«

Sofort kam Henry zu ihr und streifte ihren Arm, während er sich bemühte, Mrs Griffins Bestellung auszuführen. Jane spürte, wie ihr ein Schauder den Rücken herunterlief, und zog die Hand schnell zurück. Ihr Blick verharrte auf seinen muskulösen Armen. Seltsamerweise schien sein Geruch sogar den Duft der unzähligen Blumen zu übertönen und auch noch angenehmer zu riechen.

Sie schloss kurz die Augen und stellte sich vor, wie es wohl sein mochte, sich vorzubeugen, ihren Körper an seine harte Brust zu pressen und zu spüren, wie er die Arme um sie legte.

Sicher würde sie sich dann fühlen, beschloss sie. Und beschützt. Auf brüderliche Art und Weise.

Sie ließ den Blick über seinen markanten Unterkiefer wandern, und ihr stockte der Atem, als er sie anlächelte. Mit einem Mal wurde ihr ganz warm.

Und daran war überhaupt nichts Brüderliches.

»So ...« Henry stellte sich hinter den Farmhaustisch, umklammerte die Stiele und sah Mrs Griffin unsicher an, die darauf zu warten schien, dass er weitersprechen würde, wie lange es auch dauern mochte. »Möchten Sie sie gleich in einer Vase mitnehmen?«

Mrs Griffin winkte ab. »Ach, ich habe mehr als genug Vasen in der Pension. Kristallvasen«, fügte sie hinzu, setzte eine wichtige Miene auf und drehte sich ein wenig um, damit Jane das auch mitbekam.

Jane nahm es lächelnd zur Kenntnis, schlug dann jedoch eine Hand vor den Mund, als sie Henrys weit aufgerissene Augen bemerkte.

»Okay, dann ... Äh ...« Er schien immer hektischer zu atmen, während er die Blumen vorsichtig auf das braune Papier legte, in das Ivy immer ihre Sträuße einwickelte.

Sie konnte sich nicht vorstellen, dass er eine vernünftige Schleife binden konnte, von seinen Schnürsenkeln einmal abgesehen, und Jane hätte darauf gewettete, dass er auch das Papier falsch ausrichten würde.

Natürlich begann er damit, es von der Seite und nicht der Ecke aus einzuschlagen, und schon steckten die Blumen in einer Papierröhre. Während Mrs Griffin die Augen vor Schreck immer weiter aufriss, sprudelte es aus Jane heraus: »Hat da nicht eben das Telefon geklingelt?«

Henry und Mrs Griffin stutzten und sahen sie an.

»Ich habe nichts gehört«, bemerkte Mrs Griffin.

Jane wartete kurz und hielt dann einen Finger hoch. »Da war das Klingeln schon wieder. Ich glaube, das ist das Telefon im Hinterzimmer«, meinte sie an die ältere Frau gewandt, um Henry dann einen vielsagenden Blick zuzuwerfen. »Ivy stellt es immer sehr leise ein, damit es die Kunden nicht stört. Es könnte etwas Wichtiges sein ... Ich kann mich so lange hier drum kümmern, während du ans Telefon gehst.«

Henry trat von den Blumen zurück, als wären sie eine tickende Zeitbombe. »Es könnte eine weitere ... Nelkenbestellung sein.« Ohne ein weiteres Wort verschwand er im Hinterzimmer.

Jane ging hinter den Tisch, warf das zerknitterte und zerrissene Papier weg und fing noch mal von vorn an.

»Nelken?« Mrs Griffin rümpfte die Nase. »Ivy verkauft doch jetzt nicht etwa Nelken, oder?«

Jane lächelte sie an. »Ich glaube, sie versucht einfach, etwas für jedermanns Geschmack und Geldbeutel vorrätig zu haben. Schließlich ist es doch der Gedanke, der zählt.« Sie hätte sich sehr gefreut, wenn Adam ihr mal Nelken mitgebracht hätte, da sie vor allem die rosafarbenen sehr mochte.

»Nelken«, murmelte Mrs Griffin.

Jane wickelte die Dahlien ein, band etwas Schnur darum und kassierte die Bestellung ab. Als sie Mrs Griffin die Tür aufhielt, tauchte auch Henry wieder auf. »Vielen Dank für Ihren Besuch.«

»Ich danke Ihnen für die Hilfe«, erwiderte Mrs Griffin lächelnd. Sie blieb im Türrahmen stehen und schaute zwischen Jane und Henry hin und her. »Die Dahlien werden der Lobby etwas mehr Romantik verleihen. Das ist doch wirklich ein schönes Plätzchen, um sich hinzusetzen, zu plaudern und vielleicht ein Glas Wein zu trinken … Es geht doch nichts darüber, sich vor einem knisternden Feuer auf ein Sofa zu kuscheln, vor allem an diesen kalten Herbstabenden, findet ihr nicht?« Ihr Lächeln war alles andere als unschuldig.

Henry wurde immer unruhiger. »Sie haben eine sehr schöne Pension«, entgegnete er diplomatisch.

Als Mrs Griffin gegangen war, drehte er sich zu Jane um, seufzte und grinste dann breit. »Ich bin dir was schuldig.«

Jane schenkte ihm ein verzagtes Lächeln. »Da hast du allerdings recht.«

»Du bist noch immer wütend auf mich, weil ich dir nicht erzählt habe, dass Adam angedeutet hat, er würde vielleicht von hier wegziehen.«

Als er die Worte laut aussprach, stockte Jane der Atem. Einen Moment lang war sie abgelenkt gewesen, hatte Henrys Nähe genossen, sein Lächeln und die Art, wie er die Hände bewegte, als er die Blumen zusammengesucht hatte. So, wie sie sich auch über ihre nackte Haut bewegen würden ... Doch dann brach die kalte, grausame Realität wieder über sie herein. Adam wollte wegziehen und Sophie mitnehmen.

»So langsam kann ich nachvollziehen, warum du es mir nicht gesagt hast«, sagte Jane. »Aber ich wünschte mir dennoch, du hättest es getan.«

»Ich wusste nichts davon, dass er Sophie mitnehmen will, Jane. Davon hat er nie etwas gesagt.«

Jane konnte ihm ansehen, dass er die Wahrheit sagte. Adam wäre nicht so dumm gewesen, diesen Teil vorzeitig auszuplaudern. Er ließ seinen Anwalt all die unangenehmen Dinge regeln und den Großteil der Kommunikation erledigen.

»Weißt du schon, was du jetzt machen willst?« Henrys Stimme klang sanft, und es wäre so einfach, ihm die Wahrheit zu sagen und zu gestehen, dass sie keine Ahnung hatte und dass sie sich meist gerade mal fünf Minuten zusammenreißen konnte, bevor ihr wieder die Tränen kamen, doch das konnte sie nicht. Alles, was sie ihm erzählte, würde er möglicherweise Adam gegenüber erwähnen, und das wäre eine Katastrophe.

»Mein Anwalt kümmert sich darum«, antwortete sie stattdessen.

Henry nickte. »Falls du irgendetwas brauchst, ich bin für dich da, Jane. Ich kann nur hoffen, dass du mir das auch glaubst.«

Ihr Herz wollte ihm nur zu gern glauben, aber sie musste jetzt ihrem Verstand den Vorrang geben. Dies war die falsche Zeit, um törichte Risiken einzugehen, wo sie ein Fehler ihre Tochter kosten konnte. »Ach, ich bin schon froh, dass ich dir heute helfen konnte. Ivy hat sehr viel Arbeit in diesen Laden gesteckt, und ich weiß, dass ihr die Zufriedenheit ihrer Kunden sehr am Herzen liegt.«

»Denkst du, Mrs Griffin wäre mit ein paar Chrysanthemen für ihre Lobby nicht zufrieden gewesen?«

Jane lachte. »Woher weißt du denn auf einmal, wie sie heißen?«

»Ich habe schnell in einem von Ivys Büchern geblättert, als ich mich im Hinterzimmer versteckt habe.« Henry grinste. »Da hast du mich übrigens sehr geschickt gerettet.«

»Ich helfe wie gesagt immer gern.« Jane unterdrückte einen Seufzer, als sie sich im Laden umsah. Vermutlich war es besser, wenn sie jetzt ging. Sie konnte an einem anderen Tag wieder vorbeischauen und Ivy fragen, ob sie sie als Teilzeitkraft einstellen wollte, aber nicht, solange Henry in der Stadt war. Es war wohl besser, wenn sie sich zuerst woanders umhörte. Sie würde zum nächsten Geschäft auf ihrer Liste gehen, dem Papierwarenladen, oder vielleicht einfach in der Pension vorbeifahren und Mrs Griffin fragen, ob sie eine Aushilfskraft gebrauchen konnte. Bei *Main Street Books* musste sie es gar nicht erst versuchen. Als sie auf dem Weg hierher dort vorbeigefahren war, hatte es ganz den Anschein gemacht, als hätte Ivy alles unter Kontrolle.

Henry schaute sie unter schweren Lidern hinweg an, und Jane merkte erst jetzt, dass sie völlig gedankenverloren dastand und ihn offenbar die ganze Zeit angestarrt hatte. Sie errötete und verbarg ihre Nervosität hinter einem Lächeln.

»Ich sollte dann mal wieder gehen. Grüß Ivy von mir.« Sie legte eine Hand auf den Türknauf aus Messing, aber Henry machte zwei schnelle Schritte und stand plötzlich vor ihr.

Jane erstarrte förmlich, als sie ihm in die Augen sah, und ihr Herz schlug schneller.

»Warte.«

»Ja?«, flüsterte Jane. Sie konnte fühlen, wie sich ihre Brust hob und senkte, und sie fragte sich, ob er das auch spürte. Es war heiß hier drin – was noch zu ihrer Röte beitrug –, und sie wünschte sich auf einmal, sie hätte die Tür öffnen können, bevor er sie davon abgehalten hatte. Sein Geruch raubte ihr die Sinne.

Henry strich sich mit einer Hand durch das Haar, und ihm fiel eine Locke in die Stirn. »Ich schätze … Hast du heute schon etwas vor? Ach, du bist bestimmt beschäftigt, aber falls du es doch nicht sein solltest …« Er blinzelte mehrmals.

Großer Gott. Wollte er etwa mit ihr ausgehen? Sie zum Mittagessen einladen? Hatte es die neugierige Mrs Griffin geschafft, ihm einen Floh ins Ohr zu setzen – oder, schlimmer noch, wollte er ihr einen Gefallen tun, nachdem die ältere Frau sie derart mitleidig behandelt hatte?

Der Muskel an seinem Unterkiefer zuckte, als er sie anstarrte. In seinen Augen lag definitiv kein Mitleid.

Eine Verabredung. War das denn möglich? Ihre Gedanken überschlugen sich. Was sollte sie darauf erwidern? Sollte sie Ja oder Nein sagen? Nein, sie musste ganz bestimmt Nein sagen. Er war schließlich Adams Freund, und Adam wollte sie vor Gericht zerren.

»Warum fragst du?« *Clever, Jane!* Innerlich klopfte sie sich auf die Schulter, und sie leckte sich die Lippen, um ihr triumphierendes Lächeln zu verbergen. Sie hatte gar nicht gewusst, dass sie so etwas konnte, und ihre Schwestern hätten ihr das bestimmt auch nicht zugetraut. Wie oft hatten sie sie auf eine Verabredung vorbereitet und sie angefleht, die Jeans, die ihrer Meinung nach sehr modern war, und den Pullover mit V-Ausschnitt, der gerade genug Dekolleté zeigte, dass es ihr nicht peinlich war, nicht anzuziehen. Sie konnte sich noch genau an

Grace' Gesicht erinnern, als sie an einem Samstagabend im Rollkragenpullover im Pub aufgetaucht war. Aber diese Erwiderung? Grace wäre so stolz auf sie gewesen. Jane konnte es kaum erwarten, ihr davon zu erzählen.

Aber dann schalt sie sich. Sie konnte ihren Schwestern nichts davon erzählen, weil es nichts zu erzählen gab. Henry war ein Freund, ein alter Freund, und, okay, vielleicht auch ein sehr attraktiver Freund.

»Ich bitte dich nur ungern darum, aber ich habe Ivy versprochen, mich um den Laden zu kümmern, bin aber ein ganz lausiger Blumenverkäufer. Du hast das mit Mrs Griffin so großartig hinbekommen, und da dachte ich, du könntest vielleicht ...«

»Aushelfen?« Natürlich. Schließlich hatte er ihr offen und ehrlich gesagt, dass er kein Mann zum Heiraten war – wie hatte sie da nur auf die Idee kommen können, er würde sich für eine allein erziehende Mutter interessieren, die noch dazu gerade einen Sorgerechtsstreit mit seinem alten Freund führte? Dennoch besserte sich ihre Laune bei der Aussicht darauf, etwas mehr Zeit mit ihm zu verbringen, auch wenn sie wusste, dass das unklug war. Das Klügste wäre, einfach auf Distanz zu bleiben und diese kleine ... Schwärmerei zu vergessen ... Und Henry so zu sehen, wie sie es immer getan hatte: als Freund. Das war alles, was er für sie sein konnte.

»Ich bezahle dich auch dafür«, fügte Henry schnell hinzu.

Als ob sie noch einen weiteren Anreiz benötigt hätte. Jane lächelte und reichte ihm die Hand. »Betrachte mich als eingestellt.«

13

Sie hatte zumindest für diesen Tag einen Job, und vielleicht wurde ja auch etwas Dauerhaftes daraus. Eigentlich sollte sie sich darüber freuen, sollte fröhlich sein, ihre Liste aus der Handtasche holen und begeistert den ersten Punkt durchstreichen. Sie sollte sich jedoch nicht im Hinterzimmer des *Petals* an der Main Street verstecken und panisch einen Fettstift mit Kirschgeschmack auftragen in der Hoffnung, dass ihre Lippen etwas Farbe bekamen, wenn sie nur genug davon nahm. Und sie sollte sich auch nicht wünschen, dass sie etwas anderes als diese Jeans angezogen hätte, die ihre Schwester immer missbilligend ansahen, und diesen Pullover, auch wenn der Angorastoff bei der Kälte noch so angenehm war. Sie sollte sich auch nicht in die Wangen kneifen und sich fragen, ob Ivy irgendwo Wimperntusche aufbewahrte.

Jane nahm sich eine von Ivys Schürzen vom Haken und rief kurz ihre Mutter an, um sie zu bitten, Sophie von der Vorschule abzuholen.

Nachdem alles erledigt war, band sie sich die Schürze etwas enger um die Taille, um schlanker zu wirken, und war dankbar dafür, dass sie doch keinen Rollkragenpullover angezogen hatte. Dann stand sie zögernd im Türrahmen.

Noch war es ruhig im Blumenladen aber bestimmt würde bald der nächste Kunde hereinkommen. Sie brauchte etwas, worauf sie sich konzentrieren konnte, etwas anderes als Henry, dessen Lächeln ihr Schmetterlinge im Bauch bescherte.

»Hast du alles wegen Sophie geregelt?«, erkundigte sich Henry. Sie zuckte zusammen, als er plötzlich vor ihr stand.

Jane presste sich eine Hand an die Brust und lachte, um ihre Nervosität zu verbergen. »Meine Mutter bringt sie nach der Vorschule ins Ballettstudio. Ich hole sie dann später da ab.«

»Ich finde es sehr schön, dass du wieder tanzt.« Seine Stimme klang tief, und er sah sie mit einem derart intensiven Blick an, dass Jane zu Boden blickte. Über dieses Thema wollte sie nicht reden, und schon gar nicht mit Henry. Nicht, wo er damals so darauf bestanden hatte, dass sie das Ballett niemals aufgeben dürfe.

Er war bei ihr gewesen, als sie an der Tanzakademie aufgenommen worden war, genau fünf Wochen, nachdem sie Adams Heiratsantrag angenommen hatte. Sie hatte ihren Schreck und ihre Freude nicht verbergen können, aber es war ihr sehr gut gelungen, sich nicht anmerken zu lassen, wie schwer ihr die Absage gefallen war. Ihr Herz hatte sich schmerzlich zusammengezogen, als sie Adam und Henry an jenem Abend im Pub den Brief vorgelesen hatte, und in ihr hatten Stolz und Verlustängste miteinander gerungen. Das war ihr größter Erfolg im Leben gewesen, ein Traum, der sie schon begleitete, seitdem sie als Kind das erste Mal die Ballettschuhe angezogen hatte, und den sie jede Nacht erneut träumte, wenn sie in ihrem Bett lag und die Poster der Primaballerinas anstarrte, die ihre geblümte Tapete zierten. Sie hatte es tatsächlich geschafft. All die harte Arbeit, das jahrelange Training und die Disziplin hatten sich ausgezahlt.

»Das ist ja super, Baby, aber du wirst natürlich ablehnen, nicht wahr?« Adam hatte ihr lässig einen Arm um die Schultern gelegt und von seinem Bier getrunken.

Jane war in sich zusammengesackt, hatte sich aber schnell wieder gefangen. Ihr war natürlich sofort klar gewesen, dass sie das nicht annehmen konnte, aber zu hören, wie Adam alles so leichtfertig abtat, bewirkte nur, dass sie es umso mehr wollte. Als sie den Kopf hob, bemerkte sie, wie Henry sie besorgt anstarrte, möglicherweise war er auch enttäuscht, und sie überkam eine Woge des Zorns ... vielleicht waren es aber auch Schamgefühle.

Sie hatte gewusst, dass es ungewöhnlich war, sich mit achtzehn zu verloben, aber Adam war drei Jahre älter und sie waren schon seit Jahren zusammen. Warum sollten sie da noch warten?

»Weil du alle Zeit der Welt hast«, hatte Henry gesagt, als Adam gerade auf dem Weg zur Jukebox war.

»Er hat mir einen Antrag gemacht«, erwiderte Jane und drehte ihre Hand um, sodass der winzige Diamant zu sehen war. »Wir werden heiraten, und ich werde das Versprechen nicht brechen, das ich ihm gegeben habe.«

»Warum nimmst du dir nicht ein wenig Zeit, um darüber nachzudenken?«, drängte Henry sie. »Du hast den Brief doch heute erst erhalten. Außerdem ist es doch das, was du dir immer gewünscht hast, oder nicht?«

Jane setzte sich auf ihre Hände, die nicht aufhören wollten zu zittern. Sie wollte das nicht hören, kein Wort davon. Es war schlimm genug, diese Möglichkeit abzulehnen, ohne dass er sie auch noch daran erinnerte, wie viel es ihr bedeutete. »Was ich will, ist Adam zu heiraten.« Sie lächelte.

Henry starrte sie einige Sekunden lang an und zuckte schließlich mit den Achseln. »Was immer dich glücklich macht, Jane.«

Etwas in seinen Augen hatte ihr schon damals zu verstehen gegeben, dass er wusste, wie alles enden würde. Wenn sie doch nur dieselbe Voraussicht besessen hätte.

Jane ging an Henry vorbei in den Blumenladen und nahm

sich einen Lappen aus dem Waschbecken, um etwas Erde wegzuwischen, die auf Ivys Tisch zu sehen war. »Eigentlich tanze ich nicht wirklich. Ich gebe nur ein paar Kurse für die Kinder hier.«

Henry kam zu ihr herüber, und kurz war sie von seiner Wärme umfangen und roch den Geruch der Seife auf seiner Haut. Ihr Magen zog sich zusammen, und sie schrubbte noch eifriger auf der Tischplatte herum. Schon bald würde es hier glitzern und glänzen. »Das mag ja sein, aber ich bin trotzdem froh, dass du wieder tanzt. Du hattest immer so viel Freude daran.«

»Das ist heute nicht anders.« Als sie ihm in die Augen sah, stockte ihr der Atem, da er sie unglaublich sanft musterte. »Tatsächlich ist es ein wunderbarer Job. Irgendwie scheinen sich die Dinge doch noch so zu entwickeln, wie sie es hätten tun sollen.« Sie ging zu den Chrysanthemen, die Henry zuvor derart fixiert hatte, und war froh darüber, einen Grund zu haben, um ihm den Rücken zudrehen zu können. Die Blumen mussten versorgt werden – nun ja, eigentlich nicht, aber er würde den Unterschied ohnehin nicht merken.

»Das ist selbst für dich sehr optimistisch«, bemerkte Henry.

Janes Herz schlug schneller, aber sie weigerte sich, seine Worte zu nah an sich heranzulassen. Sie musste stark sein, und das war doch das, was sie am besten konnte.

»Was wäre denn die Alternative?« Sie sah ihn über die Schulter hinweg an und zwang sich zu einem Lächeln. »Den Umständen des Lebens zum Opfer fallen? Weglaufen, anstatt zu warten, bis sich der Staub wieder gelegt hat?«

Etwas in seiner Miene veränderte sich, und er sah zu Boden. »Ich schätze schon.«

Jane strich sich mit dem Handrücken eine Haarsträhne aus der Stirn und ging zur linken Wand, an der Ivy in einem gusseisernen Regal Hunderte von wundervollen Duftkerzen aufgebaut hatte, die in der Umgebung hergestellt worden waren.

»Und was für Kurse gibst du? Ballettkurse?«

Jane nickte. »Die für die ganz Kleinen machen Spaß, aber es ist auch sehr schön, die Fortschritte zu sehen, die einige meiner älteren Schülerinnen machen.«

»Was ist mit Erwachsenenkursen?«

Bei dieser Frage musste Jane lachen. »Nein, ich habe keine Erwachsenen in meinen Kursen.«

»Warum nicht? Es muss doch hier einige Leute geben, die daran Interesse haben. Ich habe in Miami mal einen Salsakurs gemacht.« Er zwinkerte ihr zu, und, verdammt, ihr Magen schien einen Purzelbaum zu schlagen.

»Du hast einen Salsakurs gemacht?« Sie konnte sich das Grinsen nicht verkneifen.

»Hey, ich habe Rhythmusgefühl, Jane.« Er legte ihr eine Hand an die Hüfte, und ihr wurde ganz heiß. Sie erstarrte und blickte voller Panik zu ihm auf, aber er schenkte ihr nur ein gelassenes Grinsen und wartete. Sie atmete mehrmals tief ein und aus, bis ihr auf einmal klar wurde, dass er nur um den Tisch herumgehen wollte und sie im Weg stand.

Jane blinzelte mehrmals schnell und machte dann einen Schritt nach rechts, aber er ging nicht weiter, zumindest nicht sofort. Seine Augen glitzerten, als sein Lächeln noch breiter wurde, und als er endlich an ihr vorbeischlüpfte, ließ er die Hand auf ihrer Hüfte, solange es möglich war.

Das hier würde doch schwerer werden, als sie gedacht hatte.

»Nein, jetzt mal im Ernst«, fuhr er fort. »Du solltest auch Kurse für Erwachsene anbieten. Salsa, Standard ...« Er blieb stehen, als er ihren verblüfften Gesichtsausdruck sah. »Was spricht denn dagegen?«

Jane versuchte, sich einige der Einwohner von Briar Creek

vorzustellen, die sich in Pose warfen, um Tango zu tanzen, und zuckte leicht zusammen. »Ich kann mir nicht vorstellen, dass die Leute hier solche Kurse besuchen würden.«

»Du hast mir immer gesagt, dass Briar Creek mehr zu bieten hat, als man annehmen würde.«

Da hatte er recht. »Die Kurse finden nur statt, wenn sich genug Teilnehmer angemeldet haben, von daher ...«

»Aber das ist doch perfekt. Wenn sich die Leute anmelden, hast du deinen Kurs. Der Versuch kann doch nicht schaden, findest du nicht auch?«

»Wow, das ist jetzt aber sehr optimistisch von dir, Henry«, entgegnete Jane. Er erwiderte ihr Grinsen, allerdings war das seine jungenhaft und leicht schief, und sie sahen sich in die Augen. Jane wurde am ganzen Körper heiß. Sie bildete sich das nicht nur ein. Zwischen ihnen war auf jeden Fall etwas, und dieses Glitzern in seinen Augen ließ sich beim besten Willen nicht als platonisch bezeichnen.

Henry flirtete mit ihr. Vielleicht hatte das auch gar nichts zu bedeuten ...

Was immer es auch war, es musste sofort aufhören. Das war doch sinnlos! Ihre ganze Welt brach um sie herum zusammen, und sie stand hier und verlor sich in funkelnden blauen Augen und einem freundlichen Lächeln?

Henry klappte einen Karton auf und sah Jane direkt in die Augen. »Da hast du allerdings recht. Aber was soll ich zu meiner Rechtfertigung sagen? Du bringst eben das Beste in mir zum Vorschein.«

Jane tat das Kompliment als Teil ihrer flapsigen Unterhaltung ab, doch das Flattern in ihrer Magengrube ging auch dann nicht weg, als sie sich daranmachte, die Regale abzustauben. Ein paar neue Kurse im Studio anzubieten, konnte genau die Lösung sein, die sie gebraucht hatte.

Das war mal wieder typisch für Henry, dass er sie auf das Offensichtliche hinwies.

※ ※ ※

Es gab ständig etwas zu tun, sodass sie nicht einmal Zeit für eine Mittagspause, geschweige denn eine Unterhaltung fanden. Jane half einigen Frauen, die sie kannte, dabei, Herbstkränze und Blumenerde auszusuchen, während Henry die Kasse bemannte und telefonische Bestellungen entgegennahm. Manchmal vergaß sie mehrere Minuten lang, dass er auch im Raum war, bis sie auf einmal sein Lachen hörte, oder, schlimmer noch, seinen Blick spürte, und schon machten sich die Schmetterlinge in ihrem Bauch wieder bemerkbar. Sie hatte vor, abends nach Hause zu gehen und sich eine ihrer Lieblingsschnulzen anzusehen, um sich daran zu erinnern, dass es auf der Welt noch andere attraktive Männer gab, auch wenn die Schauspieler, genau wie Henry, für sie unerreichbar waren.

»Ivy hat anscheinend immer viel zu tun«, stellte Henry fest, als Jane ihre Schürze losband. Sie hängte sie an einen Haken an der Wand und rieb sich den Nacken. Ein heißes Bad nach ihrem Kurs heute würde ihr gut tun. Sie konnte es kaum erwarten, endlich nach Hause zu kommen. Aber zuerst würde sie Rosemary noch von Henrys Vorschlag erzählen.

»Ist Ivy morgen wieder da?«, erkundigte sich Jane und hoffte, dass die Frage beiläufiger klang, als es der Grund dafür war. Sie wollte Ivy so schnell wie möglich fragen, ob sie in Teilzeit bei ihr arbeiten konnte. Ihr lief die Zeit davon, wenn sie den Richter davon überzeugen wollte, dass sie ihrer Tochter finanzielle Sicherheit bieten konnte.

»Das weiß ich ehrlich gesagt nicht. Sie macht nur selten eine

Verschnaufpause, daher wollte ich ihr das ermöglichen, solange ich in der Stadt bin.«

Jane versuchte, sich ihre Enttäuschung nicht anmerken zu lassen, als sie nach ihrem Mantel griff. »Wie kommt ihr mit dem Haus voran?« Sie war seit ihrer Trennung von Adam im letzten Winter nicht mehr dort draußen gewesen, aber schon damals hatte das Haus der Birches sehr heruntergekommen gewirkt. Vermutlich musste man eine Menge reparieren und austauschen, bevor man es zum Verkauf anbieten konnte. Und das würde einige Zeit dauern, überlegte Jane, die sich fragte, wie lange Henry wohl noch in der Stadt bleiben würde. Die Pension konnte nicht gerade billig sein, und sobald sich die Blätter verfärbten, was nicht mehr lange auf sich warten lassen würde, brach für Briar Creek die Zeit an, in der, abgesehen von der Skisaison, die meisten Touristen herkamen.

Der Muskel an Henrys Unterkiefer zuckte, und Jane bedauerte sofort, ihm diese Frage gestellt zu haben. Es war bestimmt nicht einfach, von seinem Elternhaus Abschied nehmen zu müssen, selbst wenn man dort schon seit einer ganzen Weile nicht mehr wohnte.

»Es ist noch sehr viel Arbeit nötig, aber ich werde heilfroh sein, wenn alles erledigt ist.« Henrys Stimme klang belegt. »In der Zwischenzeit werde ich an meinem Artikel über Briar Creek arbeiten. Falls dir noch irgendein Ort einfällt, den ich unbedingt erwähnen sollte, dann bin ich ganz Ohr.« Er runzelte die Stirn, als ihm etwas einzufallen schien. »Stellt das Tanzstudio noch immer eine Show auf die Beine?«

Jane hatte gerade ihren camelfarbenen Mantel zugeknöpft und holte mehrmals tief Luft. Wenn sie ehrlich zu ihm sein wollte, dann musste sie ihm sagen, dass das Studio in Schwierigkeiten steckte und dasselbe für ihren Job dort galt, aber das konnte sie nicht, weil Adam nichts davon erfahren durfte. Wäre das nicht genau die Art von Munition, die er brauchte, um zu argumentieren, dass Sophie bei ihm besser aufgehoben wäre? »Die Proben für den *Nussknacker* fangen nächste Woche an«, antwortete sie diplomatisch. Ob allerdings auch eine Aufführung stattfinden würde ... Sie merkte, dass sie Kopfschmerzen bekam.

Henry zog ein kleines Notizbuch aus seiner Gesäßtasche und schrieb sich etwas auf. »Gut zu wissen. Touristen interessieren sich für solche Dinge.« Dann hielt er inne, griff noch einmal hinter sich und zog sein Portemonnaie aus der Tasche. »Bevor ich es vergesse.«

Jane starrte die Geldscheine an, die er ihr reichte, und schüttelte den Kopf. Sie hatte ihm einen Gefallen getan, eigentlich sogar eher Ivy, und die war schließlich ihre Freundin. Ein fester Job war eine Sache, aber das hier war nur ein Freundschaftsdienst gewesen. Auch wenn sie das Geld gut gebrauchen konnte, schien ihr das nicht richtig zu sein. »Schon okay. Ich habe dir gern ausgeholfen.«

Schließlich steckte Henry die Geldscheine wieder ein. »Lass mich dich aber auf irgendeine andere Art entschädigen.«

Bei der bloßen Möglichkeit, dass er sie zum Essen oder auch nur zum Kaffee einladen wollte, machte Janes Herz einen Satz. Sie musste gehen, und zwar sofort, bevor einer von ihnen etwas sagte, das sich nicht mehr zurücknehmen ließ. »Ich sollte gehen. Ich bin schon spät dran.«

»Jane.« Er streckte eine Hand aus und nahm ihren Arm. Sie starrte seine Hand an, die großen, breiten Finger, die sie festhielten, ruhig, stark und beharrlich. Während sie ihm in die Augen sah, hielt sie den Atem an und spürte, wie sie sich beim Anblick seines Lächelns entspannte. Dann machte er den Mund auf und klappte ihn wieder zu, als wüsste er nicht, was er sagen sollte.

Ihr Herz überschlug sich.

»Du kannst *Main Street Books* in deinem Artikel erwähnen, falls du mir etwas Gutes tun möchtest. Wir sind noch immer nicht ganz fertig mit der Umgestaltung und ... es wäre vermutlich sehr hilfreich.«

Henry ließ ihren Arm los, und sie wünschte sich unwillkürlich, er hätte es nicht getan. »Kommst du zurecht?«

Sie starrte ihn an und musste mehrmals schnell blinzeln, da ihr bei seinem liebevollen Tonfall die Tränen kamen. Obwohl sie mehrmals nickte, konnte sie an der Art, wie seine Mundwinkel zuckten, erkennen, dass sie ihn nicht überzeugt hatte.

»Hast du schon mit Adam gesprochen? Vielleicht könnt ihr ja eine Regelung finden. So herzlos kann er doch nicht sein.«

Jane bedachte ihn mit einem schneidenden Blick. »Doch, das kann er.« Ihr Herz schlug schneller, als die Wut in ihr hochkochte, und sie fluchte innerlich. »Ich bin Sophies Mutter. Ich würde alles für sie tun. Und er versucht, sie mir wegzunehmen. Ich würde das durchaus als herzlos bezeichnen, und auch als grausam.«

»Entschuldige, ich wollte doch nur ...«

Aber Jane unterbrach ihn und hielt eine Hand hoch. Sie ärgerte sich gerade über die falsche Person, das wusste sie selbst. »Ich lasse die Kommunikation über meinen Anwalt laufen und will auch nicht darüber reden.« Schon gar nicht mit dir, fügte sie innerlich hinzu. Henry war Adams ältester Freund, und auf dieser Basis war eine Loyalität entstanden, die sie nicht hatte.

Henry stieß die Luft aus und nickte. »Sag mir wenigstens Bescheid, wenn es irgendetwas gibt, das ich für dich tun kann«, bot er an, und etwas in seinen sanften Augen ließ sie auf den Gedanken kommen, dass er das tatsächlich ernst meinte.

»Du hast mir bereits geholfen«, erwiderte Jane und dachte dabei an seinen Vorschlag mit den Kursen für Erwachsene, den sie Rosemary noch heute unterbreiten wollte. »Damit ... ähm, dass du mich heute auf andere Gedanken gebracht hast.« Und auf was für welche ...

»Dann sehen wir uns auf dem Fest?«

Jane nickte, öffnete die Tür und stellte fest, dass Henrys Frage eigentlich eher wie eine Feststellung geklungen hatte. Sie würden einander wiedersehen, und beim nächsten Mal hätte sie ihre Gefühle besser im Griff.

14

Das jährliche Herbstfest in Briar Creek war vermutlich der Tag im Jahr, den Henry am wenigsten leiden konnte, mit Ausnahme seines Geburtstags, des Geburtstags seiner Mutter, Weihnachten und dem Großteil der Sommerferien. Feiertage und Ferien hatten immer bewirkt, dass seine Mutter so richtig schlechte Laune bekam, und Feste waren etwas für Menschen, die diese genießen konnten, ohne Sorge zu haben, danach noch mehr Futter für den Klatsch und Tratsch anderer Leute zu bieten. Es hatte eine Zeit gegeben, in der er andere um die sorgenfreie Art bewundern konnte, mit der sie sich auf derartige Ereignisse freuten, aber inzwischen wusste er, dass solche Tage auch nicht anders waren als andere. Man vermisste nur etwas, das man nicht hatte, sich aber sehnlichst wünschte. Was er sich in diesem Augenblick wünschte, war, seine kühle, ruhige Wohnung in einem Hochhaus in San Francisco genießen zu können. Das wäre genau das, was er brauchte, um wieder einen klaren Kopf zu bekommen.

Henry kniff die Augen zusammen und starrte auf den Stadtplatz hinaus. Er ging am Rand entlang und machte sich im Gehen Notizen, schoss sogar ein paar Fotos des strahlend weißen Pavillons, der unter dem wunderschönen Florida-Ahornbaum stand. Rote Blätter bedeckten das Dach und die Stufen, auf denen Heuballen und Fässer mit roten und orangefarbenen Chrysanthemen aufgestellt worden waren.

Ivy leitete in diesem Jahr das Dekorationskomitee und hatte ihm gestanden, dass sie das in den vergangenen drei Jahren auch schon getan hatte. Er musste zugeben, dass sie sich in dieser Stadt wirklich sehr einbrachte.

»Die Dekoration sieht super aus«, lobte er, als er hinter sie an den Donut-Stand trat. Er beäugte den halb gegessenen Cider-Donut in ihrer Hand und wollte sie schon nach ihrem Blutzuckerspiegel fragen, doch sie kam ihm zuvor.

»Ich habe meinen ganzen Tag rund um diesen Donut geplant, Henry, also ruinier ihn mir jetzt nicht. Ich habe alles unter Kontrolle.«

Henry wollte ihr glauben, und er wusste, dass er auch keine andere Wahl hatte. Also kaufte er sich auch einen und lief dann neben ihr her.

»Gibt es schon Neuigkeiten wegen des Hauses?«, wollte sie wissen.

»Ich habe gestern mit einigen Unternehmen gesprochen«, antwortete er. »Sie kommen nächste Woche vorbei, reparieren das Dach und streichen die Außenwände. Danach fangen sie mit dem Inneren an.«

Er warf das Wachspapier in einen Mülleimer und steckte die Hände in die Hosentaschen. Eigentlich wollte er gar nicht an das Haus denken. Nicht heute. Das würde seine Kreativität nur einschränken, dabei musste er sich jetzt auf seinen Artikel konzentrieren.

Weiter hinten half Jane Rosemary Hastings gerade dabei, einen Klapptisch mit weißem Stoff abzudecken. Ihr braunes Haar fiel ihr offen auf die Schultern, und die Morgensonne ließ die kupferfarbenen Strähnen strahlen. Sie schien seinen Blick zu bemerken, da sie den Kopf hob und ihn anschaute, und er winkte ihr zu. Nach kurzem Zögern erwiderte sie die Geste, aber ihr Lächeln wirkte erneut sehr distanziert. Die Art, wie sie sich zuletzt im Blumenladen verabschiedet hatte, lag ihm noch immer auf der Seele. Er hatte versucht, sie zu trösten, doch sie hatte durcheinander und aufgelöst gewirkt, als sie gegangen war, hatte ihm nicht in die Augen gesehen und war schnell gegangen, ohne dabei mit dem Lächeln aufzuhören. Irgendwie schien sie immer zu lächeln. Wenn er an Jane dachte, fiel ihm unwillkürlich auch ihr Lächeln ein.

Er ging näher an den Stand des Ballettstudios heran und bemerkte, wie sie ihn alarmiert beobachtete.

»Das sieht gut aus«, meinte er und deutete auf eines der Kostüme, die sie ausstellten und die gerade von einigen Mädchen bewundert wurden, auch wenn er den Stand nicht einmal richtig wahrnahm. Er konnte den Blick nicht von Jane abwenden, da die Sonne die bernsteinfarbenen Flecken in ihren Augen zum Leuchten brachte und ihre Wangen rötete.

»Kommt zu den Proben für den *Nussknacker*, dann könnt ihr vielleicht auch bald so ein Kostüm anziehen«, sagte Rosemary zu den Mädchen und reichte ihnen ein Klemmbrett, auf dem sie sich anmelden konnten, aber sie sahen einander nur irritiert an.

Henry bemerkte, dass Jane die Stirn runzelte und dass das Licht in ihren Augen erloschen war. Er klickte auf seinen Stift und fragte laut: »Wann genau finden denn die Proben statt? Ich möchte in meinem Artikel natürlich auch über die Aufführung berichten.«

Die Mädchen stießen einander mit den Ellbogen an und musterte Henry mit neu erwachtem Interesse. Er tat so, als würde er das nicht bemerken, und fuhr fort: »Man weiß ja nie. Abhängig davon, in welchem Monat der Artikel erscheint, komme ich vielleicht noch mal wieder und schreibe einen ganzen Artikel nur über die Show.«

Das größere der beiden Mädchen griff nach dem Klemmbrett und trug sich ein, und die andere tat es ihr nach. Henry sah zu, wie sie zu ihren Freundinnen liefen, und dann kamen noch drei andere und setzten ihren Namen ebenfalls auf die Liste.

»Sag mal, Henry, suchst du nicht vielleicht zufällig einen neuen Job? Als Anwerber für Tanzveranstaltungen vielleicht?«

Henry grinste. »Ich glaube, ich bleibe lieber Reiseschriftsteller.«

Rosemary stemmte die Hände in die Hüften, aber ihre blauen Augen funkelten. »Was? Ist Briar Creek etwa nicht interessant genug?«

Rasch sah Henry zu Jane hinüber, die gerade einigen anderen Kindern dabei half, sich auf die Liste zu setzen. »Ach, es ist schon ziemlich interessant hier. Tatsächlich schreibe ich momentan einen Artikel über die Stadt.«

»Na, das ist ja aufregend! Es passiert nicht gerade häufig, dass Briar Creek irgendwo erwähnt wird. Hoffentlich bekomme ich mit, wenn er erscheint, dann kaufe ich gleich mehrere Ausgaben.«

Henry nickte. »Ich werde Ivy Bescheid sagen.«

»Oh.« Rosemary schürzte die Lippen. »Wirst du dann schon nicht mehr hier sein?«

Als er erneut zu Jane schaute, wandte diese schnell den Blick ab und rückte ein paar Flyer gerade. »Ich habe auch andere Verpflichtungen, Mrs Hastings. Das ist nichts Persönliches.«

Dabei war es durchaus etwas sehr Persönliches.

»Tja, was ist es dann?«, wollte Rosemary wissen. »Du bist nicht mehr hier gewesen seit ...«

»Im vergangenen Juni waren es sechs Jahre«, warf Jane ein, bevor er etwas erwidern konnte. Er starrte sie an, aber sie blinzelte und drehte sich dann zu Rosemary um. »Wir haben Henry das letzte Mal am Abend meines Hochzeitstags gesehen. Dieses Datum kann ich mir leicht merken.«

Auch wenn sie es wahrscheinlich lieber vergessen würde.

Henry erwiderte Janes kühlen Blick, und sein Herz schlug mit jeder verstreichenden Sekunde schneller. Ihre Augen waren klar, und es zeichnete sich keine der Emotionen ab, die er im Blumenladen darin gesehen hatte. Es war, als wollte sie ihn herausfordern, um zu sehen, ob er es wagte, sie daran zu erinnern, dass er sie gewarnt hatte, und auszusprechen, dass er dieses Ende von Anfang an vorausgesehen hatte. Dass Adam zwar ein guter Freund, aber nicht der richtige Mann für sie war.

»Oh, seht mal, da kommen noch mehr Mädchen. Na los, Henry, leg dich ins Zeug.« Rosemary wackelte mit den Augenbrauen und wartete, bis die Mädchen in Hörweite waren, bevor sie laut verkündete: »Oh ja, Henry, wir bieten in der Tat zahlreiche Kurse an, und natürlich sind wir begeistert, dass du den *Nussknacker* in deinem Artikel über Briar Creek erwähnen wirst! Es kommt schließlich nicht jeden Tag vor, dass ein kleines Mädchen die Chance bekommt, ihr Foto in einer Zeitschrift abgedruckt zu sehen, die im ganzen Land verkauft wird.«

Henry nickte bestätigend. »Bei so schönen Kostümen weiß man nie, ob die Show nicht sogar zum Titelthema wird.«

Rosemary lächelte gelassen, als sie einigen Mädchen das Klemmbrett reichte. »Das Vortanzen findet diesen Mittwoch statt. Jede bekommt eine Rolle.« Sie warf Henry einen verstohlenen Blick zu und sagte lautlos: »Danke.«

Er steckte sich einen der Hochglanzflyer in sein Notizbuch und hob eine Hand, wobei sein Blick weiterhin auf Jane gerichtet war, die entschlossen zu sein schien, den Blickkontakt zu verweigern. Mit einem unangenehmen Druck auf der Brust trat er einen Schritt zurück. »Es ist mir immer ein Vergnügen, die Damen. Viel Glück.«

Rosemary schnalzte mit der Zunge, als er sich umdrehte. »Diesen Mann hättest du heiraten sollen, Jane«, hörte er sie murmeln, gefolgt von Janes eindringlichem Flüstern, das doch bitte sein zu lassen.

Henry schlug den Mantelkragen hoch und ging rasch auf die andere Seite des Platzes, in der Hoffnung, die Reue, die ihn überkam, wieder abschütteln zu können. Noch Monate nach Janes und Adams Hochzeit hatte er es nicht geschafft, ihren Anblick zu vergessen, wie sie so hinreißend und unschuldig in dem schlichten weißen Kleid dagestanden hatte. Es hieß ja, jede Frau sähe an ihrem Hochzeitstag wunderschön aus, aber bis er Jane gesehen hatte, hatte er daran nie geglaubt. Unter dem durchsichtigen Schleier war ihr Haar nach hinten gekämmt gewesen und ihre Augen hatten derart vor Glück gestrahlt, dass er sich augenblicklich gewünscht hatte, er müsste das Thema nicht ansprechen, aber er hatte es einfach tun müssen.

Sobald sie ihn in der Tür ihres Ankleidezimmers hatte stehen sehen, war ihr Lächeln verblasst. »Bitte sag nicht, dass Adam kalte Füße bekommen hat«, sprudelte es aus ihr heraus, und Henry war, als hätte man ihm den Wind aus den Segeln genommen, bis ihm bewusst wurde, dass sie nur einen Witz gemacht hatte. Er versuchte, seine Besorgnis zu ignorieren, die ihm Schuldgefühle bescherte und ihn ganz durcheinanderbrachte. Wollte er sie wirklich warnen? Wollte er ihr echt sagen, dass sie eine Dummheit beging und dass Adam nicht der Richtige für sie war? Er hatte auf dem College gesehen, wie Adam mit anderen Frauen flirtete – musste er Jane nicht davon erzählen? Aber was für ein Freund wäre er dann Adam gegenüber?

Es ist zu spät, sagte er sich. Jane wollte Adam heiraten, und jetzt konnte er nur noch den Mund halten und zusehen, wie sie den größten Fehler ihres Lebens beging, während er darauf hoffte, dass sein Freund sich an seine Gelübde hielt und sich gut um sie kümmerte. Zum einhundertsten Mal an diesem Tag sagte er sich: Halt ja den Mund.

»Du siehst wunderschön aus, Jane«, kam ihm stattdessen über die Lippen, und sein Herz schlug schneller, als hätte er ihr gerade alles gestanden, was er seit Langem in sich verschloss.

»Findest du?« Sie war so jung gewesen, so unschuldig und fast schon übereifrig, und die Hoffnung, die in ihren Augen schimmerte, als sie ihn das fragte, zerriss ihn beinahe. Jane war das schönste Mädchen, das er je gesehen hatte, und ihre Reaktion verriet ihm, dass der Mann, den sie heiraten würde, ihr das bei Weitem nicht oft genug sagte.

Dann kam ihr Vater herein, der nervös und stolz wirkte und offensichtlich große Mühe hatte, seine Gefühle unter Kontrolle zu halten. »Meine Kleine heiratet«, sagte er und schluckte schwer. »Bist du bereit, Liebling?«

Jane nickte, umarmte ihren Vater, sah Henry über dessen Schulter hinweg an und lächelte, und dieses Lächeln hatte er nie mehr vergessen können. Dieses Lächeln hatte bewirkt, dass sich in ihm alles zusammenzog, als er zum Altar schritt und sich neben Adam stellte, seinen besten Freund seit seinem sechsten Lebensjahr. Da saßen die Browns in der vordersten Reihe, sahen ihn beinahe ebenso an wie Adam und erinnerten ihn daran, dass er einer von ihnen war, dass sie ihn bei sich aufgenommen, ihm ein Heim gegeben und ihm ihre Liebe geschenkt hatten. Sie waren auf gewisse Weise auch seine Familie, und jetzt würde es Jane ebenfalls sein und er würde einfach weiterhin auf sie aufpassen und Adam unauffällig dazu bewegen, nicht vom rechten Weg abzuweichen.

Er hatte ihnen die Ringe gegeben und zugehört, wie Jane die Worte aufsagte, die sie zusammen eingeübt hatten. In guten wie in schlechten Zeiten. Und die ganze Zeit über hatte er die Lippen fest aufeinandergepresst, vor allem als der Priester fragte, ob es Gründe gäbe, die dagegen sprachen, dass diese beiden den Bund der Ehe eingingen. Als er Adam gerade mal drei Stunden später dabei erwischte, wie er mit der Tochter einer Freundin seiner Mutter flirtete, hatte er nicht mehr schweigen können.

Jane war damals nicht dazu bereit gewesen, sich der Wahrheit zu stellen. Aber das konnte er ihr nicht verdenken. Die Wahrheit tat weh.

○ ○ ○

»Mommy, können wir jetzt Kürbisse schnitzen?« Sophies Wangen klebten von dem kandierten Apfel, und ihre Augen waren leicht glasig von den vielen Süßigkeiten, die sie bereits gegessen hatte.

Jane sah zu Rosemary hinüber, die nur nickte. »Ich bleibe am Stand. Ihr beide solltet euch jetzt lieber amüsieren.«

Jane lächelte ihre Tochter strahlend an und nahm ihre Hand. Der Kürbisschnitzwettbewerb war eine der alljährlichen Traditionen, und in diesem Jahr waren sie und Sophie endlich so weit, dass sie daran teilnehmen konnten. Sie hatten sich vorbereitet, einige Spezialwerkzeuge gekauft und sogar schon im Voraus ihr Design aufgezeichnet. Wenn sie nicht gewannen (was überaus wahrscheinlich war, da Janes künstlerische Begabung in dieser Hinsicht zu wünschen übrig ließ), wäre Sophie sehr enttäuscht. Sie war schon immer ein sensibles Kind gewesen, aber seitdem Adam ausgezogen war, war es noch extremer geworden. Die kleinste Angelegenheit reichte aus, dass ihr die Tränen kamen, aber wenn man mit ihr darüber sprechen wollte, wirkte sie ganz ausgeglichen. Jane hatte einige Male versucht, mit Adam darüber zu reden, doch er hatte das nur achselzuckend abgetan und erwidert, sie solle sich deswegen keine Sorgen machen. Ach, ihr liebevoller Ehemann, wie immer eine unglaubliche Stütze.

»Dann müssen wir uns jetzt einen dicken, runden Kürbis aussuchen«, rief Jane Sophie hinterher, die sich von ihrer Hand losgerissen hatte und auf den großen Kürbishaufen zulief, der von Finnigan's Farm gespendet worden war. Jane hielt sich zurück und ließ Sophie entscheiden, während sich ihr Brustkorb zusammenschnürte, als sie daran denken musste, wie viel sich im Verlauf der letzten zwölf Monate verändert hatte. Beim Fest im letzten Jahr hatten sie noch zu dritt den Kürbis ausgesucht, und Jane hatte versucht, sich einzureden, dass sie sich den Verdacht nur einbildete, dass sie nicht mit eigenen Augen im vergangenen Sommer gesehen hatte, wie ihr Mann eine andere Frau küsste. Sie hatte es sogar gewagt, ein wenig Hoffnung zu schöpfen, als sie über das Fest gegangen waren und die glückliche Familie gespielt hatten, doch die Distanz, die sie in Adams Augen sah, hatte ihr nur das bestätigt, was sie längst wusste. Später hatte sie andere Familien – wirklich glückliche Familien – angestarrt, und ihre eigene damit verglichen. Sie hatte beobachtet, wie ein Mann seiner Frau etwas ins Ohr flüsterte, um sie zum Lachen zu bringen, oder wie er beiläufig ihre Hand hielt, wenn sie vom Cider-Stand weggingen.

Sie holte tief Luft und riss sich zusammen. Seltsamerweise hatte sie sich letztes Jahr einsamer gefühlt als jetzt. Zumindest musste sie dieses Jahr niemandem mehr etwas vormachen.

»Nehmt ihr am Kürbisschnitzwettbewerb teil?«, fragte eine Stimme in ihrem Rücken, und Jane spürte, wie sich ihre Nackenhärchen aufrichteten.

Sie drehte sich langsam um, bis sie Henry in die Augen sah. Ein warmes Kribbeln breitete sich über ihrem Körper aus, als er sie anlächelte. So viel dazu, dass sie sich unter Kontrolle hatte.

»Ja, genau!«, rief Sophie und versuchte, einen Kürbis hochzuheben, der halb so schwer war wie sie selbst. Lachend lief Jane los, um ihr zu helfen, aber Henry war schneller.

»Würde es euch etwas ausmachen, wenn ich euch dabei fotografiere? Das könnte ich für den Artikel gut gebrauchen«, erläuterte Henry.

»Oh, verstehe. Ich habe dir vorgeschlagen, diesen Artikel zu schreiben, und jetzt soll ich dir auch noch einen Gefallen tun.« Jane musste unwillkürlich grinsen, als ihr auffiel, wie Sophie in Henrys Gegenwart aufblühte.

»Wenn ich mich recht erinnere, habe ich dir auch ein paar hilfreiche Vorschläge gemacht.« Henry ging neben ihnen her, als sie zu einem freien Picknicktisch gingen, und war ihr so nah, dass sie jede seiner Bewegungen spüren konnte. Sie hatte Schmetterlinge im Bauch und musste zur Beruhigung tief Luft holen. »Hast du noch mal über die Tanzkurse für Erwachsene nachgedacht?«

Jane strahlte ihn an. »Ich habe die Idee mit Rosemary besprochen und sie ist ganz begeistert.« Sie hatte Jane sogar zugesichert, dass sie die Kurse übernehmen könnte, womit sie pro Woche auf sechs Kurse käme. Das waren zwar immer noch weniger als die zehn, die sie ursprünglich gehabt hatte, aber wenn sie nachts panisch aufwachte, konnte sie sich jetzt ins Gedächtnis rufen, dass die Dinge schon weitaus besser aussahen als noch vor einer Woche. Das hatte sie nur Henry zu verdanken. »Wir bieten einen Standardkurs und einen Steppkurs für Erwachsene an.« Sie warf ihm einen Seitenblick zu. »Jetzt lach nicht.«

»Komm schon, Mommy, du musst anfangen, das Bild zu malen!« Sophie reichte ihr die Bleistiftzeichnung der Hexe, die auf ihrem Besen vor dem Mond entlangflog. »Mach schon!«

Henry beäugte staunend das Blatt Papier. »Sehr beeindruckend.«

Sie brachte es nicht übers Herz, ihm zu gestehen, dass sie es von einem Bild abgemalt hatte, das aus dem Internet stammte. »Ich bezweifle, dass du das auch über den fertigen Kürbis sagen wirst.«

»Du solltest dein Licht nicht unter den Scheffel stellen.« Seine Stimme klang sanft, aber entschieden, und sie wurde rot.

Als Sophie erneut ungeduldig quengelte, machte sich Jane ans Werk und übertrug das Bild auf den Kürbis. Sie bereute es, kein Klebeband mitgebracht zu haben. So geriet das Bild ein wenig schief, und ihr wurde klar, dass sie unmöglich um den Besen herumschneiden konnte, ohne dass der ganze Bereich in sich zusammensackte. Vielleicht hätte sie sich doch lieber für das klassische Kürbisgesicht entscheiden sollen. Doch stattdessen hatte sie etwas Schwieriges ausgesucht, das eine Herausforderung darstellte. War das nicht wieder typisch für sie? Selbst bei den einfachsten Dingen machte sie sich das Leben schwer.

Als sie gerade das Schnitzmesser zur Hand nehmen wollte, legte Henry seine Kamera zur Seite. »Augenblick. Du hast ihn noch gar nicht gesäubert.«

»Was?« Jane wurde blass. Sie drehte den Kürbis um und musterte ihn mit gerunzelter Stirn. Ach, verdammt. Diesen Teil hatte Adam sonst immer übernommen, und sie hatte ihm diese Aufgabe nur zu gern überlassen. Nachdem sie ein Seufzen unterdrückt hatte, schnitt sie ein Loch um den Stiel herum und starrte dann in den Kürbis hinein. Ach du liebe Güte!

»Mach schon, Mommy!«

»Ist ja gut, ich bin ja schon dabei«, erwiderte Jane entschlossen und schob sich die Ärmel hoch. Doch der Wollmantel war dick, und so rutschten sie immer wieder herunter. Als sie gerade anfangen wollte, die Ärmel hochzukrempeln, hörte sie Henry leise kichern.

»Lass mich mal.« Er zog sich die Jacke aus, rollte seine Ärmel hoch und entblößte seine muskulösen, kräftigen, leicht gebräunten Arme. Jane stockte der Atem, als er sich dicht hinter sie stellte, vorbeugte und sie dabei leicht berührte. Sie schluckte.

Er griff nach der Schaufel, steckte sie in den Kürbis, hielt inne und schenkte ihr ein teuflisches Grinsen, bei dem ihr Herz einen Schlag aussetzte. »Das macht am meisten Spaß«, erklärte er.

»Ha. Nein, danke. Das kannst du gern allein übernehmen.«

Henry zuckte nur mit den Achseln und kratzte das Innere des Kürbisses heraus, bis keine Kerne mehr darin waren. Dann hielt er Sophie seine Handfläche hin, auf der ein paar Kerne lagen. »Wenn du die mit nach Hause nimmst und röstest, bekommst du einen leckeren Snack.«

Sophie verzog angeekelt das Gesicht, und Jane und Henry lachten. »Du musst sie natürlich vorher waschen«, fügte Henry hinzu, und Sophie lächelte ihn an und berührte dann vorsichtig einen der Kerne.

»Was passiert, wenn man sie stattdessen einpflanzt?«

»Dann züchtest du dir einen eigenen Kürbis«, antwortete Jane und strahlte ihre Tochter an. »Wäre das nicht aufregend?«

Sophie dachte kurz darüber nach. »Das klingt, als wäre es sehr viel Arbeit. Ich glaube, ich esse sie lieber.«

»Was würdest du nur ohne mich machen?« Henry zwinkerte Jane zu, und sie blickte zu Boden. Ihre Wangen röteten sich, und sie griff nach einem Werkzeug, aber in ihrem Kopf drehte sich alles und sie hatte mit einem Mal vergessen, was sie eigentlich hatte tun wollen.

Das war nur eine rhetorische Frage, doch sie kannten beide die Antwort. Henry war schon immer ein guter Freund gewesen, und in letzter Zeit war er einer der besten, den sie hatte. Und es war besser, es dabei zu belassen.

15

Mit Sophies Hilfe trug Jane den mit groben Schnitzereien verzierten Kürbis zum Richterpodium, um dort auf das Urteil zu warten. Der Hut der Hexe war einem nachlässigen Messerschlenker zum Opfer gefallen – doch für diesen Fehler gab Jane Henry die Schuld, ihm und seinem durchdringenden Blick. Glücklicherweise hatten der Besen und der Umhang überlebt, auch wenn sie eher wie ein Löffel und ein Fledermausflügel aussahen. Jane musterte die anderen eingereichten Kürbisse und seufzte. Sie hatte es immerhin versucht.

»Das ist der beste Kürbis aller Zeiten!«, rief Sophie und klatschte in die Hände.

Es war auf jeden Fall der interessanteste. Jane nahm Sophies Hand und führte sie an den von Expertenhänden geschaffenen Kürbislaternen vorbei. In der Stunde, in der sie mit dem Schnitzen beschäftigt gewesen waren, hatte sich die Menschenmenge auf dem Platz deutlich vergrößert, und der Wind hatte ebenfalls aufgefrischt. Jane holte Sophies rote Handschuhe aus ihrer Tasche und zog sie ihrer Tochter an, um ihr dann die dazu passende Mütze aufzusetzen.

»Was wollen wir als Nächstes machen?« Sie sah sich auf dem Platz um und dachte nach. Gut, möglicherweise hielt sie dabei auch Ausschau nach Henry, aber nur, damit sie mit Sophie auch ganz bestimmt in die entgegengesetzte Richtung ging. Sie begegneten sich ihrer Meinung nach viel zu oft, und es gefiel ihr gar nicht, dass sie in seiner Nähe immer so nervös wurde. Dieser Mann kam für sie nicht infrage, auch wenn sein Lächeln ihr einen Schauder den Rücken herunterlaufen ließ. Sie musste jetzt einen klaren Kopf behalten und sich auf den Sorgerechtsstreit konzentrieren, und nicht wegen des besten Freundes des Mannes, der sie verklagte, weiche Knie bekommen!

Sie umklammerte die Hand ihrer Tochter fester und spürte, wie sich ihr Herz zusammenzog, als sie an die Unsicherheit denken musste, die sie während der kommenden Wochen erwartete. Es war schon schwer genug, niemanden mehr zu haben, den man lieben und mit dem man sein Leben teilen konnte, aber die Aussicht, den Alltag ohne Sophie an ihrer Seite überstehen zu müssen, war unerträglich.

»Ich möchte ins Kornfeldlabyrinth! Warte, nein, zu den Äpfeln! Lass uns nach Äpfeln tauchen!« Sophie deutete auf die Wasserfässer, die auf der Wiese standen, und zog Jane mit sich.

Jane schürzte die Lippen. Das Gesicht in ein mit eiskaltem Wasser gefülltes Fass zu stecken, war nichts, was sie sich für den heutigen Tag vorgenommen hatte, aber als sie Sophies glänzende Augen sah, musste sie lachen. »Gut, wenn du das wirklich tun möchtest.«

Sie bezahlte und half Sophie, auf den Tritthocker zu steigen, und dann mussten sie beide lachen, als Sophie versuchte, die Äpfel im Wasser zu erwischen. Jane glaubte schon, Sophies Mund wäre zu klein dafür, doch als das kleine Mädchen den Kopf wieder aus dem Wasser nahm, grinste es triumphierend, weil es einen Apfel zwischen den Zähnen hielt.

»Gut gemacht!« Jane applaudierte und wischte ihrer Tochter mit einem Tuch, das sie immer in der Handtasche hatte, das Gesicht ab.

»Jetzt bist du an der Reihe, Mommy.«

»Oh ...« Jane sah sich verzweifelt auf dem Festplatz nach etwas um, womit sie die Fünfjährige ablenken konnte. »Wie wäre es, wenn wir dir das Gesicht anmalen lassen?«

Sophies Unterlippe begann zu zittern. *Jetzt geht das wieder los*, dachte Jane schuldbewusst. »Du hast gesagt, das wäre ein Mommy-Tochter-Tag.«

»Das ist er auch«, versicherte Jane ihr.

»Aber dann müssen wir doch alles zusammen machen!« Und schon fing Sophie an zu weinen.

Innerlich verfluchte Jane ihren Exmann. Vor einem Jahr war es ihr noch gelungen, Sophie nicht spüren zu lassen, wie gefährdet ihre Ehe war, aber sie konnte ihr Kind nicht bis in alle Ewigkeit vor der grausamen Realität schützen, und die vielen Veränderungen hatten ihren Tribut gezollt. Jane schloss kurz die Augen und hockte sich dann vor ihre Tochter, um sie fest zu umarmen. Sie glättete Sophies Haar, strich es nach hinten und sah ihr in die großen, tränennassen Augen. »Möchtest du wirklich, dass ich nach einem Apfel tauche?«

Sophie nickte und strahlte trotz ihrer Tränen, und da konnte Jane einfach nicht mehr Nein sagen. Sie stand auf, und während ihr das Herz in die Hose sackte, zahlte sie noch einmal ein paar Dollar und starrte in das Wasserfass.

Dann mal los. Sie holte tief Luft, hielt sich mit einer Hand das Haar zurück und beugte sich zu den Äpfeln hinunter, wobei sie sich die größte Mühe gab, einen Stiel mit den Zähnen zu erwischen, ohne das Gesicht ganz eintauchen zu müssen.

»So klappt das nicht!«, instruierte Sophie sie. »Du musst reinbeißen! Steck den Kopf ins Wasser! Richtig ins Wasser!«

Anscheinend würde diese Erniedrigung erst enden, wenn es ihr gelungen war, einen Apfel zu fassen zu bekommen, und so tat sie, was ihre Tochter verlangte, auch wenn sie innerlich die Augen verdrehte, und versuchte, seitlich in einen Apfel zu beißen, bevor ihr dieser doch wieder entglitt.

»Ups! Das war knapp!« Sophie kicherte.

Wenigstens hatte eine von ihnen Spaß. Jane holte Luft und

versuchte es erneut. Es kam ihr vor, als würden Minuten verstreichen, während sie es vergeblich versuchte, und Sophies Freudenschreie wurden immer lauter und zogen, wie Jane panisch feststellte, einige Zuschauer an. Sie wagte noch einen Versuch, seitlich in einen Apfel zu beißen, dann griff sie ihren ursprünglichen Plan wieder auf, sich einfach den Stiel zu schnappen. Als sie schon kurz davor war, einfach aufzugeben und Sophies Gefühlsausbruch zu ertragen, schaffte sie es doch, einen Apfel gegen die Seite des Fasses zu drücken und hineinzubeißen …

»Du hast es geschafft!«, schrie Sophie und sprang auf und ab. Jane lachte und nahm sich den Apfel aus dem Mund, aber ihr Lächeln verblasste sofort wieder, als sie einige Schritte von Sophie entfernt Henry entdeckte, der sich ein Grinsen kaum verkneifen konnte.

»Wie lange stehst du schon da?«, wollte sie wissen und wischte sich rasch das Gesicht mit dem Schal ab.

Sein Grinsen wurde breiter. »Lange genug.«

»Sie hat es geschafft, sie hat es geschafft! Hast du mich auch gesehen?« Sophie rannte zu Henry, und er beugte sich vor und grinste sie an.

»Und ob ich das habe! Ich habe dich sogar fotografiert. Möchtest du das Foto sehen?«

Sophie konnte es kaum erwarten, sich in dem Augenblick ihres Erfolges zu sehen, aber Janes Herz klopfte beim Anblick des Handys in Henrys Hand schneller. »Bitte sag mir, dass du mich nicht auch fotografiert hast.«

»Meinst du, ich würde mir das Schönste an diesem Kleinstadtspaß entgehen lassen?« Seine blauen Augen glitzerten, und zur Abwechslung bekam Jane mal keine Schmetterlinge im Bauch. »Du warst doch diejenige, die immer wieder gesagt hat, Briar Creek hätte so viel zu bieten. Und man bekommt nicht jeden Tag die Gelegenheit, nach Äpfeln zu tauchen ...«

Jedes Mal, wenn Jane blinzelte, sah sie vor ihrem inneren Auge das Bild, wie sie mit gebleckten Zähnen den Kopf in das Fass tauchte. »Bitte lösch die Fotos.«

Henry kicherte und machte einen Schritt auf sie zu. Er strich ihr mit einem Daumen über die Wange, bis die letzten kalten Wassertropfen verschwunden waren und durch seine Körperwärme ersetzt wurden, sodass sie auf einmal in Flammen zu stehen schien. Sie sah ihm kurz in die Augen und war überrascht über die Intensität, die darin zu erkennen war, und dann wartete sie darauf, dass er etwas sagte, einen Schritt nach hinten machte und die Hand wegnahm. Sie atmete schwer, was jedoch nichts mit möglicherweise peinlichen Fotos zu tun hatte. »Ich habe gar keine Fotos von dir gemacht«, versicherte er ihr, ließ die Hand sinken und stieß sie mit dem Ellbogen an. »Aber nach deiner Reaktion wünschte ich fast, ich hätte es getan.«

Jane sah ihn irritiert an. »Willst du mich etwa erpressen? Ich wüsste nicht, was ich dir geben könnte.«

»Ach, mir würde da schon einiges einfallen ...« Henrys Lächeln verblasste, und er sah ihr erneut in die Augen. Jane stockte der Atem, und ihr wurde ganz anders. Er stand so dicht vor ihr, nah genug, dass sein Duft sie umwehte und sie sehen konnte, wie er die Lippen leicht öffnete. Sie fragte sich, wie es sein mochte, ihn zu küssen. Er war bestimmt ein guter Küsser.

»Mommy! Mommy!«

Jane wandte den Blick ab und drehte sich zu Sophie um, die auf etwas in einiger Entfernung deutete. »Da ist Daddy! Daddy ist hier!«

Jane spürte, wie sie erbleichte, während sie Sophie hinterherschaute, die über den Rasen rannte und sich in Adams Arme warf. Ihr Herz schlug so schnell, dass es sich anfühlte, als würde es gleich aus ihrer Brust springen, und ihre Gedanken drehten sich, als alle Gefühle, die sie so lange in sich aufgestaut hatte, mit einem Mal aus ihr herauszubrechen drohten.

Neben Adam stand Kristy. Unwillkürlich musterte Jane deren Bauch. Noch war von der Schwangerschaft nichts zu sehen. Kurz wagte sie es, sich vorzustellen, dass Sophie sich das alles nur eingebildet oder dass sie es irgendwie falsch verstanden hatte, aber sobald Kristy Janes Blick bemerkte, legte sie sich vielsagend eine Hand auf den Bauch.

»Jane.« Adam nickte und wirkte sofort etwas freundlicher, als er seinen Freund hinter ihr entdeckte. »Henry. Ich bin überrascht, dich hier zu sehen.«

»Laut Sophie kann man dir gratulieren.« Jane legte den Kopf leicht schief und presste die Lippen aufeinander. »Wann ist denn der große Tag?«

»In drei Wochen«, antwortete Adam.

Jane konnte ihr Erstaunen kaum verhehlen. »Hattest du vor, es mir noch zu erzählen, oder sollte ich es über den Klatsch und Tratsch erfahren?«

»Ich hätte es dir irgendwann schon gesagt.«

Die beiläufige Art, mit der die Worte über seine Lippen kamen, und die Art, wie er die Augen halb schloss, ließen jede Verletzung und jeden Verrat wieder an die Oberfläche steigen. Ihr Herz begann zu rasen, als ihr das Adrenalin durch die Adern schoss, und ihre Wut musste sich irgendwie Bahn brechen. Sie konnte sich nicht länger zurückhalten. »Mehr hast du dazu nicht zu sagen, Adam? Du willst einfach weiterhin so tun, als wäre alles in bester Ordnung?« Sie starrte ihn an und hasste diesen kalten Blick, mit dem er sie musterte. »Findest du nicht, ich habe ein Recht, das zu erfahren? Wäre es nicht ein Zeichen von Respekt gewesen, mir das persönlich mitzuteilen?«

»Was hätte ich denn sagen sollen, Jane?«

Sophie schien zu spüren, dass etwas nicht stimmte, da sie angelaufen kam und Janes Hand nahm. Jane drückte sie kurz und deutete auf den Stand, an dem sich die Kinder das Gesicht bemalen lassen konnten. »Schau mal, da steht gerade niemand an. Warum läufst du nicht hinüber und überraschst mich mit dem Motiv, das du dir ausgesucht hast?« Mit zitternden Fingern reichte sie Sophie einen Fünfdollarschein. Sie wartete, bis ihre Tochter vergnügt vor dem Künstler saß, bevor sie sich wieder Adam zuwandte, der auch noch so dreist war, sie herablassend anzulächeln.

»Wir hatten eine Vereinbarung, Adam. Wir waren uns einig, dass ich zu Hause bleibe und du arbeiten gehst. Das war unser Deal.« Wahrscheinlich machte sie hier gerade eine Szene, über die man noch wochenlang sprechen würde, aber das war ihr egal. Sie hatte schon viel zu lange geschwiegen, versucht, ein besserer Mensch zu sein – und was hatte ihr das gebracht? Ihre Stimme zitterte, und sie holte tief Luft, um sich wieder unter Kontrolle zu bekommen. »Ich hätte aufs College gehen und einen Job annehmen können, aber stattdessen habe ich mich um das Haus, um dich und um unsere Tochter gekümmert. Und jetzt versuchst du, deine Karriere und deine finanzielle Lage als Druckmittel gegen mich einzusetzen?«

Der Muskel an Adams Unterkiefer zuckte, aber sein Blick blieb ganz ruhig. »Ich bin ihr Vater.«

»Du hast deine Entscheidungen getroffen, Adam«, erwiderte sie und bedachte Kristy mit einem vielsagenden Blick. Zur Abwechslung schmerzte es sie mal nicht, diese Frau zu sehen. »Und das hat Konsequenzen.«

»Du kannst mir meine Tochter nicht vorenthalten.«

Ein verbittertes Lachen drang tief aus ihrem Innersten und über ihre Lippen, und mit plötzlich aufsteigender Panik begriff sie, dass es auch genauso gut ein Schluchzen hätte sein können. Er würde nicht aufhören. Man konnte nicht vernünftig mit ihm reden. »Ach, aber mir kannst du sie vorenthalten? Ich bin diejenige, die sie gebadet hat, die mit ihr bei jedem Arzttermin und der Schulanmeldung war. Ich bin diejenige, die jeden Abend nach ihr sieht, bevor ich zu Bett gehe. Ich habe ihr Essen gekocht und sie gepflegt, wenn sie krank war.«

»Und jetzt hätte ich gern die Gelegenheit, das zu tun.«

»Jetzt?«, rief Jane, die selbst merkte, wie die Hysterie in ihrer Stimme langsam zu Verzweiflung wurde. »Ich bin ihre Mutter, Adam«, zischte sie und zwang sich, nicht zu weinen. Dadurch würde sie ihm nur noch mehr Macht geben, ihr wehzutun, und es würde nichts ändern. »Wie kannst du es auch noch rechtfertigen, dass du sie mir wegnehmen willst? Sie braucht mich.«

Er besaß die Dreistigkeit, mit den Achseln zu zucken. Ihre Bemühungen und ihre Rolle im Leben ihrer Tochter wurden leichtfertig abgetan. Himmel, wie sie diesen Mann hasste! »Mich braucht sie aber auch, und ich will nicht verpassen, wie sie aufwächst.«

»Dann zieh halt nicht weg!« Jane warf die Hände in die Luft und ballte sie so fest zu Fäusten, dass sich ihre Fingernägel in die Handflächen bohrten. Das half ihr, sich einigermaßen zusammenzureißen.

»Das ist keine Option«, entgegnete Adam entschieden.

Jane atmete jetzt so schwer, dass sie ihre Worte kaum noch verstehen konnte, weil das Blut derart in ihren Ohren rauschte. »Denk doch mal darüber nach, was du da tust, Adam. Sie braucht mich. Sie wird mich vermissen …« Ihre Stimme brach bei dem letzten Wort, und sie spürte eine kräftige Hand auf ihrer Schulter. Sie musste sich nicht umdrehen, um zu wissen, dass es Henrys war.

»Sag nichts mehr«, murmelte er, und seine Stimme klang so sicher und selbstbewusst, dass sie nickte. Sie hätte überhaupt nichts sagen sollen, und genau das hatte ihr der Anwalt auch geraten. Hätte es in ihrem Exmann noch irgendeinen Teil gegeben, dem etwas an ihr lag, dann hätte sie weiter versucht, zu ihm durchzudringen. Aber als sie seine versteinerte Miene vor sich sah, fragte sie sich, ob er sie überhaupt jemals geliebt hatte.

Jane ließ sich von Henry wegführen und starrte dabei auf den Boden. Wenn sie diesen Mistkerl noch einmal ansehen musste, konnte sie sich vermutlich nicht mehr zurückhalten. Sophie kam zu ihr gelaufen, sie hatte eine schwarz angemalte Nase sowie Schnurrhaare auf den Wangen.

»Ich kann hier nicht bleiben«, flüsterte sie, doch Henry führte sie bereits in Richtung Ausgang.

»Aber ich will noch nicht gehen!«, jammerte Sophie. »Dann kann ja keiner mein Katzengesicht sehen!«

Jane machte schon den Mund auf, um etwas zu erwidern, aber da sagte Henry: »Ich weiß nicht, wie es euch geht, aber ich habe langsam Hunger. Mögen Katzen denn Pizza und Eis?« An Jane gewandt fügte er hinzu: »Es gibt die Pizzeria doch noch, oder?«

Sie nickte und deutete auf ihren Wagen, der nicht weit entfernt stand. »Du musst doch nicht ...«, sagte sie und öffnete die Zentralverriegelung.

»Ich möchte es aber«, erwiderte Henry und setzte sich auf den Beifahrersitz.

※ ※ ※

»Wo hast du gelernt, so gut mit Kindern umzugehen?«, wollte Jane wissen, als sie in die Küche kam. Von oben war eine Spieluhr zu hören, und Henry vermutete, dass Sophie jetzt einschlief, nachdem sie zusammen noch geröstete Kürbiskerne hergestellt und genascht hatten.

Er schloss die Pizzaschachtel und schob die Stühle unter den Tisch. »Ich hatte sehr viel Übung. Bei meiner Schwester«, fügte er hinzu.

Jane sah ihn mit schief gelegtem Kopf an. »Aber ihr seid Zwillinge.«

Henry zuckte mit den Achseln. Es gab so vieles, das er gern gesagt hätte, aber er konnte es nicht. »Ich war wohl immer ihr Beschützer.« Und das hatte sich bis heute nicht geändert.

»Das ist ja süß«, meinte Jane lächelnd und nahm eine Flasche Wein aus dem Regal. »Möchtest du ein Glas?«

Henry versteifte sich. »Nein, ich ... Ähm ...« Er konnte unter irgendeinem Vorwand verschwinden und seine Schwester anrufen, damit sie ihn abholte, aber eigentlich wollte er noch nicht gehen. Janes Haus war gemütlich und warm, geschmackvoll eingerichtet und gerade so chaotisch, dass es einem bewohnt vorkam. Eine von Sophies Puppen lag mit dem Gesicht nach unten auf der Arbeitsplatte, und am Kühlschrank hingen ihre Bilder sowie Schulankündigungen. Die Last von all dem, was Jane gerade durchmachen musste, war ihm deutlicher denn je bewusst. Sophie war Janes Leben.

»Hast du auch ein Mineralwasser? Oder Kaffee?«

Jane kniff leicht die Augen zusammen, stellte die Flasche aber wieder zurück. »Ist entkoffeinierter in Ordnung? Sonst kann ich die ganze Nacht nicht schlafen.«

Er trat zur Seite, um ihr Platz zu machen, und beobachtete, wie sie schnell durch die Küche huschte, wobei sein Blick auf den Kurven ihrer engen Jeans verharrte und dann zu ihren Brüsten unter dem weichen Pullover weiterwanderte. Er kämpfte gegen sein Verlangen an und sah sich im Zimmer um, wobei er sich plötzlich fehl am Platz fühlte in diesem Haus, in dem bis vor Kurzem noch Adam gewohnt hatte. Es war wie damals an jenen Abenden, die sie zu dritt verbracht hatten, als Adam und sie ein Paar waren und Henry sich wie das dritte Rad am Wagen fühlte, was jedoch nicht schlimm genug gewesen war, als dass er gegangen wäre. Vom ersten Augenblick an, als Adam ihm Jane vorgestellt hatte, wollte er nur in ihrer Nähe sein.

Henry holte tief Luft. So ging es ihm noch immer. Daran hatte sich nichts geändert.

Als ihm ein gerahmtes Foto von Jane und Sophie ins Auge fiel, auf dem sie anscheinend im Ballettstudio standen, musste Henry lächeln. Er war früher zu jeder Tanzaufführung gegangen, um zu sehen, wie Jane auf der Bühne ihre Drehungen machte, ihr Haar zurückgebunden, sodass ihr langer, anmutiger Hals gut zur Geltung kam. Jane machte das nichts aus, ganz im Gegenteil freute sie sich sogar über die Unterstützung. Adam wäre nie im Leben allein hingegangen. Die einzige Art, wie Henry dafür sorgen konnte, dass Adam überhaupt dort auftauchte, war, dass er es als Gruppenevent tarnte, und er wurde jedes Mal mit Janes strahlendem Lächeln belohnt, wenn sie sie nach der Vorstellung im Publikum entdeckte.

Auch die Blumen waren seine Idee gewesen. Mädchen mochten so etwas, das hatte er Adam oft genug gesagt, und er hatte dafür gesorgt, dass sie vor dem Auftritt auf jeden Fall im Supermarkt vorbeifuhren, wo er Adam die Blumen förmlich in die Hand gedrückt hatte, damit er sie kaufte. Jane hatte erwähnt, dass sie Pfingstrosen sehr mochte, und so bekam sie sie bei jeder Gelegenheit.

Gut, Adam war nicht gerade der ideale Freund. Er betrank sich auf Collegepartys, knutschte mit anderen Mädchen, und Henry hatte mit versteinerter Miene da gesessen, wenn Adam davon erzählte und sein stolzes Grinsen kaum verbergen konnte. Als Adam ihm mitgeteilt hatte, dass er Jane einen Heiratsantrag machen wollte, war in Henry ein Gefühlschaos ausgebrochen. Es war das, was Jane sich wünschte, aber war

Adam wirklich der Mann, der sie glücklich machen konnte? Für immer?

Seine Zweifel bestätigten sich, als Adam in letzter Minute Janes Abschlussball sausen ließ. Henry hatte ihr nie erzählt, dass Adam ihm anvertraut hatte, er wolle seinen Samstagabend auf keinen Fall auf einem Highschoolball verbringen. Als Henry auflegte, beschloss er, Jane eben selbst zu begleiten. Er besänftigte ihre Enttäuschung, indem er behauptete, Adam hätte ihn an seiner Stelle geschickt, obwohl er ganz genau wusste, dass Adam sich keine Gedanken um Janes Gefühle gemacht hatte. Das bewies sich wieder einmal, als er zwei Stunden zu spät zu ihrer Zeugnisübergabe kam oder als er ihren Geburtstag vergaß …

Henry trat von den Fotos zurück und wandte der glücklichen Familie den Rücken zu, wobei er sich seltsam vorkam, da ihn das hier an all das erinnerte, was er nicht besaß und auch nie gefunden hatte.

Als er an Caroline dachte, biss er die Zähne zusammen.

»Bitte sehr.« Jane reichte ihm eine Tasse, aus der Dampf aufstieg. Er mochte ihn kochend heiß. Sie seufzte laut, als sie ihn ins Wohnzimmer führte und sich auf das Sofa sinken ließ. Ihre Augen hatten das Strahlen verloren, das bis eben noch darin zu sehen gewesen war, und sie sah in ihrem flauschigen Pullover fast schon verloren aus.

»Du hast wirklich viel zu tun«, bemerkte er und setzte sich neben sie. Er stellte seine Tasse auf einen Untersetzer. »Die Tanzkurse, der Buchladen und Sophie.«

»Ach, so viel ist das eigentlich gar nicht.« Sie schenkte ihm ein müdes Lächeln und zog die Füße auf die Sitzfläche.

»Aber du machst das alles ganz allein. Manch andere Frau in deiner Lage würde nicht so gut damit fertigwerden«, stellte er bestimmt fest.

Jane pustete in ihren Kaffee und umklammerte die Tasse mit beiden Händen. »Ich habe doch keine andere Wahl, oder?«

»Doch, die hast du, und darum tut es mir so leid, dass du das alles durchmachen musst.«

Ihr Lächeln verblasste. »Wir müssen jetzt nicht darüber reden. Du bist Adams Freund ...«

»Ich bin auch dein Freund, Jane.«

Sie sah ihn blinzelnd an und verzog die vollen rosafarbenen Lippen zu einem angedeuteten Lächeln. Sein Magen zog sich zusammen, und schnell griff er nach seiner Kaffeetasse, bevor er noch eine Dummheit beging – wie beispielsweise die Exfrau seines Freundes zu küssen.

»Ich gebe ja zu, dass ich manchmal ganz schön müde bin. Der ganze Stress in letzter Zeit ... Ich habe nicht viel geschlafen.«

Das ging ihm ähnlich.

»Warum ruhst du dich dann nicht jetzt aus?«

»Oh. Nein ... Ich möchte dich nicht rauswerfen.« Sie errötete, und er wagte kurz zu glauben, dass sie sich wünschte, er würde bleiben. Er dachte darüber nach und stellte sich vor, wie angenehm es sein musste, in diesem gemütlichen Haus zu bleiben, bei Jane, der süßen, liebevollen Jane. Doch dann riss er sich zusammen.

Jane war eine Freundin. Das hatte er gesagt, und das meinte er auch so. Und das war alles, was sie je für ihn sein durfte.

Er streckte die Hand aus, nahm ihr die Tasse ab und stellte sie auf den Tisch. »Wer hat denn gesagt, dass ich gehe? Du kochst verdammt guten Kaffee, und ich werde hier sitzen bleiben und ihn austrinken, während du dich ausruhst, denn das hast du dringend nötig.« Als sie den Mund öffnete, um zu protestieren, fügte er hinzu: »Ich rufe Ivy an, damit sie mich abholt. Mach dir meinetwegen keine Sorgen. Du hast ohnehin schon genug, was dir auf der Seele liegt.«

Sie zögerte kurz und lehnte sich dann endlich zurück. Ihr braunes Haar ergoss sich über ihre Schultern, als sie den Kopf auf das Kissen legte. »Das fühlt sich so gut an«, gab sie zu.

Henry nahm eine weiche Decke und breitete sie über ihr aus.

»Danke«, sagte sie und hielt dann kurz inne. »Danke für alles, Henry.«

Er stand auf. »Ruh dich aus. Das hast du bitter nötig.«

Danach ließ er sich in einen Ohrensessel sinken, um sie auf dem Sofa nicht zu stören, und griff nach seiner Kaffeetasse. Der Wind jaulte vor der Tür, und einige Äste schlugen gegen das Fenster neben dem Kamin. Bereits nach wenigen Minuten atmete Jane ruhig und gleichmäßig, und er vermutete, dass sie so schnell nicht mehr aufwachen würde. Je länger er in diesem Haus blieb, desto weniger wollte er gehen. Aber das musste er wohl oder übel tun. Das war ihr Leben, ihre Welt, und wie bei den Browns, seinen Schwiegereltern und jedem Hotel, in dem er unterwegs abstieg, war er nur auf der Durchreise.

16

»Oh, da sind Sie ja, Mr Birch!«

Henry schloss die Augen, genoss kurz die Dunkelheit und warf dann einen Blick über die Schulter. Mrs Griffin kam auf ihn zu, ein vielsagendes Lächeln auf den Lippen.

»Guten Morgen«, sagte er und bemühte sich um einen lockeren Tonfall.

»Und was für ein guter Morgen es ist! Sie sehen sehr gut erholt aus, wenn ich das so sagen darf.« Sie blickte blinzelnd zu ihm auf, aber er weigerte sich, den Köder zu schlucken.

Ja, er hatte gut geschlafen. Besser als seit Jahren, auch wenn er die Nacht in einem Ohrensessel und auf einer Ottomane verbracht hatte. Etwas daran, in Janes Haus zu sein und ihren Atem zu hören, hatte ihn derart beruhigt und besänftigt, wie er sich seit … einer Ewigkeit nicht mehr gefühlt hatte.

»Wir haben Sie gestern Abend vermisst«, fuhr Mrs Griffin fort und schenkte ihm einen wissenden Blick. »Dann haben Sie vermutlich den Schlüssel gefunden, den wir unter dem Blumentopf versteckt hatten, und sich selbst hereingelassen, hmm?«

Henry lächelte nur höflich. »Es war eine lange Nacht.«

»Ja, das kann ich mir vorstellen! Zufälligerweise habe ich bis nach Mitternacht in der Lobby gesessen – zweifellos war ich vom Fest einfach noch zu aufgekratzt! –, und ich habe Sie nicht hereinkommen sehen …« Sie klimperte mit den Wimpern, legte die Hände auf ihre Brust und wartete.

»Es war, wie gesagt, eine lange Nacht.« Er lächelte noch

einmal und ging zur Tür, aber Mrs Griffin beeilte sich, um ihm den Weg zu verstellen.

»Aber dann habe ich Sie nach dem Frühstück gesehen und dachte mir, ach, schau einer an, da ist er ja wieder. Dann muss ich mir ja keine Sorgen machen. Anscheinend ist er letzte Nacht doch noch zurückgekommen und ich habe ihn nur nicht gesehen.« Ihre Augen strahlten.

»Ja, da bin ich wieder. Wenn Sie mich jetzt entschuldigen würden …«

»Dann fiel mir ein, dass ich, als ich heute Morgen die Tür aufschließen wollte, vom Klingeln des Ofentimers abgelenkt wurde, aber gerade eben ist mir aufgefallen, dass die Tür inzwischen aufgeschlossen worden ist.« Sie starrte ihn an, ohne auch nur zu blinzeln. »Offenbar war da jemand die ganze Nacht weg und ist hereingeschlüpft, als wir anderen meinen preisgekrönten Kuchen gegessen haben. Mit Blaubeerstreuseln, möchte ich hinzufügen. Nur das Beste für meine Gäste.«

Henry schaute ihr in die Augen und steckte eine Hand in die Hosentasche, wo er den Schlüssel umklammerte. »Ich habe die Nacht in meinem Elternhaus verbracht, wenn Sie es unbedingt wissen müssen.«

Ihre anfängliche Aufregung war mit einem Mal verschwunden und sie keuchte leise auf. Um ihre Überraschung zu verbergen, hielt sie sich eine Hand vor den Mund, aber es war bereits zu spät. Henry konnte es ihr nicht verdenken, da das Haus unbewohnbar war. Er hätte sich eine bessere Ausrede einfallen lassen sollen – dass er auf Ivys Couch geschlafen oder die Nacht bei einem Freund verbracht hatte.

Denn genau Letzteres war doch auch passiert. Warum konnte er es nicht einfach aussprechen? Wieso erfand er Ausflüchte? Aus welchem Grund musste er mehr daraus machen, als tatsächlich dran war?

»Tja ... Ich ...« Mrs Griffin kaute auf ihrem Daumennagel herum, schüttelte den Kopf, zog die Augenbrauen zusammen und musterte den Schlüssel, den sie jetzt in der Hand hielt. »Na, dann müssen Sie aber am Verhungern sein.«

»Eigentlich nicht, aber danke für Ihre Besorgnis.« Er konnte noch immer Janes köstlichen Kaffee und die leckeren Waffeln mit warmem Ahornsirup schmecken. Sie mochte zwar behaupten, ihre Schwester Anna wäre die Köchin in der Familie, aber es ließ sich nicht leugnen, dass Jane ebenfalls über beachtliche Kochkünste verfügte. »Ich bin eigentlich gerade wieder auf dem Sprung, um erneut zum Haus zu fahren.«

»Wie geht es denn voran?« Mrs Griffin schien zusammenzuzucken.

Henry zuckte mit den Achseln. Die Maler nahmen gerade die Holzfäule in Angriff, und von außen sah das Haus schon viel heiterer aus. Doch das Innere ... Man würde mehr als etwas Farbe benötigen, um es aufzupeppen. »Mit etwas Glück können wir es in ein paar Wochen zum Verkauf anbieten.«

»Ich bin sehr froh, dass Sie das erwähnen. Über die Feiertage ist hier immer sehr viel los, da es in dieser Gegend sehr viel zu sehen gibt und man eine Menge unternehmen kann. Und wer verbringt denn nicht gern Weihnachten im Schnee?« Als er nicht reagierte, schnaufte sie leise. »Kann ich davon ausgehen, dass Sie bis dahin abgereist sein werden?«

»Wäre es möglich, dass ich Ihnen in ein oder zwei Wochen Bescheid gebe? Solange es beim Haus keine Fortschritte gegeben hat, kann ich gar nicht sagen, wie lange ich hier sein werde, und ich habe gerade noch einen Auftrag ...« Verdammt. Sofort riss die Frau die Augen auf und spitzte überrascht die Lippen.

»Sie schreiben einen Artikel? Darf ich fragen, ob es dabei zufälligerweise um unsere schöne kleine Stadt geht?«

Henry wappnete sich. »Genau so ist es.«

»Oh!« Mrs Griffin schlug sich die Hände vor die Brust. »Oh! Na, das ist ja wunderbar! Himmel, ich könnte Ihnen so viel erzählen und Ihnen unzählige Tipps geben, allein was die Geschäfte und Restaurants angeht. Und erst die Unterbringung.« Sie hielt seinem Blick stand, und ihre Lippen umspielte ein keckes Lächeln.

»Ich bin mir sicher, die Leser der Zeitschrift werden sehr viel Liebenswertes an Briar Creek entdecken«, erwiderte Henry. *Selbst wenn mir das nicht gelingt.* »Aber jetzt muss ich wirklich gehen.«

»Oh, dann wünsche ich Ihnen einen schönen Tag, Mr Birch! Und machen Sie sich wegen der Dauer Ihres Aufenthalts keine Sorgen! Lassen Sie sich so viel Zeit, wie Sie brauchen. Wir sind sehr froh, dass Sie bei uns abgestiegen sind.«

Henry schlug den Mantelkragen hoch und ging nach draußen, wobei er kopfschüttelnd an den Blumentöpfen vorbeiging, die an beiden Seiten der gläsernen Doppeltür standen. Dies war der erste Ort, wo ein Einbrecher nachsehen würde, aber er vermutete, Mrs Griffins Gründe dafür, um Punkt Mitternacht die Tür abzuschließen, hatten eher etwas damit zu tun, dass sie wissen wollte, wann ihre Gäste kamen und gingen, und beruhten nicht auf ihrem Bedürfnis nach Sicherheit. Sie war harmlos, aber neugierig – genau wie so viele andere Menschen in dieser Stadt.

Die Fahrt zum Haus war bei Tageslicht angenehmer, aber er zählte weiterhin die Tage, bis er nie wieder herkommen musste. Die gewundene Straße führte durch den Wald, und die Blätter leuchteten jetzt orange-, gold- und purpurfarben, und da kein Verkehr herrschte, hatte er die kurze Strecke in wenigen Minuten zurückgelegt. Er fuhr um eine Kurve und bog auf die alte Landstraße ab, und als er sah, dass Adams Mutter vor ihrem Haus stand und Blätter zu großen Haufen harkte, schlug sein Herz schneller.

Er umklammerte das Lenkrad etwas fester, warf ihr durch seine Sonnenbrille einen Blick zu, musterte ihr kinnlanges blondes Haar und das Gesicht mit den Lachfältchen und ging vom Gas. Sie schaute verwirrt zu ihm herüber, als er in ihre Auffahrt einbog und dort parkte. Sobald sie ihn erkannte, zeichnete sich jedoch die Freude über das Wiedersehen auf ihrem Gesicht ab und ihn überkamen Schuldgefühle.

»Henry! Du liebe Güte, Henry!« Sie ließ die Harke auf den Boden fallen, kam über den Rasen auf ihn zugelaufen und umarmte ihn fest, und er schloss die Augen und empfand erneut Selbsthass. Es war unerträglich, dass die Mutter seines besten Freundes offenbar mehr für ihn empfand als seine eigene. Aus irgendeinem Grund war ihm, als hätte er sie ebenso enttäuscht wie seine Mutter. Er hatte dieser Stadt den Rücken zugewandt – den Gerüchten, dem Gerede, den Blicken und dem Flüstern –, aber damit auch den Menschen, denen etwas an ihm lag.

»Hast du ein bisschen Zeit?« In ihren klaren blauen Augen schimmerte Hoffnung, als sie zu ihm hochschaute.

Er nickte. Ihm war jede Ausrede recht, um den Besuch in seinem Elternhaus hinauszuzögern, aber dies hier war mehr als eine Ablenkung. Es wurde Zeit, sich seiner Vergangenheit zu stellen, und zwar seiner ganzen Vergangenheit.

»Komm rein. Ich koche uns einen Kaffee.« Sie hakte sich bei ihm unter, führte ihn über den Weg und in das warme, sonnendurchflutete Haus. Er trat sich die Schuhe an der Matte im Flur ab. Irgendwo zischte und klapperte eine Heizung. Direkt vor ihm sah er die alte Standuhr, die jede volle Stunde schlug, und gleich links die Wendeltreppe, die Henry mal hinuntergestürzt war und sich ein Knie aufgeschlagen hatte.

Mrs Brown nahm ihm den Mantel ab und hängte ihn neben ihren eigenen an die Garderobe. »Das ist ja eine Überraschung.« Sie tätschelte lächelnd seine Hand und drückte sie. »Hast du vielleicht Hunger? Ich habe noch ein paar Schokokekse da. Davon habe ich immer einen Vorrat zu Hause, weil Sophie sie so gern isst«, fügte sie hinzu.

Der Gedanke, dass sie Sophies Großmutter war und dass das kleine Mädchen, das er gerade erst kennengelernt hatte, seit Jahren ein Teil von Pattys Leben war, kam ihm merkwürdig vor. Mrs Brown war in vielerlei Hinsicht wie Jane: fürsorglich, liebevoll und familienorientiert. Er fragte sich, was sie wohl von der Scheidung ihres Sohnes hielt.

Die Küche war hell, wenngleich ein wenig vollgestopft. Regale voller Kochbücher hingen über dem Tisch, an dem Patty gern saß und ihre Rechnungen bezahlte oder telefonierte.

Henry ließ sich an seinem ehemals angestammten Platz nieder. »Tut mir leid, dass es so lange gedauert hat.«

Aber Patty schüttelte nur den Kopf, füllte den Teekessel und stellte ihn auf den Herd. »Du hattest eben viel zu tun!«

»Schon, aber ... ich hätte euch mal schreiben oder anrufen sollen.« Wie Jane hatte auch Adams Mutter ihm jedes Jahr eine Weihnachtskarte an seine Adresse in San Francisco geschickt. Sie schrieb auch immer eine Geburtstagskarte, auf der sie immer ein wenig aus ihrem Leben berichtete und ihn einlud, sie doch mal zu besuchen, wobei sie jedoch darauf achtete, nicht zu drängend zu wirken. Er bewahrte die Post in einer Küchenschublade auf, hatte sie aber noch kein zweites Mal gelesen.

Erst jetzt wurde ihm bewusst, dass es ein Fehler gewesen war, nie darauf zu antworten. Aber irgendwie war es ihm nach dem Verlassen von Briar Creek leichter gefallen, so zu tun, als wäre er nie dort gewesen, den Erinnerungen aus dem Weg zu gehen und von vorn anzufangen. Es war einfacher, immer weiter wegzulaufen und nach vorn zu blicken. An einem neuen Ort, in einer anderen Stadt aufzuwachen, nur nicht hier.

»Jetzt bist du ja da.« Sie lächelte ihn an und stellte einen Teller mit Keksen mitten auf den Tisch. »Dann erzähl doch mal, was hast du denn so getrieben?«

»Oh ...« Henry zuckte mit den Achseln und begann, ihr von seinen letzten Reisen zu erzählen, wobei er besonders die Dinge erwähnte, die ihr gefallen würden, wie die Tulpen in Holland oder das Gelato in Italien.

»Ich war mir nicht sicher, ob du diesen Sommer kommen würdest«, begann Patty zögernd. »Mein Beileid. Ich wusste ja, dass deine Mutter Probleme hatte, aber ich hatte immer gehofft, dass sie es irgendwie schaffen würde, sie zu überwinden.«

Henrys Kiefermuskulatur verkrampfte sich. Er biss in seinen Keks, schmeckte jedoch nichts. Der letzte Brief von Patty war der einzige, den er nie geöffnet hatte. Anhand des cremefarbenen Umschlags hatte er bereits erkennen können, dass es sich um eine Beileidskarte handelte, mit der sie ihn zweifellos hatte trösten wollen. Doch er hatte kein Mitgefühl verdient. Ebenso wenig, wie er es verdient hatte zu trauern. Seine Mutter hatte sich zu Tode getrunken, und er hatte sie aufgegeben.

»Ich habe versucht, ihr zu helfen.« Der Keks blieb ihm in der Kehle stecken.

Patty nickte. »Das weiß ich, genau wie Ivy. Wir haben es alle versucht.«

Natürlich hatten alle gewusst, dass seine Mutter trank, auch wenn sie versucht hatte, es zu verheimlichen. Patty hatte den Klatsch, der an sie weitergetragen worden war, niemals erwähnt, sondern lieber so getan, als wäre alles in bester Ordnung. Unzählige Male hatte sie ihn zu Hause abgesetzt, versucht, mit seiner Mutter ins Gespräch zu kommen oder sich gar mit ihr anzufreunden. Wenn es wirklich mal zu schlimm wurde, schritt sie vorsichtig ein und bot an, dass Henry und Ivy bei ihnen übernachten konnten. »Sie müssen ganz allein zwei Kinder großziehen«, hatte sie immer in ihrer freundlichen Art gesagt. »Ich weiß wirklich nicht, wie Sie das schaffen.«

»Ich habe mich letzte Woche mit Adam getroffen«, berichtete Henry. Er hatte nicht vorgehabt, das zu erwähnen, aber es war immer noch besser, als in Erinnerungen zu schwelgen.

Patty stellte ihre Tasse vorsichtig auf die Untertasse. »Ach, wirklich? Das hat er mir gar nicht erzählt. Aber in letzter Zeit ist einfach zu viel los.« Sie lächelte schief.

Henry holte tief Luft. »Er hat mir auch von seinen Plänen erzählt.«

Patty schien sich einen Augenblick sammeln zu müssen. »Es ist ein sehr seltsames Jahr gewesen, und für mich ein sehr schwieriges. Jane war … Nun ja, Jane war für mich die Tochter, die ich nie hatte.«

»Trefft ihr euch noch?«

Patty schüttelte sofort den Kopf. »Ich habe Jane sehr gern, aber Adam ist mein Sohn. Das ist leider die traurige Realität in solchen Fällen. Wenn ein Teil einer Familie nicht funktioniert, muss der ganze Rest auch darunter leiden.«

Henry knirschte mit den Zähnen. Das konnte er besser nachvollziehen, als sie ahnte.

»Ich möchte nur, dass sie alle glücklich sind. Auch Sophie. Das arme Ding.« Sie sagte nichts mehr und schüttelte nur den Kopf.

Henry wollte schon etwas sagen, überlegte es sich dann aber doch anders. Es ging ihn eigentlich nichts an, und sie hatte recht. Letzten Endes musste man sich für eine Seite entscheiden. Auf wessen Seite würde er sich stellen? Auf die von Jane oder auf die der Person, die ihn in dieses Haus aufgenommen, es mit ihm geteilt und ihm etwas geschenkt hatte, das Mutterliebe am nächsten kam?

»Hast du Jane gesehen, seitdem du wieder da bist?«

Henry nickte. »Schon ein paarmal. Wir sind uns im Buchladen begegnet. Ich wollte dort einen Kaffee trinken, und sie stand hinter dem Tresen.«

»Das neue Café.« Patty strahlte. »Ich habe schon gehört, dass es schön geworden ist. Natürlich bin ich selbst noch nie da gewesen.«

Sie tauschten einen vielsagenden Blick aus und sagten nichts mehr.

Er blieb noch eine halbe Stunde, und sie unterhielten sich über seinen Job und ihren Gartenklub. »Versprich mir, dass du noch einmal vorbeischaust, bevor du wieder abreist«, bat ihn Patty, in deren Augen die Tränen schimmerten. »Komm doch zum Abendessen, wie in alten Zeiten. Dann koche ich den Hühnereintopf, den du immer so gern gegessen hast. Mit extra vielen Karotten.«

»Ja, das ist eine gute Idee«, erwiderte Henry, dem sich bei diesen Worten der Magen zusammenzog. Das würde ihm gefallen. Viel zu sehr sogar. Aber er kannte einen Menschen, der das gar nicht gut finden würde.

※ ※ ※

Geburtstagssträuße band Ivy am liebsten. Blumen als Genesungswunsch waren wenig inspirierend, Sträuße zum Hochzeitstag bestanden meist aus zu vielen Rosen, und Trauergebinde deprimierten sie immer sehr. Aber Hochzeiten waren das Allerschlimmste! Sie wusste in dem Augenblick, in dem die Glocke über der Ladentür klingelte, ob gerade eine Braut hereinkam. Man sah es ihnen schon an den Augen an, die immer aufgerissen und hektisch wirkten und dabei unglaublich intensiv. Dann holte sie zur Beruhigung dreimal tief Luft, zwang sich zu einem Lächeln und ließ sich berichten, was von ihr erwartet wurde, wobei sie darauf achtete, sich nichts anmerken zu lassen, wenn ihre eigenen Vorschläge abgeschmettert wurden. Sie rief sich immer ins Gedächtnis, dass sie Geduld haben musste, denn irgendwann würde (hoffentlich) auch ihr Tag kommen, und wenn es so weit war, würde sie diesen Druck spüren, das perfekte Event zu organisieren, und sich wegen der kleinsten Details bis hin zu den Serviettenringen den Kopf zerbrechen. Natürlich wusste Ivy längst, welche Blumen sie bei ihrer Hochzeit haben wollte, aber nicht jeder war in dieser Hinsicht von vorneherein so sicher ... Das musste sie sich immer wieder in Erinnerung rufen, wenn die Braut etwas zu fordernd wurde, Ivys Geschmack infrage stellte oder ständig anrief, um sich ein weiteres Mal zu vergewissern, dass alles rechtzeitig geliefert werden würde. Sie sagte sich, dass sie sich daran nicht stören durfte, sondern dass die Bräute einfach nervös waren und Ivy sie beruhigen musste. Es war ihre Aufgabe, diesen Frauen Arbeit abzunehmen, sie zu besänftigen und dafür zu sorgen, dass sie eine Traumhochzeit bekamen.

Aber manchmal, wenn sie parallel an drei Aufträgen arbeitete und das Telefon unaufhörlich klingelte, fiel es ihr schwer, sich an all das zu erinnern.

Grace, die auf der anderen Seite der Ladentheke stand, stieß einen leisen Seufzer aus, schob die Unterlippe vor und kniff nachdenklich die Augen zusammen, um dann die nächste Seite des Hochzeitsmagazins aufzuschlagen, das Ivy immer auslegen hatte. *Jetzt reicht es aber langsam ...* Ivy holte ein weiteres Mal tief Luft, um nicht aus der Haut zu fahren.

»Wie wäre es, wenn du noch einmal in Ruhe darüber nachdenkst, während ich ...«

»Nein!« Grace sah alarmiert auf. »Ich muss wissen, was du denkst. Du weißt es schließlich am besten.«

Ivy hatte das Gefühl, dass das in dieser Hinsicht durchaus zutraf, aber sie hatte schon sehr früh gelernt, dass man sich Vorwürfe einer unzufriedenen Braut anhören musste, wenn man seine Meinung zu vehement vertrat. »Es ist deine Hochzeit, Grace. Dir müssen die Blumen letzten Endes gefallen. Nur du allein kannst entscheiden, was dich glücklich machen wird.«

Grace starrte sie an. »Sagst du das allen Bräuten, die zu dir kommen?«

Ivy lachte auf. »Ja, allerdings.«

»Siehst du, ich kenne dich eben doch sehr gut.« Grace lächelte sie an und schlug eine andere Zeitschrift auf.

Da hat sie recht, dachte Ivy, aber es gab auch einiges, das Grace nicht wusste. Dinge, die sie lieber für sich behielt.

Ivy musterte Grace und nahm ihren ganzen Mut zusammen. Ihr Herz schlug immer schneller, und sie bekam schweißnasse Handflächen, was ihr wieder einmal deutlich machte, dass diese Vernarrtheit in Lukes Cousin viel zu weit ging und schon viel zu lange andauerte. Ungefähr ein Jahrzehnt zu lange. Sie sollte einfach fragen, ob Brett in Begleitung kommen würde, und dann nach vorn blicken. Wenn er eine Begleitung hatte, dann konnte sie sich darauf vorbereiten und wäre nicht so schockiert. Und wenn nicht … Bei diesem Gedanken spürte sie wieder Schmetterlinge im Bauch.

Sie machte den Mund auf, aber es kam kein Ton heraus. Sofort schloss sie ihn wieder, wischte sich die Hände an der fleckigen Baumwollschürze ab und versuchte es noch einmal. »Ich wollte dich auch noch fragen …«

In Grace' Rücken wurde die Tür geöffnet, und Jane steckte den Kopf in den Laden. Ihr Lächeln verblasste jedoch, als sie

Grace erblickte. »Hey. Ich hatte nicht damit gerechnet, dich hier zu treffen. Wer ist denn gerade im Buchladen?«

»Anna füllt gerade das Gebäck auf und sagte, sie könne mich eine halbe Stunde vertreten. Sie meinte, das wäre mal eine nette Abwechslung zum Restaurantbetrieb.«

»Oh, oh. Mark und sie haben doch nicht etwa Probleme, oder?« Marks Ruf als Schürzenjäger war noch lange nicht vergessen. So einen Ruf schüttelte man nur schwer wieder ab, dachte Ivy und runzelte die Stirn.

»Nein, natürlich nicht.« Grace verdrehte die Augen. »Die beiden können kaum die Finger voneinander lassen, obwohl sie sich den ganzen Tag über sehen.«

»Wahrscheinlich wollen sie die verlorene Zeit wiedergutmachen«, meinte Ivy lächelnd.

»Wo wir gerade von verlorener Zeit reden – wie geht es deinem Bruder?« Grace legte die Zeitschrift beiseite, um Ivy und Jane ihre volle Aufmerksamkeit zu widmen.

»Gut, schätze ich. Er übernimmt die meiste Arbeit am Haus, damit wir es endlich verkaufen können. Ich weiß wirklich nicht, was ich ohne ihn machen würde.« Entsprach das nicht der Wahrheit? Abgesehen von den Unstimmigkeiten, die entstanden waren, nachdem sie ihm ihre Pläne für den Blumenladen unterbreitet hatte, war Henry ihr Fels in der Brandung gewesen, seitdem sie denken konnte. Obwohl er so viele Jahre weg gewesen war, bestand zwischen ihnen immer noch eine starke Verbindung, und daran dachte sie immer, wenn sie ihn vermisste oder sich wünschte, er wäre in der Nähe. Wie nach dem Tod ihrer Mutter. Aber Henry brauchte Raum, um sich zu entfalten. Er musste in die Welt hinausziehen und Distanz zu dieser Stadt aufbauen. Das konnte sie sehr gut verstehen. Sie wünschte sich nur, er könnte auch nachvollziehen, warum sie geblieben war. »Ich hoffe die ganze Zeit, dass er vielleicht hier bleibt, jetzt, wo ...« Sie brachte den Satz nicht zu Ende, aber die Blicke der Madison-Schwestern sagten ihr, dass beide auch so wussten, was sie sagen wollte.

»Tja«, meinte sie dann fröhlich. »Ich muss mich noch bei dir bedanken, Jane. Henry sagte, du hättest ihm neulich im Laden sehr geholfen. Ich mag mir gar nicht ausmalen, was passiert wäre, wenn er keine Hilfe gehabt hätte.«

»Es war mir ein Vergnügen«, erwiderte Jane lachend. »Und es hat mir großen Spaß gemacht.«

»Da Henry dich in den höchsten Tönen lobt, musst du wahre Wunder bewirkt haben.« Ivy grinste und bemerkte durchaus, dass Jane errötete. Interessant. Sie hatte immer gehofft, ihr Bruder würde irgendwann den Mut finden, Jane seine Gefühle zu gestehen. Das hatte sie ihm auch schon vor Jahren gesagt, doch er hatte das mit finsterer Miene abgetan und sie daran erinnert, dass Adam sein bester Freund war, die Browns für ihn wie seine Familie waren und dass Jane ohnehin viel zu jung für ihn wäre. Damals waren das alles sehr gute Argumente gewesen. Aber heute ... »Und, was führt dich heute zu mir in den Laden?«

Jane riss überrascht die Augen auf und schaute ihre Schwester an. »Oh. Ähm. Ich kam nur gerade vorbei und dachte, ich sage mal Hallo.« Sie zuckte mit den Achseln, doch Ivy kaufte ihr das nicht ab. Jane kam nur selten zum Plaudern vorbei.

»Wie läuft es mit den Blumen für die Hochzeit?«, wollte Jane von Grace wissen und wurde von ihrer Schwester mit einem Knuff belohnt.

»Das ist eine wichtige Entscheidung«, merkte Ivy an.

»Da ist es schon wieder. Das sagst du allen Bräuten, nicht wahr?« Grace lachte. »Ich bin aber nicht wie all die anderen, oder? Aber du hast recht, es ist wirklich eine wichtige Entscheidung.«

Ivy und Jane lächelten einander verstohlen zu. »Lass dir so viel Zeit, wie du brauchst. Aber ich muss jetzt wirklich hiermit weitermachen. Die Bestellung wird in einer Stunde abgeholt, und ich muss mich beeilen, um rechtzeitig fertig zu werden. An Sonntagen ist normalerweise wenig los, aber heute bin ich kurz davor, das Telefon abzuschalten.«

»Brauchst du Hilfe?«, erkundigte sich Jane.

Aber Ivy winkte ab. »Du hast mir schon mehr als genug geholfen. Ich komme schon zurecht, es ist nur manchmal nicht so einfach.« Das Telefon klingelte erneut, und Ivy warf die Hände in die Luft. »Ich brauche doch nur zehn ruhige Minuten, um diesen Strauß fertig zu binden.«

»Lass mich das machen.« Jane trat hinter die Ladentheke, ging ans Telefon und schrieb alles auf, damit sich Ivy später um die Bestellung kümmern konnte. Als sie auflegte, lächelte ihr Ivy über die Schulter hinweg zu.

»Ich sollte dich einstellen«, meinte sie und griff nach einer Handvoll Schleierkraut.

Jane klappte schon den Mund auf, dann grinste sie verschmitzt, doch dann fuhr Ivy fort: »Das habe ich mir für nächstes Jahr vorgenommen. Sobald das Haus verkauft ist und ich einige Rechnungen bezahlt habe, werde ich einen Lieferanten und eine Teilzeitkraft einstellen.« Sie brachte die Lieferungen gern selbst zu den Kunden – und sah mit eigenen Augen, wie die Menschen strahlten, die überraschend Blumen geschenkt bekamen –, aber Henry hatte recht: Sie konnte nicht länger alles allein machen. Sie arbeitete zu viel, und das wirkte sich schlecht auf ihre Gesundheit aus. Aber wer hatte schon Zeit, sich ausgewogen zu ernähren, wenn das Mittagessen an den meisten Tagen aus einem Müsliriegel um sechzehn Uhr bestand? Sie konnte es nicht riskieren, erneut im Krankenhaus zu landen.

»Aber vor den Feiertagen hast du bestimmt sehr viel zu tun«, meinte Jane.

Ivy zuckte mit den Achseln. »Das stimmt, aber da muss ich durch. Bis das Haus verkauft ist, bleibt mir einfach keine andere Wahl.«

Jane erwiderte nichts mehr und ging wieder um den Tisch herum. Wenn Ivy es nicht besser gewusst hätte, wäre sie fast auf die Idee gekommen, Grace' kleine Schwester würde sich die Tränen verkneifen. Sie steckte eine weitere Blume in die Vase. Das war unmöglich. Jane weinte nie, zumindest nicht in der Öffentlichkeit. Sie war stoisch und stark. Und sie gab nie viel von ihrem Gefühlsleben preis.

Das kommt mir bekannt vor, dachte Ivy amüsiert.

»Na, ich muss dann mal wieder los. Wir bieten heute Abend einige neue Kurse im Ballettstudio an. Sehen wir uns dort, Grace?«

»Beim Standardtanz«, antwortete Grace mit breitem Grinsen. »Ich werde schließlich bald heiraten!«

Nur mit Mühe gelang es Jane, ihre Schwester anzulächeln, als sie sich zum Gehen wandte. Ivy starrte ihr noch einige Zeit durch die Glasscheibe hinterher. Irgendetwas stimmte mit Jane nicht, und sie vermutete, dass es dummerweise nichts mit Henrys Rückkehr in die Stadt zu tun hatte. Sie würde mit Grace darüber reden müssen, aber erst, nachdem sie die Blumen für Grace' und Lukes Hochzeit ein für alle Mal festgelegt hatten.

17

»Schleifen. Sprung. Schritt. Schleifen. Sprung. Schritt.« Jane ließ die vordere Spitze ihrer Steppschuhe über den Boden schleifen und machte die Bewegung langsam vor, um sie dann etwas schneller zu wiederholen. »Haben das alle gesehen?« Sie warf einen Blick in den Spiegel, aus dem ihr die verwirrten Mienen der Frauen mittleren Alters, die sich hinter ihr aufgereiht hatten, entgegenstarrten.

»Ich glaube, ich habe es begriffen.« Mrs Griffin runzelte konzentriert die Stirn, ließ den Fuß über den Boden schleifen, machte einen Schritt und danach einen kleinen Sprung.

»Fast!« Jane lächelte sie ermutigend an. »Versuchen wir es noch einmal, dieses Mal aber mit Musik.« Sie schaltete die Stereoanlage mit der Fernbedienung ein, wartete auf die entsprechende Stelle und führte die Bewegung aus.

»Das ist zu schnell!«, rief Mrs Griffin. Sie stemmte die Hände über ihre rosafarbenen Leggings in die Hüften und stieß ein lautes Schnaufen aus. »Findet ihr nicht auch, Mädels?«

Die »Mädels« nickten alle einmütig, Jane unterdrückte einen Seufzer und schaltete die Musik wieder ab. Bisher hatte sie den Eindruck, dass sogar ihr Kurs mit den Vierjährigen leichter zu unterrichten war als diese Schülerinnen. Die Damen verkündeten, dass sie die dritte Pause innerhalb einer halben Stunde machen müssten, ließen sich in ihren Spandex-Gymnastikanzügen auf den Boden sinken und fächelten sich Luft zu. Mrs Griffin zupfte ihre neonfarbenen Beinstulpen zurecht und lächelte bescheiden, als ihr einige der anderen Damen Komplimente machten. Jane blickte auf ihre Gruppe hinab, wartete darauf, dass sich die Damen wieder erhoben, und sah dann auf die Uhr. War wirklich erst so wenig Zeit vergangen? Ihr blieben noch zehn Minuten, um die Gruppe zu motivieren und den Frauen einen Grund zu geben, in der nächsten Woche wiederzukommen.

Sie musste unbedingt daran denken, beim nächsten Mal einige Songs aus den Achtzigerjahren mitzubringen, aber für heute mussten sie sich mit Jazz zufriedengeben.

»Wie wäre es, wenn wir erst einmal nur das Schleifen des Fußes üben? Wir führen es achtmal mit dem rechten und achtmal mit dem linken Fuß aus.« Jane machte es vor. »Bereit?«

Im Spiegel war zu sehen, wie zehn Armpaare im Neunziggradwinkel in die Luft gereckt und zehn in Rosa, Türkis oder Fuchsia gekleidete Beinpaare in Position gebracht wurden. Sie machten die Bewegung in ihrem eigenen Tempo nach, wobei einige wie Hubschrauber mit den Armen wackelten, um nicht das Gleichgewicht zu verlieren, während andere immer wieder den Fuß absetzen und neu anfangen mussten. Eine Frau, die Jane bereits aus Rosemarys Buchklub kannte, hielt sich mit beiden Händen an der Barre fest, als hätte sie Sorge, jeden Augenblick hinzufallen.

Als Jane zur Tür schaute, bemerkte sie, dass Rosemary mit aufgerissenen Augen und offen stehendem Mund durch das Fenster blickte.

»Bring mich nicht zum Lachen«, meinte sie zu Rosemary, als der Kurs endlich aus war. Jane ließ sich in Rosemarys Büro in einen mit einer weißen Husse abgedeckten Ohrensessel sinken und trank einen großen Schluck aus ihrer Plastikflasche. »Sie haben sich wirklich große Mühe gegeben.«

»Oh ja, das haben sie. Vor allem dabei, sehr viel Lärm zu machen.« Rosemary schürzte die rot lackierten Lippen. »Aber ich sollte mich nicht beschweren. Es sind zahlende Schülerinnen, und ich muss zugeben, dass sich sehr viele angemeldet haben.«

Jane beugte sich vor, um einen Blick auf den Anmeldebogen für den *Nussknacker* zu werfen. »Wie viele Kinder kommen zum Vortanzen?«

»Sechzig«, antwortete Rosemary. In den vergangenen Jahren hatten immer über einhundert Kinder an der Show teilgenommen. »Das ist nicht schlecht, aber bei Weitem weniger, als ich gehofft hatte. Anscheinend müssen sich die Kinder entscheiden, was sie nach der Schule machen möchten, da ihnen die Eltern nur eine begrenzte Anzahl an Aktivitäten erlauben. Was auch der Grund sein mag, es fällt mir schwer, nicht enttäuscht zu sein.«

»Aber es sind noch immer genügend Kinder, um eine Aufführung auf die Beine zu stellen.« Jane wurde ein wenig optimistischer.

»Wir müssen bei einigen Tänzen vermutlich etwas tricksen, aber ja, die Show wird stattfinden.« Rosemary öffnete ihr Schminktäschchen und blickte in den kleinen, runden Spiegel. »Ich muss sagen, dass Henry Birch neulich wirklich gut ausgesehen hat.«

Jane bemühte sich, einen neutralen Gesichtsausdruck beizubehalten. Er war vergangene Nacht im Ohrensessel eingeschlafen, und sie war vor ihm aufgewacht und hatte lächeln müssen, als sie ihn mit vor der breiten Brust verschränkten Armen gesehen hatte und wie er tief und ruhig atmete. Auf einmal hatte er ein Auge geöffnet und sie durch den Raum hinweg angegrinst, als würden sie jetzt ein ganz besonderes Geheimnis teilen. Kurz darauf war Sophie ins Zimmer gehüpft gekommen und hatte frühstücken wollen, und sie hatte sich sehr gefreut, ihn zu sehen. Er war ihr verschlafen in die Küche gefolgt und hatte sich erklären lassen, wie er das Obst für die

Waffeln richtig zu schneiden hatte. Als er merkte, dass Jane sie beobachtete, hatte er ihr zugezwinkert.

Sie seufzte. »Wahrscheinlich.«

Rosemary nahm die silberne Kappe ihres Lippenstifts. »Ich habe gesehen, dass du das Fest zusammen mit Sophie und ihm verlassen hast. Es machte ganz den Anschein, als hätte er ein ganz besonderes Interesse an dir, Jane.«

Jane errötete. Es war Henrys Idee gewesen, auf Sophies Waffel ein lustiges Gesicht aus Apfelstücken und Rosinen zu zaubern. Ab jetzt würde sie das Frühstück immer mit anderen Augen sehen. »Er ist nur ein guter Freund«, betonte sie.

»Ach ja? Denk daran, was ich dir und Anna gesagt habe, Jane. Die besten Beziehungen beginnen als Freundschaften. Sieh dir nur Anna und Mark an! Sie waren die besten Freunde, bevor sich daraus eine Beziehung entwickelt hat. Gut, auf dem Weg dorthin gab es einige kleinere Missverständnisse, aber das hat sich alles gegeben.« Sie lächelte geheimnisvoll. »Und ich wusste, dass es so kommen würde.«

Jane lachte leise. »Du hast es geschafft, Mark und Anna wieder zu vereinen, aber mir ist wirklich nicht danach, mich zu einer weiteren Verabredung drängen zu lassen.«

»Wer hat denn etwas davon gesagt? Ich wollte bloß darauf hinweisen, dass du Henry nicht einfach außer Acht lassen kannst, nur weil er dein Freund ist. Mit seinen umwerfenden blauen Augen und diesem Lächeln …« Sie wackelte mit den Augenbrauen.

»Er ist nicht nur *mein* Freund«, erwiderte Jane pikiert.

Rosemary verzog das Gesicht und steckte die Kappe wieder auf ihren Lippenstift. »Die Liebe ist niemals einfach, was?«, meinte sie und seufzte.

Jane dachte über die Höhen und Tiefen nach, die ihre Schwestern erlebt hatten, und schüttelte den Kopf. »Nein.«

Aber wie hatten es dann alle doch irgendwie geschafft, ihr Happy End zu finden?

Rosemary stand auf und strich sich den Rock glatt. »Es ist Zeit für den Standardkurs. Bist du bereit?«

Jane stellte ihre Wasserflasche ab. »Es haben sich sechs Paare angemeldet, und wir lassen auch unangemeldete Besucher teilnehmen. Grace und Luke wollten ebenfalls kommen.«

»Das ist gut. Sie müssen noch für ihren Hochzeitstanz üben. Ist es zu fassen, dass die Hochzeit schon in sechs Wochen stattfindet?« Rosemary strahlte. »Wenn ich daran denke, mache ich mir auf einmal keine Sorgen mehr wegen des Studios. Das Studio ist nur ein Unternehmen, das sich im Laufe der Zeit wieder fangen wird, aber wenn es um die eigenen Kinder geht ... Ach, wem sage ich das, wer könnte das besser verstehen als du?«

Jane konnte es, und zwar noch besser, als Rosemary ahnte. Aber anders als bei ihrer Chefin hingen ihre beruflichen Probleme sehr eng mit ihren persönlichen zusammen.

Sie nahm ihren Angorapullover vom Stuhl, zog ihn sich über und band die rosafarbene Schleife an der Taille sorgfältig zu. Den kurzen Rock hatte sie gegen einen langen ausgetauscht, der ihr für einen Walzer angemessener erschien und in dem sie weniger Bein zeigte. Es gab ja niemanden, den sie beeindrucken wollte, warum sollte sie dann unnötig auffallen? Sie war ein wenig deprimiert bei dem Gedanken an all die glücklichen Paare, die sie gleich begrüßen würde. Paare, die bald heiraten würden oder einander in den Armen halten und ein gemeinsames Hobby anfangen wollten.

Glücklicherweise würden auch Grace und Luke da sein, um sie aufzuheitern. Sie verließ sich darauf, dass sie die Schritte mit Lukes Hilfe vorführen konnte. Davon wusste er natürlich noch nichts, aber sie bezweifelte, dass er das ablehnen würde, wo sie sich im Studio seiner Mutter aufhielten.

»Da bist du ja!« Als Jane einige Minuten später endlich das Büro verließ, stand Grace vor der Tür und hielt Lukes Hand.

Jane gestattete es sich, das Paar kurz anzusehen und einen Anflug von Eifersucht zu spüren, bevor sie ihrer Schwester in die Augen sah. »Ich hoffe, es macht dir nichts aus, dass ich mir deinen Verlobten heute Abend einige Male ausborgen muss, da ich keinen Tanzpartner habe.«

»Das kann doch Henry übernehmen«, schlug Luke sofort vor.

Jane runzelte die Stirn. Zuerst Rosemary und jetzt auch noch deren Sohn? Wenn sie das hoffnungsvolle Schimmern in Grace' Augen richtig deutete, schienen alle entschlossen zu sein, mehr aus ihrer Freundschaft zu machen als dahintersteckte. Nur weil er ein alleinstehender und zugegebenermaßen gut aussehender Mann war, hatte die Tatsache, dass er Zeit mit ihr verbrachte, noch lange nichts zu bedeuten. Gerade Grace sollte das doch verstehen können.

»Ich weiß gar nicht, warum ihr ständig so etwas sagt. Wie kommt ihr darauf?«

Sie verschränkte die Arme vor der Brust, starrte Grace und Luke an und wartete auf eine Erklärung. »Er ist hier«, erwiderte Luke schließlich, »und ich dachte, das bedeutet, er wäre dein Tanzpartner.«

Jane spürte, wie sie kreidebleich wurde. Henry war hier? Hier im Studio? Die Lobby war derart voll, dass sie ihn nicht gesehen hatte. Sie schaute nach links, aber dann ließ sie eine Stimme von rechts zusammenzucken. »Hallo.«

Himmel, er war so umwerfend. Dieses Lächeln, das Grübchen, seine funkelnden himmelblauen Augen. Jane richtete sich kerzengerade auf und presste die Lippen zusammen. Sie konnte Grace und Luke jetzt auf keinen Fall anschauen, aber aus dem Augenwinkel war deren Grinsen dennoch nicht zu übersehen. Wie schön, dass sie das so amüsant fanden. Wenn sie auch nur eine Ahnung hätten, was in ihrem Leben gerade wirklich vor sich ging, dann würden sie sich bestimmt keine Gedanken mehr über ihr Liebesleben machen. Sie tat es jedenfalls nicht. Gut, nicht ausschließlich.

»Willst du ... am Kurs teilnehmen?« Jane legte den Kopf schief und hielt Henrys Blick stand, wobei sie sich fragte, warum sie auf einmal so schwitzte und derart nervös und durcheinander war. Sein Haar sah noch genauso zerzaust aus wie an diesem Morgen, als er in ihrer Küche gesessen und sie und Sophie mit lustigen Geschichten von seinen Reisen unterhalten hatte, bis sie für eine Weile gar nicht mehr an Briar Creek und all ihre Probleme dachte.

Als sie aus der Stadt zurückgekehrt war, wo sie ihn abgesetzt hatte, war ihr das Haus plötzlich so ruhig vorgekommen, als würde etwas fehlen, nur dass es sich dieses Mal dabei nicht um den Vater ihrer Tochter oder den Mann, den sie früher einmal geliebt hatte, handelte. Irgendwann hatte sie das Haus verlassen und war mit Sophie in den Park gegangen, damit sie sich nicht mehr an ihn und den Wunsch nach etwas, das nicht sein konnte, erinnern musste.

Sie schaute blinzelnd zu ihm auf und hoffte auf einmal, dass er den Kurs mitmachen würde, wünschte sich, dass er für immer in Briar Creek bleiben würde, auch wenn sie wusste, dass er das nicht tun würde.

»Ich dachte, ich sehe ihn mir mal an, wenn das in Ordnung ist. Möglicherweise kann ich ja sogar in meinem Artikel etwas darüber schreiben.«

»Wie kommst du damit voran?«, erkundigte sich Jane, als sie das Studio betraten.

Seine Mundwinkel zuckten, und sein Grübchen war erneut zu erkennen. »Wenn ich ehrlich sein soll, dann hat Briar Creek doch weitaus mehr zu bieten, als ich ursprünglich gedacht habe.«

Jane grinste und stellte sich mit dem Rücken zum Spiegel vor der Gruppe auf. Sie musterte die Anwesenden und kannte so gut wie jeden – ehemalige Schulkameraden, einige ältere Paare, die ein wenig nervös wirkten, und natürlich ihre Schwester und Luke. *Wenn doch nur Anna und Mark mitmachen würden ...* Aber Jane verwarf diesen Gedanken rasch wieder. Die beiden hatten mit ihrem Restaurant zu viel zu tun. Es sei denn ...

Durch die halb geöffnete Tür sah Jane, dass noch zwei Personen die Lobby betraten, die sie im Schatten kaum erkennen konnte. Sie beschloss, den beiden einen Moment Zeit zu lassen, um ihre Mäntel aufzuhängen, bevor sie mit der Einführung begann. Sie legte schon einmal eine CD in die Stereoanlage, damit sie gleich mit dem ersten Teil der Lektion beginnen konnten. Hinter ihr wurde die Tür weiter geöffnet, und Jane sah sich lächelnd um, wurde jedoch schlagartig wieder ernst, als sie Adam und Kristy erblickte.

Grace musterte sie alarmiert, und Jane schluckte schwer und verschränkte die zitternden Finger, während sie versuchte, sich an das zu erinnern, was sie hatte sagen wollen. Seit wann hatte Adam Spaß am Tanzen?

Sie musterte Henry aus dem Augenwinkel, und er zwinkerte ihr zu.

Dann holte sie tief Luft und hoffte inständig, dass Luke recht behalten und Henry tatsächlich mit ihr tanzen würde. Gab es etwas Peinlicheres, als die einzige Singlefrau in einem Raum voller Paare zu sein? Allerdings, stellte sie fest: die einzige Singlefrau zu sein, wenn einen die schwangere Verlobte des Exmannes mit siegessicherem Grinsen anstarrte.

Jane wünschte ihr, dass ihre Fußknöchel anschwellen würden.

Doch irgendwie gelang es ihr, die kurze Einführung zu machen und zu erklären, was sie in der ersten Stunde lernen würden. Doch sie musste immer wieder daran denken, dass dieser Kurs sechs Wochen dauern würde und man sich zwar jederzeit wieder abmelden konnte, aber die Wahrscheinlichkeit durchaus bestand, dass Adam und Kristy jede Woche hier auftauchen würden, um sie zu quälen, und sich so benehmen würden, als wären sie nicht gerade dabei, Janes Leben zu zerstören. Während sie sprach, waren die Augen aller fest auf sie gerichtet, und sie musste mehrmals innehalten und sich räuspern. Sie wünschte sich, eine bessere Rednerin zu sein und dass ihre Stimme nicht so zittern würde. Ihre Wangen fühlten sich warm an, auch wenn sie nicht wusste, ob sie vor Wut oder Angst errötet war.

Doch jetzt hatte sie keine andere Wahl mehr. »Henry? Würde es dir etwas ausmachen ...«

Er sah sie kurz verwirrt an, doch er begriff, was sie von ihm wollte. Sofort legte er seinen Notizblock und den Stift beiseite und stellte sich neben sie. Jane bemerkte, dass Adam auf der anderen Seite des Raumes die Stirn runzelte und Kristy ihm etwas ins Ohr flüsterte. Doch dann sah Jane zu Henry auf und stellte fest, dass er Adam mit finsterer Miene anschaute.

Ihr drehte sich der Magen um. Möglicherweise war sie zu weit gegangen.

»Wir beginnen mit dem Grundschritt. Stellt euch also einfach eurem Partner gegenüber ...« Sie legte einen Arm um Henrys Schulter und spürte seine Körperwärme durch sein Baumwollhemd hindurch. Ihr stockte der Atem, als er ihr eine Hand an die Taille legte und dabei nicht einmal zögerte. Henry wusste, wie man eine Frau anfassen musste, um ihr mit einer Berührung zu verstehen zu geben, dass er nirgendwo anders sein wollte. Langsam hob sie die andere Hand, und er nahm sie entschlossen in seine. Mit einem Mal war sie ganz aufgeregt, als sie ihm in die Augen sah. Sein Blick war durchdringend, und seine Lippen umspielte ein Lächeln.

Genau. Sie mussten die Tanzschritte vormachen. Sie schluckte schwer, wandte den Blick ab und sah Grace an, damit sie sich nicht weiter diesem Masochismus hingab und den Mann anstarrte, der gerade dabei war, ihr ganzes Leben zu ruinieren. Oder in Henrys blauen Augen versank und sich vorstellte, wie es wohl sein mochte, wenn er seine Hand etwas weiter nach unten wandern ließ.

»Eins, zwei, drei, vier.« Jane zählte laut die Schritte, wieder und immer wieder, und kurz darauf machten alle Paare sie nach, wobei viele lachten oder miteinander flüsterten.

»Das haben wir lange nicht mehr gemacht.« Henry klang amüsiert.

Als Jane den Kopf hob, stellte sie fest, dass er sie genau ansah und die Lippen leicht geöffnet hatte. Ihr Herz setzte einen Schlag aus, und sie blickte zu Boden und beobachtete, wie sich ihre Füße in perfektem Einklang bewegten.

»Du hast geübt«, bemerkte sie jetzt und versuchte, das Gespräch in eine andere Richtung zu lenken, aber das brachte nichts, wenn er sie weiterhin so anschaute und nicht wegsah.

Bildete sie sich das nur ein oder drückte er sich gerade etwas enger an sie?

Ihr Herz machte vor Freude einen Satz, und sie wäre beinahe instinktiv zurückgezuckt, um ihm nur ja nicht zu nahe zu kommen. Er fühlte sich warm und sicher an, wie er sie so in den Armen hielt, und sie schloss die Augen, lauschte auf den Takt der Musik und vergaß, dass außer ihnen beiden noch andere Menschen im Raum waren. Seine Hand wanderte ein wenig nach unten zu ihrer Taille, und er bewegte die Finger auf ihrer Hüfte.

Auf einmal hörte die Musik auf, und Jane zuckte zusammen und das Blut schoss ihr in die Wangen. Großer Gott, sie unterrichtete gerade und tanzte nicht etwa mit einem Geliebten im Mondschein!

Sie marschierte quer durch den Raum zum CD-Player und fummelte an den Knöpfen herum, da ihr auf einmal nicht mehr einfallen wollte, welche sie drücken musste. In ihr herrschte das reinste Gefühlschaos. Es passierte einfach zu viel auf einmal, und sie konnte nicht mehr klar denken.

Sie fragte sich, ob Rosemary bereits gegangen war. Falls nicht, konnte sie ihr vielleicht weismachen, dass es ihr nicht so gut ging, damit ihre Chefin sie vertreten konnte …

Doch als sie Henry erneut ansah, schlug ihr Herz schneller. Er stand wartend in der Mitte des Raumes, und er wartete nicht etwa auf Rosemary oder auf jemand anderen. Mit einem Mal wurde ihr bewusst, dass er auf sie wartete, und sie musste lächeln.

Die Musik setzte wieder ein, und die Paare fingen erneut an zu tanzen und übten die Grundschritte. Jane warf einen kurzen Blick in die Ecke, in der Adam und Kristy standen, aber aus irgendeinem Grund machte es ihr jetzt nicht das Geringste aus, dass die beiden da waren.

Sie hatte einen Tanzpartner, und vielleicht, nur vielleicht, nicht nur für den heutigen Abend.

18

Als Adam vor dem Studio stand, ließ Henry Jane bei Grace und Luke in der Lobby zurück und ging hinaus. Er verspannte sich bei der Erinnerung an die Auseinandersetzung auf dem Herbstfest. Es wäre das Beste, wenn er Adam dazu brachte zu gehen, bevor Jane das Gebäude verließ. Wenn sie erneut hitzige Worte miteinander wechselten, wäre Jane damit ganz bestimmt nicht geholfen. Aber möglicherweise baute Adam genau darauf, dachte Henry grimmig.

»Wusstest du nicht, dass Jane den Kurs leitet?«, fragte er vorsichtig und versuchte, seinem ältesten Freund nicht schon von vorneherein Vorwürfe zu machen, auch wenn es ganz so aussah, als würden ihn Janes Gefühle überhaupt nicht interessieren.

Adam zuckte nur mit den Achseln, als sie zum Parkplatz kamen. »Du weißt doch, dass Kristy und ich in einigen Wochen heiraten. Da müssen wir für den Hochzeitstanz üben.«

»Aber du weißt auch, dass Jane hier arbeitet.«

»Briar Creek ist eben eine kleine Stadt.«

Henry kämpfte gegen die Wut an, die in ihm aufstieg. »Noch ein Grund mehr, ihr etwas Freiraum zu lassen.«

»Wir haben für den Kurs bezahlt und keine Probleme gemacht. Was willst du eigentlich von mir?«

Henry starrte geradeaus, und sein Blut fühlte sich an, als würde es kochen. Trotzdem bemühte er sich um einen gelassenen Tonfall und um Vernunft. »Jane macht gerade sehr viel durch. Sie liebt ihre Tochter.«

»Und ich liebe Sophie nicht?« Adam schüttelte den Kopf und schürzte die Lippen. »Das geht dich überhaupt nichts an.«

Henry wusste, dass er jetzt gehen sollte, bevor er die ganze Sache noch schlimmer machte, aber das konnte er nicht. Dieses Mal nicht. An Adams Unterkiefer zuckte ein Muskel, da er sich kaum noch beherrschen konnte, aber Henry sah sich nicht dazu in der Lage, es jetzt gut sein zu lassen. Noch nicht. »Ich meine nur, dass du vielleicht ein bisschen mehr an das denken solltest, was sie gerade durchmacht, das ist alles.«

Adam schnaubte leise. »Verdammt noch mal, Henry, nach allem, was meine Familie für dich getan hat, hätte ich etwas mehr Loyalität von dir erwartet.«

Henry ballte die Fäuste. Das war ein Schlag unter die Gürtellinie. In all den Jahren, die er Adam jetzt kannte, hatte dieser nie eine Gegenleistung für seine Freundschaft verlangt. Die Freundlichkeit, die die Browns Henry erwiesen hatten, war nie erwähnt worden. Jetzt bestätigten sich jedoch seine schlimmsten Befürchtungen, und er fühlte sich wie ein Außenseiter, ein Schmarotzer, ganz und gar nicht wie ein richtiges Familienmitglied. Er war nur jemand, dem man Mitleid erwies.

»Sag nicht so was«, fauchte Henry ihn an. »Hier geht es nicht um dich und mich. Jane ist auch meine Freundin.«

Adam drehte sich zu Kristy um und drückte ihr die Wagenschlüssel in die Hand. »Gehst du schon mal voraus und schaltest die Heizung ein?«

Kristy bedachte Henry mit einem grimmigen Blick, warf sich das lange, seidige Haar über die Schulter und ging. Adam wartete, bis sie die Wagentür hinter sich geschlossen hatte, bevor er Henry wütend anstarrte.

»Läuft da was zwischen dir und Jane?«, verlangte er zu erfahren.

»Nein, natürlich nicht.« Henry versuchte, einen beiläufigen

Tonfall beizubehalten, hatte jedoch das ungute Gefühl, dass er nicht ehrlich war – weder sich selbst noch Adam gegenüber.

Adam sah nicht überzeugt aus, als er die Arme vor der Brust verschränkte und Henry von oben bis unten musterte. »Meine Mom sagte, du wärst neulich bei ihr gewesen.«

Henry nickte und erinnerte sich an seinen Besuch bei Patty. »Ja, wir haben uns ein bisschen unterhalten. Du weißt ja, dass ich deine Mutter schon immer sehr gemocht habe.«

Einige angespannte Sekunden lang starrte Adam ihn an. »Sind wir noch Freunde?«

»Natürlich sind wir noch Freunde«, erwiderte Henry schnell. Allerdings war er sich da selbst nicht mehr so sicher. Als sie noch jung gewesen waren, hatte er über Adams Flirterei hinweggesehen, aber jetzt stand mehr auf dem Spiel, und er war sich nicht sicher, ob er sich erneut zurückhalten und schweigen konnte.

Adam ging langsam und zielstrebig auf ihn zu. »Ich betrachte dich noch immer als meinen Freund, Henry, auch wenn der Kontakt zwischenzeitlich abgebrochen ist. Also tu mir einen Gefallen.« Er blieb dicht vor Henry stehen. »Halt dich von Jane fern.«

Erneut ballte Henry die Fäuste und steckte die Hände schnell in die Hosentaschen, bevor er noch etwas Dummes tat. Er machte einen Schritt nach hinten und spürte, wie das Blut in seinen Adern pulsierte, als er Adam anstarrte. »Du hast selbst gesagt, dass dies eine Kleinstadt ist, und ich wüsste nicht, wie das möglich sein sollte.«

Das Glitzern in Adams Augen war wieder da. »Du wirst nicht sehr lange hier sein, da dürfte dir das doch nicht allzu schwer fallen.«

Henry starrte seinen alten Freund wie versteinert an und versuchte, sich an die schönen Zeiten zu erinnern, die sie gemeinsam erlebt hatten. Er konnte einfach nicht begreifen, wie er jemandem, der derart kalt war, jemals so nahe gewesen war. Erst als sie halbwegs erwachsen gewesen waren, hatte er diese Kälte überhaupt gemerkt, gute zehn Jahre nach Beginn ihrer Freundschaft, und da war es zu spät gewesen. Er hatte bereits zur Familie gehört, und Adam hatte das ganz genau gewusst. Schlimmer noch, er nutzte es jetzt zu seinem Vorteil.

Die beiden Männer standen da und warteten darauf, dass einer von ihnen den Blickkontakt abbrach, und je länger Adam ihn anstarrte, desto deutlicher wurde Henry bewusst, dass er das, was sein Freund von ihm verlangte, unmöglich tun konnte.

»Was ist denn so schlimm daran, wenn ich mich mit Jane unterhalte? Du hast sie längst vergessen und wirst eine andere heiraten. Was interessiert es dich überhaupt?«

Adam riss die Augen auf. »Was dich das Ganze interessiert, würde ich viel lieber wissen. Warum willst du unbedingt Zeit mit ihr verbringen? Sie ist meine Exfrau, verstehst du das nicht, Henry?«

»Dann soll ich sie also genauso schneiden wie du und so tun, als würde sie überhaupt nicht existieren?«

»Auf wessen Seite stehst du eigentlich, Henry?«, fragte Adam und kniff die Augen zusammen.

»Ich stehe auf gar keiner Seite«, erklärte Henry und seufzte verzweifelt auf. Er hätte sich einfach aus der Sache raushalten sollen. Es brachte nie etwas, sich in die Angelegenheiten anderer einzumischen.

Hinter ihm wurde eine Tür zugeknallt, und als Henry sich umdrehte, sah er, dass Jane, Grace und Luke auf den Stufen vor dem Tanzstudio standen. Ihren Mienen war zu entnehmen, dass sie mit seiner Antwort ebenso unzufrieden waren wie Adam.

* * *

Was hatte sie denn erwartet? Natürlich würde Henry nicht für sie Partei ergreifen, warum sollte er auch?

»Was hat dich am meisten geärgert?«, fragte Grace, als das viktorianische Haus ihrer Mutter in Sicht kam. Sie hatte darauf bestanden, mit Jane und nicht mit Luke mitzufahren, und Jane hatte keine Einwände erhoben. Eine herbstliche Girlande war um das Verandageländer ihres Elternhauses geschlungen, und ein passender Kranz hing über der Tür. Alles sah warm und einladend aus, und Jane sehnte sich danach, hineinzugehen, sich auf ihr altes Bett zu werfen und in ihr Kissen zu weinen. Es war so viel einfacher, an dem Ort die Fassung zu verlieren, an dem man sich am sichersten fühlte.

Aber das konnte sie nicht tun.

Jane schnallte sich ab, öffnete jedoch noch nicht die Tür. »Das weiß ich gar nicht so genau«, antwortete sie, aber der Knoten in ihrem Magen sagte etwas ganz anderes. Es war immer unangenehm, Adam irgendwo zu sehen, insbesondere in Begleitung von Kristy. Sie musste sich dann immer die größte Mühe geben, höflich zu bleiben, und in letzter Zeit hätte sie ihm am liebsten jedes Mal die Kehle umgedreht, aber sie hatte auch gelernt, mit diesem Gefühl zu leben. Am meisten verletzt, das wusste sie eigentlich sehr genau, war sie aufgrund von Henrys Verhalten und weil sie immer mehr für diesen Mann empfand.

»Adam hatte dort überhaupt nichts zu suchen. Wenn du mich fragst, dann war er nur da, um dich zu ärgern.«

»Du weißt sehr gut, wie sehr Adam das Tanzen hasst. Das Ganze war vermutlich Kristys Idee. Diese Frau besitzt nicht das geringste Schamgefühl und keinen Anstand.«

»Das gilt wohl für jeden Menschen, der dafür sorgt, dass eine Familie auseinanderbricht«, stimmte Grace ihr zu.

»Das hat sie aber nur geschafft, weil Adam mitgespielt hat«, erwiderte Jane.

»Weißt du«, meinte Grace und machte auf einmal ein zufriedenes Gesicht, »sobald sie geheiratet haben und das Baby da ist, wirst du sie kaum noch zu Gesicht bekommen. Sie wird sich viel zu sehr auf ihr eigenes Leben konzentrieren müssen, als dass sie noch Zeit für dich hätte.«

Janes Herz raste, als sie an all das dachte, was Grace noch gar nicht wusste. Sie hätte ihr nur zu gern die ganze Geschichte erzählt und ihr erklärt, was sie gerade durchmachte, aber dann wäre sie genauso egoistisch gewesen wie Adam. Was eine schöne Walzerlektion als Vorbereitung für Grace' ersten Tanz mit ihrem frisch angetrauten Ehemann hätte werden sollen, war von Janes Problemen überschatten worden.

Normalerweise erzählte sie Grace alles, aber das musste warten, bis die beiden aus den Flitterwochen zurück waren. Die Erkenntnis, dass bis dahin wahrscheinlich längst alles entschieden sein würde, traf Jane wie ein Schlag. Ihr Anwalt bereitete bereits alles für die Anhörung vor, die bald stattfinden würde.

Selbst wenn sie Grace davon erzählte, dass Adam Sophie mit in einen anderen Staat nehmen wollte, konnte ihre Schwester doch nichts für sie tun. Es gab einige Kämpfe im Leben, die man nun einmal allein ausfechten musste.

»Wir sollten reingehen«, sagte sie, bevor Grace noch weiter über dieses Thema reden konnte. Sie wollte nicht mit ihrer Schwester über Henry reden – und eigentlich gab es da auch gar nichts zu besprechen. Gut, er war freundlich zu ihr gewesen, doch das war auch schon alles. Sie brauchte keinen Prinzen auf einem weißen Ross, der sie rettete. Sie kam auch ganz gut allein klar.

Das war der Gedanke, an den sie sich klammerte, als sie aus dem Wagen stiegen und den gewundenen Weg zur Veranda entlanggingen. Als sie ihrem Anwalt vorgeschlagen hatte, dass sie ja ihr Haus verkaufen und zu ihrer Mutter ziehen könnte, um Kosten zu sparen, hatte er ihr davon abgeraten, und eigentlich war ihr das ganz recht. Natürlich liebte sie ihr Elternhaus, aber es war nicht mehr ihr Zuhause. Sie konnte sich auch nicht darin verstecken und so tun, als wäre sie wieder ein Kind, das andere Menschen hatte, die seine Schlachten schlugen und dafür sorgten, dass es ihm besser ging. Das Beste, was sie jetzt tun konnte, war, dafür zu sorgen, dass Sophie weiterhin das Leben führte, das sie kannte, und sich an ihre eingespielte Routine zu halten. Das bedeutete, dass sie in dem einzigen Haus blieben, in dem Sophie je gewohnt hatte. Richter mochten es nicht, wenn ein Kind entwurzelt wurde, erst recht nicht, wenn es noch so jung war wie Sophie – das hatte ihr der Anwalt versichert, wann immer ihr Zweifel kamen.

Aber interessierten sich Richter auch für finanzielle Belange und ein mögliches Band, das zu einem neuen Geschwisterchen entstehen konnte? Sie gab sich Mühe, nicht alles als Katastrophe zu sehen und sich nicht auf Dinge zu konzentrieren, die sie ohnehin nicht beeinflussen konnte. Aber wenn sie spät nachts noch wach lag, wenn es dunkel und still im Haus war, dann konnte sie ihre Sorgen nicht länger ignorieren. Die vergangene Nacht war die erste seit Wochen, in der sie tief und fest geschlafen hatte, und das hatte sie nur Henry zu verdanken.

Doch das würde sich wohl kaum wiederholen.

Seufzend ließ sie ihre Schuhe neben Grace' auf der Fußmatte stehen und ging in den hinteren Teil des Hauses, wo ihre Mutter mit Sophie am Küchentisch saß und Eis aß.

»Wie waren die neuen Kurse?«, erkundigte sich Kathleen, als Jane Sophie einen Kuss auf die Stirn drückte. Das kleine Mädchen blickte nicht einmal von seinem Eisbecher auf. Süßigkeiten waren nun einmal eine äußerst wichtige Sache und erforderten die ganze Aufmerksamkeit.

Jane sah Grace kurz in die Augen und zuckte dann mit den Achseln. »Es lief ziemlich gut, und ich habe nicht mehr so viel pinkfarbenes Lycra gesehen, seit ich mir zuletzt ein Richard-Simmons-Video angeschaut habe.«

»Du hast dir ein Richard-Simmons-Video angesehen?«, wiederholte Grace.

Jane wurde puterrot. »Das war nach Sophies Geburt, als ich abnehmen wollte!«

»Das bedeutet ja, dass du sogar die Übungen *mitgemacht* hast, Jane!«

Ihre Mutter und ihre Schwester lachten, und Jane fiel widerstrebend mit ein und spürte, wie sich ihre Laune verbesserte.

»Möchtest du auch ein Eis?«, fragte Kathleen. »Ich habe auch eins mit Schokostückchen da.«

Janes Lieblingssorte. Schon fast fröhlich setzte sie sich auf ihren angestammten Platz neben ihre Tochter, während ihre Mutter ihr einen Eisbecher zurechtmachte und Grace über ihre Hochzeit plauderte. »Wären Wunderkerzen beim ersten Tanz nicht eine schöne Idee?«, schlug sie vor, und Sophie klatschte begeistert in die Hände.

Kathleen stellte den Becher lächelnd vor Jane ab, nahm wieder Platz und tätschelte Janes Hand, bevor sie ihren Löffel in die Hand nahm. Jane verspeiste ihr Eis und lauschte der Unterhaltung zwischen ihrer Schwester und ihrer Mutter, während sie immer zuversichtlicher wurde. Adam mochte ihre Träume zerschmettert haben, aber ihre Familie konnte er ihr nicht auch noch nehmen. Es wäre so einfach, wegzulaufen und irgendwo neu anzufangen, aber Briar Creek war ihre Heimat, und sowohl sie als auch Sophie hatten es verdient, hier ihren Platz zu finden.

Sie musste vergessen, was er ihr angetan hatte. Sie durfte nicht mehr an Romanzen, Blumen und all die romantischen

Gesten denken, von denen sie geträumt und nach denen sie sich gesehnt hatte. Diese Art der Liebe war beständig und loyal. Und sie musste nun einmal ausreichen.

19

Bei *Main Street Books* war jede Menge los, als Jane am Mittwoch ihre Schicht begann. Die Espressomaschine zischte, und im ganzen Laden duftete es nach frischem Kaffee und Gebäck. Grace stand hinter dem Tresen, hatte ihr haselnussbraunes Haar zu einem Pferdeschwanz gebunden und ganz rote Wangen.

»Ganz schön voll hier«, bemerkte Jane, während sie sich eine Schürze umband. Sie winkte Rosemary zu, die mit ihrem Buchklub einen der größeren Tische in Beschlag genommen hatte. Diese Woche sprachen sie offenbar über *Shining*. Eine passende Wahl für diese Jahreszeit und eine Erinnerung daran, dass es besser war, allein zu leben, als mit dem falschen Mann verheiratet zu sein.

»Rosemary hat dafür gesorgt, dass sich der Klub jetzt zweimal pro Woche trifft«, raunte Grace ihr zu. »Nicht, dass ich mich beschweren will. Ich mache nur schnell diese Bestellung fertig, und dann bin ich auch schon weg. Es sei denn, du möchtest heute die Märchenstunde übernehmen.« Grace blinzelte mehrmals schnell und strich sich eine Haarsträhne aus der Stirn.

Jane schenkte ihr ein beruhigendes Lächeln. »Du siehst aus, als könntest du eine Pause gut gebrauchen. Mach dir keine Sorgen, ich kümmere mich hier schon um alles.«

Grace legte einen Scone auf einen Teller und reichte ihn dem wartenden Kunden. »Danke«, sagte sie und nahm ihre Schürze ab. »Ich muss heute noch eine Bestandsprüfung machen und dafür sorgen, dass die Neuerscheinungen unterwegs sind. Im Café wird es bestimmt ruhiger, sobald der Buchklub gegangen ist.«

Jane schaute erneut zu den Frauen hinüber und musste daran denken, wie diese im letzten Frühjahr geplant hatten, sowohl sie als auch Anna zu verkuppeln. Zumindest für eine der Madison-Schwestern hatte sich das Blatt ja gewendet. Jane konnte nur hoffen, dass Rosemary und ihre Freundinnen damit zufrieden waren.

Grace verschwand hinter einem Regal, steckte einen Augenblick später jedoch schon wieder den Kopf um die Ecke. »Ach, ich hatte ganz vergessen, dir zu sagen, dass Henry vorhin hier war. Er sagte etwas davon, dass er den Buchladen in seinem Artikel erwähnen will. Als er gesehen hat, was für ein Trubel hier herrscht, meinte er, er käme später wieder. Ich habe ihm gesagt, dass du ihm gern alle Fragen beantworten wirst.«

Jane sackte das Herz in die Hose. »Oh …«

»Danke, Jane! Du bist die Beste!« Grace schenkte ihr ein strahlendes Lächeln und verschwand wieder, und Jane wusste, dass sie jetzt auf sich allein gestellt war.

Na, das war ja wieder mal großartig. Sie hatte sich nach dem Tanzkurs vorgenommen, Henry aus dem Weg zu gehen, doch jetzt klopfte ihr verräterisches Herz schon bei der Vorstellung, ihn wiederzusehen, schneller. Sie schenkte dem nächsten Kunden ein unsicheres Lächeln und nahm seine Bestellung entgegen, doch ihr Blick wanderte jedes Mal zur Tür, wenn das Glöckchen klingelte.

»Jane? Juhu! Jane!« Rosemary winkte sie quer durch den Raum zu sich. »Setz dich doch eine Weile zu uns.« Ihre Lippen umspielte ein vielsagendes Lächeln.

Jane schüttelte den Kopf und schob die Kassenschublade zu. »Ich bin momentan leider zu beschäftigt. Ich kann hier nicht weg.«

»Ach, Unsinn. Wenn jemand reinkommt, lassen wir dich auch wieder gehen. Und es wird nicht lange dauern, versprochen.« Rosemary starrte sie an, als ob sie es nur wagen sollte, sich zu weigern.

Jane warf ein weiteres Mal einen Blick zur Tür. Vielleicht wäre eine Ablenkung ja hilfreich.

»Ich habe gerade von unseren Proben für den *Nussknacker* erzählt«, sagte Rosemary, als sich Jane einen Stuhl heranzog.

Oh, gut. Es ging um das Ballett. Mit dem Thema konnte sie leben. Was sie nicht ertragen konnte, war eine Befragung über ihr nicht existentes Liebesleben oder eine Aufzählung all der heiratsfähigen Männer, mit denen sie doch ausgehen sollte. Sie entspannte sich ein wenig und sah die anderen Frauen an, aber ihr Lächeln erstarb auf ihren Lippen, als sie das begierige Glitzern in deren Augen sah. *Ach du liebe Güte.*

»Henry war bei der Anmeldung eine sehr große Hilfe, nicht wahr?« Rosemary schürzte die Lippen und musterte Jane lange und eindringlich.

Beinahe hätte Jane die Augen verdreht. »Ja, das war er«, antwortete sie diplomatisch. Sie wusste zwar nicht, warum, aber er hatte sich ernsthaft bemüht, sie zu unterstützen. Sie konnte nur hoffen, dass er nicht bereits geahnt hatte, wie angeschlagen ihre Situation war, aber da niemand außerhalb des Studios davon wusste, konnte er auch nichts in Erfahrung gebracht haben, was er an Adam weitertragen konnte.

»So ein hilfsbereiter junger Mann«, fuhr Rosemary fort. »Und er sieht auch noch gut aus.«

Jane seufzte schwer. »Ich dachte, ich hätte längst erklärt ...«

»Pah!« Rosemary tat ihre Bedenken mit einer Handbewegung ab und griff nach ihrer Teetasse. »Ich habe gerade mit den Mädels über dein Dilemma gesprochen, und wir sind zu einem Entschluss gekommen.«

Jane zögerte, merkte dann aber, dass die anderen auf ihre Reaktion warteten. »Und der wäre?«

»In der Liebe ist alles erlaubt.« Rosemary strahlte sie an.

»Und im Krieg«, rief ihr Jane in Erinnerung. Und genau das war es doch, nicht wahr? Adam und sie lagen im Krieg miteinander, und Henry war nun einmal nicht ihr Verbündeter.

»Ach, musst du das denn gleich ins Negative drehen?«

»Meiner Erfahrung nach ist beides miteinander verknüpft«, erklärte Jane und bereute es sofort wieder, als sie sah, wie die Frauen alarmiert die Augen aufrissen. Eine der Damen machte »Ts ts ts«, während sich zwei andere einen Seitenblick zuwarfen. Alle anderen sahen sie mitleidig an und schüttelten den Kopf.

»Du musst nicht gleich zynisch werden, Jane. Mit dieser Einstellung wirst du nie einen Mann finden«, warnte Rosemary sie.

Jane warf die Hände in die Luft und lachte. »Wer hat denn behauptet, dass ich einen Mann suche? Das tue ich nämlich nicht, und das habe ich auch oft genug gesagt. Und selbst wenn es so wäre, käme Henry Birch ganz bestimmt nicht infrage.«

»Ach nein?«, wollte eine tiefe Stimme in ihrem Rücken wissen.

Jane spürte, wie sie erbleichte und ihr Herz schneller schlug. Sie drehte sich voller Panik um und stellte fest, dass Henry hinter ihr stand und sie fragend ansah. Seine blauen Augen glitzerten verschmitzt.

Sie bekam rote Wangen und wusste, dass der cremeweiße Rollkragenpullover, den sie trug, den Effekt nur noch verstärken würde. *Oh nein, ich habe schon wieder einen Rollkragenpullover an!* Wann würde sie endlich aufhören, ständig bequeme Kleidung zu tragen? »Die Damen hier haben gerade versucht, mich zu verkuppeln«, sagte sie schnell und stand auf.

»Und du warst anscheinend nicht ihrer Meinung.« Er grinste, sodass sie sein Grübchen bewundern konnte, und Janes Herz schlug schneller. Warum musste er nur so verdammt hinreißend sein? Mit seinem braunen, zerzausten Haar und den leichten Bartstoppeln sah er aus, als wäre er gerade aus dem Bett gestiegen. Jetzt konnte sie an nichts anderes mehr denken als daran, ihn in ihr eigenes zu bekommen. Und zu ihm hineinzusteigen. Und an all die Dinge, die er dort mit ihr machen würde.

Hör auf damit, Jane!

»Tja, wir beide sind nun einmal nicht füreinander bestimmt.« Sie ärgerte sich, als er bei ihren Worten das Kinn in die Luft reckte.

»Ganz offensichtlich«, stimmte er ihr mit ernster Stimme zu.

Sie runzelte die Stirn. »Schließlich bist du nur für ein paar Wochen in der Stadt. Außerdem sind wir …« Sie wollte schon »Freunde« sagen, war sich auf einmal aber nicht mehr so sicher, ob das wirklich zutraf.

Mit hoch erhobenem Kopf, aber weichen Knien ging sie zurück zum Tresen und starrte die Espressomaschine mit leerem Blick an, während sie darauf wartete, dass die Röte in ihren Wangen nachließ. Das war ja mal wieder typisch für Rosemary, sie derart in Rage zu bringen. Sie warf einen verstohlenen Blick zu dem Tisch hinüber, an dem der Buchklub saß. Die Frauen lachten gerade über etwas, das Henry gesagt hatte, und strahlten ihn an. Sie hingen förmlich an seinen Lippen.

Na gut, er war ein ungemein attraktiver Mann. Und vielleicht wusste er auch, wie er mit einer Frau umgehen musste. Ganz offensichtlich war sie nicht die Einzige, die so dachte, wenn sie Rosemarys Blick richtig interpretierte.

Sie machte sich daran, Kaffeebohnen zu mahlen, versuchte, den Klang seiner tiefen Stimme auszublenden, und wünschte sich, er würde einfach gehen.

»Hallo.«

Jane fluchte innerlich, weil sie so stark zitterte, dass sie beinahe die Kaffeekanne fallen gelassen hätte. Aus dem Augenwinkel sah sie, dass er breit grinste, als sie die Kanne hinstellte und die Maschine einschaltete.

»Was kann ich für dich tun?« Sie lächelte freundlich, während sie sich zu ihm umdrehte, und bemühte sich um einen professionellen Tonfall.

»Eigentlich bin ich hier, weil ich dich sehen wollte.«

Jane riss die Augen auf. »Ach ja?«

»Grace sagte, du wärst die richtige Ansprechpartnerin, wenn ich mehr über *Main Street Books* erfahren möchte. Für meinen Artikel.«

Da der Buchladen Grace' ganzer Stolz war, hätte ihre Schwester eigentlich mit ihm darüber reden sollen. Jane biss sich in den Daumen und fragte sich, was Grace damit beabsichtigte, verwarf diesen Verdacht dann jedoch wieder. Ihre Schwester hatte heute einfach viel zu tun, und Jane hatte ebenso wie ihre Schwestern schon sehr früh im Buchladen gearbeitet, als dieser noch ihrem Vater gehört hatte. Da konnte sie doch wohl ein paar Fragen für den Artikel beantworten.

Sie wünschte nur, Henry würde aufhören, sie so anzusehen. Es wäre ihr deutlich leichter gefallen, mit ihm am Telefon zu sprechen.

»Aber natürlich«, meinte Jane, legte sich einen Finger an die Stirn und lächelte, wobei sie hoffte, dass er ihre anfängliche Reaktion auf sein Auftauchen nicht bemerkt hatte. »Sie hat so etwas erwähnt. Ich war nur ein bisschen abgelenkt ...«

»Von ein paar Damen mittleren Alters, die mich dir schmackhaft machen wollten?« Seine Augen blitzten. »Keine Sorge, Jane. Du hattest recht. Ich bin der letzte Mensch auf der Welt, mit dem du dich einlassen solltest.«

Sie blinzelte überrascht. Na, wenn er das so sagte ... Aber sie sackte doch ein wenig in sich zusammen. »Okay. Natürlich. Ich meine ... offensichtlich.«

»Offensichtlich.« Inzwischen war Henry ernst geworden, und jetzt spannte er die Kiefermuskulatur an. »Und, was meinst du? Hast du Zeit, um mit mir darüber zu sprechen?«

Jane starrte Henry an, und ein Teil von ihr wollte wissen, was genau er damit gemeint hatte, dass sie nicht zueinanderpassten, aber sie unterdrückte diesen Wunsch sofort wieder. Wichtig war nur, dass er recht hatte und dass er nicht der Richtige für sie war, auch wenn sie sich manchmal fragte, wie es wohl sein mochte, diese Lippen zu küssen, mit den Händen durch seine Locken zu fahren, sich so an ihn zu drücken, wie sie es neulich beim Tanzen getan hatte ... Sie sog die Luft ein, riss sich zusammen und sah zur Tür, da gerade ein Paar hereingekommen war und auf sie zuhielt. Die Tische des Cafés waren fast alle belegt, und einige Gäste saßen Kaffee trinkend in den englischen Ohrensesseln bei den Bücherregalen. Sie kam nicht umhin, stolz zu sein auf das, was ihre Familie hier geschaffen hatte.

»Ich habe gerade sehr viel zu tun«, erwiderte sie, und schon wurde die Tür erneut geöffnet.

Henry zuckte mit den Achseln. »Ich kann warten.«

Natürlich konnte er das. Auch wenn sie sich noch so große Mühe gab, ihn wurde sie einfach nicht los.

Sie schnaubte leise. Das war ja mal etwas Neues. Der letzte Mann in ihrem Leben war in dem Augenblick verschwunden, in dem er die Gelegenheit dazu bekommen hatte.

»Wie kommst du mit dem Haus voran?«, fragte sie, während sie ihm eine Tasse Kaffee einschenkte.

Er nahm die Tasse entgegen und deutete auf einen Kürbis-Scone. »Die sehen lecker aus.«

Das hätte Anna bestimmt gern gehört, dachte Jane und legte ihm einen Scone auf einen Teller. »Glaubst du, ihr könnt es bald zum Verkauf anbieten?« *Wirst du die Stadt bald wieder verlassen?* Sie war sich nicht sicher, ob sie das wirklich wissen wollte.

»Das ist schwer zu sagen. Es ist doch mehr zu tun, als ich erwartet hatte. Und wir wollen natürlich auch dafür sorgen, dass wir einen möglichst hohen Preis erzielen.« Er reichte ihr einen Zehndollarschein, und als sie danach griff, berührten sich ihre Finger beinahe. Sie zögerte und bewunderte seine langen, gebräunten Finger, um ihm das Geld dann praktisch aus der Hand zu reißen. *Jetzt war es aber langsam genug!*

Sie kassierte seine Bestellung ab, schob ihm das Wechselgeld über den Tisch und hoffte, auf diese Weise einer Berührung aus dem Weg zu gehen, auch wenn sie sich irgendwie danach sehnte, seine weiche, warme Haut erneut zu spüren. »Ich hoffe sehr, dass alles so läuft, wie du dir das vorstellst. Und Ivy«, fügte sie schnell hinzu, da ihr einfiel, dass Ivy auf einen hohen Verkaufspreis baute, um ihren Blumenladen erweitern zu können.

Henry lächelte sie herzlich an. »Danke. Ich hoffe, dass sich für uns beide alles zum Besten wendet, Jane.« Sein Tonfall war leise und eindringlich und klang viel zu vertraulich, und sie machte einen Schritt nach hinten. »Das ist mein Ernst, Jane.«

»Wirklich?« Sie konnte es nicht verhindern, dass ihre Stimme leicht verletzt klang. »Oder sagst du das nur, weil ich dir leidtue?«

Er runzelte die Stirn. »Mir tut es durchaus leid, dass du das alles durchmachen musst, aber ich weiß auch, dass du eine starke Frau bist und einen Weg finden wirst, alles zu überstehen. Sieh doch nur, wie viele Hürden du bereits überwunden hast.«

Wenn er es so ausdrückte … Aber sie wollte die Freundlichkeit seiner Worte nicht wahrhaben. Eigentlich wollte er doch mit der ganzen Sache nichts zu tun haben, da durfte sie ihn nicht mit hineinziehen. »Ich bin bei der Arbeit und kann jetzt nicht mit dir darüber sprechen.«

»Für mich ist diese Unterhaltung noch nicht beendet, Jane«, erwiderte Henry entschlossen.

Sie sah ihm in die Augen. »Für mich schon.« Das Paar stand inzwischen vor ihr am Tresen, und sie widmete den beiden ihre ganze Aufmerksamkeit. »Wir haben heute Morgen auch köstliche Schokocroissants im Angebot.«

»Jane.«

Sie musterte Henry und wartete.

»Setz dich bitte gleich kurz zu mir.«

Nach einem schnellen Blick auf das Paar meinte sie: »Ist gut.«

Dann sah sie ihm zu, wie er sich an den letzten freien Tisch am Fenster setzte. Sie ließ sich mit den nächsten Bestellungen Zeit, behielt die Tür im Auge und hoffte, dass noch jemand hereinkommen würde. Doch anscheinend war der Andrang vorerst vorbei. Was ja wieder typisch war.

Henrys Blick bewirkte, dass sie immer wieder zu seinem Tisch hinübersah. Sie seufzte und beschloss, das Unausweichliche zu akzeptieren. Rosemarys Buchklubdamen verstummten und beobachteten sie genau, als sie an ihnen vorbeiging.

»Lass uns einfach vergessen, dass ich überhaupt etwas gesagt habe«, meinte sie und setzte sich ihm gegenüber an den Tisch, sodass sie den Damen den Rücken zuwandte. »Ich habe nicht viel Zeit, aber ich habe Grace versprochen, dir mit dem Artikel zu helfen.«

»Mehr hast du dazu nicht zu sagen?«, fragte er und sah sie ungläubig an.

»Na, wir sind dir natürlich dankbar«, erwiderte sie notgedrungen, »weil du den Buchladen erwähnen willst. Das wird das Geschäft bestimmt ankurbeln, und das wäre sehr erfreulich.«

»Ich tue das nicht, um dir zu helfen«, stellte er klar. Dann strich er sich mit einer Hand über das Gesicht. »Das kam jetzt irgendwie falsch rüber. Mir liegt sehr viel an dir und deinem Wohlergehen, Jane.«

»Meinem Wohlergehen?« Sie verschränkte die Arme vor der Brust. Das war ja mal wieder typisch. »Also hast du doch Mitleid mit mir.«

Er runzelte die Stirn. »Jane, du bist eine der fähigsten Frauen, die ich kenne. Du hast zwei Jobs, kümmerst dich um deine Tochter, und du hast ein wundervolles Heim geschaffen, und das ganz allein. Und bei alldem hast du immer noch Zeit für deine Schwestern und deine Mutter. Das ist mehr, als die meisten Menschen von sich behaupten können. Ich kann das jedenfalls nicht.« Mit einem Mal wirkten seine Augen matter.

Jane musterte ihn und fragte sich, was in seiner Ehe wohl schiefgelaufen war. Die Scheidung war eine der Sachen, die sie gemeinsam hatten. Aber Henry schien nicht darüber reden zu wollen, und das konnte sie besser als die meisten anderen akzeptieren.

»Wusstest du, dass ich früher mal ganz schön in dich verknallt gewesen bin?«, gab Henry zu und verzog den Mund zu einem beschämten Lächeln.

Jane errötete und lachte, um zu verbergen, wie peinlich ihr das war. Sein Grinsen wurde ein wenig schief, aber sein Blick blieb offen, und mit einem Mal schlug ihr Herz Purzelbäume. Henry, der Mann, um den sich immer mehr ihrer Tagträume drehten, hatte sich mal zu ihr hingezogen gefühlt. War das vielleicht immer noch so? »Das glaube ich dir nicht.« Sie konnte es sich einfach nicht vorstellen. Er war schlank und muskulös und so aufrichtig. Außerdem war er umwerfend, freundlich und ... *Großer Gott*.

»Ich habe nie etwas gesagt.« Er rührte seinen Kaffee um und legte den Löffel dann auf den Tisch. »Was hätte das auch gebracht? Du warst ja verrückt nach Adam.«

Sie schürzte die Lippen. »Stimmt.« Auch wenn sie sich selbst nicht mehr an den Grund dafür erinnern konnte. Möglicherweise war das auch besser so.

Das Glöckchen über der Tür klingelte, und Jane blickte auf und sah, dass eine Gruppe von Frauen zwischen den Büchertischen hindurch auf die Verkaufstheke zuströmte. »Ich muss jetzt wieder bedienen.« Sie stand auf, doch dann fiel ihr noch etwas ein. »Der Artikel ... Ich habe nachher noch einen Kurs und danach die Proben für den *Nussknacker*.«

»Und ich bin morgen und am Freitag mit den Handwerkern im Haus beschäftigt. Was machst du am Wochenende?«

Irgendwie schien ihr ein Treffen am Wochenende doch zu persönlich zu sein. »Ich habe Sophie versprochen, mit ihr zum Äpfelpflücken zur *Old Country*-Obstplantage zu fahren. Das ist gewissermaßen eine Familientradition.« Sie runzelte die Stirn. Das Wort »Familie« kam ihr komisch vor, da es sich doch auf mehr als nur zwei Personen beziehen sollte. »Na ja, es ist halt unsere Tradition.«

»Ihr wollt zur Obstplantage? Ist das nicht die, die auch den Cider herstellt?« Als Jane nickte, fuhr er fort: »Das könnte ich auch gut in meinen Artikel einbauen. Hättest du etwas dagegen, wenn ich euch begleite?«

Jane suchte verzweifelt nach einer Ausrede, aber ihr wollte nichts einfallen. »Oh. Ähm.«

Henry hob eine Hand. »Verstehe schon, es ist eine Familientradition. Entschuldige. Es klang nur, als würde es ein schöner Ausflug werden.«

Auf einmal musste Jane an die Freude und Wärme denken, die sie nach dem Herbstfest gespürt hatte, als sie zu dritt an ihrem Küchentisch gesessen, Pizza gegessen und sich über den Tag unterhalten hatten, wobei sie nur über die schönen Dinge gesprochen hatten. Sophie schien Henrys Gegenwart ebenfalls genossen zu haben. Aber vielleicht lag das auch daran, wie Jane auf ihn reagierte, auf seine ruhige Art, seine sanften Augen und sein umwerfendes Lächeln, bei dem ihr immer ganz heiß wurde und das ihre Gedanken auf Wege führte, die sie schon seit sehr langer Zeit nicht mehr beschritten hatten.

»Wollen wir uns bei mir treffen und zusammen hinfahren? So gegen Mittag?«

Henrys Grinsen wurde noch breiter. »Das klingt perfekt.«

Jane holte zitternd Luft, als sie sich langsam vom Tisch entfernte. Wenn sie es nicht besser gewusst hätte, wäre sie beinahe auf die Idee gekommen, dass sie gerade tatsächlich ein Date vereinbart hatten!

20

Die Obstplantage lag etwa acht Kilometer von Briar Creek entfernt im Süden und war über eine lange, gewundene, von Bäumen gesäumte Straße zu erreichen. »Bist du als Kind auch öfter hergekommen?«, fragte Jane Henry, als sie auf dem mit Kies bestreuten Parkplatz anhielten.

Als sie seine versteinerte Miene wahrnahm, hätte sie die Worte am liebsten zurückgenommen. Natürlich war er nie mit seiner Mutter hier gewesen.

»Ich glaube, wir haben mal einen Schulausflug hierher gemacht«, erwiderte Henry nach einer Pause. »Seit wann kommst du schon her?«

»Seitdem ich denken kann«, stellte Jane fest, während sie über den Weg zu der roten Scheune gingen, hinter der die Apfelbäume begannen. Sie half Sophie dabei, einen kleineren Korb zu nehmen, griff nach einem größeren und deutete dann auf einen Wagen. »Vielleicht sollten wir gleich so einen nehmen.«

Henry sah sie irritiert an. »Für Sophie?«

»Für die Äpfel«, verbesserte ihn Jane lachend.

Er zog die Augenbrauen hoch. »Wie viele willst du denn pflücken?«

»Mehr, als ich tragen kann, das steht fest.«

»Ist das dein Ernst?« Er starrte sie entsetzt an.

»Das ist doch kein Problem, oder? Normalerweise haben wir hier einen schönen Tag, fahren dann nach Hause und backen.«

Sein Blick war durchdringend und verwirrend, und Jane

hielt den Atem an, während sie auf seine Reaktion wartete. In der Nachmittagssonne wirkten seine Augen heller als sonst, und in seinem zerzausten Haar glänzten einige kupferfarbene Strähnen. Aber sie konnte die ganze Zeit nur seinen Mund anstarren. Diese vollen Lippen und das Grübchen, das nur zu sehen war, wenn er grinste. Und diese leichte Kerbe in seinem Kinn. »Ganz im Gegenteil. Der Tag wird gerade immer besser.«

Jane stockte der Atem. Da hatte sie es.

Sie blinzelte mehrmals schnell und wandte sich ab, damit er ihr zufriedenes Lächeln nicht sehen konnte, um dann zielstrebig auf die Bäume zuzugehen. Dann mochte er solche Aktivitäten also. Das bedeutete noch lange nicht, dass sie sich in ihn verlieben durfte. Bestimmt sammelte er nur Informationen für seinen Artikel. Es gab unzählige Gründe dafür, dass er der letzte Mensch auf der Welt war, für den sie schwärmen durfte.

Ja, genau, es war nur eine Schwärmerei, mehr nicht. Er sah gut aus, und sie war, nun ja, »bedürftig«, hätte Grace vermutlich gesagt. Es war über ein Jahr her, dass man sie an bestimmten Stellen berührt hatte. Eine Schwärmerei war jedoch nur etwas Oberflächliches, und bei Henry konnte es nur mit einer Enttäuschung enden.

Er war mal in mich verknallt, dachte sie, und ihr Herz schlug schneller. Aber sie tat das sofort wieder ab und pflückte einen Apfel. Das war Jahre her. Inzwischen hatte er sich weiterentwickelt, ebenso wie sie, und sie hatten beide geheiratet.

Sie waren beide geschieden …

»Wie kommst du denn mit dem Artikel voran?«, fragte sie und behielt Sophie im Auge, die den Weg entlangschlenderte.

»Besser als erwartet«, antwortete Henry, der selbst leicht überrascht klang.

Jane musterte ihn. »Wenn ich es nicht besser wüsste, könnte ich glatt auf die Idee kommen, du würdest langsam Gefallen an Briar Creek finden.«

»Es hat durchaus seine Reize«, erwiderte er ein wenig widerstrebend.

Mit einem Mal griffen sie beide gleichzeitig nach einem Apfel. Jane errötete, als sich ihre Hände berührten, aber Henry grinste nur, pflückte den Apfel und reichte ihn ihr. »Danke«, sagte sie und ging neben ihm her. Er schwieg, und sie beschloss, die Unterhaltung fortzusetzen in der Hoffnung, dass er sich ihr etwas mehr öffnen würde. »Das Kleinstadtleben bringt aber auch einige Herausforderungen mit sich. Im Verlauf des letzten Jahres ist es mehrfach vorgekommen, dass ich einen Raum betreten habe und mit einem Mal alle Anwesenden den Mund hielten.«

Henry presste die Lippen fest aufeinander. »Warum bist du dann hiergeblieben? Es kann doch nicht einfach sein, in derselben Stadt zu leben wie dein Exmann, vor allem wenn man das Gerede der Leute hier bedenkt.«

Sie beschloss, ihn – und sich selbst – nicht daran zu erinnern, dass Adam nicht mehr lange in Briar Creek wohnen würde, denn deswegen konnte sie sich später noch genug Sorgen machen. Heute ging es vor allem darum, diese jährliche Tradition zu wahren, und sie wollte das Beste daraus machen.

»Es war schon manchmal schwer«, gab Jane seufzend zu. Sie überlegte, ob sie ihm von den Tagen erzählen sollte, an denen sie den Schlafanzug gar nicht ausgezogen hatte, entschied sich dann jedoch dagegen. Es war absolut nichts Glamouröses an einer Stubenhockerin, und Flanellpyjamas und Häschenhausschuhe hatten auch nichts Verlockendes an sich. Außerdem bestand immer noch die Möglichkeit, dass er das Adam gegenüber erwähnte, und das würde ihren Status auch nicht gerade verbessern. »Ich bin nicht mehr oft ausgegangen, nachdem Adam ausgezogen war.«

»Manchmal ist es so auch leichter«, stimmte Henry ihr zu. »Aber ich schätze, das hat auch seine Nachteile.«

Jane wusste, wie die Leute in der Stadt über Mrs Birch geredet hatten, und das bis zu dem Tag im letzten Sommer, an dem die arme Frau gestorben war. Das war bestimmt auch nicht leicht gewesen, aber reichte es aus, um einfach davonzulaufen?

Sie sah Henry an. »Du genießt es bestimmt, dass du jetzt Zeit mit deiner Schwester verbringen kannst.«

Er nickte. »Oh ja. Wir haben uns in den letzten Jahren nicht oft genug gesehen, aber ich hoffe, dass sich das jetzt ändert.«

In ihr kam Hoffnung auf, aber sie griff nach dem nächsten Apfel, damit sich ihr Herzschlag beruhigen konnte, bevor sie weitersprach. »Überlegst du etwa, wieder hierher zu ziehen?«

»Nein, aber jetzt dürfte es leichter für sie sein, mal wegzufahren und mich zu besuchen.«

Jane gab sich die größte Mühe, sich ihre Enttäuschung nicht anmerken zu lassen. Es wurde Zeit, dass sie über den eigentlichen Grund dafür sprachen, warum er überhaupt mitgekommen war. »So, dann reden wir mal über *Main Street Books*. Du wolltest ja noch einige Informationen haben.«

»Augenblick, ich hole nur schnell mein Notizbuch aus der Tasche.« Henry setzte sich auf den roten Metallwagen, grinste sie an und hielt den Stift über das Blatt Papier. »Dann schieß los.«

»Tja, vieles wirst du bereits wissen, und eigentlich wäre Grace ja die bessere Ansprechpartnerin.« Sie runzelte die Stirn und fragte sich wieder einmal, warum Grace nicht mit ihm darüber sprach. Ihre Schwester redete doch so gern über *Main Street Books*. Der Buchladen war ihr Leben, und sie hatte schon als Kind sehr viel Zeit dort verbracht, während Jane lieber ins Tanzstudio gegangen war. »Mein Vater hat seinen Beruf als Lehrer aufgegeben, um den Buchladen zu übernehmen, als ich noch ein Kind war. Damals muss ich so ungefähr in Sophies Alter gewesen sein.«

»Und Grace hat ihn letztes Jahr übernommen?«

Jane nickte. »Nach dem Tod meines Vaters …« Sie schluckte schwer. Es fiel ihr selbst jetzt, nach über anderthalb Jahren, immer noch schwer, diese Worte auszusprechen. »Sie war letztes Weihnachten zu Besuch hier. Eigentlich sah es damals ganz danach aus, als müsste der Buchladen schließen. Anna hatte ihr Café, und ich, na ja, ich war mit meinen eigenen Problemen beschäftigt.« Sie kniff die Augen zusammen, als sie daran dachte, wie schlecht es ihr vor einem Jahr gegangen war.

Wenn sie daran zurückdachte, fühlte sie sich noch immer erschöpft, und irgendwie hatte sich in der ganzen Zeit nicht sehr viel verbessert.

»Ich hatte Grace gebeten, über Weihnachten nach Hause zu kommen«, fuhr sie fort. »Als sie das mit dem Buchladen gehört hat, hatte sie eine Idee, wie sie ihn mit Annas Hilfe retten kann.«

»Und ab da wurde er zu einem Familienunternehmen?«

Jane lächelte. »Ja, genau. Grace hatte vorher fünf Jahre in New York gelebt, und wir dachten schon, sie würde nie wieder nach Hause kommen.« Sie zuckte mit den Achseln. »Manchmal bringt eine Tragödie eben auch Menschen zusammen.«

»Sieht ganz danach aus.« Henry runzelte die Stirn, und sie merkte, dass sie einen Nerv getroffen hatte.

Sie legte ihm eine Hand auf den Arm, auch wenn sich ihr bei dieser gewagten Geste der Magen zusammenzog, und er zuckte nicht vor ihr zurück. Seltsamerweise kam ihr das fast schon natürlich vor. »Es tut mir leid. Das mit deiner Mom war bestimmt auch nicht leicht für dich. Mir fällt es immer noch schwer, an meinen Dad zu denken.« Ihre Miene verfinsterte sich noch mehr.

Sie ließ den Arm sinken und pflückte einige Äpfel von einem tief hängenden Ast.

»Ich habe meiner Schwester ziemlich zugesetzt«, sagte Henry. Das hatte sie nicht erwartet. »Ich habe sie schon vor Jahren gedrängt, Briar Creek zu verlassen. Mir ging einfach nicht in den Kopf, warum sie unbedingt hierbleiben wollte.«

Jane dachte über seine Worte nach. »Du hast eine sehr negative Meinung über diese Stadt.«

»Würde es dir denn nicht auch so gehen? Ich weiß genau, wie sich die Leute über uns das Maul zerrissen haben. Meine Mutter hatte einen ziemlich schlechten Ruf, und ich habe mich oft gefragt, ob das vielleicht der Grund dafür war, dass sie so viel getrunken hat. Es war jedenfalls nicht leicht, all das Gerede zu ertragen.«

Nein, das war es nicht. Jane stellte ihren Korb auf den Boden. »Es tut mir leid, Henry.«

Er zuckte mit den Achseln, stand auf und steckte sich das Notizbuch wieder in die Tasche. »Da gibt es nichts, das dir leidtun müsste. Es ist, wie es ist. Entweder man beschäftigt sich damit oder man sieht einfach nach vorn.«

Er hatte sich für Letzteres entschieden.

Sie wollte schon etwas sagen, aber seine Miene und sein entschlossener Blick gaben ihr zu verstehen, dass die Unterhaltung beendet war. Henry war dickköpfig und stolz, und er wollte kein Mitleid. Er wollte einfach nur ein ruhiges Leben führen und sich nicht mehr an die Vergangenheit erinnern.

Das konnte sie sehr gut nachvollziehen.

※ ※ ※

»Bekomme ich einen Apfel, Mommy?«

»Hast du immer noch Hunger?«, erwiderte Jane und lächelte Henry zu. Sie hatten sich gerade erst Cider, Donuts und ein riesiges Stück warmen Kuchen gegönnt. »Warte, bis wir zu Hause sind, Liebling. Dann gibt es Abendessen, und du weißt ja, dass ich es nicht mag, wenn im Wagen gegessen wird.«

»Es ist doch bloß ein Apfel«, meinte Henry tadelnd und so leise, dass Sophie es nicht hören konnte.

Jane schürzte die Lippen und sah wieder auf die Straße. »Ich weiß, aber Regeln müssen nun einmal eingehalten werden, damit sie funktionieren.«

Sie dachte an ihre eigenen Regeln, vor allem an jene, die sich um Verabredungen und Romanzen drehten. Und die sie mit Henry alle brechen würde, da er bestimmt nicht auf eine langfristige Beziehung aus war.

»Wenn ich Montag in die Vorschule gehe, kann ich allen Kindern erzählen, dass ich einen lockeren Zahn habe«, verkündete Sophie, die auf dem Rücksitz saß.

»Ach, wirklich?«, entgegnete Jane lächelnd. Sophie hatte anscheinend vor, zu schnell erwachsen zu werden. An Henry gewandt fügte Jane hinzu: »Ich würde ihr am liebsten sagen, dass sie einfach ihre Kindheit genießen soll.«

»Das kann ich ehrlich gesagt nicht nachempfinden. Ich habe mich immer so gefühlt, als sei ich schon als alter Mann geboren worden.« Er lachte leise, auch wenn seine Stimme leicht verletzt klang.

»Du bist ein guter Bruder. Und warst ein guter Sohn«, fügte Jane nach kurzem Zögern hinzu.

»Ich habe Ivy immer bewundert«, sagte Henry, ohne auf den zweiten Teil ihres Kommentars einzugehen.

»Ich werde allen erzählen, dass ich einen Zahn verloren habe. Sieh mal, Mommy, mein Zahn ist rausgefallen.«

Jane schaute in den Rückspiegel und sah, dass Sophie mit zufriedenem Grinsen einen Apfel aß. »Sophie! Ich habe dir doch gesagt, dass du nicht im Wagen essen sollst!«

»Tut mir leid«, murmelte Sophie, wirkte jedoch nicht im Geringsten reumütig. Sie biss erneut in ihren Apfel und kaute.

Jane verdrehte die Augen. Die Sonne ging langsam unter, und sie fuhr nur ungern im Dunkeln, vor allem auf diesen gewundenen, nicht beleuchteten Straßen. Sie schaltete die Scheinwerfer ein, umklammerte das Lenkrad und versuchte, Sophies unablässiges Geplapper auszublenden.

Es fiel ihr schwer zu glauben, dass es eine Zeit gegeben hatte, in der sie es kaum erwarten konnte, dass Sophie endlich anfing zu sprechen. Damals hatte sie schon gedacht, es würde nie so weit sein. Aber jetzt redete Sophie in einer Tour, und wenn sie nicht da war, sondern sich in der Vorschule oder bei ihrem Vater aufhielt, war die Stille fast schon unerträglich.

»Gibt es wieder Pizza zum Abendessen?«, wollte Sophie jetzt wissen.

»Ich habe doch Lasagne gemacht, Liebling. Erinnerst du dich?«

»Oh! Igitt.«

Jane starrte mit zusammengekniffenen Augen nach vorn und hielt Ausschau nach der nächsten Kurve. »Was soll das denn bitte schön heißen? Du magst meine Lasagne doch.«

»Aber Pizza esse ich lieber«, erwiderte Sophie mürrisch. »Und Henry auch.«

Henry warf ihr einen zerknirschten Blick zu. »Eigentlich ist Lasagne mein Leibgericht.«

Janes Herz schlug schneller. Wollte er ihr damit etwa etwas sagen? Sie umklammerte das Lenkrad fester und wusste nicht, wie sie reagieren sollte. Auf einmal wünschte sie sich, dass Grace da wäre oder sogar Anna. Sie würden wissen, was man darauf erwiderte, wie man lässig antwortete, ohne gleich zu begierig oder aber desinteressiert zu wirken.

Ach, was dachte sie da eigentlich? Da gab es nichts hineinzuinterpretieren. Gut, er war also mal in sie verknallt gewesen, doch das war ewig her. Inzwischen war er offensichtlich längst über sie hinweg. Das hatte er ihr mehr oder weniger direkt zu verstehen gegeben. Und dennoch ... Sie warf ihm einen Seitenblick zu und bemerkte das Glitzern in seinen Augen.

»Du kannst gern mitessen«, erwiderte sie fröhlich.

Sie wappnete sich und wartete darauf, dass er ihre Einladung ablehnte, aber dann brüllte Sophie auch schon: »Hurra! Wir machen eine Lasagneparty!«

»Ist bei euch alles eine Party?«, wollte Henry wissen, wobei er durchaus belustigt klang.

»Nun ja, wir feiern eben die kleinen Dinge«, antwortete Jane. Das war's. Ab sofort wurde der Schlafanzug nicht mehr vor neunzehn Uhr angezogen. Nie wieder!

»Wie Zähne!«, schrie Sophie. »Ich kann es kaum abwarten, den anderen Kindern von meinem Zahn zu erzählen!«

Jane schenkte ihr ein müdes Lächeln. »Zähne fallen nicht einfach so aus, Sophie. Sie müssen sich zuerst lockern. Aber das wird schon noch passieren.«

»Sie will einfach zu den anderen Kindern dazugehören«, bemerkte Henry. »So ging es mir früher auch, vor allem dann, wenn zu Hause mal wieder viel los war.«

Jane runzelte die Stirn und war ein wenig traurig, dass Sophie so sein wollte wie die anderen Kinder. Das war vermutlich auch der Grund dafür, warum sie Henry zum Abendessen eingeladen hatte: damit sie mal wieder den Anschein einer richtigen Familie erweckten. Einige der älteren Kinder an der Schule hatten ebenfalls geschiedene Eltern, aber in Sophies Vorschulgruppe wollte Jane auf Anhieb keines einfallen.

Wann war ihr Traum eigentlich gescheitert? Mit einem Mal kam es ihr so vor, als hätte sie als Mutter versagt.

Sophie plapperte auf dem ganzen Heimweg, bis Jane endlich in ihre Auffahrt fuhr. Auf dem Rücksitz hielt Sophie das Apfelgehäuse in der einen und ein Stück Apfel in der anderen Hand. »Siehst du? Da ist mein Zahn!«

Möglicherweise lag es an der anstrengenden Fahrt oder an all dem, was sie gerade durchmachen musste, dass Janes Nerven zum Zerreißen gespannt waren. »Ich habe dir gesagt, dass du nicht im Wagen essen sollst, Sophie, und ich mag es überhaupt nicht, wenn du mit deinem Essen spielst. Also iss jetzt bitte dieses Apfelstück.«

»Aber Mommy ...«

»Iss es bitte«, wiederholte sie.

»Aber Mommy ...«

Jane starrte das winzige Stückchen an. »Iss es, Sophie. Ich werde das nicht noch einmal sagen.«

»Aber Mommy, das ist mein Zahn!« Sophie brach in Tränen aus, und erst da sah Jane es: Da war eine kleine Lücke, wo bis vor Kurzem Sophies unterer Schneidezahn gewesen war.

Sie schrie auf, schlug sich dann eine Hand vor den Mund und biss sich fest auf die Fingerknöchel.

»Das war ja gar kein Spaß.« Sophie schüttelte den Kopf, und Jane nahm ihrer Tochter den winzigen Zahn aus der Hand. »Ach, Liebling. Das tut mir so leid. Ich dachte, das wäre ein Stück Apfel!«

Sophie fing trotz ihrer Tränen an zu kichern, und Jane spürte ein Brennen in den Augen. Sie konnte sich noch ganz genau daran erinnern, wann dieser kleine Zahn gewachsen war, gerade mal sechs Monate nach Sophies Geburt. Jetzt lag er einfach so in ihrer Hand. Wo war nur die Zeit geblieben.

Sie spürte, dass Henrys Blick auf ihr ruhte. Er hatte die Augen aufgerissen, aber seine Lippen zuckten.

»Du musst mich doch für verrückt halten«, murmelte sie.

Er sah von dem weinenden Kind zu der geknickten Mutter und schüttelte den Kopf, während seine Mundwinkel ein Lächeln umspielte. »Eigentlich euch beide.«

»Weißt du, was das bedeutet?«, fragte Jane ihre Tochter aufgeregt. »Dann kommt heute Nacht die Zahnfee!«

»Wirklich?« Sophie strahlte und versuchte, sich aus dem Kindersitz zu befreien.

Lachend öffnete Jane den Verschluss und stieg dann aus dem Wagen. Im nächsten Augenblick steckte sie den Kopf auch schon wieder hinein und sah Henry in die Augen. »Kommst du?«

»Auf jeden Fall«, erwiderte er.

21

Henry beobachtete, wie Jane eine dünne Schicht Sprühkleber auf einem Dollarschein auftrug und diesen mit pinkfarbenem Glitzer besprenkelte. Sie runzelte konzentriert die Stirn, wedelte den Schein ein wenig in der Luft herum, berührte vorsichtig mit einem Finger die Oberfläche und als sie zufrieden festgestellt hatte, dass er trocken war, stopfte sie ihn in einen Stoffbeutel.

»Bereit?«, fragte sie grinsend.

Er erschrak. Es war offensichtlich ein großes Ereignis, dass Sophie ihren ersten Zahn verloren hatte. Groß genug, um Schreie, Tränen und einen riesigen Eisbecher als Nachtisch zu rechtfertigen. Groß genug, um drei statt die üblichen zwei Gutenachtgeschichten zu erfordern sowie ein besonderes Nachthemd, das Jane, wie sie ihm leise gestanden hatte, ihr eigentlich erst zu Weihnachten hatte schenken wollen, nachdem sie es vergangene Woche im Angebot gekauft hatte. Er war nicht davon ausgegangen, mit in das Ritual einbezogen zu werden, und er war sich auch nicht sicher, ob das so richtig war. Sophie war Janes Tochter. Janes und Adams, und er war nur Zuschauer. Diese Rolle hatte er in seinem Leben schon viel zu häufig gespielt.

Jane ging bereits durch den Flur zur Treppe, und er steckte die Hände in die Taschen und folgte ihr unsicher. Die Haustür lag direkt vor ihm, und er wünschte sich auf einmal, er könnte einfach verschwinden. Er sollte gehen, und zwar jetzt, bevor es zu spät war, bevor er noch weiter in Janes Leben vordrang, als er es ohnehin schon getan hatte. Es war viel zu einfach, sich von diesem häuslichen Glück einlullen zu lassen und sich vorzustellen, wie leicht und erfüllend das Leben sein konnte.

Je länger er blieb, desto mehr widerstrebte ihm die Vorstellung, wieder gehen zu müssen, um sich in seinem leeren Hotelzimmer in sein leeres Bett zu legen und irgendwann in naher Zukunft das nächste aufzusuchen. Reisen sollte man teilen, und er hatte sich immer gesagt, dass er seine Reisen durch seine Worte, Fotos und Erlebnisse mit anderen teilte. Aber wem wollte er etwas vormachen? Sich selbst zumindest nicht mehr.

Die unterste Stufe knarrte unter Janes Fuß, und sie zuckte zusammen, erstarrte und lauschte, ob aus Sophies Zimmer am anderen Ende des Flurs im ersten Stock etwas zu hören war. Henry merkte, dass er den Atem angehalten hatte und auch stehen geblieben war. Anscheinend tauchte er tiefer in dieses kleine Spiel ein, als er sollte.

Aber es machte ihm auch einen Heidenspaß.

»Sie schläft noch«, flüsterte Jane und machte einen weiteren Schritt.

Henry nickte und blieb dicht hinter ihr, wobei er sich einen Blick auf ihre schmale Taille und ihre sanft geschwungenen Hüften erlaubte. Sein Herz schlug schneller, als sie sich der offen stehenden Zimmertür näherten. Sophie war beim Abendessen so aufgeregt gewesen, dass ihr der Appetit vergangen war, und sie hatte darauf bestanden, dass er ihr dabei half, jede Spielzeugkiste und Schublade zu durchsuchen, bis sie den rosafarbenen Glitzerstift gefunden hatte, mit dem sie der Zahnfee unter seiner Anleitung einen Brief geschrieben hatte. Jetzt zog Jane das Blatt unter Sophies Kopfkissen hervor, ebenso wie die winzige Ringschachtel, in der der Zahn lag. Sie hatte geschrieben: *Liebe Zahnfee, bitte pass gut auf meinen Zahn auf. Vielleicht brauche ich ihn noch mal.*

Sophie regte sich kaum, als Jane den Stoffbeutel mit dem glitzernden Dollarschein unter das Kissen schob, aber als Jane die Hand wieder herauszog, drehte sich Sophie um, woraufhin sich zuerst Jane, dann Henry auf den Boden warf.

Sie sah ihn mit aufgerissenen Augen an, dann starrten sie einander schwer atmend in die Augen. Jane legte einen Finger an die Lippen, und als das Mondlicht zwischen den Vorhängen hindurchschimmerte, fiel es ihr ins Gesicht und ließ ihre Augen funkeln.

Fast hätte sich Henry vorgebeugt und sie geküsst, ihre süßen Lippen gekostet, die Hände in ihr Haar geschoben und darauf gehofft, seinen Namen über ihre Lippen kommen zu hören. Er schluckte schwer und war auf einmal sehr erregt.

Jane zog die Hand unter dem Kissen hervor und nahm Henrys Arm. »Raus hier!«, flüsterte sie ihm zu und zog ihn am Hemdsärmel zur Tür. Sie huschten hinaus, als wären sie zwei Räuber, die vom Tatort flohen, rannten durch den Flur und die Treppe hinunter. Als sie im Erdgeschoss ankamen, lachten sie so heftig, dass sie Seitenstechen bekam.

»Du hast bestimmt nicht gedacht, dass es solchen Spaß machen kann, ein Kind zu haben«, meinte Jane, als sie die Küche betraten. Sie zog eine Schublade auf und stellte die Schachtel mit Sophies Zahn hinein.

Henry war sich nicht sicher, ob ihn diese Geste stören oder berühren sollte. Eigentlich hatte er damit gerechnet, dass sie den Zahn wegwerfen würde. Seine Mutter hätte das getan.

Aber die Zahnfee war auch nie in seinem Elternhaus aufgetaucht.

Er lehnte sich an einen Küchenschrank. »Da hast du recht. Du bist eine sehr gute Mutter, Jane.«

Sie schaute zu Boden, und ihre Lider flatterten. »Danke. Wollen wir hoffen, dass der Richter auch deiner Meinung ist.«

Er konnte ihren deprimierten Tonfall kaum ertragen.

»Wie sollte er gegen einen glitzernden Dollarschein ankommen?«, erwiderte er fröhlich, aber sein Brustkorb zog sich zusammen, als er Janes gequältes Lächeln sah.

»Ich bin so dankbar, dass das heute passiert ist und nicht an einem Abend, wenn sie bei Adam schläft. Wenn ich das verpasst hätte …« Sie schüttelte den Kopf. »Das wäre furchtbar für mich gewesen.« Als sie einen langen Seufzer ausstieß, wirkte sie auf einmal erschöpft. »Das ist das Schlimmste an allem: nicht etwa, dass Adam nicht mehr da ist. Schlimmer ist, dass ich so vieles mit Sophie verpasse. Schon jetzt graut es mir vor Weihnachten. Das ist schon seit dem letzten Jahr so. Früher waren Thanksgiving und Weihnachten für mich fast schon magische Tage, und heute wünschte ich mir fast schon, sie würden abgeschafft.«

Er sah das genauso, allerdings aus anderen Gründen.

»Es hat sogar eine Zeit gegeben, in der ich dachte, ich könnte einfach mit Adam verheiratet bleiben, obwohl ich unglücklich war und wusste, dass er …« Sie sah ihm in die Augen. *Dass er sie betrogen hatte, der Mistkerl.* »Ich wollte nicht, dass Sophie ständig hin und her geschubst wird und dass sich ihre Eltern das Sorgerecht teilen. Ich dachte, wir könnten es um ihretwillen schaffen, zusammenzubleiben. Vielleicht auch um meinetwillen.« Sie zuckte mit den Achseln. »Aber letzten Endes musste ich dann doch den Mund aufmachen.«

Das überraschte ihn. Er hatte immer geglaubt, Adam hätte Jane verlassen. Als er sie ansah, bemerkte er die Widerstandskraft in ihren Augen und das ruhige Lächeln auf ihren Lippen. Sie war nicht mehr dasselbe Mädchen wie das, das am Arm ihres Vaters zum Altar geschritten war. Heute war sie eine starke und vielleicht auch ein wenig abgebrühte Frau. Sie würde auch diese Sache überstehen.

Er hoffte es zumindest.

Ebenso, wie er hoffte, eines Tages seine Scheidung überwunden zu haben. Vorerst fiel es ihm leichter, nicht daran zu denken und es einfach zu vergessen. Aber irgendwann kam die Wahrheit immer ans Licht. Man konnte sich noch so sehr vor seiner Vergangenheit verstecken, sie verschwand dadurch noch lange nicht.

»Tja, es war aus einem einzigen Grund die Sache wert.« Jane lächelte. »Wegen Sophie.«

Henry knirschte mit den Zähnen und machte eine finstere Miene. Eine so enge Beziehung zu einem Elternteil hatte er nie kennengelernt, auch wenn er alles dafür gegeben hätte. »Glaubst du wirklich, er könnte dir Sophie wegnehmen? Du bist ihre Mutter.«

»Und Adam ist ihr Vater.« Jane sah so traurig und zerbrechlich aus, dass sich Henry schalt, dieses Thema überhaupt angesprochen zu haben. Am liebsten wäre er aufgestanden, hätte sie in die Arme genommen und ihr gesagt, dass alles wieder gut werden würde. Doch das konnte er ihr nicht versprechen. Niemand konnte das.

Er ballte die Fäuste und dachte an Adam. Natürlich wollte er seiner Tochter nahe sein, aber zu welchem Preis? Das war egoistisch und einfach nur gemein. *Aber hat Adam denn nicht schon immer egoistisch gehandelt, wenn es um Jane ging?*, dachte er und musste an ihr Stipendium denken, das sie Adam zuliebe aufgegeben hatte.

Jane hatte einen Mann verdient, der sie auf Händen trug, ihre Stärken zu schätzen wusste und sie dafür belohnte und nicht etwa bestrafte. Sie brauchte jemanden, der jeden Tag für sie da war und der sich die einfachen Freuden des Familienlebens ebenso sehr wünschte wie sie. Adam war nicht dieser Mann.

Henry strich sich mit einer Hand über die verkrampfte Kieferpartie. Er war es genauso wenig.

Jane öffnete den Kühlschrank und schaute hinein. »Möchtest du etwas trinken? Kaffee? Wein? Ich habe vielleicht sogar noch Bier.«

»Kaffee wäre super«, erwiderte er.

Jane runzelte die Stirn, sagte aber nichts, sondern setzte Kaffee auf. Henry zwang sich, ruhig zu atmen, und sagte sich, dass er sich beruhigen musste und die Sache nicht so zu Herzen nehmen durfte, aber er konnte den Teil von sich einfach nicht ausstellen, der das Stigma in dieser Stadt verabscheute, das er einfach nicht loszuwerden schien, auch wenn so viele Jahre vergangen waren.

»Ich trinke keinen Alkohol«, erklärte er. Seine Stimme klang laut und bestimmt, als würde er etwas gestehen, das er lange Zeit geheim gehalten hatte. »Ich habe mit eigenen Augen gesehen, was Alkohol aus einem Menschen machen kann.« Wieder strich er sich über das Kinn. Wenn er Alkohol nur roch, hatte er schon das Gefühl, wieder zehn Jahre alt zu sein, und das wollte er auf gar keinen Fall erneut durchleben.

»Ich habe Ivy hin und wieder ein Glas Wein trinken sehen …«

»Das sollte sie aber nicht.« Die Worte kamen derart vehement aus seinem Mund, dass Jane zurückschrak. Henry hob eine Hand. »Entschuldige. Ich bin nur … Ich bin sehr empfindlich, was dieses Thema angeht. Auch wenn ich wusste, dass meine Mom Probleme hatte, war sie doch immer noch meine Mutter und der einzige Elternteil, den ich kannte. Ich konnte das, was die Leute über sie sagten, nie ausstehen.«

»In Kleinstädten ist man immer wieder das Ziel von Klatsch und Tratsch. Das ist auch der Grund dafür, dass ich noch niemanden von dem Sorgerechtsstreit erzählt habe.«

Henry runzelte die Stirn. »Nicht einmal deiner Familie?«

Jane schüttelte den Kopf, und Henry beugte sich über die Plücheninsel und bereute es auf einmal, dass er so weit von ihr weg stand. Sie trug wieder einen dieser weichen Pullover, aber einen mit einem tieferen Ausschnitt, sodass man ihr Schlüsselbein sehen konnte. Sie war so hübsch, so einladend, so ...

Er räusperte sich. »Aber du stehst deiner Familie doch so nahe.«

»Ganz genau«, erwiderte Jane. Sie gab das Kaffeepulver in eine Filtertüte und drehte sich zu ihm um. »Grace heiratet in wenigen Wochen, und Anna hat genug mit ihrem neuen Restaurant zu tun. Warum soll ich sie da noch mit meinen Problemen belasten?«

Henry musste an seine Schwester denken. Sah Ivy das etwa ähnlich? Hatte sie deshalb so lange gewartet, bis sie sich an ihn wandte?

»Glaube mir, sie werden es ganz bestimmt wissen wollen. Sie möchten für dich da sein, Jane.«

Jane schüttelte entschieden den Kopf. »Nein. Ich werde das allein regeln. Sie können sowieso nichts am Ausgang ändern.«

Ihr fiel das Haar ins Gesicht, und Henry hob eine Hand und strich es nach hinten. Als er ihr in die Augen sah, ließ er die Hand schnell wieder sinken.

»Der Kaffee ist fertig«, verkündete Jane mit hochroten Wangen. Sie wandte ihm den Rücken zu, öffnete einen Küchenschrank und nahm zwei Tassen heraus. Danach gingen sie ins Wohnzimmer, worüber er sehr erleichtert war. In der Küche war es zu gemütlich geworden, aber hier konnte er auf Distanz bleiben.

Er beäugte den Ohrensessel, in dem er vor gerade mal einer Woche geschlafen hatte. Vielleicht sollte er sich erneut dorthin setzen, um einen Sicherheitsabstand zu Jane zu halten. Doch stattdessen setzte er sich neben sie auf die Couch.

Auf einem Beistelltisch stand eins der vielen Fotos von Sophie, das offenbar an ihrem ersten Geburtstag aufgenommen worden war.

»Haben Adam und du je überlegt, noch mehr Kinder zu bekommen?«, fragte Henry und bereute es sofort, als Jane die Miene verzog. Sie pustete in ihren Kaffee und nippte daran.

»Eigentlich nicht. Wir haben nicht wirklich oft über irgendetwas gesprochen. Als ich jünger war, hat mich meine Verliebtheit derart geblendet, dass mir gar nicht bewusst geworden ist, wie verschieden wir sind. Adam hat gern seine Freiheit. Er mag es, wenn alle nach seiner Pfeife tanzen.«

»Und wenn du das Stipendium für die Tanzakademie angenommen hättest, wären seine Pläne nicht aufgegangen.« Henry runzelte die Stirn.

Jane sah ihm in die Augen. »Ganz genau. Er wollte heiraten, aber auch ausgehen und ein schönes Leben führen, eine nette, süße Frau haben, die sich um ihn kümmert, so wie es seine Mutter zuvor getan hatte.«

Henry versteifte sich, als sie Patty erwähnte. Er musste Mrs Brown noch anrufen.

»Und was wolltest *du*?«

Jane starrte blinzelnd ins Feuer, bevor sie Henry zaghaft anlächelte. »Weißt du, ich kann mich gar nicht daran erinnern, wann mich das jemand das letzte Mal gefragt hat.« Sie hielt kurz inne. »Alles, was ich will, ist, dass meine Tochter bei mir ist. Sie ist das Einzige, was zählt.«

»Willst du denn wieder heiraten?«

Jane sah ihn fragend an. »Willst du das?«

Henry lehnte sich auf der Couch zurück. »Touché«, erwiderte er, wobei er eigentlich dachte: *Verdammt, auf gar keinen*

Fall. Es war sein Ernst gewesen, als er ihr gesagt hatte, dass er nicht geeignet für die Ehe war.

Seine Lippen wurden schmal. Er war auch nicht geeignet für eine Familie.

Auf einmal fühlte er sich gereizt und fehl am Platz in diesem liebevoll dekorierten Wohnzimmer, mit den Fotos auf dem Kaminsims und den Körben voller Spielzeug in der Ecke. Jane verdiente einen Mann, der all das wollte, der abends nach Hause kam und die Puppen vom Boden aufhob und Sophie ins Bett brachte, um Jane dann beim Abspülen zu helfen.

Das war er nicht. Sosehr er es sich auch wünschte, das war er nicht.

Er hatte diese Sache mit der Familie versucht. Zweimal. Und beide Male hatte es in einem Desaster geendet.

Er stellte seine Tasse auf einen Untersetzer und stützte die Ellbogen auf die Knie. Ihm war klar, dass er eigentlich gehen sollte. Jetzt. Bevor er noch etwas Dummes tat.

Stattdessen drehte er sich zu ihr um und bemerkte, wie sie die vollen Lippen leicht öffnete, ihn ruhig ansah und ihre Augenlider sanft flatterten. Eine Haarsträhne war ihr ins Gesicht gefallen, und ohne nachzudenken schob er sie ihr hinter ein Ohr.

Sie schenkte ihm ein unsicheres Lächeln und riss die Augen leicht auf, als er ihr mit der Hand über den Hals strich und seinen Daumen über ihr zartes Schlüsselbein und ihre Schulter wandern ließ. Ihre Haut war weich und warm, sie atmete flach und sah ihn fragend an. Unwillkürlich wanderte sein Blick zu ihrem Mund, und er konnte diesen Drang nicht mehr zurückhalten, den er schon so lange Zeit spürte, und presste seine Lippen auf ihre. Er küsste sie sanft, hielt inne und wartete darauf, dass sie den Kuss erwiderte, dass sie es ebenfalls wollte, auch wenn er wusste, dass es nicht richtig war. Aber er wollte jetzt nicht aufhören. Sie roch nach Äpfeln und Honig, ihr Haar war so seidig und ihre Lippen verlangten förmlich danach, geküsst zu werden. Zögernd erwiderte sie seinen Kuss, und sein Verlangen wuchs, als er ihr einen Arm um die Taille legte, sie an sich drückte, ihre Brüste an seiner Brust spürte und ihr Haar ihn im Gesicht kitzelte. Er fuhr mit den Fingern hindurch und hielt sie fest. Schließlich ließ er den Kuss intensiver werden, umgarnte ihre Zunge mit der seinen, kostete sie, atmete dieselbe Luft wie sie und wünschte sich, dass dieser Augenblick niemals enden würde.

Plötzlich rückte Jane von ihm ab. »Sophie.«

Henry war sofort schuldbewusst. »Du hast recht. Sie könnte jeden Moment reinkommen ...«

»Nein, sie ruft nach mir.« Jane war bereits aufgesprungen und lief zur Treppe. »Das macht sie sonst nie.«

Jetzt hörte er die Rufe auch, die fast schon ein Kreischen waren. »Mommy, Mommy, Mommy!« Schon war Jane die Treppe hinaufgestürmt und schien alles andere vergessen zu haben – sogar ihren Kuss.

Und verdammt, dadurch begehrte er sie nur noch mehr.

»Mommy, Mommy, die Zahnfee war da! Die Zahnfee war da!« Sophie kam bereits durch den Flur gelaufen und traf Jane am oberen Treppenabsatz, wo sie auf und ab hüpfte und ihren glitzernden Geldschein durch die Luft schwenkte. »Und sie hat meinen Zahn mitgenommen! Und mir Geld dagelassen!«

»Das ist ja wunderbar, Liebling! Aber du musst jetzt trotzdem wieder ins Bett gehen.«

»Bekomme ich noch ein Schlaflied vorgesungen?«

»Natürlich ...«

»Nicht von dir. Von ihm.« Sophie deutete auf Henry.

»Oh.« Er sah Jane hilfesuchend an, aber sie zuckte nur mit den Achseln. »Wenn du meinst.«

Ganz langsam ging er die Treppe nach oben und an der grinsenden Jane vorbei, um Sophie in ihr Zimmer zu folgen. Ivy hätte ein solches Kinderzimmer geliebt, dachte er und musterte die rosafarbenen Bettbezüge und die passenden Vorhänge. Ein wunderschönes Puppenhaus stand in einer Ecke neben einem kleinen, runden Tisch, auf dem ein Teeservice aufgebaut war.

»Na los. Fang an«, sagte Sophie, sobald sie wieder im Bett lag. Sie blickte zu ihm auf und kniff die Augen zu. »Sing mir ein Schlaflied.«

Henry versuchte krampfhaft, sich an ein Kinderlied zu erinnern, aber ihm wollte keins einfallen. Seine Großmutter hatte ihm als Kind welche vorgesungen, doch das war so lange her, dass er die Melodie bestenfalls noch summen konnte. Er sah sich im Zimmer um, während er überlegte, was dem kleinen Mädchen gefallen würde. Schließlich entschied er sich für »Itsy Bitsy Spider«. Sophie hörte sich das ganze Lied geduldig an und verzog den kleinen Mund zu einem zufriedenen Lächeln, aber als er endlich fertig war, sagte sie: »Das war eigentlich gar kein Schlaflied, aber es hat mir trotzdem gefallen.«

Henry blinzelte mehrmals und musste dann lachen.

Jane stand im Flur, als er wieder aus dem Zimmer kam. Zweifellos hatte sie ihnen die ganze Zeit zugehört.

»Sag kein Wort zu meinen Sangeskünsten«, warnte er sie und wackelte spielerisch mit einem Finger.

»Ich wollte dich eigentlich gerade loben. Du wirst mal einen sehr guten Vater abgeben.« Ihre Augen blitzten belustigt, aber Henry hatte keine Lust auf ein Wortgefecht.

Seine Zukunft beinhaltete weder Kinder noch eine Ehefrau.

Und es wurde Zeit, sich daran zu erinnern und dieses Haus schnellstmöglich zu verlassen, bevor er Janes ohnehin schon kompliziertes Leben nur noch mehr auf den Kopf stellte.

»Ich sollte gehen«, sagte er, als sie wieder im Erdgeschoss waren.

Er wandte den Blick ab, da er Janes enttäuschten Gesichtsausdruck nicht ertragen konnte. »Oh. Okay.«

Mit entschlossenem Schritt ging er ins Wohnzimmer, holte seine Kaffeetasse und stellte sie ins Spülbecken.

»Du musst doch nicht aufräumen«, meinte Jane leise. Sie sah ihm nicht in die Augen, während sie so dicht vor ihm stand, dass er sie erneut hätte küssen können, wenn er das gewollt hätte – und wie er es sich wünschte! Ihre Lippen waren rot und voll und ihre Augen noch etwas heller als zuvor, und auf einmal wusste Henry, was sich verändert hatte. Sie hatten aus einer herzlichen Freundschaft mehr gemacht – etwas, das sehr gefährlich war.

»Schon okay«, erwiderte er angespannt und zwang sich zu einem Lächeln, als er durch die Küche ging, während seine Gedanken rasten. Er hatte eine Grenze überschritten und für einen Augenblick die Kontrolle verloren.

An der Tür zögerte er noch einmal, zog sich dann den Mantel an und wollte noch etwas sagen, das ihren fragenden Blick beantwortete, aber noch viel mehr wollte er ihre geschürzten Lippen küssen.

Er versteifte sich. Was hätten sie beide denn davon? Er konnte sich in Versuchung führen und eine Fantasie ausleben, nach der er sich schon sein ganzes Leben lang sehnte, oder er konnte ihr den Rücken zuwenden, hinausgehen und wieder in die Realität zurückkehren. Nach vorn sehen und nicht zurück, so, wie er es am besten konnte. Bisher hatte es immer funktioniert, warum sollte er dann jetzt etwas anders machen?

Auch wenn er es sich noch so sehr wünschte.

22

Ivy schloss ihre Wohnungstür hinter sich und huschte die Hintertreppe zu ihrem Laden hinunter. Ihr Bein schmerzte nach der Injektion ein wenig, aber so gut hatte sie sich seit Wochen nicht gefühlt – was sie Henry gegenüber jedoch nie zugegeben hätte. Er machte sich einfach zu viele Sorgen. Das war auch einer der Gründe, warum sie ihn nicht noch mehr belasten wollte, aber jetzt, wo er Bescheid wusste, war sie auch froh, dass er wieder in der Stadt war.

Wenn sie ihn jetzt nur noch zum Bleiben bewegen könnte ...

Grace stand bereits vor dem Laden und schaute ins Schaufenster, als Ivy um die Ecke kam. Sie lief zur Tür, schloss auf und ließ ihre Freundin herein.

»Du wartest doch noch nicht lange, oder?« Sie erschauderte im schneidenden Oktoberwind. »Ich war nur kurz oben, um ... einen Happen zu essen.«

»Ich bin gerade erst gekommen.« Grace' grüne Augen funkelten, während sie sich die Hände rieb. »Und, ist es fertig?«

Ivy holte tief Luft und stieß sie langsam wieder aus. Sie hatte den Großteil des Nachmittags an einem Muster für die Tischdekoration für Grace' und Lukes Hochzeit gearbeitet. Da Grace' Anweisungen sehr schwammig gewesen waren, konnte Ivy nur hoffen, dass ihr das Resultat gefiel oder sie zumindest genau benennen konnte, was sie daran nicht mochte.

»Es ist im Hinterzimmer. Ich hole es schnell.«

Sie eilte nach hinten und biss sich auf die Unterlippe, weil sie an sich zu zweifeln begann. Schließlich hatte sie sich einige Freiheiten genommen – was sie sonst nie tat –, aber in dieser Situation war ihr einfach nichts anderes übrig geblieben. Sie hatte es tun müssen, um nicht durchzudrehen. Viele der Blumen, die Grace gefielen, passten nicht zusammen, und Ivy kannte Grace' Geschmack gut genug, um zu wissen, was ihr wirklich gefallen würde – zumindest hoffte sie das.

Das Telefon klingelte, als sie gerade noch einmal letzte Hand anlegte. »*Petals* an der Main Street«, meldete sie sich an ihrem Bürotelefon. Sie klemmte sich den Telefonhörer zwischen Wange und Schulter und drückte eine Rose etwas tiefer in die runde Glasvase.

Die Frau am anderen Ende der Leitung erklärte ihr ihre missliche Lage – der Florist hatte in letzter Minute abgesagt, die Hochzeit sollte am nächsten Samstag im Ridge Country Club stattfinden ... Ivy schrieb sich alles auf, erstarrte dann aber, als die Frau ihren Namen nannte. Es war Kristy Richardson. Adams *Neue*.

Grace hatte erwähnt, dass Adam vorhatte, bald wieder zu heiraten. Ivy war nur nicht bewusst gewesen, wie bald die Hochzeit wirklich stattfinden würde. Kein Wunder, dass Jane neulich so aufgewühlt gewesen war.

Sie schob die Tür etwas weiter zu, auch wenn Grace gar nicht wissen konnte, mit wem sie da telefonierte. Irgendwie kam sie sich dennoch wie eine Heimlichtuerin und illoyal vor. Jane war für sie immer wie eine kleine Schwester gewesen, und daran hatte sich nicht sehr viel geändert. Wie konnte sie da für die Menschen arbeiten, die ihr derart wehgetan hatten?

»Es tut mir sehr leid, aber an diesem Tag bin ich leider schon anderweitig beschäftigt«, flunkerte sie.

»Ich bezahle auch den doppelten Preis«, bot Kristy an. »Bitte, ich bin so verzweifelt.«

Bei diesen Worten setzte Ivys Herz einen Schlag aus. Aber

nein, sie würde das nicht tun. Sie würde weder ihre Seele noch eine Freundin verkaufen. Sobald sie das Haus erst einmal los wäre, würde ihre finanzielle Lage deutlich besser aussehen. Sie musste nur noch ein paar Monate durchhalten.

»Eine meiner Freundinnen ist Eventmanagerin. Ich werde ihr raten, all ihre Kunden zu Ihnen zu schicken. Zufälligerweise weiß ich, dass sie gleich vier große Veranstaltungen geplant hat, für die sie noch auf der Suche nach einem Floristen ist.«

Ivy runzelte die Stirn. Kristy gab nicht so leicht auf, aber war das wirklich überraschend? Sie hatte sich schließlich einen verheirateten Mann geangelt, noch dazu einen mit Kind. »Es tut mir sehr leid, aber vielleicht kann Ihnen Ihre Freundin ja helfen, einen anderen Floristen zu finden.«

»Sie sind alle ausgebucht. Außerdem habe ich mir sagen lassen, dass Sie hier in der Gegend die Beste sind.«

Es gab zwar insgesamt gerade mal ein halbes Dutzend Floristen in der Gegend, aber Ivy setzte sich dennoch etwas aufrechter hin.

Doch dann riss sie sich zusammen. Diese Frau raspelte nur Süßholz. Außerdem war sie eine Braut, und Ivy arbeitete nicht gern für Bräute, erst recht nicht für solche, die einer ihrer Freundinnen den Ehemann weggeschnappt hatten!

»Es tut mir sehr leid, aber ...«

»Na gut, das Dreifache! Ich weiß auch genau, was ich will. Sahararosen und rote Beeren. Ganz einfach.«

Ivy geriet ins Grübeln. Das war eigentlich schnell zu machen. Und für das Dreifache ihres üblichen Honorars ...

»Es tut mir sehr leid«, erklärte sie und reckte das Kinn in die Luft. »Aber ich bin bis nach Thanksgiving ausgebucht.«

Sie legte seufzend auf. Dreißig Sekunden lang gestattete sie sich, über das entgangene Einkommen nachzudenken, danach würde sie es aus ihren Gedanken verbannen. Es war schmutziges Geld, mit dem sie eine Freundschaft in Gefahr brachte, und sie hätte sich schrecklich gefühlt, wenn sie diesen Auftrag angenommen hätte.

Henry war großzügig und wollte ihr helfen, und wenn es wirklich eng wurde, dann würde sie eben sein Angebot annehmen. Allerdings wäre es ihr lieber, wenn das nicht nötig werden würde. Er hatte ihr schon viel zu lange und viel zu viel gegeben. Aus diesem Grund hatte sie sich auch allein um die Beerdigung gekümmert, auch wenn sie ursprünglich gehofft hatte, sich mit dem Geld eine größere Wohnung zulegen zu können. Darum hatte sie darauf bestanden, in der Stadt zu bleiben, obwohl er sie angefleht hatte, zu ihm zu kommen. Henry hatte dreiundzwanzig lange Jahre alles auf sich genommen und musste sich jetzt nun wirklich nicht mehr um alles kümmern.

Natürlich kannte er auch nicht die Ausmaße, wie schlimm ihre finanzielle Lage tatsächlich aussah. Wenn er es wüsste ... Ach, daran wollte sie lieber gar nicht denken. Vermutlich würde er den Laden einfach schließen. Danach würde er ihrem Arzt den Großteil seiner Ersparnisse schicken und einen Ratenzahlungsplan einrichten, um dafür zu sorgen, dass sie auf sich aufpasste.

Dabei tat sie das doch. Sie kannte ihren Körper, und außerdem lebte sie schon seit einer ganzen Weile mit einer reduzierten Insulindosis. Wenn sie ihren Blutzuckerspiegel noch einige Wochen länger im Griff hatte, bis das Haus verkauft sein wurde ...

Ivy hob das Muster für Grace hoch und trug es nach vorn, wobei sie den Atem anhielt. Grace riss die Augen auf, als sie das farbenfrohe Gebinde aus Lilien, Tulpen, Rosen und Beeren erblickte, das aus der antiken Vase hervorquoll. Ivy stellte ihre schwere Last auf einen Tisch und sah ihre Freundin erwartungsvoll an, während sie darauf wartete, dass diese etwas sagte. Sie hoffte, sie hoffte so sehr, dass es schon fast wehtat, dass sie zufrieden war. Es war Ivys Idee gewesen, die cremefarbenen Rosen hinzuzufügen, damit das Ganze etwas eleganter wirkte, und das Bischofskraut als Lückenfüller. Hier ging es schließlich um die Hochzeit ihrer besten Freundin – den Tag, von dem sie schon als kleine Mädchen geträumt hatten, wenn sie in Grace' rosafarbenem Zimmer gesessen, in Zeitschriften geblättert oder auf dem breiten, bequemen Bett gelegen und sich bis spät in die Nacht kichernd unterhalten hatten. Sie wollte, dass dieser Tag für Grace perfekt wurde.

»Was sind das denn für Blumen?«, wollte Grace wissen und deutete auf die kleinen orangefarbenen Blüten.

»Das ist auch eine Chrysanthemenart«, antwortete Ivy, die ihrer Freundin gebannt ins Gesicht sah und sich für deren Reaktion wappnete.

»Ich ...« Grace holte tief Luft und schüttelte den Kopf. »Ich bin völlig überwältigt. Es ist perfekt!« Ihr standen Tränen in den Augen, als sie Ivy ansah.

»Wirklich?« Ivy nahm ihre Freundin in den Arm. »Ich war mir nicht sicher, da du schon länger nichts mehr von Rosen gesagt hast, und die Beeren ...«

»Das ist mein Ernst, Ivy. Es ist perfekt. Mir ist klar, dass Bräute deine anstrengendsten Kundinnen sind, daher kann ich dir gar nicht genug danken.«

Ivy strahlte. Genau das war es, was sie an ihrem Job so sehr liebte: dass sie jemand anders den Tag verschönern konnte. Auch wenn sie mit Hochzeiten noch so viel Ärger hatte, musste sie doch zugeben, dass diese Aufträge mit die schönsten waren – insbesondere wenn es um den besonderen Tag der besten Freundin ging.

»Ach, es könnte durchaus sein, dass ich dank dir meine Meinung geändert habe. Vielleicht werde ich den Bräuten demnächst doch mehr Vorschläge machen, damit alles reibungsloser läuft.« Sie schaute zur Tür, um sich zu vergewissern, dass sie allein waren. »Du wirst es nicht glauben, wer mich eben beauftragen wollte. Kristy.«

Grace starrte sie fassungslos an. »Das ist ja unfassbar! Hast du abgelehnt?«

Ivy nickte und beschloss, nicht zu erwähnen, wie viel Geld Kristy ihr geboten hatte. »Natürlich. Das könnte ich Jane niemals antun!«

»Sie können sie einfach nicht in Ruhe lassen«, meinte Grace, die stirnrunzelnd den Kopf schüttelte. »Mir ist klar, dass Briar Creek nicht besonders groß ist, aber ein bisschen Rücksichtnahme kann doch wohl nicht schaden.«

Ivy dachte daran, dass Adam und Henry erst vor Kurzem zusammen im *Rosemary and Thyme* gegessen hatten. Eigentlich hatte sie gehofft, dass zumindest ihr Bruder etwas mehr Verständnis für die Lage aufbringen würde.

»Geht Henry zu der Hochzeit?«, wollte Grace wissen, und Ivy legte den Kopf schief. Sie hatte noch gar nicht daran gedacht, ihn zu fragen, und jetzt zog sich ihr Magen vor Furcht zusammen.

»Ich weiß es nicht«, erwiderte sie aufrichtig. »Momentan ist er im Haus und beaufsichtigt die Malerarbeiten.«

Sie runzelte die Stirn und musste daran denken, wie verloren Jane bei ihrer letzten Begegnung gewirkt hatte. In ihren Augen hatte eine Traurigkeit gelegen, wie man sie seit fast einem Jahr nicht mehr bei ihr gesehen hatte, und auch damals hatte Ivy nicht gewusst, was der Grund dafür war. Jane verbarg ihre Gefühle immer hinter einem Lächeln.

Ivy kannte das aus eigener Erfahrung. Es kam ihr so vor, als hätte sie ihr ganzes Leben lang das Kinn in die Luft gereckt, die

Zähne gebleckt und versucht, sich auf die schönen Dinge im Leben zu konzentrieren, anstatt auf die hässlichen.

»Ich mache mir Sorgen um Jane«, gestand sie Grace.

Ihre Freundin, die den Strauß noch immer bewundert hatte, blickte auf. »Warum? Wegen der Hochzeit?«

Ivy schüttelte den Kopf. »Nein ... Ja, das auch. Ich bin mir nicht sicher, was momentan mit ihr los ist. Eigentlich dachte ich, sie wäre über die Sache mit Adam hinweg.«

»Ich glaube, so langsam kommt ihre Enttäuschung über alles zum Vorschein«, stimmte Grace ihr zu. »Er hat ihre Familie und ihr Leben auseinandergerissen. Sie hat ihm vertraut, und er hat sie enttäuscht. Ich glaube, im Moment sind ihre Gefühle einfach nur negativ und sie denkt nicht mehr an eine mögliche Versöhnung.«

»Aber sie sah so traurig aus, als ich sie das letzte Mal gesehen habe. Erinnerst du dich, wie sie neulich hier vorbeigekommen ist, als wir gerade über die Blumen gesprochen haben?«

»Da kam sie mir ein bisschen abgelenkt vor, und so war sie auch schon bei der Kuchenverkostung.« Grace machte jetzt auch ein besorgtes Gesicht. »Du glaubst doch nicht etwa, dass es an meiner Hochzeit liegt, oder? Das Timing ist auch wirklich schlecht.«

»Vielleicht liegt es nur daran«, erwiderte Ivy achselzuckend, aber sie war selbst nicht überzeugt. Der Ausdruck in Janes Augen hatte sie eher an Furcht erinnert, und sie war so schnell wieder gegangen.

»Ich werde mit ihr darüber reden«, versprach Grace. »Das habe ich zwar schon einmal versucht, und sie kann so verdammt dickköpfig sein. Wenn sie öfter vor die Tür gehen würde, wäre sie bestimmt glücklicher. Sie sollte mal ausgehen und sich amüsieren.« Sie zog die Augenbrauen hoch und musterte Ivy. »Wo wir gerade dabei sind ...«

»Oh.« Ivy lachte nervös auf. Wie konnte sie auch nur daran denken, mit jemand anderem auszugehen, wenn der einzige Mann, den sie je begehrt hatte, bald wieder in ihr Leben treten würde, selbst wenn es nur für einen Tag war und er möglicherweise in Begleitung kam?

Sie ballte eine Hand zur Faust. Jetzt musste sie es einfach wissen.

»Vielleicht sind ja auf deiner Hochzeit ein paar Singlemänner. Für Jane«, fügte sie schnell hinzu, und ihr Herz schlug schneller, als Grace darüber nachdachte.

»Das mag sein, aber ich glaube kaum, dass einer von ihnen Janes Typ ist. Sie kennt die meisten davon ohnehin schon sehr lange.«

Ivy nickte viel emsiger als sonst, und sie hielt den Atem an, während sie darauf wartete, dass Grace mit der Sprache herausrückte. Wer kam allein und wer in Begleitung? Und wer würde diese Begleitung sein? Eine ebenso brillante Chirurgin mit einer Modelfigur und einigen Abschlüssen an den besten Universitäten?

Ach, wem machte sie denn hier etwas vor? Brett Hastings hatte sich noch nie für sie interessiert. Warum sollte das jetzt anders sein? Sie war doch nur die Floristin. Er rettete Leben, und sie ... versuchte, ihr eigenes zu retten, dachte sie bedrückt.

***

Henry hatte gerade die letzte Kiste aus der Küche in den riesigen Müllcontainer geworfen, den sie gemietet hatten, und seufzte schwer. Er stemmte die Hände in die Hüften, starrte das alte Haus an und versuchte, es objektiv zu betrachten und sich nicht von seinen unglücklichen Erinnerungen und den Jahren, die er nie wieder zurückbekommen konnte, beeinflussen zu lassen. Ivy hatte ihn gebeten, nichts Wichtiges wegzuwerfen, aber sie hatte die wenigen Fotoalben ihrer Großmutter sowie einige Gegenstände, an denen ihr Herz hing, bereits nach dem Tod ihrer Mutter im letzten Sommer mitgenommen. Nun war nichts weiter übrig als altes, angeschlagenes Geschirr, fleckige und beschädigte Möbel und die Überreste einer Zeit, die er gern für immer hinter sich gelassen hätte.

Er setzte einen Fuß vor den anderen und zwang sich, durch die quietschende Tür, die nicht mehr richtig in den Angeln saß, zurück ins Haus zu gehen und sich die Hände im Spülbecken zu waschen. Er trocknete sie sich an der Hose ab, drehte sich um, lehnte sich ans Waschbecken und sah sich im Raum um. Die Schränke waren jetzt leer, und das rissige Linoleum war herausgerissen worden, sodass man die Kieferndielen darunter sehen konnte. Aber wer immer dieses Haus auch kaufte, brauchte sehr viel Fantasie, um sich vorzustellen, was man daraus machen konnte. Henry hätte zwar seine gesamten Ersparnisse in eine anständige Renovierung stecken können, aber das wäre finanziell wie emotional eine zu hohe Investition geworden. Jetzt wollte er nur noch, dass alles sauber war, damit sie das Haus verkaufen konnten. Er brauchte eine Veränderung. Aber er konnte nicht derjenige sein, der sie bewerkstelligte. Je weniger Energie er hier noch reinsteckte, desto besser.

Er rieb sich mit einer Hand das Kinn, wo seine Bartstoppeln seine Handfläche kitzelten, und fuhr sich dann mit den Fingern über einen Wangenknochen. Sie hatten hier in der Küche gestanden. Damals musste er ungefähr zwölf gewesen sein. Seine Mom kochte gerade Essen, was nur sehr selten vorkam, da es meist nur Cornflakes gab, und er half ihr, indem er den Müll rausbrachte und vor allem dafür sorgte, ihr nicht im Weg zu sein, damit sie sich nicht aufregte. Er schmuggelte eine Flasche in die Mülltüte, wie er es so oft tat, wenn sie nicht gerade einen knappen Vorrat hatte und es zu sehr auffallen würde. Danach verdünnte er den klaren Alkohol durch Wasser. Er hätte alles versucht, um zu verhindern, dass die Dinge ganz außer Kontrolle gerieten.

Normalerweise schlich er sich erst im Dunkeln zum Müll, wenn sie bereits ein bisschen was getrunken hatte und nicht mehr mitbekam, was er trieb, oder sich nicht mehr dafür interessierte, was er tat oder ob er überhaupt zu Hause war, aber an diesem Abend stand sie da und drehte sich gerade in dem Augenblick um, als er die Weinflasche in die Tüte stopfen wollte. Sie riss sie ihm mit einer Hand weg und gab ihm mit der anderen Hand eine Ohrfeige. Der Ring seiner Großmutter, den sie ständig trug, obwohl er ihr viel zu groß war, sodass der Stein immer auf die falsche Seite rutschte, schlitzte ihm die Wange auf, die sofort zu bluten begann.

Er sagte nichts und ging einfach zum Spülbecken, um die Wunde auszuwaschen. Danach brachte er den Müll raus und ließ sich auf dem langen Rückweg von der Straße zum Haus viel Zeit, wobei er sehnsüchtig zu dem warmen Licht hinüberstarrte, das aus dem Fenster der Browns drang. Er wünschte sich, er könnte einfach rüberlaufen und sich zu ihnen an den Tisch setzen, doch das ging nicht. Mrs Brown würde sein Gesicht sehen und ihm Fragen stellen, die er nicht beantworten wollte. Außerdem konnte er Ivy nicht allein lassen, wenn ihre Mutter in diesem Zustand war.

Als er zurück ins Haus kam, war die Küche leer. Die Bratpfanne mit den Eiern lag kopfüber im Spülbecken und der Herd war noch an. Henry schaltete ihn aus, stellte Cornflakes und Milch auf den Tisch und rief seine Schwester. Als sie ihn fragte, was passiert sei, behauptete er, er wäre auf der Auffahrt ausgerutscht.

Jetzt schloss er die Augen, drehte sich auf dem Absatz um

und riss die Haustür auf, als er ins Freie stürzte. Er nickte den Arbeitern zu, während er zu seinem Wagen ging, setzte sich hinein und schloss die Tür. Um die Geräusche und Bilder auszublenden, die Erinnerungen, die er zu vergessen versuchte, schaltete er das Radio ein.

Wie immer brannte auch jetzt Licht im Haus der Browns, und bevor er auch nur darüber nachzudenken konnte, fuhr er auch schon seine Auffahrt hinunter und ihre hinauf.

Mrs Brown öffnete die Tür und lächelte überrascht. »Henry! Wir wollten gerade zu Abend essen.«

»Ich will nicht stören«, murmelte er und steckte die Hände in die Hosentaschen.

»Ach, Quatsch!« Sie zog ihn bereits ins Haus, in dem es nach Hühnereintopf duftete. Er musste lächeln. »Ich wollte schon anrufen und dich zum Essen einladen, aber du schienst im Haus sehr beschäftigt zu sein. Da dachte ich, ich lasse dich lieber arbeiten.« Sie führte ihn in die Küche. »Sieh mal, wer hier ist, Roger. Ich glaube fast, er hat den Eintopf gerochen und wusste, dass er vorbeikommen muss.«

Mr Brown stand lachend auf und schüttelte Henry die Hand. Er hatte viele kleine Fältchen rings um die Augen, einige mehr als in Henrys Erinnerung, sah aber noch immer so gütig aus wie früher. Henry konnte sich noch genau daran erinnern, wie er an diesem Tisch gesessen hatte, nachdem sie gerade gegessen hatten. Roger und Adam wollten auf der Auffahrt noch Basketball spielen, bis die Sonne unterging, und Roger war in der Tür stehen geblieben, um ihn anzusehen und zu fragen: »Kommst du auch?«

Er hatte sich damals vorgenommen, später auch so mit seinem Sohn Basketball zu spielen.

Jetzt riss er sich zusammen. Er würde nie einen Sohn haben. Ebenso wenig wie eine Frau. Er ließ sich lieber treiben und nahm nur als Außenseiter an den angenehmen Ritualen anderer Familien teil. Schließlich wusste er, dass es keinen Sinn ergab, eine eigene zu gründen.

Der Geschmack von Janes Lippen war ihm noch frisch im Gedächtnis. Genauso gut konnte er sich an ihren verletzten Blick erinnern, als er so plötzlich gegangen war. Er sollte sie anrufen oder im Buchladen vorbeifahren und ihr alles erklären. Eine Frau wie Jane konnte einen Mann wie ihn nicht gebrauchen. Er hatte ihr nichts zu bieten.

Mrs Brown lächelte ihn an, als sie den Topf auf den Tisch stellte und ihn ermutigte, sich zu setzen. Er unterhielt sich mit Roger über die Arbeit, seine Reisen und die Footballsaison, während er versuchte, Jane zu vergessen und die Schuldgefühle, die mit jedem Ticken der großen Standuhr auf dem Flur emsiger an ihm nagten. Fotos von Sophie im Ballettkostüm waren mit Magneten am Kühlschrank befestigt, und er wandte den Blick ab, stand auf und half Patty beim Tischdecken.

»Du hast ja die Bilder unserer Enkelin gesehen«, sagte Roger stolz. »Die Kleine wickelt mich immer ganz schön um den Finger.«

»Er hat ihr ein Spielhaus im Garten gebaut«, fügte Patty hinzu und deutete durch die Glastür in den Garten. Ein leuchtend pinkes, riesiges Puppenhaus stand unter der großen Eiche, und das Dach war mit goldenen Blättern bedeckt. »Es hat vier Wochenenden gedauert, bis es fertig war, und dann hat Sophie auf einmal beschlossen, dass es nicht lila, sondern pink sein soll.«

»Es gefällt mir überhaupt nicht, dass Adam diesen Job in Colorado annehmen will«, knurrte Roger und griff nach seinem Löffel.

»Wir haben überlegt, ob wir uns dort auch eine Bleibe suchen sollen«, ergänzte Patty, deren Augen einen Hoffnungsschimmer annahmen.

Henry fing an zu kauen, bekam den Bissen jedoch kaum herunter. Sie schmiedeten Pläne und gingen fest davon aus, dass Sophie mit Adam und Kristy nach Denver ziehen würde. Wenn Jane das erfuhr ...

»Ich könnte mir vorstellen, dass das für alle Beteiligten eine schwierige Situation ist«, meinte er.

»Ich habe versucht, es Adam auszureden«, sagte Patty. »Aber er meinte, das wäre eine Gelegenheit, die er sich nicht entgehen lassen dürfe.« Sie starrte ihr Besteck kurz an, bevor sie weiteraß.

»Jetzt aber genug von diesem deprimierenden Gerede.« Roger räusperte sich. »Es kommt schließlich nicht jeden Tag vor, dass Henry uns besucht. Da muss es doch interessantere Gesprächsthemen geben.«

Patty lächelte schüchtern. »Nachdem du neulich hier gewesen bist, habe ich in alten Fotoalben geblättert. Möchtest du sie dir nach dem Essen mal anschauen? Das wäre doch schön.«

Sie bot ihm einen Blick in den Teil seiner Vergangenheit an, vor dem er nicht hatte weglaufen wollen, den er aber dennoch verdrängt hatte. »Ja, das würde ich sehr gern«, erwiderte er.

Die Browns plauderten während des Essens und erzählten Geschichten, und schon bald war die anfängliche Anspannung verflogen. Erst als die Teller abgeräumt waren und der Kaffee sowie eine Platte mit warmem Zimtstreuselkuchen auf dem Tisch standen, traten die unerwünschten Gefühle wieder zutage.

»Das hier liebe ich ganz besonders«, erklärte Patty und schlug das erste von mehreren staubigen, in Leder gebundenen Fotoalben auf. Sie tippte mit einem Finger auf ein Foto von Adam und Henry, auf dem er ungefähr acht Jahre alt gewesen war. »Das war an Halloween, erinnerst du dich daran? Ihr seid als Indiana Jones gegangen und habt Springseile als Lassos benutzt.« Sie lachte.

»Und sieh mal, das war später in jenem Jahr, zu Thanksgiving. Da bist du mit Ivy.« Sie gab sich die größte Mühe, ihre Mutter nicht zu erwähnen, die den Tag auf der Couch verbracht und sich eine Aufzeichnung der Parade angesehen hatte. Es war das erste Thanksgiving gewesen, das Henry und Ivy nach dem Tod ihrer Großmutter gefeiert hatten, da sich ihre Mutter nie für irgendwelche Feiertage interessiert hatte. Danach waren sie jedes Jahr bei den Browns gewesen, bis Henry die Stadt verlassen hatte.

Er blieb lange, länger als geplant, und sah sich die alten Fotos an, während sich sein Magen immer mehr zusammenzog, auch wenn er selbst nicht wusste, was ihn derart beunruhigte. Zwar hatte er versucht, selbst eine Familie zu gründen und eigene Erinnerungen zu schaffen, die er wie Patty in einem schönen Album festhalten und immer wieder ansehen konnte, aber er hatte versagt. Er hatte seine Frau enttäuscht, sich selbst und nicht zu vergessen seine Mutter und seine Schwester.

Es durfte nicht noch mehr Menschen geben, die er enttäuschte.

Patty hielt ihn an der Haustür noch einmal auf. »Sehen wir uns auf der Hochzeit?« Sie drückte ihm einen dicken Umschlag in die Hand. »Vermutlich hat dich Adam längst eingeladen, aber du solltest trotzdem eine offizielle Einladung bekommen.«

Henry knirschte mit den Zähnen und starrte den Umschlag an. Während er mit dem Daumen darüberstrich, wünschte er sich, er könnte ihn einfach zurückgeben oder sich wenigstens darauf freuen, hinzugehen. Doch da war er sich nicht mehr so sicher.

Als Adam die Hochzeit erwähnt hatte, war Henry davon ausgegangen, dass er dann längst wieder in San Francisco sein würde, vielleicht auch in Südamerika oder Europa, um Recherche für seinen nächsten Artikel zu betreiben. Jetzt war er gezwungen, eine Entscheidung zu treffen. Und wie er sich auch entschied, es bestand die Gefahr, dass er jemanden verletzte, der ihm sehr am Herzen lag.

23

Jane schlug die Beine übereinander und rutschte auf ihrem Stuhl herum, während sie hoffte, dass ihre Hände aufhören würden zu zittern, und beobachtete, wie ihr Anwalt den dicken Aktenstapel auf seinem Schreibtisch durchging. Ihre Hände waren schweißnass, und sie atmete schwer, doch das ließ sich nicht ändern. Ihr Herzschlag dröhnte in ihren Ohren. Sie konnte die Anspannung nicht mehr länger aushalten, auch wenn jede neue Information, die ihr der Anwalt mitteilte, ihre Wut und ihre Angst noch stärker machte.

»Anscheinend hat Adam vor, gleich zu Jahresbeginn nach Colorado zu ziehen.«

Jane nickte ruckartig. Das war in etwas mehr als zwei Monaten. In zwei Monaten würde ihre ganze Welt zusammenbrechen – wieder einmal.

»Kann der Richter denn so schnell eine Entscheidung treffen?«

»Oh, aber natürlich«, erwiderte der Anwalt, schaute erneut auf seine Notizen und seufzte. »Wir werden um einen Gerichtstermin am ersten Dezember bitten. Mal sehen, ob der Richter zustimmt.«

»Direkt nach Thanksgiving«, murmelte Jane, deren Miene sich weiter verfinsterte. In diesem Jahr würde Sophie den Tag bei Adam verbringen. Sie hatte nur zugestimmt, weil sie so kurz nach der Scheidung nicht das Weihnachtsfest ohne ihre Tochter verbringen wollte. Aber jetzt lief sie Gefahr, noch sehr viel mehr als nur ein paar Feiertage mit ihr zu verlieren.

»Mir ist bewusst, dass Sie Angst vor der Anhörung haben, aber es wird ihm sehr schwer fallen, den Beweis dafür zu erbringen, dass Sophie es bei ihm besser haben wird als bei Ihnen. Sie hat hier einen geregelten und eingespielten Tagesablauf und die Unterstützung ihrer Familie, und normalerweise reißt ein Richter kein Kind aus seinem Zuhause.«

Jane versuchte, in seinen Worten Trost zu finden, aber das fiel ihr schwer. »Was ist mit meinem Einkommen?«

»Niemand kann erwarten, dass Sie auf einen Schlag so viel verdienen wie Adam. Sie sind fast fünf Jahre lang zu Hause geblieben. Das wird jeder verstehen.«

»Aber Sie haben gesagt, er würde seine finanzielle Sicherheit als Argument einbringen.«

»Das wird durchaus berücksichtigt, genau wie beim ersten Mal. Der Prozesspfleger wird Sie und Adam zu Hause besuchen und auch mit Sophie sprechen, um herauszufinden, was im besten Interesse des Kindes ist.«

»Es ist doch offensichtlich, dass es für Sophie das Beste ist, wenn alles so bleibt, wie es momentan ist. Briar Creek ist ihr Zuhause. Ihre Familie und ihre Freunde sind hier. Ihre Tanten, all ihre Großeltern. Ich war seit ihrer Geburt nie länger als einen Tag von ihr getrennt. Sie hat hier einen geregelten Tagesablauf und geht in die Vorschule. Und sie hat ihr Zimmer mit all ihren Sachen.« Ihre Stimme wurde immer schriller und panischer, wenn sie an all das dachte, was Sophie verlieren konnte. An all die Dinge, die Adam ihr wegnehmen wollte.

»Und aus genau diesem Grund sollten Sie sich auch darauf konzentrieren. Lassen Sie sie weiterhin das Leben führen, das sie immer gekannt hat. Wenn sie zum Ballettkurs geht, dann bringen Sie sie hin. Wenn sie einmal die Woche bei ihrer Großmutter zum Abendessen eingeladen ist, dann sorgen Sie dafür, dass das auch so fortgesetzt wird. Bei einem Kind, das noch so jung ist wie Sophie, sind die Gerichte meist dagegen, dass große Veränderungen vorgenommen werden.«

»Was ist mit der Familiensituation?«, fragte Jane und ballte im Schoß die Fäuste. »Wird es eine Bedeutung haben, dass Adam und Kristy heiraten und dass Sophie nächsten Sommer einen Bruder oder eine Schwester bekommen wird?«

»Ich kann nicht leugnen, dass das auch einen gewissen Einfluss haben wird.«

Diese Worte reichten aus, um sie erneut in Panik zu versetzen. Sie saß zitternd da, hatte die Beine übereinandergeschlagen und die Finger verschränkt, während ihr ganzer Körper in höchster Alarmbereitschaft war. Adam hatte einen guten Job und eine neue Familie, wohingegen sie nur eine Singlemutter war und nichts vorzuweisen hatte.

Selbst, wenn sie ihre Mutter um Geld bat, würde das nicht dem stabilen Lebensstil entsprechen, den Adam Sophie bieten konnte. Außerdem war Kathleen selbstständig und arbeitete als Innenarchitektin, sodass sie trotz des Geldes, das sie von Janes Vater geerbt hatte, auch nicht gerade in Reichtum schwamm.

Sie würde einfach das Beste hoffen müssen, so weiterleben wie bisher, und beten, dass das ausreichte.

»Wann wird der Prozesspfleger kommen?« Sie fürchtete sich jetzt ebenso vor diesem Treffen wie im letzten Winter, als sie die ganze Zeit durch das Fenster gestarrt und darauf gewartet hatte, dass der Wagen vorfuhr und jemand ihr Leben beurteilen würde.

»Schon bald, sobald das Gericht den Termin für die Anhörung festgelegt hat.«

Jane nickte und stand auf. Ihr Nacken und ihre Schultern waren völlig verspannt, aber sie konnte sich einfach nicht entspannen. Der Termin war vorüber, und mit einem Mal überkam sie eine seltsame Sehnsucht. Sie wusste nicht, was sie eigentlich erwartet hatte, aber irgendwie hatte sie doch auf etwas Endgültigeres gehofft, das diesen endlosen Schwebezustand und ihre Ängste aufhob. Sie war so erschöpft. Ihr tat alles weh, und vor lauter Schlafmangel hatte sie schreckliche Kopfschmerzen. Sie wollte nur noch nach Hause fahren, ins Bett fallen und nie wieder aufstehen. Doch das konnte sie nicht. Sie musste an diesem Nachmittag zwei Kurse geben und sollte dafür eigentlich dankbar sein.

»Machen Sie einfach so weiter wie bisher. Leben Sie Ihr Leben. Lieben Sie Ihre Tochter. Geben Sie weiterhin Ihr Bestes, und überlassen Sie den Rest mir. Dafür bezahlen Sie mich schließlich.«

Genau. Dorthin floss das ganze Geld, das sie eigentlich für Sophie ausgeben sollte – es ging an den Anwalt, den sie sich hatte nehmen müssen, weil Adam so ein Mistkerl war.

Ihr standen die Tränen in den Augen, als sie durch die Lobby ging. Sie schaffte es gerade so, der Sekretärin am Empfang ein gequältes Lächeln zuzuwerfen und irgendwie ihren Wagen zu erreichen. Adam war egoistisch. Das war er schon immer gewesen. Er tat, was er wollte, ohne dabei an andere zu denken – nicht einmal an seine eigene Tochter.

Er mochte ja um das Sorgerecht kämpfen, aber sie kämpfte um Sophies Wohlergehen, und darauf musste sie sich konzentrieren.

※ ※ ※

Trotz der ermutigenden Worte ihres Anwalts war Janes Herz noch immer schwer, als sie zurück nach Briar Creek fuhr. Sie schaute auf die Uhr am Armaturenbrett und überlegte, ob sie nach Hause fahren sollte, um dort allein vor sich hin zu brüten und sich im Kopf all die schlimmen Dinge auszumalen, die passieren konnten, oder ob sie ihre Mutter oder eine ihrer Schwestern besuchen sollte. Schließlich beschloss sie, im Buchladen vorbeizuschauen. Sie hatte nicht häufig die Gelegenheit, sich in Ruhe mit einer Tasse Kaffee hinzusetzen, und wenn sie ihren Kurs um sechszehn Uhr überstehen wollte, brauchte sie diesen Energieschub.

Grace kassierte gerade einen großen Bücherstapel und einen Kaffee ab, als Jane einige Minuten später den Laden betrat. Ihre ältere Schwester lächelte sie an, machte dann jedoch eine überraschte Miene, als sie Janes Kleidung bemerkte. Verdammt! Sie hätte doch erst nach Hause fahren und sich umziehen sollen. Die schwarze Stoffhose war doch sehr auffällig, ebenso wie der dazu passende Pullover mit V-Ausschnitt. Normalerweise kleidete sie sich ganz anders, und das wusste Grace natürlich.

»Schau dich an!«, rief ihre Schwester, als Jane näher kam. »Was hast du denn heute getrieben, dass du dich so fein gemacht hast?«

Jane zuckte mit den Achseln. »Ich dachte, ich ändere mal ein paar Dinge und trage ein paar Sachen, die hinten in meinem Kleiderschrank versauern.«

Grace zog eine Augenbraue hoch, und Jane hätte beinahe laut geseufzt. Ihre Schwester kaufte ihr das nicht ab, was auch nicht verwunderlich war. Jane hatte nun mal kein Händchen für Mode. Selbst wenn sie in den Boutiquen an der Main Street einkaufen ging und sich ein paar neue Kleidungsstücke leistete, war ihr währenddessen die ganze Zeit klar, dass sie immer etwas falsch machen würde. Wie sie später erfuhr, steckte man die Bauernblusen nicht in die Hose. Das hatte sie jedoch erst herausgefunden, als sie zufrieden und selbstsicher bei Anna aufgetaucht war, die jedoch nur die Augen aufgerissen und die Lippen geschürzt hatte, um dann sofort den weichen Baumwollstoff aus Janes Hose zu ziehen. Und diese Jeans, die ihrer Meinung nach gerade sehr modern waren, wurden anscheinend nur von Frauen über fünfzig getragen, was im Prinzip für alles aus diesem Geschäft galt, das von außen so einladend ausgesehen hatte. Anscheinend war das Aussehen der Gesäßtaschen ebenso wichtig wie die Farbe der Jeans. Dabei sollte die Hose außerdem noch gerade geschnitten sein, es sei denn, es war eine Skinny Jeans, und das alles war so unglaublich verwirrend. Sah man darin denn wirklich dünner aus oder bewirkten diese Jeans das genaue Gegenteil?

Sie wusste, dass Grace, die jahrelang in New York gelebt hatte, ihren Kleidungsstil mit zunehmender Ungeduld tolerierte und sie am liebsten gründlich umgestylt hätte. Aber Jane mochte ihre Yogahosen. Ebenso wie ihren Tagesablauf. Hatte es in ihrem Leben denn nicht schon genug Veränderungen gegeben?

»Wow, Jane, wenn ich es nicht besser wüsste, könnte ich glatt auf die Idee kommen, du würdest dir wirklich Mühe geben.« Grace lächelte schief. »Triffst du dich etwa mit jemand Besonderem?«

Jane lachte laut auf, wurde jedoch puterrot, als ihr durch den Kopf schoss, dass Grace mit ihrer Bemerkung nicht ganz falsch lag. Es gab jemand ganz Bestimmten in ihrem Leben, oder es hatte ihn zumindest gegeben. Gewissermaßen. Wenn sie sich nicht gerade Sorgen wegen des Sorgerechtsstreits machte, dachte sie immer wieder an diesen Abend mit Henry zurück und daran, wie sich seine Lippen auf ihren angefühlt hatten und dass seine Haut warm gewesen war und geduftet hatte.

Es hatte sich gut angefühlt. Nein, noch besser: Es hatte sich richtig angefühlt. Aber es war nicht richtig.

Sie kaute auf ihrer Unterlippe herum und versuchte, nicht das Gesicht zu verziehen. Seit Samstag hatte sie Henry nicht mehr gesehen, seitdem er so unvermittelt gegangen war, sich kaum verabschiedet und sein Verhalten erst recht nicht erklärt hatte. Ganz offensichtlich bedauerte er den Kuss, und sie sollte das ebenfalls tun.

Sie legte einen Finger an die Lippen, nahm ihn aber sofort wieder weg. Dann konnte er eben gut küssen. Das galt bestimmt für viele Männer. Auch für solche, die nichts mit ihrem Exmann zu tun hatten. Die nicht nur auf der Durchreise waren.

»Ich hatte eine Besprechung, bei der es um Sophie ging«, erklärte sie und hoffte, dass diese Aussage vage genug war und von ihrem Liebesleben ablenkte oder vielmehr dem Mangel an einem solchen. Als sie die Besorgnis in Grace' Augen bemerkte, fügte sie rasch hinzu: »Schulangelegenheiten. Nichts Schlimmes.«

Überhaupt nichts Schlimmes. *Es ging nur darum, dass mein erbärmlicher Ex versucht, mit meinem Kind sehr weit wegzuziehen.* Aber das war nichts, womit sie nicht allein fertig wurde.

Grace füllte eine Tasse mit Kaffee und reichte sie Jane. »Ich bin sehr froh, dass du das sagst. Ich habe schon angefangen, mir Sorgen zu machen. Ist wirklich alles in Ordnung, Jane? Ich habe in letzter Zeit das Gefühl, dass dir etwas auf der Seele liegt.«

Jane ging zu dem antiken Beistelltisch neben dem Tresen, tat etwas Milch und Zucker in ihren Kaffee und ließ sich dabei Zeit. Wenn sie Grace jetzt in die Augen sah, dann würde sie sich nicht mehr zusammenreißen können, und sie durfte jetzt nicht die Fassung verlieren. Nicht mitten im Buchladen, das würde sich schnell herumsprechen. Nicht, wenn Grace derart geistesabwesend ihren Verlobungsring musterte.

»Ich bin nur müde, das ist alles.« Sie zwang sich zu einem Lächeln. »Aber der Kaffee tut gut. Ich werde mich da vorn ans

Fenster setzen, und vielleicht hast du ja kurz Zeit, ein wenig zu plaudern.«

Die Tür wurde erneut geöffnet, und Grace seufzte. »Halt mir einen Platz frei. Ich könnte eine Pause gebrauchen.«

Jane ging zu dem kleinen runden Tisch am Fenster, wo Henry bei seinen Besuchen hier so oft gesessen hatte. Sie lächelte wehmütig und kämpfte gegen das Ziehen in ihrer Brust an, als sie daran dachte, wie er dort gesessen und sich konzentriert über seinen Laptop gebeugt hatte. Während sie den Mantel über die Stuhllehne hängte und sich dann hinsetzte, hatte sie dem Raum den Rücken zugewandt, doch als sie die Tasse mit dem dampfenden Kaffee hochhob, zuckte sie überrascht zusammen. Adams Mutter stand direkt neben ihr. Sie hatte überhaupt nicht bemerkt, wie sie hereingekommen war. Der Kaffee tropfte auf den Tisch, und sie wischte ihn panisch mit der einzigen Serviette weg, die sie mitgenommen hatte. Rasch kramte sie noch ein Päckchen Taschentücher aus ihrer Handtasche und wischte die Pfütze damit weg.

Auf einmal waren Patty Browns Hände neben Janes. Sie hatte einen dicken Stapel Servietten in der Hand. Jane stockte der Atem, während ihre Exschwiegermutter die letzten Kaffeereste beseitigte, wobei sie sich zur Abwechslung einmal wünschte, dass Patty nicht so nett wäre. Alles wäre viel einfacher, wenn sich Adams Familie ebenso schrecklich benehmen würde wie er. Wenn sich Patty von ihr fernhalten würde, wie sie es seit letztem Dezember getan hatte, als sie die Trennung offiziell gemacht hatten.

»Danke«, murmelte sie leicht außer Atem. Sie setzte sich wieder, ein versteinertes Lächeln auf den Lippen.

»Ich wollte dich nicht erschrecken«, sagte Patty leise und zögerte dann kurz. »Wie wäre es, wenn ich dir einen neuen Kaffee bringe?«

Jane winkte ab. »Das musst du nicht. Grace kommt sowieso gleich her und kann mir einen neuen Kaffee mitbringen.« Sie sah über die Schulter zu ihrer Schwester hinüber, die die Hände in die Hüften stemmte und mit ernsten Augen und zusammengepressten Lippen zu ihnen herübersah, und fühlte sich gleich viel besser.

»Vielleicht könnte ich mich ja so lange zu dir setzen«, schlug Patty zaghaft vor.

Jane schaute alarmiert auf, aber als sie den Kummer in Pattys Augen bemerkte, vergaß sie die Ausrede wieder, die sie gerade hatte vorbringen wollen, und nickte. »Okay.«

Patty wirkte nervös, als sie sich einen Stuhl heranzog und sich setzte. Sie zog den Mantel nicht aus und umklammerte ihre Handtasche auf dem Schoß mit beiden Händen. »Der Buchladen hat nie besser ausgesehen«, stellte sie fest und schaute sich um. »Ich habe von all den Veränderungen gehört, die deine Schwestern und du hier vorgenommen habt, aber ich ... ich wollte bisher keine Grenze überschreiten, indem ich hierher komme.«

»Ich bin überrascht, dich hier zu sehen«, gab Jane zu.

»Ich habe dich durch das Fenster entdeckt und ... Ach, das ist mir alles so unangenehm, Jane. Ich wollte mich in den vergangenen Monaten schon so oft bei dir melden, aber ich wusste nicht, wie ich es anstellen sollte. Ich ... wollte das alles nicht noch schlimmer machen.« Sie verkrampfte sich ein wenig. »Adam würde es bestimmt nicht gutheißen, dass ich hier bin, aber ich dachte, wo wir einander schon in die Arme laufen ...«

Jane erwiderte ihr Lächeln. »Im wahrsten Sinne des Wortes«, entgegnete sie und hoffte, die Stimmung ein wenig aufzulockern. So etwas konnte sie gut. Sie schaffte es, schwierige Situationen für alle um sie herum leichter zu machen. Aber was war mit ihr? Wer kümmerte sich um sie?

Grace, dachte sie und sah erneut nach links. Und vielleicht ... Henry.

»Du weißt bestimmt, was momentan so alles passiert«, sagte sie.

Patty schloss die Augen. »Als Mutter möchte ich mir gar nicht ausmalen, wie das für dich sein muss. Aber für mich und Roger ist das auch nicht leicht. Wir hätten Sophie auch lieber in unserer Nähe.«

Es gefiel Jane gar nicht, wie Patty das sagte, denn es klang beinahe so, als würde Adam gewinnen und Sophie mit nach Denver nehmen. Sie klammerte sich an die Worte ihres Anwalts, schöpfte wieder Hoffnung und nippte an dem Rest ihres Kaffees. »Noch ist nichts entschieden.«

»Mir ist bewusst, dass ich mich nicht einmischen sollte, aber ich musste die letzten Monate so oft an dich denken, erst recht in den vergangenen Wochen. Du denkst vielleicht, ich würde dich nicht mehr mögen oder ich wäre wütend auf dich, und ich wollte dir versichern, dass dem nicht so ist. Du warst für mich wie die Tochter, die ich nie gehabt habe. Auch wenn du offiziell nicht mehr zu unserer Familie gehörst, wird unsere gemeinsame Zeit dadurch nicht ausgelöscht, ebenso wenig wie unsere Verbindung über Sophie.«

Jane schluckte schwer, da es ihr auf einmal die Kehle zuschnürte. »Danke. Das bedeutet mir sehr viel.« Und so war es aus irgendeinem Grund auch. Es wäre durchaus nachvollziehbar gewesen, wenn sich Patty auf Adams Seite stellte und ihr die kalte Schulter zeigte.

Vielleicht war die Welt ja doch nicht nur schwarz und weiß, wie Jane geglaubt hatte. Möglicherweise gab es dazwischen auch noch Grautöne – so wie bei Henry.

»Manchmal denke ich an die Zeit zurück, als du mit Henry und Adam in meiner Küche gesessen hast. Ich habe dein

Lachen immer so geliebt. Das Haus kommt mir jetzt so ruhig vor.« Patty lächelte traurig. »Henry war gestern Abend zum Essen bei uns«, fuhr sie dann fort und wirkte etwas fröhlicher. »Es war fast wie in alten Zeiten.«

Jane blinzelte und wartete darauf, dass sich ihr Herzschlag wieder beruhigte, bevor sie etwas erwiderte. »Wie schön. Ja, ich weiß, dass er wieder in der Stadt ist.«

Grace kam zu ihnen an den Tisch und stützte eine Hand auf die Rückenlehne von Janes Stuhl. »Ist bei euch alles in Ordnung?«

Patty lächelte sie freundlich an. »Schön, dich zu sehen, Grace. Der Buchladen ist wunderschön geworden. Ihr habt hier ganz großartige Arbeit geleistet.«

Grace' Miene blieb angespannt. »Danke.« Sie starrte Patty an, und Jane rutschte unruhig auf ihrem Stuhl herum.

»Ich sollte dann lieber gehen«, meinte Patty. »Es hat mich sehr gefreut, dich zu sehen, Jane. Ich wünsche dir alles Gute, wie auch immer die Sache ausgehen mag.«

Janes Herz raste, als Grace sie fragend anschaute. »Was soll das bedeuten?«

»Grace.« Aber ihre Schwester schien ihr gar nicht zuzuhören, und an ihrem entschlossenen Gesicht war zu erkennen, dass sie sich nicht von diesem Thema abbringen lassen würde.

»Was hat das zu bedeuten?«, wollte sie von Patty wissen.

»Ich weiß, dass du vermutlich wütend auf mich bist, Grace, und du hast auch allen Grund dazu. Du hältst ebenso zu deiner Familie wie ich zu meiner. Das macht die ganze Sache ja so schwer.« Sie warf Jane einen verzweifelten Blick zu. »Es tut mir sehr leid, dass es dazu kommen musste, Jane. Das tut es wirklich.«

Sie sah von einer Schwester zur anderen, zog den Kopf ein und huschte aus dem Laden. Jane kniff die Augen zu und spürte, wie sich die Angst in ihr ausbreitete, während ihr bewusst war, dass Grace' Blick die ganze Zeit auf ihr ruhte.

»Jane? Hast du mir etwas zu sagen?«

Sie sollte Nein sagen, sich eine Ausrede ausdenken, ihre Schwester anlächeln und es Patty nachmachen und verschwinden. Aber sie konnte es einfach nicht mehr länger ertragen. »Adam zieht nach Denver«, berichtete sie mit ausdrucksloser Stimme.

Grace schob die Unterlippe vor und musste diese Information erst einmal verdauen. »Oh. Na, darüber solltest du dich doch eigentlich freuen.«

»Er will Sophie mitnehmen.«

Grace keuchte hörbar auf. »Aber du bist ihre Mutter! Das kann er doch nicht machen! Oder?«

»Das muss der Richter entscheiden«, erwiderte Jane geknickt.

»Großer Gott, Jane. Du liebe Güte ...« Grace schüttelte den Kopf, nahm Janes Hände und drückte sie fest. »Wie lange weißt du das schon?«

»Seit ein paar Wochen«, gab Jane zu.

»Und du hast mir nichts gesagt.« In Grace' Augen spiegelte sich ihre Traurigkeit wider.

»Ich habe es niemandem erzählt.« Gut, mit Henry hatte sie darüber gesprochen, aber er hatte bereits von Adam davon gewusst. Bei diesem Gedanken wurde ihr ganz mulmig im Bauch.

»Wann wirst du endlich lernen, dass du andere an dich heranlassen musst?«, schalt Grace.

»Du heiratest bald!«, erwiderte Jane. »Das ist eine ganz besondere Zeit für dich! Du bist meine Schwester ...«

»Und du bist meine«, fiel ihr Grace ernst ins Wort. »Du hast dich dein ganzes Leben lang um andere gekümmert. Irgendwann ist es auch mal in Ordnung, sich von anderen umsorgen zu lassen.«

Jane nickte und dachte an die Freundlichkeit, die Henry ihr erwiesen hatte, seine Vorschläge für das Ballettstudio und wie Sophie immer strahlte, wenn er sich mit ihr beschäftigte.

Sie konnte das allein durchstehen, aber Grace hatte recht. Manchmal fühlte es sich gut an, zur Abwechslung mal umsorgt zu werden.

24

Samstagmorgens herrschte im *Hastings* immer viel Betrieb, und normalerweise mied Jane den alten Diner dann und frühstückte lieber zu Hause oder arbeitete sehr früh im Buchladen, bevor ihre Kurse anfingen. Doch an diesem Morgen war sie schon um drei Uhr aufgewacht und hatte darauf gewartet, dass sich der Himmel grau färbte und das erste Tageslicht durch ihre Vorhänge drang. Aber so sehr sie den neuen Tag herbeisehnte, so sehr fürchtete sie sich auch davor.

Denn dies war der Tag, an dem ihr Exmann wieder heiraten würde. Und sie, nun ja, sie schlief noch immer auf ihrer Seite des Ehebettes und klammerte sich an ihre alte Routine. Aber das würde heute aufhören.

Um fünf Uhr schlug sie die Decke zur Seite und zog ihre Häschenhausschuhe an. Seufzend hielt sie inne, wie sie es immer tat, wenn ihr bewusst wurde, dass sie zum Bettenmachen nur noch ihr Kissen aufschütteln und ihre Bettdecke ordentlich hinlegen musste.

Ohne Sophie war es sehr ruhig im Haus, was ihr auf unheimliche Weise bewusst machte, wie es vielleicht bald immer sein würde, und Jane fiel es schwer, sich aufzuraffen, den Kaffee zu kochen oder sich auf die Morgennachrichten zu konzentrieren.

Sie brauchte Ablenkung, und als Erstes in Briar Creek machte immer der Diner auf.

Daher zog sie sich schick an – eine recht neue Jeans, Stiefel, die Grace ihr im letzten Monat bei einem Sonderverkauf praktisch aufgedrängt hatte, und eine weiche Strickjacke, die ihr bis zu den Knien reichte. Sie trug nur selten Schmuck, aber heute legte sie sich eine Halskette und Ohrringe an und schminkte sich die Lippen mit Lipgloss, obwohl es gerade erst sieben Uhr war.

Sie war der erste Gast im *Hastings*, aber das Geklapper aus der Küche war eine angenehme Abwechslung zu den schaurig ruhigen Straßen. Die Straßenlaternen entlang der Main Street brannten noch, und Jane setzte sich an den Tresen und kam sich sehr mutig vor.

Heute würde es zweifellos viel Gerede geben, man würde über die Hochzeit im Forest Ridge Country Club sprechen, wie niedlich die kleine Sophie in ihrem marineblauen Samtkleid ausgesehen hatte, und über die arme Jane, die den ganzen Tag allein war und ihren Schmerz vermutlich hinter einem Lächeln verbarg ...

Sie hätte natürlich auch den ganzen Tag zu Hause bleiben können – im Schlafanzug und hinter geschlossenen Vorhängen. Doch das hätte bedeutet, dass sie gewonnen hatten. Dass er gewonnen hatte. Aber was hatte sie denn schon verloren? Einen Mann, der seine Bedürfnisse immer über ihre gestellt hatte. Einen Mann, der sich nicht für ihre Gefühle, ihre Wünsche und ihre Sorgen interessiert hatte. Einen Mann, der sie betrogen und belogen hatte und jetzt sogar noch versuchte, ihr das einzig Gute wegzunehmen, was sie ihm zu verdanken hatte.

Gut, dass er weg ist. Mit dem heutigen Tag ging ihre Zeit mit Adam offiziell zu Ende. Ab morgen wäre er das Problem einer anderen.

Sie bestellte sich einen Kaffee, während sie die Speisekarte durchging, und beschloss, sich eine belgische Waffel mit Schokostreuseln, Schlagsahne und Erdbeeren zu bestellen. Schließlich hatte sie ihre Wünsche schon viel zu lange ignoriert. Hinter ihr wurde die Tür geöffnet, und das ältere Paar aus ihrem Standardkurs kam herein. Die Frau riss die Augen auf, als sie Jane entdeckte, und raunte ihrem Mann etwas zu, der schwerhörig war und es offenbar nicht leiden konnte, wenn sie flüsterte, daher wiederholte sie laut: »Ihr Mann heiratet heute! Die Frau, mit der er geschlafen hat, während er noch mit ihr verheiratet war! Und sie bekommen ein Kind! Ganz genau: Die Braut ist schwanger! Sie müssen heiraten!«

»Wo findet die Hochzeit statt?«, wollte er wissen.

»Im Forest Ridge Country Club.«

»Nobel.«

Ja, in der Tat, dachte Jane geknickt.

Die Frau sah Jane an, machte missbilligende Geräusche und schüttelte den Kopf, als sie in einer Nische Platz nahm.

Jane unterdrückte einen Stoßseufzer und wandte sich wieder der Speisekarte zu. Sie beschloss, auch noch Schokoladensoße zu bestellen.

Dann nippte sie an ihrem Kaffee und lauschte auf die Geräusche hinter sich. Der Diner füllte sich schnell, größtenteils mit Paaren, die sich hinter ihr an die Tische setzten, und hin und wieder hörte sie: »Da ist Jane. Ihr Mann heiratet heute.« Oder: »Ihr Mann heiratet heute seine Geliebte.« Im Laufe der Zeit fing sie an, sich zu fragen, was wohl passieren würde, wenn sie sich zu den anderen umdrehte, und wer sie mitleidig oder auch nur neugierig anstarren würde. Aber sie sagte sich, dass sie ihr alle wohlgesonnen waren, was die Sache jedoch nicht einfacher machte. Eines Tages wäre sie gern einfach nur noch Jane Madison. Nicht Jane Madison, deren Mann sie vor den Augen der ganzen Stadt betrogen hat.

Sharon Hastings kam aus der Küche und bedachte sie mit einem strahlenden Lächeln. »Ach, das ist aber schön! Du kommst ja wirklich nicht oft hierher. Welchem Anlass habe ich das Vergnügen zu verdanken?« Dann riss sie die Augen auf und schlug sich eine Hand vor den Mund. »Oh, Jane. Bitte entschuldige. Ich habe nicht nachgedacht.«

Jane lachte leise und schüttelte den Kopf. »Ist schon gut.«

»Wirklich?«, fragte eine tiefe, raue Stimme neben ihr.

Sie drehte sich um und stellte fest, dass Henry auf sie herabblickte, seine blauen Augen herausfordernd glitzernd, die Stirn gerunzelt. Ach, warum musste ihr trügerisches Herz denn schon wieder schneller schlagen? Da waren wieder diese Schmetterlinge im Bauch. Sie konnte es nicht verhindern, auch wenn sie es noch so gern getan hätte, fast so gern, wie sie damit aufhören wollte, diese grünen Flecken rings um seine Pupillen anzustarren und seine Lippen, die die Andeutung eines Lächelns umspielten.

»Ist der Platz noch frei?«, fragte er, setzte sich aber schon, und Jane warf sich das Haar über die Schultern.

Als sie Sharons Blick bemerkte, wurde ihr erst bewusst, was sie da eigentlich tat, und sie schämte sich dafür. Um Himmels willen, sie flirtete mit Henry. Sie machte ihm schöne Augen. Wie immer man es nennen wollte, wenn man die Brust rausstreckte, sich das Haar glättete und sich mit der Zunge über die Zähne fuhr, um sich zu vergewissern, dass keine Essensreste zu sehen waren, während man darauf hoffte, dass der Lipgloss noch nicht ganz abgegangen war.

Okay, sie freute sich, ihn zu sehen. Aber sie hatte an diesem Morgen auch ein wenig Freude verdient. Ihr Exmann heiratete heute eine blondere, schickere Frau, und nein, es war Jane nicht entgangen, dass sie trotz der Arbeit im Tanzstudio und ihrer bewussten Ernährung einige Kilogramm mehr wog als die schwangere Frau, deren Hochzeitskleid wahrscheinlich Größe sechsunddreißig war.

»Wie geht es dir?«

Jane zuckte mit den Achseln und konnte seinen hitzigen Blick kaum ertragen. »Gut.«

Sein schiefes Grinsen reichte nicht bis zu seinen Augen. »So langsam bekomme ich den Eindruck, das ist dein Lieblingswort.«

»Was soll ich denn deiner Meinung nach machen? Die Fassung verlieren? Zusammenbrechen und weinen?«

»Eigentlich möchte ich nur, dass du das Gefühl hast, mir gegenüber offen und ehrlich sein zu können«, erwiderte er.

Na, er hatte gut reden. Ihr Kuss war jetzt zwei Wochen her, und er hatte ihr noch immer nicht erklärt, was das eigentlich zu bedeuten hatte.

»Wenn du es unbedingt wissen musst: Ich habe gerade das Gefühl, dass mich jeder in diesem Raum anstarrt oder verzweifelt so tut, als täte er es nicht.«

Henry schaute sich um. »Willkommen in meiner Kindheit«, meinte er dann und schlug die Speisekarte auf.

Jane runzelte die Stirn und begriff erst jetzt, wie es sich angefühlt haben musste, aufzuwachsen und dabei immer mit anzuhören, wie andere über einen redeten und schlecht über die eigene Mutter sprachen. Man fühlte sich machtlos, und das gefiel ihr gar nicht, aber sie konnte sich auch nicht länger davor verstecken. Sie war nicht wie Henry.

Sie schaute auf die Uhr hinter ihm, während er seine Bestellung aufgab, und ihr Herz setzte einen Schlag aus. Noch sechs Stunden bis zur Trauung. Sie konnte es kaum erwarten, dass es endlich vorbei war.

»Wie geht es Sophie?«, erkundigte sich Henry, und Jane zögerte und suchte in seiner Miene nach … irgendetwas … das mit dem Kuss zu tun hatte. Es machte eher den Anschein, als würde er versuchen, nur über neutrale Themen zu sprechen. Vermutlich sollte sie dafür dankbar sein. Sie war an diesem

Morgen sowieso schon gereizt, und eine potenzielle Enttäuschung konnte gut und gern auf einen anderen Tag verschoben werden.

»Es geht ihr gut«, antwortete sie und beschloss, nicht daran zu denken, wo sich ihre Tochter gerade aufhielt. Sophie war wegen des heutigen Tags so aufgeregt gewesen, und Jane hatte sich große Mühe gegeben, so zu tun, als wäre sie ebenso begeistert wie ihre Tochter.

»Gab es noch weitere Besuche von der Zahnfee?« Er grinste, und Jane wandte den Blick von seinen Lippen ab. Sie durfte nicht daran denken, dass er sie auf ihren Mund gepresst hatte, ihren Hals, ihre Haut ... Sie presste die Lippen fest aufeinander.

»Noch nicht, aber der nächste wackelt bereits.«

»Ein weiteres Exemplar für deine Sammlung«, meinte er und lächelte sie herzlich an.

»Wir ...«

»Was machen die Kurse?«

Jane lachte, und Henry wirkte irgendwie traurig oder abgelenkt. Er hob eine Hand. »Du zuerst.«

Sie hatte eigentlich sagen wollen, dass sie sich lange nicht gesehen hatten, aber das, was sie da in seinen Augen sah, und seine zurückhaltende Art ließ sie sich anders entscheiden. Er war distanziert, und manchmal waren die unausgesprochenen Dinge die offensichtlichste Art der Kommunikation.

Sie hätte ihn zu gern gefragt, was an jenem Abend eigentlich passiert war, aber stattdessen erkundigte sie sich: »Was macht dein Artikel?«

»Ich hatte in letzter Zeit viel im Haus zu tun, aber ... der Artikel war eine angenehme Ablenkung. Ich habe herausgefunden, dass es in dieser Stadt viel Schönes gibt.«

»Briar Creek hat eine Art, Menschen anzulocken und nicht mehr wegzulassen.«

Ihr Lächeln verblasste. Henrys entschlossene Miene verriet ihr, dass ihn nichts hier halten oder zurückholen konnte. Nicht einmal Ivy, und vermutlich auch nicht Jane.

※ ※ ※

Henry rutschte auf seinem Stuhl herum und trank einen großen Schluck Kaffee. Es fiel ihm leicht, die Routine des Kleinstadtlebens zu übernehmen. Man hatte keine so große Auswahl, was oder wo man essen wollte oder wohin man ging. Wo man auch war, überall sah man freundliche Gesichter oder vielmehr jemanden, der einen kannte – oder zu kennen glaubte.

Er riss sich zusammen. Auch wenn er vieles idealistischer betrachtete, so konnte sein Wunschdenken doch nicht verhehlen, dass diese Stadt auch eine dunkle Seite besaß.

Ivy wollte natürlich, dass er hierblieb. Sie hatte es ihm zwar nicht offen ins Gesicht gesagt, aber sie würde es ihm auf ihre eigene unterschwellige Weise zu verstehen geben. Doch ebenso, wie sie entschlossen war, sich hier ein besseres Leben zu schaffen, wollte er genau dasselbe anderswo tun. Er liebte sie, aber das reichte nicht aus, um ihn zum Bleiben zu bewegen.

Nichts konnte ihn dazu bringen.

Er musterte Jane, die sich gerade eine Haarsträhne hinter ein Ohr schob. Er schluckte schwer und kämpfte gegen sein Verlangen nach ihr an, während er ihre Lippen bewunderte, die Art, wie ihre Augenlider flatterten, wenn sie blinzelte, und wie ihre Augen strahlten und sich kleine Fältchen in den Augenwinkeln bildeten, wenn sie ihn anlächelte.

Henry holte tief Luft und wollte ihr schon die grausame Wahrheit an den Kopf werfen, doch da stellte Sharon Hastings seinen Toast vor ihm ab und der Augenblick war dahin.

»Ich bin erstaunt, dass du heute hier bist«, meinte Jane, deren Lächeln ein wenig gequält wirkte. »Ich war mir nicht sicher, ob du zu Adams ...«

Er legte seine Gabel wieder hin, ohne etwas gegessen zu haben. *Jetzt geht es los.* Dann drehte er sich zu ihr um, sah ihr direkt in die Augen und spürte einen Stich in der Brust, weil er genau wusste, dass seine Worte ihr wehtun würden. »Das habe ich auch vor, aber ich dachte, ich frühstücke erst mal, bevor ich mich fertigmache.«

Es gelang Jane nicht, ihre Überraschung zu verbergen. »Oh. Verstehe. Natürlich.« Sie schüttelte den Kopf und bekam rote Wangen, während sie ihre Tasse mit beiden Händen umklammerte.

»Jane.«

Sie schüttelte nur weiterhin den Kopf, trank ihren Kaffee und warf ihm einen Seitenblick zu, nur um dann wieder wegzusehen.

Er legte ihr eine Hand auf den Arm, doch als sie sich sofort verkrampfte, nahm er sie wieder weg.

Seufzend fuhr er sich mit einer Hand durch das Haar. Okay, dann war er eben das Arschloch des Jahres. Direkt nach seinem besten Freund Adam natürlich. War das nicht genau das, was sie von ihm erwartete? War es nicht das, was sie befürchtet hatte? Er hatte sie enttäuscht, so wie er es vorausgesehen hatte. Es war unausweichlich gewesen.

»Du bist sauer«, stellte er fest und schaute sie direkt an.

Doch sie konnte ihm noch immer nicht in die Augen sehen. »Was? Nein. Es ist nur ...« Sie blinzelte mehrmals schnell, errötete noch stärker, und erst dann bemerkte er, dass Tränen in ihren Augen schimmerten. Aber ihr Lächeln, großer Gott, ihr Lächeln hatte nie schöner ausgesehen.

Es war dieses Lächeln, das ihm jedes Mal unter die Haut ging. Ihr Lächeln bewirkte, dass er sie in die Arme nehmen und nie wieder loslassen wollte. Dieses Lächeln konnte er einfach nicht vergessen, so sehr er es auch versuchte.

»Lass es mich bitte erklären, Jane.«

»Es ist schon gut. Schon gut.« Sie stand auf, lächelte noch mehr, als ihr die Tränen über die Wangen liefen und sie sich wütend mit dem Handrücken über das Gesicht fuhr, während sie in ihrer Handtasche nach ihrem Portemonnaie suchte. Sie warf einen Zwanzigdollarschein auf den Tresen – was selbst bei einem großzügigen Trinkgeld viel zu viel war – und zog sich ihren Mantel an.

»Jane, bitte. Lass uns darüber reden.«

»Da gibt es nichts zu reden«, erwiderte sie mit gesenktem Kopf und fummelte an den Mantelknöpfen herum. Er versuchte, ihr durch die Haare, die ihr ins Gesicht fielen und sie vor ihm abschirmten, in die Augen zu sehen, aber sie war entschlossen, ihn auszusperren. Vielleicht sollte er es einfach zulassen.

»Viel Spaß auf der Hochzeit«, sagte sie und sah ihn mit einem unerwartet stählernen Blick noch einmal an, bevor sie sich auf dem Absatz umdrehte und zur Tür ging. Henry blickte ihr bestürzt hinterher, und an allen Tischen drehten sich die Menschen um, die erst sie und dann ihn anstarrten. Er musterte sie wütend, legte dann auch einen Zwanziger auf den Tresen, griff sich seine Jacke und lief ihr hinterher.

Ihm schlug das Herz bis zum Hals, und er war wütend auf sich selbst, auf diese Stadt und auf die unmögliche Lage, in der er sich befand. Das Gemurmel begann schon, als er die Tür erreichte, und er riss sie auf, wollte schon hinausrennen und hinter Jane herjagen, drehte sich dann aber noch einmal um und sah in den Raum. »Die Show ist vorbei! Aber bitte lasst euch nicht davon abhalten, euch noch den ganzen Nachmittag den Mund zu zerreißen!«

Alle Anwesenden verstummten, aber Henry wartete nicht

auf ihre Reaktion. Jane war schon einen halben Block weit entfernt, und sie gab mit ihren langen Beinen ein Tempo vor, das er nur schwer übertrumpfen konnte.

»Jane, warte! Jane!«

Sie blieb erst stehen, als er sie eingeholt hatte, sie am Arm festhielt und sie zwang, sich zu ihm umzudrehen. »Lass mich in Ruhe!«, fauchte sie, aber die Tränen, die ihr über die Wangen liefen, bewirkten, dass er das genaue Gegenteil tun wollte. Sie fuhr sich mit einer Hand über das Gesicht und strich sich das Haar nach hinten, das vom Wind umhergepeitscht wurde und an ihren feuchten Wangen klebte. »Jetzt reden sie bestimmt alle über uns«, sagte sie verbittert und deutete mit dem Kinn auf den Diner.

Henry steckte sich die Hände in die Hosentaschen und zuckte mit den Achseln. »Und wenn schon.«

»Ich dachte, dich würde so etwas stören.« Jane schniefte.

»Das war früher auch so«, gab er zu. »Aber inzwischen ist mir klar geworden, dass ich es ignorieren sollte. Lass sie doch denken, was sie wollen. Ich werde mir ihretwegen keine Sorgen machen. Ich sorge mich um dich.«

Sie warf ihm einen finsteren Blick zu. »Du sorgst dich um mich ... Dabei habe ich dir doch gesagt, dass ich das nicht will. Du musst nicht auf mich aufpassen.«

Er sah ihr ins Gesicht und bemerkte, dass sie nicht länger weinte. Sie hatte sich sogar ein wenig aufgerichtet, ihre Haut sah im kalten Sonnenlicht blass aus und ihre Augen schienen zu lodern.

»Ich will dir nicht wehtun, Jane«, sagte er mit rauer Stimme. Er räusperte sich und wandte den Blick ab, um die Straße entlang zu sehen – in der Stadt, die er nie wieder hatte betreten wollen und die er bald wieder verlassen würde.

Er hätte auf Distanz bleiben sollen. Er hätte vom ersten Tag an einfach das Richtige tun sollen. Stattdessen hatte er es gewagt, daran zu glauben, dass es dieses Mal anders laufen würde. Und vielleicht war das auch möglich und die Stadt hatte sich geändert, aber er hatte es nicht getan. Er war noch immer dasselbe schmutzige Kind aus dem heruntergekommenen Haus. Er enttäuschte andere noch immer. Wünschte sich Dinge, die ihm nicht zustanden und die ihm nie gehören würden.

»Möchtest du wirklich zu dieser Hochzeit gehen?«, fragte sie, und als er den Schmerz in ihrer Stimme hörte, setzte sein Herz einen Schlag aus.

»Ich denke, ich sollte hingehen«, erwiderte er aufrichtig und mit rauer Stimme, konnte sie dabei jedoch kaum ansehen.

Sie sah ihn noch einige Sekunden lang an, starrte dann zu Boden und nickte langsam. »Die Sache ist, dass du einfach immer das Richtige tust, Henry. Du bist loyal. Das kann dir niemand vorwerfen.«

Nur sie, dachte er. Er machte den Mund auf und wollte schon etwas sagen, klappte ihn dann aber wieder zu. Jane hatte sich in Bewegung gesetzt und ging auf ihren Wagen zu, und er wäre ihr am liebsten hinterhergelaufen, um in ihr Auto zu steigen, zu ihrem gemütlichen, einladenden Haus zu fahren, sich an ihren Küchentisch zu setzen, sie lachen zu hören, die Fotos an der Wand anzustarren und sich zu wünschen, dass er auch darauf zu sehen wäre. Er wollte ihre weichen Lippen küssen und ihren süßen Duft einatmen.

Aber er würde es nicht tun. Adam war sein ältester Freund. Die Browns kamen dem, was er als Familie kannte, am nächsten, und man rechnete dort mit ihm. Und er mochte es nun einmal nicht, die Menschen zu enttäuschen, die ihm am Herzen lagen.

Aus genau diesem Grund hätte er Jane Madison auch niemals küssen dürfen.

25

»Wie geht es dir?«

Adams und Kristys Hochzeit war bereits eine Woche her, und noch immer stellte man ihr diese Frage, die normalerweise von ungläubigen Blicken begleitet war, die auch dann nicht aufhörten, wenn sie den Fragenden versicherte, dass es ihr gut ging, ja, wirklich.

Anna lächelte betreten, während sie auf Janes Antwort wartete, und Jane schob ihren Ärger darüber beiseite, dass sie diese Frage schon wieder zu hören bekam. Nachdem sie sich eine Woche lang in ihrem Haus verkrochen hatte, antwortete sie inzwischen reflexartig. Sie hätte letzten Samstag im Diner nicht so emotional reagieren dürfen. Das passte gar nicht zu ihr. Aber sie war ohnehin schon angespannt gewesen, und dann hatte Henry einen Nerv getroffen. Er hatte ihr mit einem Satz all ihre Ängste bestätigt: dass sie in der Tat etwas für ihn empfand und dass sie diese Gefühle von vornherein hätte unterdrücken müssen.

»Ich versuche, mich auf meinen Alltag zu konzentrieren«, teilte Jane ihrer Schwester mit. Sie nippte an ihrem Punsch und lehnte sich auf der Couch im Wohnzimmer ihrer Mutter zurück. Das ganze Haus war für Grace' Brautparty dekoriert worden, und obwohl Kathleen als Innenarchitektin arbeitete, staunte Jane, mit wie viel Sorgfalt und Hingabe alles vorbereitet worden war.

In allen Ecken hingen Bündel cremeweißer Ballons, und überall standen wunderschöne Sträuße mit apricotfarbenen

Rosen. Auf dem Esszimmertisch war ein Buffet aufgebaut worden, er war überladen mit Silbertabletts und Etageren voller kleiner Sandwiches, farbenfroher Salate sowie Pasteten, Keksen und Kuchen, die so schön aussahen, dass es fast schon zu schade war, sie zu essen. Es gab pinkfarbenen Champagner, im Hintergrund lief klassische Musik, und Grace' engste Freundinnen hatten sich zu diesem besonderen Ereignis hier versammelt.

Anne beugte sich zu Jane hinüber und senkte die Stimme. »Hat der Anwalt noch etwas zu der Anhörung gesagt?« Sie sah ebenso besorgt aus wie an dem Tag, an dem Jane ihr wenige Stunden nach ihrem Gespräch mit Grace von dem Sorgerechtsstreit erzählt hatte.

»Nur, dass der Termin Anfang Dezember ist.« Jane versuchte, den Knoten in ihrem Magen mit einem Schluck Punsch zu vertreiben. Champagner wäre vermutlich eine bessere Lösung gewesen, um ihre Nerven zu beruhigen, aber sie musste konzentriert bleiben und klar denken können. In den letzten Wochen hatte sie genug törichte Entscheidungen getroffen.

Sie warf einen Blick zu Ivy hinüber, die mit Grace plauderte, an ihrem Champagnerglas nippte und einen dieser wundervollen französischen Macarons verspeiste, die Anna gemacht hatte. Jane nahm einen lavendelfarbenen von ihrem Teller und knabberte daran. Irgendwie schmeckte er so gut, dass sie für ein paar Sekunden abgelenkt war.

»Ich könnte den Mistkerl erwürgen«, zischte Anna, und Jane verschluckte sich vor Schreck.

Sie legte das Teilchen wieder auf ihren Teller und warf ihrer Schwester einen warnenden Blick zu, auch wenn ihr ganz warm wurde. »Ich würde dich auch nicht verraten.« Die beiden Schwestern lächelten einander an.

»Du hast es Mom noch nicht erzählt, oder?«

Jane schüttelte den Kopf. »Die Hochzeit ist schon anstrengend genug für sie. Sie freut sich natürlich für Grace, vermisst Dad aber auch sehr.« Sie hielt inne, weil ihr durch den Kopf schoss, dass Anna möglicherweise auch bald heiraten würde, da ihre Beziehung mit Mark so gut lief. »Ich fühle mich ein bisschen schuldig, dass Grace nicht von Dad zum Altar geführt wird. Es kommt mir irgendwie so vor, als hätte ich dieses Vorrecht vergeudet.«

»So ein Quatsch!« Anna kniff die Augen zusammen. »Du hattest eine wunderschöne Hochzeit, und Dad war so glücklich, dass er dich deinem Bräutigam übergeben durfte. Es ist nicht deine Schuld, dass eure Ehe zerbrochen ist.«

»Nein.« Jane seufzte. »Es war nicht meine Schuld.« Dann musterte sie ihre Schwester. »Du konntest Adam von Anfang an nicht leiden, oder?«

»Jetzt hör aber auf. Sag doch nicht so was.« Anna griff nach einer winzigen Quiche und stopfte sie sich in den Mund, weil sie dazu offensichtlich nichts weiter sagen wollte.

»Aber es stimmt doch. Und es ist schon okay. Ich kann es nachvollziehen.«

Anna tupfte sich mit einer mit einem Monogramm bestickten Cocktailserviette den Mund ab und sah Jane mit schuldbewusstem Grinsen an. »Es tut mir leid, Jane. Ich will nicht sagen, dass ich ihn nicht gemocht habe. Vielleicht ... Vielleicht ist mein Gedächtnis aufgrund der ganzen Ereignisse einfach nur getrübt.«

Netter Versuch, Schwesterherz, dachte Jane, *aber das kaufe ich dir nicht ab.* »Grace mochte ihn auch nicht«, fuhr sie fort. Auf einmal wurde ihr bewusst, dass Adam bei jedem Familientreffen, Feiertagsessen oder sonstigem gesellschaftlichen Ereignis die meiste Zeit schweigend neben ihr gesessen hatte, ohne sich auch nur die Mühe zu geben, mit jemandem zu plaudern, und er hatte ganz bestimmt nicht versucht, eine engere Bindung zu ihrer Familie aufzubauen, so wie sie es bei seiner getan hatte.

»Eigentlich kannte keiner von uns Adam wirklich«, meinte Anna schließlich. Sie blickte nachdenklich in die Ferne. »Er hatte auch kein sehr einnehmendes Wesen, sondern wirkte immer irgendwie ...«

»Kalt?«, warf Jane ein.

»Ich wollte eigentlich distanziert sagen«, erwiderte Anna. »Er war immer sehr still, und ... Na ja, manchmal hat es mich gestört, dass er nie den Eindruck erweckt hat, als würde er sich Mühe um dich geben.«

»Weil er nicht zu meinem Abschlussball gekommen ist?« Ihr Herz schlug schneller, als sie daran dachte, wie Henry mit reumütigem Grinsen auf den Verandastufen gestanden hatte.

»Es tut mir leid, Jane, aber du hast etwas Besseres verdient. Du brauchst jemanden, der all diese kleinen Dinge tut, weil sie dir wichtig sind, und der sie tut, weil du ihm etwas bedeutest.«

»Warum hat mir denn nie einer was gesagt?«, wollte Jane wissen.

»Du warst glücklich, Jane, daher dachten wir, da wäre vielleicht etwas, das wir einfach nicht sehen konnten. Es weiß doch eigentlich keiner, was hinter verschlossenen Türen passiert.«

Doch dann wirkte Anna wieder optimistischer. »Du hast dein ganzes Leben noch vor dir. Sieh dir doch nur mich an! Wer hätte je gedacht, dass ich wieder mit Mark zusammenkomme und dass wir irgendwann gemeinsam ein Restaurant aufmachen? Das Leben ist voller Überraschungen.«

Jane zuckte halbherzig mit den Achseln. Sie hatte momentan genug von Überraschungen und brauchte keine Aufregung und keinen Nervenkitzel. Vielmehr sehnte sie sich nach Sicherheit und Geborgenheit und vielleicht auch nach einem Mann, der hin und wieder ein paar Kleinigkeiten für sie tat.

Sie wollte einen Mann, der mit ihr tanzen ging, ihr half, wenn sie Probleme hatte, und sie vielleicht sogar warnte, falls sie davor stand, einen gravierenden Fehler zu begehen.

Aber sie wollte keinen, dem es an Loyalität mangelte.

»Jane, Anna! Kommt zu uns, wir machen jetzt die Geschenke auf!« Grace winkte sie nach nebenan, wo sie bereits in dem antiken Schaukelstuhl saß, der ihrer Großmutter gehört hatte. Kathleen hatte ihn restaurieren lassen, sodass die natürliche Schönheit des Holzes nun wieder zu sehen war. Jane hoffte darauf, ihn eines Tages Sophie vererben zu können. Aber jetzt fragte sie sich, ob er dann noch dieselbe Bedeutung für ihre Tochter haben würde. Falls Sophie mit nach Denver zog, würde sie sich nur noch selten in diesem großen viktorianischen Haus aufhalten, wenn sie zu Besuch in der Stadt war.

Die Schwestern standen auf und gingen zu den anderen, die sich bereits auf den Ohrensesseln und Sofas breitgemacht hatten. Jane zwinkerte Sophie zu, die auf Rosemarys Schoß saß, zufrieden einen Keks aß und die Krümel ignorierte, die ihr lilafarbenes, gesmoktes Kleid bedeckten. Als Grace nach dem ersten Geschenk griff, riss Sophie die haselnussbraunen Augen auf und beugte sich vor, um ja nichts zu verpassen.

Das erste Geschenk war von Anna: ein wunderschöner Kuchenteller aus Porzellan, auf den Grace' und Lukes Hochzeitsdatum eingraviert war. Grace wedelte mit einer Hand in der Luft herum und grinste ihre Schwester an. »Mit einem Mal kommt es mir so real vor. Ich heirate tatsächlich in zwei Wochen!«

»Mach meins als Nächstes auf!«, schrie Sophie ungeduldig, und die Frauen lachten.

Grace suchte zwischen den wunderschön verpackten Schachteln, bis sie die kleine entdeckte, die Jane hereingetragen hatte. Ganz langsam öffnete sie das Geschenk und behauptete, das perlmuttartige Geschenkpapier wäre zu schade, um es zu zerreißen, und dann saß sie ganz still da, nachdem sie den Deckel der Schachtel hochgehoben hatte.

»Du kennst doch die alte Redewendung, dass man zu seiner Hochzeit etwas Altes, etwas Neues, etwas Geborgtes und etwas Blaues tragen soll«, meinte Jane.

»Etwas Altes«, murmelte Grace und sah ihr in die Augen. »Das ist Dads Taschentuch. Er hatte es immer in der Tasche.«

»Damit hat er seine Brille geputzt«, warf Anna ein.

Alle verstummten, als ihnen die Bedeutung dieses Geschenks bewusst wurde. Schließlich sagte Jane: »Dad hat es mir am Morgen vor meiner Hochzeit gegeben. Er hätte gewollt, dass du es an deinem besonderen Tag bekommst.«

Grace fuhr mit den Fingern über die gestickten Initialen in der Ecke. »Danke«, brachte sie kaum lauter als ein Flüstern über die Lippen.

Jane sah zu ihrer Mutter hinüber, die strahlte, aber auch Tränen in den Augen hatte. »Ich hatte das alte Ding ganz vergessen«, sagte sie. »Jetzt wird er den ganzen Tag über bei dir sein, Grace.«

Anna schniefte, und Jane holte ein Päckchen Taschentücher aus der Handtasche. Sie zog eines heraus und reichte es ihrer Schwester, die anfing zu lachen.

Kurz darauf fielen alle anderen ein, Jane eingeschlossen.

»Ach, Jane. Auf dich kann man sich immer verlassen«, erklärte Anna und tupfte sich die Nase.

»Das stimmt«, bestätigte Grace und lächelte Jane an. Dann atmete sie einmal tief durch und wandte sich erneut dem Geschenkestapel vor sich zu. »Welches packe ich als Nächstes aus? Oh, Ivy, das hier ist von dir.«

Ivy, die im Sessel neben Grace saß und bisher ungewöhnlich

schweigsam gewesen war, nickte. Sie lächelte matt, als Grace die Schachtel spielerisch schüttelte und langsam das Klebeband abzog. Jane versuchte, sich auf ihre Schwester zu konzentrieren, die eine wunderschöne silberne Vase hochhielt, woraufhin die anderen Frauen bewundernd aufkeuchten, aber ihr Blick wanderte immer wieder zurück zu Ivy. Ivys Augen wirkten glasig und fiebrig, und sie hatte gerötete Wangen, obwohl ihr Gesicht ansonsten fast schon kreidebleich war. Sie hielt sich den Kopf mit einer Hand, als könnte sie ihn kaum noch aufrecht halten, und schaffte es nur mit Mühe zu lächeln, als Grace sich für das Geschenk bedankte.

Dann bemerkte Ivy Janes besorgten Blick, und sie ließ den Arm sinken und richtete sich auf. »Ich muss mal kurz auf die Toilette«, flüsterte sie. Sie wollte aufstehen, was ihr sehr schwerzufallen schien, machte einen Schritt auf den Wohnzimmertisch zu, geriet leicht ins Taumeln, und Janes Herz setzte vor Schreck einen Schlag aus. Ivys Augen wirkten unfokussiert, als würde sie in die Ferne blicken oder wäre gar nicht richtig anwesend – und Jane musste daran denken, wie sie während ihrer Schwangerschaft einmal das Bewusstsein verloren hatte. Ivy konnte anscheinend kaum sehen, wohin sie ging, und würde sich noch den Kopf am Kaminsims anschlagen, wenn niemand einschritt.

Die Frauen schrien auf, als sich Ivy noch einmal aufrichtete und nach einer gefühlten Ewigkeit, die jedoch nur einen Sekundenbruchteil dauerte, in sich zusammensackte. Jane, Kara und Kathleen, die ihr am nächsten saßen, sprangen sofort auf und schafften es, ihren Aufprall abzufangen.

»Sie ist bewusstlos!«, schrie Rosemary. Sophie fing an zu weinen, und Molly, Rosemarys jüngste Tochter, brachte sie in die Küche.

Anna rief sofort einen Krankenwagen, und Jane griff ebenfalls zum Telefon und ging mit zitternden Fingern ihre Kontaktliste durch, bis sie die Nummer des Mannes fand, mit dem sie eigentlich nie wieder hatte sprechen wollen.

Er ging nach dem ersten Klingeln ran und fragte zögernd: »Jane?«

»Henry, es geht um deine Schwester. Ich bin im Haus meiner Mutter, und Ivy ist gerade zusammengebrochen. Ein Krankenwagen ist unterwegs. Sie bringen sie ins Krankenhaus in Forest Ridge.«

»Wir treffen uns dann dort«, erwiderte er sofort. »Bitte fahr mit, Jane.«

Dies war das erste Mal, dass er sie um etwas bat, stellte sie fest, aber ihr fiel noch etwas anderes auf: Henry war nicht im Geringsten überrascht gewesen, dass seine Schwester das Bewusstsein verloren hatte.

»Ach, und Jane? Sag den Rettungssanitätern bitte, dass sie Diabetes hat.«

○ ○ ○

Henry stand bereits im Vorraum der Notaufnahme, als Jane dort eintraf.

»Sie ist wach«, berichtete sie ihm. »Sie haben sie in ein Behandlungszimmer gebracht und gesagt, dass sie Bescheid geben, wenn sie Besuch empfangen kann. Ich habe es geschafft, die anderen davon abzuhalten, ebenfalls mitzukommen, indem ich gesagt habe, dass Ivy als Grace' beste Freundin ihr bestimmt nicht die Brautparty ruinieren wollen würde. Aber das war nicht gerade einfach, das kann ich dir versichern.«

»Gut.« Er rieb sich das Kinn, runzelte die Stirn und sah sie mit matten Augen an. Sein Gesicht überschattete sich, als er durch die Glasscheibe in der Doppeltür der Notaufnahme starrte.

»Wie wäre es, wenn ich uns einen Kaffee hole, um die Wartezeit zu überbrücken?« Jane wartete nicht auf seine Antwort, sondern ging zu den Verkaufsautomaten auf der anderen Seite des Raumes. Auch wenn sie bezweifelte, dass der Kaffee überhaupt schmeckte, hatte sie so wenigstens etwas zu tun. Im Moment musste sie etwas Zeit schinden, um sich zu überlegen, was sie als Nächstes zu ihm sagen wollte. Ihr schossen unzählige Fragen durch den Kopf – über ihn, aber natürlich auch über Ivy.

Henry hatte sich so hingesetzt, dass er die Tür im Auge behalten konnte, und Jane reichte ihm vorsichtig den Kaffeebecher. »Er ist heiß«, warnte sie. »Und sie hatten nur Kaffeeweißer, den habe ich dann lieber weggelassen.«

»Danke.« Er umklammerte den Becher mit beiden Händen und machte keine Anstalten, etwas zu trinken.

Jane setzte sich ihm gegenüber auf einen Stuhl und nahm den Schal ab. »Ich wusste nicht, dass Ivy Diabetes hat«, sagte sie. »Das hat sie mir nie erzählt.«

»Sie hat es niemandem erzählt.« Henry nippte an seinem Kaffee, verzog das Gesicht und stellte den Becher auf den Tisch neben sich, wofür er erst einige Zeitschriften zur Seite schieben musste.

Jane runzelte die Stirn. »Hat sie das erst seit Kurzem?«

»Nein, schon seit der ersten Klasse«, entgegnete Henry und sah sie an. »Sie wollte es für sich behalten, und ich habe ihren Wunsch respektiert. Bis heute.« Er presste die Lippen zusammen und stützte die Ellbogen auf die Knie.

»Ich glaube nicht, dass sonst jemand gehört hat, was ich den Rettungssanitätern gesagt habe. Sie haben uns gebeten, aus dem Zimmer zu gehen, aber ich bin noch geblieben und habe ihnen ausgerichtet, was du gesagt hattest.« Jane beugte sich vor und stellte ihren Becher neben Henrys. »Warum wollte sie nicht, dass jemand davon erfährt?«

Henry stieß die Luft aus. »Ivy und ich hatten keine leichte Kindheit. Unsere Mutter war nicht besonders fürsorglich, und die ganze Stadt wusste davon. Manchmal hatten wir zum Essen nichts als Cornflakes im Haus, weil sie es nicht schaffte, einkaufen zu gehen. Ivy konnte die Blicke der anderen Kinder nicht ausstehen, wenn sie sahen, was wir zum Mittag dabei hatten. Sie wussten, dass wir anders waren. Aber sie wollte nicht anders sein. Sogar etwas so Normales wie ihre Diabetes gab ihr anscheinend das Gefühl, nicht dazuzugehören. Es war noch ein Punkt mehr, in dem sie anders war als die anderen.«

Jane versuchte, sich Ivy in dem Alter vorzustellen, in dem Sophie jetzt war, und spürte, wie sie Mitleid mit ihr bekam. »Darum hast du sie immer so beschützt«, erkannte sie.

Henry runzelte die Stirn. »Aber es war nicht genug. Ich wollte damals, dass sie mit mir zusammen die Stadt verlässt. Ich fand, sie hatte die Gelegenheit verdient, irgendwo neu anzufangen, an einem Ort zu leben, an dem sie so sein konnte, wie sie war, an dem sie sich akzeptiert fühlte und nicht das Bedürfnis hatte, sich ... für ihre Vergangenheit zu entschuldigen.«

»Ivy liebt Briar Creek«, sagte Jane.

»Ich weiß. Damals habe ich das nicht verstanden, aber so langsam begreife ich es.«

»Ich dachte, du würdest Briar Creek hassen.« Da sie wusste, wie hart sein Leben hier gewesen war, konnte sie es ihm nicht einmal mehr verdenken, dass er weggegangen war.

Was nicht bedeutete, dass er jetzt bleiben sollte ...

»Ich wünschte mir, Ivy hätte es uns anvertraut«, meinte Jane kopfschüttelnd. »Wir hätten sie deswegen nicht schief angesehen. Sie hat hier so viele Freunde.«

»Jetzt schon, aber als Kind hatte sie nur Grace, und ich hatte ...« Er stockte und warf ihr kurz einen Seitenblick zu.

Adam. Jane wurde das Herz schwer. Seine Verbindung zu

Adam reichte lange zurück. Und sie war tiefer als jede Beziehung, die er zu ihr hatte, Kuss hin oder her.

»Unsere Familie stand ständig unter Beobachtung, und es wurde immer schlimmer, je älter wir wurden. Die Teenagerzeit ist schon schwer genug, ohne dass man seine Mom davon abhalten muss, einem das Leben noch weiter zu erschweren.« Er schüttelte den Kopf und kniff die Augen zusammen. »Ich habe es gehasst, zu Veranstaltungen in der Stadt gehen zu müssen. Alle saßen herum und amüsierten sich. Aber wie hätte ich mich denn amüsieren können, wenn meine Mutter immer eine Szene machte, Probleme bekam und für Gerede sorgte?«

»Oh, Henry.« Jane legte den Kopf schief. »Ich wusste nicht, dass es so schlimm war.«

»Das liegt daran, dass du dich nie um die Gerüchte gekümmert hast. Du hast nicht gehört, was sie alles erzählt haben. Über ihre Affären mit verheirateten Männern ... Über unbezahlte Rechnungen im Pub ... Mein Vater ist schon vor meiner Geburt gestorben. Sie war am Boden zerstört, und ich glaube, dass sie sich nie wieder davon erholt hat. Sie war einfach nicht stark genug.«

Der Schmerz in seinen Augen war tief, und Jane hätte am liebsten eine Hand auf seinen Arm gelegt und ihn an sich gezogen. Aber das war nicht das, was Henry wollte, selbst wenn er es jetzt vielleicht brauchte.

Henry wollte allein sein – um sich vor den schmerzhaften Erinnerungen zu schützen und dem Ort, mit dem sie verbunden waren.

Und sie sollte ihn gehen lassen, anstatt sich zu wünschen, dass er bleiben würde.

Henry wandte den Blick ab, und als Jane über die Schulter sah, kam ein Arzt auf sie zu. »Sind Sie wegen Ivy Birch hier?«

Henry stand auf. »Ich bin ihr Bruder. Wie geht es ihr?«

»Sie ist stabil, aber wir möchten sie über Nacht zur Beobachtung hier behalten. Sie können jetzt zu ihr.« Der Arzt musterte Jane. »Normalerweise erlauben wir immer nur einen Besucher in der Notaufnahme, aber für Ihre Frau kann ich eine Ausnahme machen …«

Jane wurde bleich und meinte hastig: »Oh. Nein. Ich bin …« Ja, was war sie eigentlich? Henrys Freundin? Seine alte Freundin? Oder nur irgendein Mädchen, das er geküsst hatte? »Ich bin Ivys Freundin«, beendete sie den Satz schließlich und wurde rot, als sie Henry einen Seitenblick zuwarf, der sie nicht aus den Augen ließ.

»In diesem Fall muss ich Sie bitten, so lange zu warten, bis sie in ein normales Krankenzimmer verlegt wird. Aber das dürfte nicht mehr lange dauern.«

»Geh du erst mal zu ihr«, meinte Jane mit sanftem Lächeln zu Henry. »Ich besuche sie dann später.«

Er zögerte, und Jane glaubte schon, er würde sie bitten zu bleiben. Doch er sagte nur: »Darüber wird sich Ivy bestimmt sehr freuen.«

Jane versuchte, ihre Enttäuschung zu ignorieren. Sie wandte sich ab, griff nach ihrer Handtasche und den Kaffeebechern und sah sich suchend nach einem Mülleimer um. *Immer diese Mütter*, dachte sie ironisch. *Ständig müssen sie alles aufräumen und die Verantwortung übernehmen.*

Sie verharrte, als sie merkte, dass Henry sie noch immer ansah.

»Ich werde es niemandem sagen«, sagte sie, und ihr wurde bewusst, dass sie jetzt ein Geheimnis teilten. »Du kannst dich auf mich verlassen.«

»Das weiß ich«, sagte er mit rauer Stimme und verschwand dann durch die Doppeltür.

26

Als Sophie im Bett lag und es im Haus ruhig geworden war, begann Jane mit ihrer abendlichen Routine. In der Küche belud sie die Spülmaschine und wischte den Tisch und die Arbeitsplatte ab, um dann nach nebenan zu gehen und das herumliegende Spielzeug in einen Korb zu werfen. Einige Buntstifte waren unter den Wohnzimmertisch gerollt, und sie kniete sich hin, hob sie auf und steckte sie in die Verpackung zurück. Sophie hatte ihr schon ein bisschen geholfen, bevor sie ihre Gutenachtgeschichte vorgelesen bekam, aber eine Fünfjährige übersah eben vieles. Dennoch empfand Jane jedes Mal Stolz, wenn sie Sophie dabei beobachtete, wie sie ihre Malbücher ordentlich hinlegte und dabei mit leiser Stimme sang: »Aufräumzeit! Es ist so weit!«

Ihr stiegen die Tränen in die Augen, die sich auch durch mehrfaches Blinzeln nicht zurückhalten ließen. Schniefend wischte sie sich mit dem Handrücken über die Wangen. *Es gibt noch immer Hoffnung*, sagte sie sich entschlossen. Noch war nicht entschieden, ob die Sorgerechtsvereinbarung nicht so bleiben würde wie bisher und sie sich nur darüber Sorgen machen musste, dass Sophie im Sommer ein paar Wochen in Colorado verbringen würde, ebenso wie an manchen Feiertagen.

Sie stand auf, griff nach dem Korb mit dem Spielzeug und ging durch den Flur in Richtung Treppe, um dann beinahe aufzuschreien, als sie hinter dem Fenster in der Haustür auf einmal ein Gesicht sah. Ihr Herz raste noch immer, als sie lachend die Tür öffnete.

Henry grinste sie beschämt an, wobei ihr ganz warm im Bauch wurde. »Ich wollte gerade anklopfen. Entschuldige, dass ich dich erschreckt habe.«

»Na ja, es ist ja schon fast Halloween.« Jane grinste, aber ihre gute Laune verging schnell wieder, als sie daran denken musste, was die Zukunft noch bringen würde: etwas, das weitaus schauriger war als Masken oder Streiche. Der Prozesspfleger wollte am nächsten Tag vorbeischauen und Sophie kennenlernen, und obwohl sich Jane einzureden versuchte, dass sie das schon einmal durchgemacht hatte, zog sich ihr jedes Mal der Magen zusammen, wenn sie daran dachte.

»Freut sich Sophie schon auf Halloween?«, fragte Henry und reichte ihr seine Jacke.

»Und wie! Sie geht als Zahnfee.« Lachend hängte sie die Wildlederjacke an die Garderobe und strich mit den Fingern über das weiche Leder, dem sein vertrauter Geruch anhaftete. Himmel, sie machte sich ja lächerlich!

Rasch ließ sie die Hände sinken und sah ihn mit verkrampftem Lächeln an. »Ich hatte überlegt, Ivy heute Abend noch zu besuchen, aber ich wollte euch nicht stören.«

»Du hättest nicht gestört«, erwiderte Henry. Diese Stimme ... Sie konnte noch genau hören, wie er etwas geflüstert hatte, bevor er sie küsste ... »Sie wird morgen entlassen. Die Ärzte und ich konnten sie allerdings davon überzeugen, dass sie im Laden kürzertreten muss.«

»Aber was soll sie denn machen?« Grace' Hochzeit stand kurz bevor, und es musste noch so vieles erledigt werden. »Sie hat nicht mal eine Aushilfe.«

»Noch nicht, aber ich beabsichtige, eine zu suchen, die zumindest bis Jahresende bleibt. Sie hat nicht genug auf ihre Gesundheit geachtet, und ich werde die Stadt erst wieder verlassen, wenn es ihr besser geht.«

Jane zögerte, da sie sich nicht sicher war, ob sie das wirklich tun wollte, aber dann musste sie erneut an den bevorstehenden Besuch des Prozesspflegers denken. »Ich könnte das machen.«

Henry schaute sie irritiert an. »Aber was ist mit deinen Kursen?«

Sie war noch immer nicht bereit, die Wahrheit zuzugeben, und zuckte mit den Achseln. »Ich habe momentan nur wenige Kurse pro Woche, und sie finden alle am späten Nachmittag statt. Die Arbeitszeit im Buchladen kann ich mir flexibel einteilen, und sobald Grace aus den Flitterwochen zurück ist, wird sie mich auch nicht mehr so oft brauchen.«

Auf Henrys Gesicht spiegelte sich Erleichterung wider, und er strahlte sie an. »Ist das dein Ernst, Jane? Du könntest das wirklich machen? Zwanzig Stunden die Woche, wenn Sophie in der Vorschule ist, nur bis die Feiertage vorbei sind. Ivy besteht darauf, dass sie zu Jahresbeginn ein neues Geschäftsmodell ausarbeiten will, und das muss ich respektieren.«

Janes Herz schlug vor Aufregung schneller, und sie hätte Henry beinahe die Arme um den Hals geworfen und vor Freude geweint. Mit einem Mal hatte sie gar nicht mehr so große Angst vor dem nächsten Tag.

»Ich kann gleich morgen anfangen, wenn du möchtest.«

»Wie wäre es mit Montag? Ich habe Ivy gesagt, dass der Laden morgen geschlossen bleibt und dass das nicht zur Diskussion steht.«

Jane sah ihn fragend an. »Wie hat sie das aufgenommen?«

»Nicht gut.« Henry grinste.

Sie sahen sich in die Augen, und Jane stockte kurz der Atem. Es fiel ihr so leicht, sich mit Henry zu unterhalten und die Gründe zu vergessen, warum sie ihm aus dem Weg gehen und vielleicht sogar wütend auf ihn sein sollte. Sein Lächeln verblasste, und zum ersten Mal fiel ihr auf, wie erschöpft er wirkte.

Der arme Kerl hatte sich vermutlich große Sorgen um seine Schwester gemacht.

»Hast du schon etwas gegessen?« Sie kannte seine Antwort eigentlich schon und führte ihn in die Küche. »Ich habe noch ein paar Reste vom Abendessen da, die du gern haben kannst. Es ist nichts Besonderes, nur Hühnchen mit Kartoffeln.«

Er lächelte sie an, aber seine Augen blieben ernst. Jane wurde unter seinem Blick ganz unruhig, und ihr Herz begann zu rasen, sodass sie sich abwenden musste.

Dankbar wandte sie ihm den Rücken zu und holte den Plastikbehälter mit dem Kartoffelbrei aus dem untersten Fach des Kühlschranks, wobei sie hoffte, dass die kalte Luft sie ein wenig abkühlte, bevor sie sich wieder umdrehte.

Großer Gott!, schoss es ihr plötzlich durch den Kopf. *Jetzt kann er ja meinen Hintern anstarren!* Sie wirbelte herum und sah ihm in die Augen. Sie wirkten dunkel und seine Lider schwer, und er wandte den Blick nicht ab, auch wenn ihr das lieber gewesen wäre.

Sie schob die Kühlschranktür mit dem Ellbogen zu und ging zur Arbeitsplatte.

Er musste wirklich aufhören, sie so anzusehen.

Mit zitternden Händen stellte sie den Teller in die Mikrowelle. »Ein Glas Wein?«, fragte sie und schlug dann eine Hand vor den Mund. »Entschuldige. Das hatte ich ganz vergessen ...«

Henry lächelte nur und hob eine Hand. »Schon okay. Ich nehme ein Glas Wasser.« Er sah ihr zu, wie sie ein Glas aus dem Schrank nahm und unter dem Wasserhahn füllte. Dann räusperte er sich, und Janes Herz schlug schneller. Gleich würde er etwas sagen. Sie wusste zwar nicht, was, aber was es auch war, sie wollte es vermutlich nicht hören. Sie war sich nicht sicher, was sie schlimmer gefunden hätte, eine Entschuldigung oder das Geständnis, dass der Kuss ein Fehler gewesen war.

Mit einem Mal verspürte sie den Drang, durch den Flur und die Treppe hinaufzulaufen und sich im Schlafzimmer einzusperren. In ihrem Flanellschlafanzug und den Häschenhausschuhen. Ja, genau das war der Grund dafür, dass sie keine Verabredungen hatte. Wenn man nicht mit einem Mann ausging – oder ihn küsste –, dann musste man auch nicht derart peinliche Augenblicke überstehen.

»Ich wollte dir noch danken für das, was du heute getan hast, Jane.«

Oh. Das war schon alles? »Du musst mir nicht danken.«

»Doch, das muss ich.« Er hielt kurz inne. »Du warst sehr wütend auf mich, als wir uns das letzte Mal gesehen haben, und du hattest auch das Recht dazu.«

Sie winkte ab, auch wenn sie die Kränkung noch immer nicht ganz verwunden hatte. »Lass uns nicht darüber sprechen. Das ist Schnee von gestern. Ich bin darüber hinweg.«

Doch er schüttelte den Kopf. »Ich wusste nicht, was ich tun sollte. Adam hatte von der Hochzeit gesprochen, aber da hatte ich noch keine Ahnung, ob ich überhaupt noch in der Stadt sein würde. Doch dann hat Patty gesagt, dass sie sich sehr darüber freuen würde, wenn ich käme ...« Er hob die Hände. »Das konnte ich ihr einfach nicht abschlagen. Nicht nach allem, was sie für mich getan hat.«

Jane legte den Kopf schief. Das wusste sie natürlich. Die Browns waren für Henry fast wie eine Familie gewesen. Ein solches Band war natürlich stark.

Schweigen breitete sich aus, und dann pfiff die Mikrowelle. Jane nahm den Teller heraus und schob ihn über die Kücheninsel, an der Henry auf einem Barhocker saß. Er machte keine Anstalten, nach der Gabel zu greifen.

»Patty und Roger sind sehr nette Menschen«, brachte Jane schließlich heraus. Das ließ sich nicht leugnen.

»Neben Ivy waren die Browns nach dem Tod meiner Großmutter das für mich, was einer Familie am nächsten kommt. Ich habe mir große Mühe mit meiner Mutter gegeben, aber es war nie genug. Es ist mir nie gelungen, etwas zu ändern.«

»Hat sie jemals versucht, mit dem Trinken aufzuhören?«, fragte Jane vorsichtig.

»Nein«, stieß Henry hervor. Er runzelte die Stirn und starrte die Wand an.

»Ich kann gut verstehen, warum du keinen Alkohol trinkst«, meinte Jane und setzte sich neben ihn.

»Einmal habe ich getrunken«, gab er zu. Dann hielt er inne und sah aus, als würde er überlegen, ob er weitersprechen sollte. »Bei deiner Hochzeit. Ich war betrunken und habe etwas Dummes gemacht. Das war das erste und einzige Mal, dass ich Alkohol angerührt habe. Danach hatte ich immer Angst, dass ich so werden könnte wie sie.«

»Bei meiner Hochzeit?« Janes Gedanken rasten. »Was hast du denn da gemacht?«

»Ich habe Adam am Kragen gepackt und ihn zusammengestaucht.« Henry schenkte ihr ein betretenes Grinsen. »Das hatte sich schon eine ganze Weile in mir aufgestaut. Versteh mich nicht falsch, ich habe Adam wie einen Bruder geliebt, aber ich habe ihn auch so gesehen, wie er wirklich war. Mit all seinen Fehlern. Er neigte schon immer zum ... Flirten.«

Jane presste die Lippen zusammen. Rückblickend musste sie zugeben, dass Adam nicht unbedingt der perfekte Freund gewesen war.

»Nach der Trauung wusste ich, dass ich nichts mehr sagen konnte, zumindest nicht zu dir. Also habe ich mich betrunken und ihm die Meinung gesagt. Ich habe ihm zu verstehen gegeben, was ich ihm antue, falls er dir jemals wehtun würde.«

Auf einmal merkte Jane, dass sie Henry die ganze Zeit mit

offenem Mund anstarrte. Sie klappte den Mund zu, blinzelte und versuchte zu begreifen, was er da gerade gesagt hatte. Was er da beschrieb, musste sich abgespielt haben, während sie die Blumen und die Hochzeitstorte bewundert hatte. Sie hatte nichts mitbekommen.

»Aber warum?«

Henry zögerte. »Erinnerst du dich an die kleine Blondine, die Tochter von einer von Pattys Freundinnen?«

Jane kniff die Augen zusammen und schüttelte den Kopf. So genau konnte sie sich nicht mehr an ihre Hochzeit erinnern. »Nein. Warum?« Doch sobald sie ihm in die Augen sah, kannte sie den Grund für seine Frage. Ihr wurde das Herz schwer, und sie verzog verbittert das Gesicht. »Einmal ein Fremdgänger, immer ein Fremdgänger.«

»Er hat nur geflirtet«, sagte Henry leise, und Jane schnaubte.

Was hätte sie getan, wenn sie das damals gemerkt hätte? Sie als frisch verheiratete Frau auf ihrer Hochzeit. Auf gewisse Weise war sie dankbar dafür, dass Henry es ihr damals nicht erzählt hatte, da sie mit dieser Information überfordert gewesen wäre. »Und was hat er gesagt?«

»Er sagte, er wüsste, dass ich schon immer etwas für dich übrig gehabt hätte und dass ich immer das haben wollte, was er hatte. Zuerst seine Familie und jetzt seine Frau. Dann hat er mich ins Gesicht geschlagen und mir gesagt, ich solle wieder nüchtern werden, bevor ich noch für mehr Gerede sorge, als es meine Mutter je getan hat.« Er zuckte mit den Achseln. »Am nächsten Tag habe ich meine Sachen gepackt und die Stadt verlassen. Adam war bei meiner Hochzeit – vielleicht hatte er Schuldgefühle oder spürte doch irgendwie einen Hauch von Loyalität –, aber danach brach der Kontakt zu den Browns ab, bis vor Kurzem. Ich war ziemlich haltlos«, fügte er mit finsterer Miene hinzu.

»Ich weiß nicht, was ich sagen soll«, erwiderte Jane. »Aber ... Ich schätze, ich sollte mich bei dir entschuldigen.«

»Was?« Er sah sie fragend an. »Warum denn das?«

»Weil ich dir solche Vorwürfe gemacht habe, dass du zu seiner Hochzeit gehen wolltest. Seitdem all das mit Adam passiert ist, fällt es mir schwer, anderen zu vertrauen, und ich bin einfach davon ausgegangen ...«

»Es muss einen merkwürdigen Eindruck auf dich gemacht haben«, stimmte Henry ihr zu. »Die Sache ist kompliziert, Jane. Ich bin kompliziert.«

»Und ich bin das nicht?« Sie lachte auf und winkte ab. »Ich bin eine sechsundzwanzigjährige alleinerziehende Mutter mit mehreren Teilzeitjobs, die die meisten Tage nur mit Mühe und Not übersteht.«

»Stell dein Licht nicht so unter den Scheffel«, schalt er sie. »Ich kann dir aus eigener Erfahrung sagen, dass einige alleinerziehende Mütter nicht so gut mit dem Alltag zurechtkommen, aber du ...«

Jane errötete. »Jetzt reicht es aber mit der Schmeichelei. Das bin ich nicht gewohnt.«

»Das liegt nur daran, dass Adam dir nicht genug Komplimente gemacht hat. Du brauchst einen Mann, der dich mehr zu schätzen weiß, als er es jemals getan hat. Entschuldige, wenn ich damit zu weit gehe, aber so sieht es nun einmal aus.« Er sah ihr in die Augen, und Jane bekam Herzklopfen. »Du brauchst einen Mann, der alles sieht, was du ihm zu bieten hast, und der dich dazu bringt, immer noch besser zu werden. Jemanden, der dir sagt, wie wunderschön du bist. Du hast so vieles entbehren müssen.« Er wandte den Blick ab und mahlte mit dem Kiefer.

Jane sagte sich selbst, dass er recht hatte und dass sie das tief in ihrem Inneren schon lange gewusst hatte. Irgendwann hatte Adam aufgehört, ihr zu sagen, dass er sie attraktiv fand, es nicht mehr bemerkt, wenn sie sich schick gemacht hatte, keine Lust mehr gehabt, mit ihr zum Essen auszugehen. Es hatte jedes Mal wehgetan, aber sie hatte immer versucht, sich vor allem auf ihre Familie zu konzentrieren und das Leben, das sie sich aufgebaut hatten.

Aber das war nicht genug. Ohne all das, was Henry eben beschrieben hatte, war ihre Ehe zum Scheitern verurteilt gewesen. Beim nächsten Mal musste vieles anders laufen.

Ihr wurde bewusst, dass sie gerade zum ersten Mal an eine neue Beziehung gedacht hatte, aber irgendwie konnte sie es hier bei Henry sogar wagen, tatsächlich darauf zu hoffen.

Er sah sie fragend an, und sein Blick wanderte wie neulich Abend zu ihren Lippen. Jane hielt erwartungsvoll die Luft an und sehnte sich danach, von ihm geküsst zu werden. Sie beugte sich vor, als er seine Lippen auf ihre drückte, und legte ihm die Arme um den Hals. Der Kuss war zärtlich, aber auch entschlossener als beim letzten Mal, und sie drückte sich an ihn und spürte seinen Herzschlag. Er hatte einen Arm fest um ihre Taille gelegt und die andere Hand in ihr Haar geschoben, um sie vom Stuhl hoch und noch enger an sich zu ziehen, während er den Kuss vertiefte.

Langsam ließ er die Hände über ihre Hüften wandern, drückte sie gegen die Mitteninsel und rahmte ihre Beine mit seinen ein. Ihr Herz raste vor Aufregung, und sein Haar streifte ihr Gesicht, als er mit der Zunge über ihre Unterlippe fuhr und sanft ihre Brüste streichelte.

Sie löste sich von ihm. »Lass uns ...« Dann deutete sie mit dem Kinn in Richtung Treppe. Sie mussten das an einem privateren Ort und hinter verschlossenen Türen fortsetzen.

Henry stöhnte, als sie sich langsam aus seiner Umarmung befreite, blieb aber dicht hinter ihr. Er legte ihr die Arme um die Taille, und sie spürte seinen Atem an ihrem Hals, als sie nach oben gingen und schließlich die Schlafzimmertür hinter sich schlossen.

Er setzte sich und lächelte sie an, als sie vor ihm stand, um dann die Hände an ihre Hüften zu legen und die Finger unter den Saum ihres T-Shirts zu schieben. Sie erschauderte bei seiner zärtlichen Berührung, doch dann küsste er sie auch schon wieder, drückte sie an sich und öffnete ihren BH.

Sie stöhnte, als er ihr das T-Shirt über den Kopf zog und den Mund auf ihre Brust drückte, und dann lagen sie auch schon auf dem Bett und er rollte sich auf sie und ließ die Lippen über ihren Hals zu ihrem Mund wandern. Währenddessen nestelte sie an seiner Gürtelschnalle herum und wollte ihm so nah sein, wie es nur ging, und seine Haut auf ihrer spüren.

»Jane«, flüsterte er. »Bist du dir sicher …«

Sie nickte und schloss die Augen, um seine Küsse zu genießen. Sie hatte seit Jahren versucht, Henry zu widerstehen, aber heute Nacht würde sie nachgeben.

27

Jane wusste schon, dass irgendetwas anders war, bevor sie auch nur die Augen aufschlug, aber erst als sie spürte, wie sich Henrys Brust an ihrem Rücken hob und senkte, erinnerte sie sich an das, was passiert war. Lächelnd nahm sie seine Hand. Es war schon sehr lange her, dass sie nachts in den Armen eines Mannes gelegen hatte, und auf einmal wurde ihr erschreckend deutlich bewusst, was sie alles vermisst hatte.

Eine leise Stimme erklang auf dem Flur, und Jane löste sich schnell aus Henrys Armen. Sie nahm ihren Bademantel vom Haken, zog ihn über und band ihn zu. Als sie an sich herabblickte und den weichen elfenbeinfarbenen Flanellstoff musterte, der ihr bis zu den Fußknöcheln reichte, zuckte sie zusammen. Darin sah sie nicht gerade sexy aus – es sei denn, man lebte in einem Altersheim. Rasch eilte sie zum Kleiderschrank, während sie schon hörte, wie Sophie ihre Bettdecke über den Flur schleifte, und kramte darin herum, bis sie eine schlichte schwarze Schlafanzughose und ein enges langärmliges T-Shirt gefunden hatte.

Sie knüllte den Bademantel in den Händen zusammen und beschloss, ihn sofort in den Müll zu werfen. Derartigen Krempel würde sie nicht mehr kaufen, nie wieder diesem pessimistischen Drang nachgeben, die weichste, männerabschreckendste Freizeitkleidung zu kaufen.

Sie war zu jung für so etwas.

»Was hast du da für eine Decke im Arm?«, murmelte Henry und grinste sie vom Bett aus träge an.

Jane blickte auf den riesigen Ball aus elfenbeinfarbenem Stoff hinab. Das war nicht einmal Flanell, oder? Es sah eher aus wie die Innereien eines Stofftiers. »Oh. Meinen, äh, den Bademantel meiner Großmutter. Ich habe ihn gerade beim Schrankausräumen gefunden.«

»Du wolltest jetzt den Schrank ausräumen?« Henrys Grinsen wurde immer frecher, je wacher er wurde.

»Oh, ich … Ich stürze mich gern gleich morgens in die Arbeit, und ich wollte einige Sachen in die Kleidersammlung geben«, erwiderte sie wenig überzeugend.

Er schien ihr das, zumindest kurzfristig, abzukaufen. »Hing dieser Bademantel nicht vorhin noch an deiner Schlafzimmertür?«

Jane spürte, wie ihr das Blut in die Wangen stieg, aber dann bemerkte sie, dass er kicherte. »Zieh den Schlafanzug aus und komm wieder ins Bett«, sagte er mit heiserer Stimme. »Ich wache so ungern allein auf.«

Das überraschte Jane, aber sie kam dennoch zurück zum Bett. »Du schläfst doch eigentlich immer allein«, erwiderte sie, doch dann stutzte sie. Auf diese Idee war sie bisher noch gar nicht gekommen, aber natürlich. Henry war ein attraktiver, ungebundener Mann, der nicht lange an einem Ort blieb – und sich an niemanden binden wollte. Er mochte zwar Single sein, aber wer sagte denn, dass er immer allein schlief?

»Ich bin sehr viel allein, aber jetzt, wo ich hier bei dir bin, ist mir wieder eingefallen, wie schön es zu zweit im Bett ist.« Er stützte sich auf einen Ellbogen und strich ihr das Haar aus dem Gesicht. Als er sich vorbeugte und sie küsste, schmolz Jane förmlich dahin. Sie schloss die Augen und gab sich dem Kuss hin, bis erneut eine leise Stimme auf dem Flur etwas rief.

Sie richtete sich auf und lächelte Henry entschuldigend an. »Sophie ist wach.«

Er stöhnte, griff aber nach seinem T-Shirt. Jane beobachtete, wie er es anzog und der Stoff über seine muskulöse Brust und seinen Bizeps glitt. War es falsch, dass sie sich jetzt wünschte, Sophie wäre dieses Wochenende bei Adam? Ja, es war falsch, aber sie konnte einfach nicht anders. Sie liebte ihre Tochter von ganzem Herzen, aber ihre Schwestern hatten recht: Sie brauchte mehr Romantik in ihrem Leben. Vielleicht hatte sie diese gerade gefunden.

Doch als sie an Henrys Job, die vielen Reisen und seine schlechte Meinung über Briar Creek dachte, runzelte sie die Stirn. Wenn er nicht einmal Ivy zuliebe hier geblieben war, wie kam sie dann auf die Idee, dass sie ihn dazu bringen konnte?

Sie verlor gerade den Mut, als Henry durch den Raum auf sie zukam, die Arme um ihre Taille legte und sie mit einer geschmeidigen Bewegung an sich zog. Sie erwiderte seinen Kuss, der sanft, aber beharrlich war, und dann ließ er sie auch schon wieder los. Schwer atmend blickte er auf sie herab, und sein Grübchen zeigte sich, als er sie anlächelte.

Sophie rief schon wieder nach ihr. Jane holte tief Luft. Die Pflicht rief.

Als sie auf den Flur hinaustrat, runzelte sie die Stirn. Sophies Zimmertür war angelehnt, aber die Stimme ihrer Tochter kam von unten.

»Sophie?« Sie rannte die Treppe hinunter und stellte fest, dass Sophie vor der Haustür stand und durch eines der Fenster daneben nach draußen zeigte.

»Da ist jemand an der Tür. Hast du das nicht gehört?«

Jane sah auf die Uhr. Es war halb neun. Sie hatten verschlafen, aber wer kam denn um diese Uhrzeit vorbei, ohne vorher anzurufen? Sie eilte zur Tür, reckte den Hals, um zu erkennen, wer die Frau war, die da auf der Treppe stand, und entriegelte dann die Tür. Ihr stockte der Atem, als sie Joyce Benson gegenüberstand – der Prozesspflegerin.

»Miss Benson«, sagte sie in einem, wie sie hoffte, erfreuten Tonfall, auch wenn ihr Herz raste. »Entschuldigen Sie, dass Sie warten mussten, aber ich dachte, unser Termin wäre erst um zehn.«

»Ist das ein Problem?« Die Frau kniff misstrauisch die Augen zusammen, und Jane schüttelte schnell den Kopf.

»Natürlich nicht«, antwortete sie und lächelte nervös. Sie öffnete die Tür etwas weiter und hörte das Blut in ihren Ohren rauschen. »Sie erwischen uns leider noch im Schlafanzug. Wir haben heute etwas länger geschlafen.«

»Ach ja? Da steht noch ein anderer Wagen in Ihrer Auffahrt. Haben Sie Besuch?«

Jane starrte die Frau blinzelnd an und versuchte, sich eine gute Antwort auf diese Frage einfallen zu lassen, eine Ausrede, mit der sie Henrys Anwesenheit erklären konnte. Wenn sie sich beeilte, konnte sie noch nach oben laufen unter dem Vorwand, sich etwas anziehen zu wollen, und ihn bitten, sich im Schrank zu verstecken. Aber das würde den Wagen nicht erklären, ebenso wenig wie die Männerjacke, die an der Garderobe hing.

»Ja, ein Freund«, erwiderte sie überstürzte und lächelte. »Nur ein Freund.«

Doch Miss Bensons Aufmerksamkeit war bereits geweckt worden. Sie schaute an Sophie und Jane vorbei zur Treppe und zog höchst interessiert die Augenbrauen hoch.

Innerlich fluchend drehte sich Jane zu Henry um. »Oh, Henry. Das ist Miss Benson. Sie kommt vom Gericht und möchte sich mit Sophie unterhalten. Miss Benson, das ist unser Hausgast Henry Birch.«

Henry kam herunter und reichte Miss Benson die Hand,

die sie begierig schüttelte, während sie ihn mit zunehmendem Misstrauen musterte.

»Hätten Sie gern einen Kaffee?«, erkundigte sich Jane, die kurz vor dem Verzweifeln war. »Ich werde schnell welchen kochen.«

Ohne eine Antwort abzuwarten, huschte sie in die Küche und öffnete eine Schranktür, aber sie zitterte und konnte nicht klar denken. Sophie aß morgens gern Cornflakes, aber die waren natürlich alle. Auf einmal bekam Jane Panik. Was war, wenn Miss Benson in ihr Urteil auch mit einbezog, wie reichhaltig Sophies Frühstück war? Am besten bereitete sie ihr einen Haferbrei mit frischem Obst zu, aber dann würde Sophie bestimmt sagen, dass sie das noch nie gegessen hatte und nicht mochte, und das sprach doch bestimmt auch wieder gegen sie, oder?

Was machte sie sich eigentlich solche Sorgen? Janes Gedanken sollten sich vor allem um eines drehen, und das war nicht etwa Sophies Frühstück, sondern eine Erklärung dafür, dass Henry um diese Uhrzeit schon hier war.

Sie steckte eine gefrorene Waffel in den Toaster und eilte zurück in den Flur, wo Miss Benson in eine Unterhaltung mit Henry vertieft war. Jane merkte gerade noch rechtzeitig, dass sie mit den Zähnen knirschte und ihr Kiefer schon zu schmerzen begann, und sie versuchte, sich zu entspannen und zu lächeln, aber irgendwie wollte das nicht klappen.

»Ich habe Miss Benson gerade von meiner Schwester erzählt«, berichtete Henry, der sich wieder zu der Frau umdrehte. »Jane war so nett, mit ihr im Krankenwagen mitzufahren.«

»Und danach haben Sie beschlossen, hier vorbeizukommen und die Nacht hier zu verbringen?« Miss Benson zog einen kleinen Notizblock aus der Tasche und schrieb sich etwas auf.

Janes Herz schlug schneller. »Henry ist ein alter Freund«,

erklärte sie. »Wir kennen uns schon fast unser ganzes Leben, und er ist nur vorübergehend in der Stadt.«

»Aha.« Miss Benson nickte und schien mit der Antwort zufrieden zu sein. »Dann übernachten Sie während Ihres Besuchs also hier?«

Henry warf Jane einen Blick zu. »Ich ... habe mir in der Stadt ein Zimmer genommen.« Der Muskel an seinem Unterkiefer zuckte.

Miss Benson kniff die Augen zusammen. »Verstehe.« Wieder kritzelte sie etwas in ihr Notizbuch und drehte sich dann zu Jane um. »Besteht zwischen Ihnen und Mr Birch eine romantische Beziehung?«

Jane wusste, dass ihr eine Lüge jetzt nichts bringen würde. »Wir sind alte Freunde und haben ein bisschen Zeit miteinander verbracht, seitdem er wieder hier ist.«

»Und war auch Sophie daran beteiligt?«

Am liebsten hätte Jane die Arme vor der Brust verschränkt. »Wir haben Henry bei einem Artikel geholfen, den er über Briar Creek schreibt.«

»Hat Sophie ihre Zeit mit Mr Birch genossen?«

Jane ging das Herz auf, als sie daran dachte, wie Sophie am Küchentisch gesessen und über Henrys Geschichten gelacht hatte. »Ja, das hat sie.«

»Dann könnte man also behaupten, dass sie Sie vermissen wird, wenn Sie die Stadt wieder verlassen?«, wollte Miss Benson von Henry wissen.

Jane wurde kreidebleich. Nein, das konnte doch nicht sein! Diese Frau drehte ihr ja das Wort im Mund herum. Alles, was positiv war und eine Bedeutung hatte, wurde völlig aus dem Zusammenhang gerissen.

»Sophie verbringt gern Zeit mit Henry, aber ich denke, sie wird es verstehen ...«

»Oh, Sie wären überrascht, Miss Madison.« Miss Benson lächelte herablassend. »Kinder behalten viele Gefühle für sich, vor allem, wenn sie bereits so viele Veränderungen durchgemacht haben.«

Jane klappte den Mund auf, um all das aufzuzählen, was sie getan hatte, um das Leben ihrer Tochter eben nicht durcheinanderzubringen – dass sie versucht hatte, ihr Leben genau so weiterzuführen und sich aus diesem Grund sogar viel zu lange an eine lieblose Ehe geklammert hatte. Doch dann riss sie sich zusammen. Wenn sie das tat, würde sie nur einen noch schlechteren Eindruck machen.

Sie warf Henry einen Blick zu. Er hatte ihr nichts versprochen und wollte diese Stadt so schnell wie möglich wieder verlassen. Außerdem hatte er ihr wieder und wieder gesagt, dass er nicht noch einmal heiraten wollte.

»Na, dann werde ich mich jetzt mal mit Sophie unterhalten«, sagte Miss Benson. »Machen Sie einfach weiter, als wäre ich gar nicht da«, fügte sie hinzu und warf einen vielsagenden Blick in Henrys Richtung.

Er wartete, bis sie außer Hörweite war, und flüsterte dann: »Tut mir leid.«

Jane kämpfte gegen die Tränen an und zitterte so heftig, dass sie nicht mehr denken konnte. Ihr ging immer wieder dasselbe durch den Kopf.

Es konnte durchaus passieren, dass sie ihre Tochter verlor, und dann gab es keinen Weg, sie wieder zurückzubekommen.

∘ ∘ ∘

Ivy hatte wieder Farbe bekommen, als Henry den Kopf in ihr Krankenzimmer steckte. Sie strahlte ihn vom Bett aus an, wurde dann jedoch ernst, als sie seinen Gesichtsausdruck bemerkte.

»Hör auf, mich so anzusehen. Es geht mir gut.«

Er brachte es nicht übers Herz, ihr zu sagen, dass er sich zur Abwechslung mal keine Sorgen um sie machte. Seine Schuldgefühle machten ihm zu schaffen, und er wurde immer nervöser. Er hatte sich so fest vorgenommen, sich von Jane fernzuhalten, auf Distanz zu bleiben und sie in Ruhe zu lassen, seine guten Vorsätze aber dennoch gebrochen. Er hatte nachgegeben, und jetzt musste Jane den Preis dafür bezahlen.

Dabei war ihr Leben auch ohne ihn schon kompliziert genug.

Er strich sich mit einer Hand über das Gesicht und betrat das sonnendurchflutete Zimmer. Jemand – vermutlich eine Krankenschwester – hatte die Vorhänge aufgezogen, sodass man einen umwerfenden Blick auf die Gebirgskette der Berkshires hatte, die in voller Herbstpracht leuchteten. Schon bald würden die Blätter abfallen und die Skisaison begann. Die Leute lachten ihn immer aus, wenn er erzählte, dass er in Vermont aufgewachsen war, aber nicht Ski fahren konnte.

Falls er blieb, dann konnte er es ja noch lernen ...

Er zuckte zusammen. Es war nie Teil seines Plans gewesen, hierzubleiben, aber er hatte auch nicht vorgehabt, sich mit Jane Madison einzulassen.

»Die Krankenschwester hat mir vor ein paar Minuten die Entlassungspapiere gebracht«, sagte Ivy, als Henry sich auf den Besucherstuhl an der Wand setzte. Seine Schwester beäugte ihn skeptisch. »Ich weiß, was du sagen willst ... Also lass es einfach.«

Er musste trotz seiner Stimmung lächeln. »Was will ich denn sagen?«

»Dass ich zu viel arbeite, dass ich nicht genug auf mich aufpasse, dass ich mehr Pausen machen und regelmäßig und besser essen soll, dass ich gestern das zweite Glas Champagner nicht hätte trinken dürfen und dass es ein Fehler gewesen ist, das Insulin wegzulassen.«

Henry versuchte, eine neutrale Miene beizubehalten, aber seine Gedanken rasten. »Großer Gott, Ivy, das muss *aufhören*! Muss ich denn vorbeikommen und dir die Injektionen setzen, wie ich es schon in unserer Kindheit gemacht habe?«

»Ich wusste, dass du wütend sein würdest«, entgegnete Ivy und kniff die Augen zusammen.

»Und ob ich wütend bin. Ich habe mir solche Sorgen um dich gemacht! Wie soll ich die Stadt denn wieder verlassen, wenn ich mir nicht sicher sein kann, dass du gut auf dich aufpasst?«

Sie zuckte mit den Achseln. »Dann bleib einfach hier.«

Henry starrte sie zornig an. »Sag nicht so was. Jetzt erzähl mir ja nicht, dass du das nur meinetwegen gemacht hast.«

»Natürlich nicht.« Ivy seufzte. »Hältst du mich denn für völlig bescheuert?«

Henry wollte ihr schon an den Kopf werfen, dass er genau das tat, weil sie sich dumm und leichtsinnig verhalten hatte, aber Ivy sprach bereits weiter. »Ich muss einiges ändern. Es stehen große Veränderungen an. Ich weiß nicht, wie ich das schaffen soll, aber ich habe keine andere Wahl.«

Er nickte. »Ich habe dir eine Teilzeitkraft besorgt, die morgen anfängt.« Irgendetwas sagte ihm, dass sich Jane trotz allem an ihr Wort halten würde, auch wenn danach alles völlig anders als erwartet gelaufen war.

Dann knirschte er mit den Zähnen. Jane hielt sich immer an ihre Versprechen. Das war weitaus mehr, als er von sich behaupten konnte.

Henry beugte sich vor, stützte die Ellbogen auf die Knie und massierte sich die Stelle zwischen seinen Augenbrauen. Er würde Jane heute Abend anrufen und die Sache beenden, bevor ein noch größerer Schaden entstand. Falls es nicht schon zu spät war.

»Wen hast du eingestellt?«, fragte Ivy und schlug die Bettdecke zurück.

»Jane Madison«, erwiderte er brüsk und wollte nicht darauf eingehen, wann und wo diese Unterhaltung stattgefunden hatte.

Ivy sah ihn neugierig an. »Sie war neulich bei mir im Laden und hat mir ihre Hilfe angeboten ... Irgendwie hatte ich den Eindruck, dass sie eigentlich auf der Suche nach einem Job war. Aber das ist doch großartig, dann hat diese Sache wenigstens etwas Gutes.«

»Ich zahle ihr Gehalt, bis das Haus verkauft ist«, erklärte Henry in einem Tonfall, bei dem er wusste, dass Ivy ihm nicht widersprechen würde. »Ich möchte das tun, also lass mich bitte auch.«

Ivy starrte ihn an und nickte dann resigniert. Henry lehnte sich auf seinem Stuhl zurück und fühlte sich schon etwas besser. Wenn Ivy richtig vermutete, dann half er beiden Frauen, indem er Janes Gehalt übernahm.

Eine Krankenschwester kam mit einem leeren Rollstuhl ins Zimmer und nahm Ivy die Entlassungspapiere ab. »Sie können jetzt gehen, aber wir empfehlen Ihnen, morgen zur Kontrolle Ihren Hausarzt aufzusuchen.«

»Oh, aber ich arbeite ...«

»Ich werde sie hinbringen«, versprach Henry und warf Ivy einen durchdringenden Blick zu, während er ihr in den Rollstuhl half.

Sie verließen schweigend das Zimmer und sagten auch nichts, bis sie den Eingangsbereich erreichten. »Warte hier, dann fahre ich den Wagen vor«, wies er sie an und lief dann in die kalte Morgenluft hinaus. Er war erleichtert, dass sie ihm nicht widersprochen hatte, und als er einige Minuten später zurückkehrte, saß sie noch immer brav im Rollstuhl. Henry half Ivy in den Wagen, ignorierte ihre Proteste und ihr Seufzen, und setzte sich dann hinter das Lenkrad. Er steckte den Schlüssel ins Zündschloss, drehte ihn aber noch nicht um. Etwas lag ihm schwer auf der Seele, und er musste es einfach aussprechen.

Er drehte sich zu seiner Schwester um. »Woher weiß ich, dass das nicht noch einmal passieren wird?«

Sie sah ihn schuldbewusst an. »Das wird es nicht. Ich weiß, dass ich das letztes Mal auch gesagt habe, aber ... Dieses Mal bin ich schlauer. Ich habe die Brautparty meiner besten Freundin ruiniert – und ich mag mir gar nicht ausmalen, wann das noch hätte passieren können. Das erinnert mich an ...« Sie stockte, wandte sich ab und verbarg das Gesicht in den Händen und hinter ihrem langen kastanienbraunen Haar. »Es erinnert mich an Mom, und ich will nicht so sein wie sie«, murmelte sie und fing an zu weinen.

Henry schloss die Augen und legte ihr dann eine Hand auf den Arm. »Du bist nicht wie Mom. Du bist krank. Das galt vielleicht auch für sie, aber sie hat es nicht unter Kontrolle bekommen. Du kannst das schaffen.«

Ivy nickte, konnte ihm aber nicht in die Augen sehen. »Das ganze Gerede und die Aufmerksamkeit. Die Leute werden darüber sprechen.« Unvermittelt drehte sie sich zu ihm um und sah ihn mit tränenverhangenen Augen verzweifelt an. »Ich habe mein ganzes Leben lang versucht, das zu vermeiden, und jetzt ist es passiert.«

»Und es wird bald wieder vergessen sein. Glaube mir. Die Leute haben genug eigene Sorgen.« Er lächelte sie an. »Wenn du allerdings von nun an bei jedem gesellschaftlichen Ereignis umkippst ...«

Sie schlug ihm spielerisch gegen den Arm, beugte sich dann

vor und umarmte ihn. »Ich wünschte, du würdest nicht gehen«, sagte sie leise und setzte sich wieder gerade hin.

Henry ließ den Motor an und richtete den Blick nach vorn – so, wie er es sich vor vielen, vielen Jahren angewöhnt hatte.

28

Jane hielt das klingelnde Telefon in der Hand, und ihr Herz raste, als sie den Namen auf dem Display sah. Ihr erster Instinkt war, den Anruf zu ignorieren, aber dann dachte sie an Ivy und dass sie versprochen hatte, im Blumenladen auszuhelfen.

»Hallo?«

»Jane.«

Beim Klang seiner tiefen, rauen Stimme zog sich ihr Herz zusammen, und sie schloss die Augen, weil sie eine so starke Sehnsucht überkam. »Wie geht es Ivy?«

Er schwieg kurz. »Es geht ihr gut. Ich bleibe heute Nacht bei ihr, auch wenn es nicht gerade sehr bequem ist.« Sein Lachen klang gezwungen, und Jane zuckte zusammen. Sie war anscheinend nicht die Einzige, die die Situation schwierig fand. »Ich habe ihr gesagt, dass du ihr im Laden helfen willst, und das hat sie aufgemuntert.«

»Gut. Gut.« Jane sagte nichts weiter und schaffte es weder, ihren anfänglichen Enthusiasmus aufzubringen, noch sich klarzumachen, dass sie jetzt bis zum Jahresende einen regelmäßigen Job hatte. Aber die berufliche Stabilität konnte nun einmal kein instabiles Zuhause ersetzen, und wenn es um kleine Kinder ging, waren lockere Beziehungen vor Gericht nicht gern gesehen.

»Ich habe mir Sorgen um dich gemacht«, sagte Henry nach einer langen Pause. Seine Worte hingen in der Luft, und sie wussten beide, dass sie den Schaden nicht ungeschehen machen konnten.

»Was geschehen ist, ist geschehen«, erwiderte Jane verbittert.

»Was soll das heißen?«

»Es heißt, dass die Mediatorin ihre Entscheidung vermutlich längst gefällt hat. Wenn ich ihren Gesichtsausdruck beim Gehen richtig gedeutet habe, fiel sie nicht zu meinen Gunsten aus.«

Sie hatte bereits versucht, ihren Anwalt zu erreichen, doch der war schon im Wochenende, sodass sie sich erst morgen nach ihrer Schicht im Blumenladen mit ihm treffen konnte. Wie sie diesen Vormittag hinter der Ladentheke überstehen sollte, war ihr ein Rätsel. Allein der Gedanke daran, zu lächeln und so zu tun, als wäre alles in bester Ordnung, war schon ungemein erschöpfend, auch wenn sie darin noch so viel Übung hatte.

»Kann ich irgendwas für dich tun?«, fragte Henry, und Jane schloss die Augen.

»Nein«, antwortete sie leise und konnte nicht verhindern, dass sie verletzt klang. »Jetzt kann niemand mehr etwas tun.«

Henry erwiderte nichts. Mehrere Sekunden lang lauschte Jane seinem Atem und genoss diese letzte Verbindung zu ihm ebenso, wie sie sie gleichzeitig verabscheute, und dann legte sie einfach auf.

※ ※ ※

Die helle Morgensonne konnte die kalte Luft noch nicht erwärmen. Raureif bedeckte das bräunliche Gras neben der Main Street und ließ die Dächer glitzern. Jane rieb sich die Hände, schaute durch das Schaufenster des Blumenladens und stellte erleichtert fest, dass Ivy und nicht etwa ihr Bruder hinter der Ladentheke stand.

Sie hatte in der vergangenen Nacht kaum geschlafen, sondern über Henry nachgedacht und sich gefragt, ob sie die richtige Entscheidung getroffen hatte, auch wenn sie genau wusste, dass es keine andere gab.

Seufzend betrat sie den Laden und umarmte Ivy kurz zur Begrüßung.

»Du siehst blass aus, Jane. Ist alles in Ordnung?«

»Das fragt die Frau, die das Wochenende im Krankenhaus verbracht hat«, erwiderte Jane spöttisch. Ihr war jetzt nicht danach, über ihre Probleme zu sprechen. Wahrscheinlich war es auch besser, dass sie jetzt hier war und all dem für eine Weile entkommen konnte. »Wie geht es dir?«

»Ach, schon viel besser. Henry hat mir die strikte Anweisung gegeben, nicht länger als eine Viertelstunde zu bleiben. Er sagte, du würdest dich hier sowieso schon bestens auskennen.«

Jane lächelte matt und folgte ihrer Freundin ins Hinterzimmer, um sich einweisen zu lassen. Das Handy in ihrer Handtasche summte, und es fiel ihr schwer, Ivy zuzuhören. Sie nickte nur und starrte den Zettel an, auf den Ivy deutete, ohne wirklich etwas wahrzunehmen. Sie registrierte gerade mal, dass er etwas mit Bestellungen und Liefercodes zu tun hatte.

Das Summen hörte auf, aber ihr Herzschlag verlangsamte sich nicht. Sie wartete auf den letzten Ton, und da piepte es auch schon. Jemand hatte auf ihre Mailbox gesprochen.

Ihr ganzes Schicksal wurde von dieser einen Nachricht bestimmt, die zweifellos von ihrem Anwalt kam. Sie sah auf die Uhr. Ja, es war halb neun. Ihre Hände fingen an zu zittern.

»Das wäre eigentlich alles. Hast du irgendwelche Fragen?« Ivy sah sie gespannt an.

Jane hatte überhaupt nicht mehr zugehört, wollte Ivy aber auch nicht bitten, alles zu wiederholen.

»Ich bin oben, wenn du mich brauchst«, meinte Ivy dann.

Jane band sich die schwere Twillschürze um, die Ivy ihr reichte. »Ruh dich aus.«

»Ich habe ja keine andere Wahl. Ich habe Henry versprochen, besser auf mich aufzupassen, und das werde ich auch tun.« Mit leiserer Stimme fügte sie hinzu: »Er sagte, du wüsstest Bescheid ... Über meine Diabetes.«

Jane legte den Kopf schief. »Das ist nichts, wofür du dich schämen müsstest, aber ich verstehe schon. Manchmal muss man eben ein paar Dinge für sich behalten, um nicht immer daran zu denken, was einen belastet.« Aus genau diesem Grund hatte sie auch nicht vor, Ivy zu erzählen, was sie selbst gerade durchmachte. Ihre Freundin würde dann garantiert darauf bestehen, im Laden zu bleiben, und das würde nur zu einem Streit mit Henry führen, und danach wäre alles noch schlimmer, als es das sowieso schon war.

Nein, sie war erwachsen und konnte sich allein um ihr Problem kümmern. Sie hatte es erschaffen und würde es jetzt auch wieder lösen. Irgendwie ...

Sie wartete, bis Ivy nach oben in ihre Wohnung gegangen war, bevor sie das Handy aus der Tasche holte. Ihr sackte das Herz in die Kniekehle, als sie sah, dass der Anruf tatsächlich von ihrem Anwalt gekommen war.

Da sie auf gar keinen Fall die Nachricht auf ihrer Mailbox abrufen wollte, rief sie ihn direkt an.

»Schön dass Sie zurückrufen!«

Sie runzelte die Stirn. Er klang irgendwie so ... fröhlich.

»Sie haben meine Nachrichten bestimmt erhalten«, begann sie hastig. »Ich bitte Sie, die Mediatorin anzurufen, oder irgendwas zu tun und ihr zu erklären, dass zwischen mir und Henry nicht das Geringste passiert ist. Ich habe einen neuen Teilzeitjob bis Ende des Jahres, zusätzlich zu den Tanzkursen, und die werden im Winter und Frühling auch wieder mehr werden. Ich biete Sophie ein stabiles Leben. Das wissen Sie. Sie müssen das nur Miss Benson begreiflich machen!«

Kurz herrschte Schweigen in der Leitung. »Haben Sie Ihre Mailbox nicht abgehört?«

Jane umklammerte das Handy noch fester. Ihr war am ganzen Körper eiskalt geworden, und sie merkte, dass sie heftig zitterte. »Nein.«

»Das weiß sie bereits. Und sie hat die Empfehlung längst abgegeben. Adam hat den Antrag heute Morgen zurückgezogen. Die Sorgerechtsvereinbarung bleibt bestehen, wie sie ist.«

Jane stiegen die Tränen in die Augen, und sie schlug sich eine Hand vor den Mund. Sie schluckte schwer, da es ihr die Kehle zuschnürte. »Aber ... Sie hat gestern so streng gewirkt. Als hätte sie es auf mich abgesehen. Wie ...«

»Anscheinend hat sie ihre Meinung geändert. Irgendjemand hat ihr einen Brief geschrieben.«

»Einen Brief?« Jane runzelte die Stirn. »Dann haben Sie meine Nachrichten gestern erhalten?«

»Oh, ich war das nicht«, entgegnete ihr Anwalt. »Jemand hat sich in diesem Brief für Sie eingesetzt. Jemand, der einen großen Einfluss hat, wie mir scheint.«

Sie bekam auf einmal eine Gänsehaut, und als sie sich umdrehte, sah sie einen Schatten in der offenen Tür. Auf einmal war ihr alles klar.

»Henry.«

※ ※ ※

In Janes Augen standen die Tränen, aber als er ihr glückliches Lächeln sah, stockte ihm der Atem. Henry knirschte mit den Zähnen und versuchte, an seiner Entschlossenheit festzuhalten.

»Ich habe gerade großartige Neuigkeiten erhalten. Ich ...

Ich kann es selbst noch kaum glauben. Es geht um Sophie. Sie ... Das Sorgerecht ... Adam hat den Antrag zurückgezogen.«

Henry betrat den Laden und achtete darauf, auf Distanz zu bleiben. »Das ist ja wunderbar.«

Jane runzelte die Stirn. »Du scheinst nicht überrascht zu sein. Hast du ... Mein Anwalt hat etwas von einem Brief gesagt.«

Er holte tief Luft. Es wäre so einfach, ihr die Wahrheit zu sagen, aber dann würde das, was er ihr außerdem mitzuteilen hatte, noch schwerer werden.

»Das klingt ja so, als würde da jemand auf dich aufpassen.« Sein Lächeln war wie versteinert, und seine Worte klangen gestelzt. Er konnte es kaum ertragen, sie erneut enttäuschen zu müssen.

Jane starrte das Handy an, das sie noch immer in der Hand hielt. Als sie erneut zu Henry hinüberschaute, wirkte sie skeptisch, und ihre Freude schien verflogen zu sein. »Ich weiß nicht, wer es war, aber ... Ich werde demjenigen immer dankbar sein. Hoffentlich weiß er das auch.«

Henry hielt ihrem Blick stand. »Es war zweifellos jemand, der erkannt hat, was du für eine gute Mutter bist. Deine Welt dreht sich nur um Sophie. Das ist offensichtlich.«

Jane nickte und sah unsicher aus. »Ich würde demjenigen nur so gern danken.«

»Ich könnte mir vorstellen, dass dein Lächeln schon Belohnung genug ist.« Er steckte die Hände in die Hosentaschen. »Eigentlich bin ich hier, weil ich mit dir reden wollte.«

»Ach ja?«

»Ivy wird sich bestimmt irgendeine Ausrede einfallen lassen, um wieder runterzukommen, aber sie muss sich ausruhen. Das verstehst du doch bestimmt.«

Jane nickte und legte den Kopf dann schief. »Bist du dir sicher, dass du den Brief nicht geschrieben hast, Henry?«

»Ich habe schon vor langer Zeit gelernt, mich aus den Angelegenheiten anderer rauszuhalten. Schließlich weiß ich selbst am besten, was passiert, wenn man sich in Dinge einmischt, die einen nichts angehen.«

»Was willst du mir damit sagen?«, fragte Jane und machte einen Schritt auf ihn zu.

Henry sah ihr ins Gesicht und bemerkte ihre Verwirrung. Er schluckte schwer und wusste, was er jetzt tun musste. »Ich hätte mich nie mit dir einlassen dürfen, Jane. Du hast schon genug um die Ohren, ohne dass ich dein Leben noch zusätzlich auf den Kopf stelle.«

»Letzte Nacht …« Jane schüttelte den Kopf. »Ich war aufgebracht und wusste nicht, was ich sonst tun sollte.«

»Du hast zuerst an Sophie gedacht, so wie es jede gute Mutter tun würde.«

Jane machte einen weiteren Schritt auf ihn zu und blieb eine Armeslänge von ihm entfernt stehen. Sein Blick verharrte auf ihren Lippen, und er erinnerte sich an ihr keckes Lächeln und daran, wie sie schmeckte und sich anfühlte … Der Muskel an seinem Kiefer zuckte, er fluchte innerlich und hätte am liebsten nichts mehr gesagt, aber er wusste auch, dass er jetzt nicht aufhören durfte. Sie sah so verloren und durcheinander aus, und in diesem Augenblick hasste er sich. Er hasste sich dafür, dass er ihr diesen freudigen Augenblick ruinierte, dass er ihre Hoffnungen zerstörte, aber am meisten hatte er sich am Vortag gehasst, als ihm bewusst geworden war, was er sie fast gekostet hatte.

Er stopfte die Hände noch tiefer in die Hosentaschen. »Ich fahre diese Woche wieder weg«, erklärte er mit rauer, belegter Stimme. »Mein Verleger hat einen neuen Auftrag für mich, und ich fliege nächste Woche von San Francisco aus los.«

»Kommst du über die Feiertage wieder her?«, erkundigte sich Jane nach einer langen Pause.

»Da werde ich zweifellos noch unterwegs sein.«

Jane sah ihm irritiert in die Augen. »Ich dachte nur ...« Sie lächelte traurig. »Ich hatte wohl einfach gehofft ...«

Ihm blieb beinahe das Herz stehen, und er fiel ihr ins Wort, bevor sie weitersprechen konnte. Wenn er erst einmal wusste, dass er ihr etwas bedeutete, dass ihr etwas an ihm lag und dass sie sich nach allem, was passiert war, immer noch wünschte, dass er blieb, würde alles nur noch schlimmer werden. Er hatte die Sache in Gang gesetzt und musste sie auch wieder beenden.

»Jane«, sagte er etwas sanfter. »Das, was ich neulich über das gesagt habe, was du brauchst und verdient hast, war mein Ernst. Du brauchst einen Mann, der jeden Abend zum Essen nach Hause kommt, der Sophie ins Bett bringt und sich weitere Kinder mit dir wünscht. Du verdienst jemanden, der dieselben Dinge liebt wie du und der es sich zur Aufgabe macht, dein Leben jeden Tag ein bisschen besser zu machen. Aber das bin nicht ich.«

Jane starrte ihn blinzelnd an, sagte aber nichts.

Henry knirschte mit den Zähnen und zwang sich, weiterzusprechen. »Du hast Freundschaft, Liebe und Lachen verdient. Und vor allem Stabilität.«

»Aber du ...«

»Ich kann dir nichts davon bieten, Jane«, stellte er mit emotionsloser Stimme fest.

Sie schüttelte den Kopf. »Nein«, entgegnete sie entschieden. »Das glaube ich dir nicht. Sieh dir nur all die schönen Dinge an, die du für mich getan hast, seitdem du wieder da bist. Das kannst du doch nicht einfach abtun.«

Nein, das konnte er nicht. Er lehnte sich an die Ladentheke

und spürte, wie sich sein Brustkorb zusammenzog. »Hast du dich je gefragt, warum meine Ehe gescheitert ist?«

Jane machte ein verwirrtes Gesicht. »Nein.«

»Meine Frau hat mich betrogen.« Er seufzte, aber die Wut stieg dennoch in ihm auf. Selbst jetzt schmerzte es immer noch, daran zu denken.

Jane riss überrascht die Augen auf, reagierte ansonsten aber nicht.

»Sie wollte all die kleinen Dinge, nach denen du dich auch sehnst, Jane. Aber ich ... Ich konnte sie ihr nicht geben.« Er zuckte mit den Achseln. »Ich habe es versucht.« *Und bin gescheitert.*

»Aber das ist kein Grund, dich zu betrügen«, sagte Jane. »Du hast mir doch selbst gesagt, ich dürfe mir Adams Untreue nicht vorwerfen.«

»Das ist richtig, aber es bedeutet auch nicht, dass ich der richtige Mann für dich bin, Jane. Es bedeutet nicht, dass ich dich glücklich machen kann.«

»Aber du hast mich glücklich gemacht.«

»Und dann hättest du meinetwegen beinahe deine Tochter verloren«, rief er ihr ins Gedächtnis. Sie wollte schon etwas sagen, aber er hob eine Hand. »Du möchtest jeden Abend in dasselbe Zuhause kommen, ein leckeres Abendessen machen und dich dann ins Bett kuscheln. Du möchtest die Main Street entlanggehen und den Menschen zuwinken, die du schon dein ganzes Leben lang kennst. Ich will all das nicht.«

»Das glaube ich schon«, beharrte Jane.

Henry schüttelte den Kopf. »Du bist ein Familienmensch, Jane. Du bist so aufgewachsen und kennst es nicht anders. Ich schon.«

»Ich würde dich nicht betrügen, Henry.«

»Das kannst du nicht mit Gewissheit sagen«, erklärte er.

»Und ich bin nicht bereit, dieses Risiko einzugehen und dir vielleicht wehzutun.« *Oder mir wehtun zu lassen.*

»Aber Henry …«

»Es tut mir leid, Jane«, sagte er und ging rückwärts zur Tür. »Es tut mir wirklich sehr leid.«

Er drehte sich um und ging durch die Hintertür und in die Gasse, wobei er den Kragen gegen den stechenden Wind hochschlug. Schnellen Schrittes ging er um das Gebäude herum und zurück zur Pension, ohne seine Umgebung auch nur wahrzunehmen. In wenigen Tagen würde er sowieso wieder verschwunden sein, und dieses Mal würde er nicht wieder zurückkehren. Diese Stadt bestand nur aus schlechten Erinnerungen. An schlimme Zeiten. Es würde ihm besser gehen, wenn er wieder unterwegs war, seine alte Routine zurückfand, einen Fuß vor den anderen setzte und nie lange genug an einem Ort blieb, um Wurzeln schlagen zu können.

Nur hier, wenn er in Briar Creek war, wagte er es, an all das zu denken, was er früher einmal gewollt hatte und was er niemals haben würde.

29

Grace war über den Sitzplan gebeugt, als Jane die Küche betrat. Sie zog sich einen Stuhl heran und ließ sich seufzend darauf sinken. Zwar war sie dankbar dafür, dass sie jetzt mehr Arbeitsstunden hatte, vor allem im Hinblick auf das bevorstehende Weihnachtsfest, aber sie war auch hundemüde.

Zum Glück kümmerte sich ihre Mutter an diesem Abend um das Essen, und der Duft, der aus dem Ofen drang, ließ vermuten, dass das Brathähnchen bald fertig sein würde.

»Nur noch eine Woche bis zu deinem großen Tag«, sagte Jane. »Ist das zu fassen?«

Grace lächelte sie an. »Das alles fühlt sich wie ein Traum an, der in Erfüllung geht. Ich warte irgendwie die ganze Zeit darauf, dass etwas schiefgeht.«

»Sag doch nicht so was«, schimpfte Jane und erinnerte sich daran, dass sie dasselbe gedacht hatte, wenn auch aus gutem Grund. »Ivy hat heute die Vasen für die Tischdekoration bekommen, und du weißt auch, dass Anna dich mit dem Kuchen niemals enttäuschen würde.«

»Auf gar keinen Fall«, bestätigte Anna, die gerade die Küche betrat und sich den Schal abnahm, »wenn ich denn endlich damit anfangen dürfte.« Sie sah Grace verzweifelt an. »Bitte sag mir, dass du dich endlich entschieden hast.«

Grace zwinkerte Jane zu und sah dann Anna an. »Red Velvet.«

»Aber natürlich.« Anna warf die Hände in die Luft. »Ich glaube, das war der erste, den ich vorgeschlagen habe, nachdem Luke dir den Antrag gemacht hat.«

»Ich musste mir einfach ganz sicher sein«, erwiderte Grace.

»Ist ja auch egal, solange du glücklich bist.« Anna setzte sich an den Tisch und musterte Jane. »Wo wir gerade dabei sind … Solltest du nicht bis zu beiden Ohren strahlen?«

Jane lächelte gequält und kämpfte gegen den Schmerz an, den sie jedes Mal spürte, wenn sie daran dachte, wie eiskalt Henry bei ihrem letzten Gespräch gewesen war. »Ja, natürlich. Aber ich stehe vermutlich noch unter Schock. Schließlich war ich so kurz davor, Sophie zu verlieren, dass es mir noch schwerfällt zu realisieren, was eigentlich passiert ist.«

»Und du weißt noch immer nicht, wer diesen Brief geschrieben hat?«

»Nein …«

Grace ließ den Stift sinken. »Das habe ich mich auch schon gefragt. Glaubst du, es ist Patty gewesen?«

Jane starrte ihre Schwester an. »Adams Mutter?« Auf die Idee wäre sie niemals gekommen, aber jetzt, wo Grace es erwähnte, hielt sie es für durchaus möglich. Patty hatte an dem Tag im Buchladen hin und her gerissen gewirkt, und sie wollte außerdem nicht, dass Sophie so weit wegzog.

»Na, wer immer es auch war«, mischte sich Kathleen ein, als sie die Küche betrat, »es macht doch ganz den Anschein, dass derjenige anonym bleiben wollte. Ich weiß nur, wenn ich davon gewusst hätte …« Sie musterte Jane mit strenger Miene. »Wenn ich davon gewusst hätte, dann hätte ich selbst diesen Brief geschrieben.«

Jane lächelte ihre Mutter an. Es war eine große Erleichterung gewesen, ihr endlich davon zu erzählen, nachdem die Gefahr gebannt war. Und es hatte sie gefreut, endlich einmal gute Nachrichten zu haben.

»Vielleicht war es ja wirklich Patty«, überlegte Jane. Sie kaute auf ihrem Daumennagel herum und dachte an die Unterhaltung mit ihrer Exschwiegermutter zurück. Seitdem hatte sie sie weder gesehen noch mit ihr gesprochen, aber wenn sie es tatsächlich gewesen war, dann wollte sie sich auch bei ihr bedanken. Doch irgendwie konnte sie das Gefühl nicht abschütteln, dass es doch Henry gewesen war.

»Du scheinst nicht überzeugt zu sein«, stellte Anna fest. Sie stand auf und füllte den Kessel mit Wasser, während ihre Mutter eine Keksdose öffnete, die Anna mitgebracht hatte.

»Vermutlich habe ich einfach gehofft, dass Henry den Brief geschrieben hat«, gab Jane zu.

»Gehofft?« Grace zog die Augenbrauen hoch.

Jane wurde puterrot. »Ich meine, geglaubt. Ich habe geglaubt, es war Henry.« Sie ärgerte sich über ihren Ausrutscher. »Hör auf, mich so anzusehen.«

»Wie sehe ich dich denn an?« Grace grinste zufrieden.

»Es ist völlig in Ordnung, wenn du etwas für Henry empfindest«, warf Anna von der anderen Seite des Raumes aus ein. »Wir haben uns sowieso immer gewünscht, du hättest ihn und nicht Adam genommen ...«

Kathleen warf Anna einen bitterbösen Blick zu, und sie hielt sofort den Mund.

»Stimmt das?«, verlangte Jane von ihrer Mutter zu erfahren.

Kathleen hob nur seufzend die Hände. »Henry war immer so nett zu dir. Wenn ich allein daran denke, wie er vor der Tür gestanden hat, um mit dir zum Abschlussball zu gehen ...«

»Weil Adam ihn darum gebeten hat«, warf Jane ein.

Ihre Schwestern und ihre Mutter tauschten einen Blick, sagten jedoch nichts. Jane runzelte die Stirn, und so langsam wurde ihr einiges klar. Adam hatte nie angerufen und ihr abgesagt, und irgendwann hatte es an der Tür geklingelt, und davor hatte Henry gestanden, geschniegelt und mit diesem warmherzigen Lächeln, und da hatte sie einfach angenommen ...

Er musste auch die Blumen besorgt haben. Rosafarbene Pfingstrosen. *Ihre Lieblingsblumen ...*

Großer Gott, es war alles seine Idee gewesen. Er hatte Adams Fehler wieder gutgemacht und dafür gesorgt, dass sie nicht darunter leiden musste.

Wenn sie an den Brief dachte, dann tat er das anscheinend noch immer.

※ ※ ※

Sogar Henry musste zugeben, dass das alte Haus nie besser ausgesehen hatte. Mit dem neuen Dach und der frischen grauen Farbe an den Wänden sah es fast schon fröhlich aus. Ivy hatte einen Kiefernkranz mit einer orangefarbenen Schleife an die Tür gehängt. »Sieht einladender aus«, hatte sie augenzwinkernd gesagt. Die Fenster waren geputzt, der Hof gereinigt, und sogar die windschiefe Garage sah gar nicht mehr so schlimm aus.

»Vielleicht sollten wir noch einen letzten Rundgang machen, um uns zu vergewissern, dass wir nichts übersehen haben.«

Henry nickte. Das Haus würde ab nächsten Montag zum Verkauf angeboten, und mit etwas Glück fanden sie noch vor dem ersten Schnee einen Käufer.

Er ging langsam, da er wusste, dass er jetzt zum letzten Mal einen Fuß in das Haus setzen würde, in dem er aufgewachsen war, und aus irgendeinem Grund fiel es ihm schwer, das zu akzeptieren. Seine Mutter war fort, und schon bald würde dasselbe für das Haus gelten. Hier hielt ihn nichts mehr, es gab keine Schuldzuweisungen mehr und nichts, das ihn an eine Zeit erinnerte, die er lieber vergessen wollte. Auf gewisse Weise betrübte ihn diese Endgültigkeit, und mit einem Mal wurde ihm bewusst, dass er ebenso alles Gute wie alles Schlechte für immer hinter sich zurückließ.

Das Erste, was ihm beim Betreten des Hauses auffiel, war das Licht. Seine Mutter hatte die Vorhänge nie aufgezogen, aber als der dichte Stoff verschwunden war, hatte sich auch die Dunkelheit, die sie erdrückt und jeden Tag mit Angst und Verzweiflung angefüllt hatte, aufgelöst. In der Diele schimmerte das Licht der Morgensonne und wurde von den frisch gestrichenen Wänden reflektiert. Die Böden waren abgeschliffen und versiegelt worden, die dunklen Holzdielen erstrahlten jetzt in Weiß, und das Geländer an der Wendeltreppe sah fast schon einladend aus. Henry schaute ins Wohnzimmer, das jetzt leer war, und anstatt sich und Ivy als Kinder auf dem alten, fleckigen Teppich zu sehen, konnte er sich auf einmal vorstellen, wie andere Kinder dort zufrieden spielten, wie ihre Spielzeuge in einer Ecke lagen und über dem Kaminsims ein Fernseher hing.

»Man glaubt gar nicht, dass es dasselbe Haus ist«, murmelte er und drehte sich zu Ivy um. Obwohl er regelmäßig hergekommen war, um die Arbeiten zu überwachen, staunte er jetzt doch darüber, wie das fertige Haus aussah.

»Es ist fast schade, es zu verkaufen«, erwiderte Ivy. »Denn es war kein schlechtes Haus, nur … eine schlimme Zeit.« Sie lächelte tapfer. »Es hat auch ein paar schöne Erinnerungen verdient.«

»Das gilt für uns alle«, sagte Henry leise. Er runzelte die Stirn und ging zurück in den Flur. Er hatte genug gesehen und hatte jetzt keine Lust, sentimental zu werden. Das war ein passendes Ende für dieses Haus und diese Stadt, fand er. Wenn er das nächste Mal herkam, würde bereits eine andere Familie hier wohnen. Dann hätte er keine weiteren Ausreden mehr, um zurückzublicken.

»Anscheinend hat dir der Besuch hier gefallen«, stellte Ivy fest. »Hat das vielleicht etwas mit Jane zu tun?«

Er bemühte sich um einen lockeren Tonfall. »Wie kommst du auf die Idee?«

Ivy zuckte nur mit den Achseln, aber ihre Lippen umspielte ein wissendes Lächeln. »Du hast viel Zeit mit ihr verbracht, das ist alles.«

»Ich habe Jane schon immer gemocht«, erwiderte er brummig. Dann riss er sich zusammen und sah aus dem Fenster. Er mochte Jane auch heute noch, und das war ein weiterer Grund, warum er auf Abstand bleiben musste. Wie oft hatte er ihren verletzten Blick gesehen und versucht, alles wieder gutzumachen? Es war jedoch schwieriger, wenn er der Grund für ihren Schmerz war. Das war ein Mal passiert, aber er wollte verdammt sein, wenn er es ein zweites Mal zuließ.

Er vertraute sich selbst nicht genug, um darauf zu bauen, dass es nicht wieder passieren würde.

Er wollte Jane all das geben, was sie verdient hatte, und noch viel mehr. Aber wenn ihm das nicht gelang? Allein bei diesem Gedanken bekam er es mit der Angst zu tun.

»Warum bist du dann zu Adams Hochzeit gegangen?«, konterte sie.

»Was denkst du?«, erwiderte er. »Außerdem weißt du ganz genau, dass ich keine feste Beziehung will. Ich war einmal verheiratet, und das war nichts für mich.«

»Es hat nicht funktioniert, aber das bedeutet noch lange nicht, dass die Ehe nichts für dich ist. Caroline war einfach nicht die Richtige.«

Er konnte nicht leugnen, dass ihre Worte der Wahrheit entsprachen. Zwar hatte er Caroline sehr gemocht, vielleicht sogar geliebt, aber er wusste, dass er das, was sie repräsentierte, noch viel mehr geliebt hatte: eine stabile Familie. Einen guten Hintergrund. Dennoch war er davor weggelaufen, war zu viel gereist, hatte zu wenig investiert.

Diesen Fehler würde er nicht noch einmal machen.

»Kommst du zu Thanksgiving her?«, erkundigte sich Ivy hoffnungsvoll, als sie wieder im Wagen saßen. Er hatte seine Koffer gepackt und in den Kofferraum geladen mit der Absicht, Ivy abzusetzen und dann zum Flughafen nach Burlington zu fahren.

»Warum kommst du Thanksgiving nicht zu mir nach San Francisco?«

Ivy verzog das Gesicht. »Ich habe hier einige Traditionen. Selbst geschaffene, könnte man behaupten. Es ist nichts Großes, normalerweise gehe ich mit ein paar Freundinnen aus, nachdem wir bei den Madisons gegessen haben ...«

»Du fühlst dich hier wirklich zu Hause«, bemerkte er und war gar nicht mehr verbittert.

»Es ist auch dein Zuhause«, erwiderte Ivy.

Henry umklammerte das Lenkrad und legte den Gang ein. Dann starrte er durch die Windschutzscheibe und konzentrierte sich auf die Straße vor sich, ohne zu dem kleinen Haus auf dem Hügel zurückzusehen, das mit jeder Sekunde kleiner wurde, während er sich inständig wünschte, dass Ivys Worte der Wahrheit entsprachen.

30

Das Wetter in San Francisco war zu dieser Jahreszeit sehr mild, und Henry öffnete die Fenster in seinem Studioapartment und ließ frische Luft herein, um dann in die Küche zu gehen und den Kühlschrank zu öffnen. Er war natürlich leer, ebenso wie die Vorratsschränke.

Sein Gepäck stand neben der Wohnungstür, und er beäugte es immer wieder, konnte sich aber nicht überwinden, die Taschen auszupacken. Normalerweise machte er sich gar nicht erst die Mühe. Da er nur selten mehr als ein paar Nächte pro Monat hier verbrachte, sah man das der Wohnung auch an. An den Wänden hingen keine Bilder. Auf dem Bett lag eine einfache Decke, die schwarze Ledercouch war kalt und steril, und auf dem Kaminsims standen keine Bilder. Hier gab es nichts, das ihn daran erinnerte, woher er kam oder wen er zurückgelassen hatte.

Seine Wohnung war ebenso ungemütlich wie die Hotelzimmer, in denen er den Großteil seiner Zeit verbrachte. Und sie war auch ebenso austauschbar. Er hatte sich nie groß Gedanken darüber gemacht oder einen Sinn darin gesehen, Wurzeln zu schlagen, wenn er doch bald wieder abreiste. Doch jetzt, nachdem er über einen Monat weg gewesen war, kam ihm diese Umgebung ziemlich deprimierend vor. Es war kein Zuhause, denn dahin kehrte man gern wieder zurück. Dies war nur ein Raum. Funktional, an seine Bedürfnisse angepasst. Zumindest war es früher so gewesen.

Er griff zum Telefon und rief seinen Verleger an, mit dem er hin und wieder essen ging, wenn er in der Stadt war. Sie verabredeten sich in dem Steakhaus, das einen Block vom Büro entfernt war. Somit hatte Henry noch eine Stunde, um seinen Artikel ein letztes Mal zu lesen.

Er fuhr seinen Laptop hoch und legte die Füße auf seinen gläsernen Wohnzimmertisch. Die Fernbedienung lag direkt neben ihm, und er schaltete den Fernseher ein. Kurz darauf erfüllten die Geräusche irgendeiner Sitcom den Raum. Als er aufblickte, sah er das Übliche: Eltern, die sich wegen etwas stritten, das der Teenager getan hatte, Nachbarn, die zu den ungünstigen Zeiten vorbeikamen und sich einmischten, und lauter Menschen, die an einem vollen Esstisch durcheinanderredeten.

Da schaltete er den Fernseher wieder aus. Es brachte doch nichts, sich weiterhin etwas vorzumachen und sein Leben mit Fernsehfamilien zu füllen. Das hier war sein Leben, allein in einem sterilen kleinen Raum. Das war das Leben, für das er sich entschieden hatte. Warum war der Gedanke, es genauso fortzusetzen, mit einem Mal derart unerträglich?

Er hätte wenigstens ein Foto von Ivy aufstellen können, dachte er plötzlich und starrte schuldbewusst den kargen Kaminsims an. Aber irgendwie war es leichter gewesen, das nicht zu tun.

Mit schwerem Herzen wandte er sich erneut dem Computer zu. Er musste sich konzentrieren, arbeiten, den Kopf freibekommen. Irgendwann würden die Erinnerungen schon verblassen und er konnte wieder einen Fuß vor den anderen setzen. Die Augen nach vorn richten. Darin war er doch gut.

Er ließ die Rechtschreibprüfung über seinen Artikel laufen, betrieb noch ein bisschen Feinschliff und las ihn sich dann ein letztes Mal durch. Während er seine Beschreibung des *Rosemary and Thyme*, des *Petals* und natürlich von *Main Street*

Books durchlas, stellte er sich vor, wie er die Main Street entlangging

Bei der Erinnerung an die Geräusche der Kaffeemaschine, den Duft der Scones und den Regen, der an das Fenster getrommelt war, während er in der Ecke gesessen und Jane aus dem Augenwinkel beobachtet hatte, schluckte er schwer.

Das reicht. Briar Creek war nicht mehr der Mittelpunkt seines Lebens.

Rasch las er sich den Rest des Artikels durch, überflog den Absatz über das Ballettstudio, das auch Standardtanzkurse anbot, und lachte leise bei seiner Beschreibung der immer zum Plaudern aufgelegten Pensionsbesitzerin.

Nachdem er seine Fotos hochgeladen hatte, ging er die Ansichten der Stadt durch, die durch ihre leuchtenden Herbstfarben beeindruckten. Es war eine schöne Kleinstadt mit den Kopfsteinpflasterstraßen und den hübschen Geschäften, und als er sie so sah, fiel es ihm schwer zu glauben, dass er wirklich dort aufgewachsen war. In seiner Erinnerung war es ein trauriger, finsterer Ort gewesen, aber während der vergangenen sechs Wochen hatte sich das ganz anders angefühlt. Gut, die Menschen waren ein bisschen neugierig, aber war das denn so schlimm? Was war denn schlimmer, dass sich andere für seine Angelegenheiten interessierten, oder dass es niemanden gab, der das überhaupt tun konnte?

Nick war wohl derjenige, den Henry am ehesten als seinen Freund bezeichnen konnte, und der Mann war sein Verleger – er wusste nichts Persönliches über Henry, abgesehen von einigen beruflichen Gewohnheiten. So war es Henry immer am liebsten gewesen, aber jetzt ... Nachdem er seine Schutzmauer einmal hatte fallen lassen, wusste er nicht, ob er sie je wieder aufbauen konnte. Er war sich auch nicht sicher, ob er das wollte.

Zum ersten Mal seit Jahren fühlte sich sein Leben in San Francisco vollkommen leer an.

Er klickte auf das nächste Bild und erstarrte. Vom Bildschirm lächelte ihm Jane entgegen. Dieses Foto hatte er während des Erntefestes aufgenommen – und es danach völlig vergessen. Sie saß an dem alten Picknicktisch, hatte einen riesigen, noch unversehrten Kürbis vor sich und einen Arm schützend um die kleine Sophie gelegt. Sophie kicherte und starrte den Kürbis an, aber Jane schaute direkt in die Kamera. Ihre Augen waren klar und strahlten, in den Augenwinkeln zeichneten sich Lachfältchen ab, und ihr Lächeln ... Oh, dieses Lächeln. So hatte sie ihn angelächelt, als sie sich beim Frühstück über etwas amüsiert hatten, und genau so hatte sie auch gelächelt, als sie ihm die gute Nachricht überbracht hatte – und er geleugnet hatte, etwas damit zu tun gehabt und den Brief geschrieben zu haben.

Ihm wurde plötzlich bewusst, dass er dieses Lächeln da zum letzten Mal gesehen hatte. Auf einmal war das eine unerträgliche Vorstellung.

Henry hatte gar nicht bemerkt, dass er die Luft angehalten hatte, bis er sie plötzlich ausstieß. Er schloss schnell die Datei und schickte den Artikel sowie einige Landschaftsfotos an seinen Verleger. Danach stand er auf, schaltete die Lampen in seiner Wohnung aus und verriegelte die Tür hinter sich.

Nick saß bereits an ihrem angestammten Tisch, als er zwanzig Minuten später das Restaurant betrat. »Ich habe deinen Artikel gelesen. Das ist ja eine ungemein reizvolle Stadt«, sagte sein Verleger und griff in den Brotkorb.

Henry gab bei der Kellnerin seine Bestellung auf, da er wusste, dass Nick längst bestellt hatte, und nippte an seinem Wasserglas. »Sie ist schon urig.«

»Und du bist da aufgewachsen?«, hakte Nick nach. »Dann hast du all das für die Großstadt aufgegeben?«

»Sozusagen«, erwiderte Henry. Er rieb sich das Kinn, sah sich im Raum um und wusste selbst nicht, wonach oder vielmehr nach wem er Ausschau hielt. Er konnte weiterrennen, von einem Hotel zum nächsten reisen und gelegentlich jemanden kennenlernen, mit dem er beim Essen zusammensaß oder die Nacht verbrachte, aber ihm war klar, dass das Loch in seinem Herzen auch mit der Zeit nicht kleiner werden würde.

Es gab nur einen Menschen, der das Loch stopfen konnte, und den hatte er von sich weggestoßen. Er hatte sein ganzes Leben lang nach der einen Sache gesucht, die Jane ihm geben konnte und die er bei ihr gefunden hatte: ein Heim. Eine Partnerschaft. Das Gefühl, dazuzugehören.

Briar Creek lag ihm im Blut, es war Teil seiner Gene, seines Wesens und all seiner Erfahrungen, der guten wie der schlechten, die ihn zu dem Mann gemacht hatten, der er heute war. Er hatte Caroline geheiratet, um vor seiner Vergangenheit davonzulaufen, und aus demselben Grund hatte er jede Woche einen neuen Flughafen angesteuert.

Früher hatte er weglaufen wollen. Um nur ja nicht zu nah ranzukommen. Aber jetzt wollte er nur noch nach Hause. Nach Hause zu Ivy und zu dem alten, heruntergekommenen Haus, das er renoviert hatte. Nach Hause zu den Browns, die ihn ein weiteres Mal mit offenen Armen empfangen hatten und das immer wieder tun würden.

Und nach Hause zu Jane. Falls sie ihn noch haben wollte.

※ ※ ※

Jane stand im vorderen Teil der Kirche, umklammerte ihren Blumenstrauß mit beiden Händen und sah durch die offenen Türen im hinteren Teil des Raumes. Die Musik erklang und die Gäste erhoben sich, als Grace im Türrahmen erschien, deren Lächeln man sogar durch den Schleier hindurch erkennen konnte. Grace ging ganz allein zum Altar, und Jane spürte kurz einen Stich, weil das so unglaublich unfair war, doch dann sah sie, dass Grace das Taschentuch ihres Vaters um ihren Brautstrauß gewickelt hatte. Es war, als würde ihr Vater den ganzen Weg über ihre Hand halten.

In Grace' grünen Augen glitzerten Tränen, als sie sich neben Luke stellte, und die beiden sahen einander ununterbrochen in die Augen, während sie ihre Ehegelübde sprachen. Jane hatte befürchtet, diesen Augenblick kaum ertragen zu können – immerhin war es die erste Hochzeit, die sie allein besuchen musste –, aber als sie die Versprechen hörte, die die beiden einander gaben, sehnte sie sich irgendwie gar nicht nach ihrer Ehe zurück oder danach, was hätte sein können. Vielmehr musste sie an Henry denken und all die Dinge, die sie ihm gern gesagt hätte – wenn sie denn die Gelegenheit dazu bekommen hätte.

Sie hatte mit ihrer Wut, ihrem Schmerz und sogar ihrer Traurigkeit über seiner Entscheidung gerungen und sich letzten Endes gesagt, dass ihr nichts anderes übrig blieb, als diese zu akzeptieren. Nachdem sie so viele Jahre damit verbracht hatte, den falschen Mann zu lieben, die Warnsignale zu ignorieren und nicht wahrhaben zu wollen, dass er nicht dasselbe wollte wie sie, hatte ihr Henry möglicherweise weiteren Schmerz erspart. Vielleicht konnte er ihr wirklich nicht geben, was sie suchte.

Oder er war einfach nur ein Idiot.

Das wollte sie glauben, und manchmal gelang es ihr auch. Denn wenn ihm so viel an ihr lag, wie es einmal den Anschein gemacht hatte, warum hatte er dann mit ihr geschlafen? Warum ließ er sich mit ihr ein, wenn er ihr doch nur den Rücken zuwenden und weggehen wollte?

Jane holte tief Luft, hielt ihren Strauß etwas höher und konzentrierte sich auf die Braut und den Bräutigam sowie all die Freunde und Familie, die zur Feier des Tages zusammengekommen waren. Sie hielt Sophies Hand, als sie hinter dem Brautpaar hergingen, und bewunderte ihre Schwester, die jetzt eine verheiratete Frau war. Später lächelte sie auf den Fotos, lachte, als der Champagner auf dem Rücksitz der Limousine geöffnet wurde, und bewarf Grace und Luke ebenso wie alle anderen mit Konfetti, als sie auf der Feier eintrafen.

Der ganze Raum erstrahlte im Schein der Kerzenleuchter, und das Flackern der Kerzen auf den Tischen spiegelte sich in den Tellern mit Goldrand. Jane spürte ein vertrautes Ziehen in der Brust, als sie sich neben Ivy an den Tisch setzte, aber ihre Freundin wirkte abgelenkt und nervös und hatte rote Flecken im Gesicht.

»Ist alles in Ordnung?«, erkundigte sich Jane flüsternd, aber Ivy blinzelte nur mehrmals schnell.

Sie lächelte strahlend, und Jane begriff, dass das Glänzen in Ivys Augen Aufregung und vielleicht sogar Freude war. »Es ging mir nie besser. Anscheinend sind heute doch ein paar Singlemänner anwesend.« Sie wackelte mit den Augenbrauen.

Jane sah sich im Raum um, doch ihr Optimismus verflog schnell wieder. Die einzigen Junggesellen, die sie entdecken konnte, waren die üblichen: Brett Hastings, der Sheriff und einige andere Männer aus der Stadt.

Sie griff nach ihrer Gabel. Da konnte sie genauso gut das Essen genießen.

Erst nachdem der Kuchen angeschnitten worden war und sie den Brauttanz absolviert hatte, kam Grace zu ihnen. »Amüsiert ihr euch?«

Jane legte die Hände in den Schoß und schaute zur Tanzfläche hinüber, auf der Sophie sich in ihrem Blumenmädchenkleid drehte. »Aber natürlich! Es ist eine wunderschöne Hochzeit, Grace. Und es hat alles reibungslos geklappt.«

Grace schlug sie spielerisch. »Ich weiß, dass ich eine schreckliche Braut war, aber du kennst das doch. Ich wollte einfach nur, dass alles perfekt ist.« Sie legte den Kopf schief, als ein langsames Lied gespielt wurde. Verbittert erkannte Jane, dass es der erste Song war, zu dem sie vor all den Jahren auf ihrem Abschlussball getanzt hatte. Das würde sie nie vergessen. »Du solltest auf die Tanzfläche gehen.«

»Oh …« Jane gelang es nur mit Mühe, weiter zu lächeln. Sie wollte ihre Schwester nicht darauf hinweisen, dass sie niemanden hatte, mit dem sie tanzen konnte – mit Ausnahme von Sophie.

Grace musterte sie mit gerunzelter Stirn und reichte ihr dann das kleine Baumwolltaschentuch.

Jane sah ihre Schwester fragend an und strich mit den Fingern über die eingestickten Initialen. »Aber das gehört mir nicht. Es gehörte Dad, und er würde wollen, dass du es heute bei dir hast.«

»Ich habe das Gefühl, dass du es eines Tages noch einmal brauchen wirst.« Grace deutete mit dem Kinn über Janes Schulter.

Verwirrt drehte sich Jane um und folgte dem Blick ihrer Schwester. Ihr blieb beinahe das Herz stehen, als sie Henry im Türrahmen stehen sah, der eine Hand in die Tasche seiner Anzughose gesteckt hatte und einfach umwerfend aussah. Jane stockte der Atem.

Er sollte doch längst abgereist sein und sich wieder in San Francisco aufhalten oder wo immer sein Job ihn sonst hinführte.

Ihr Herz schlug schneller, als sie begriff, dass das überhaupt nichts änderte. Dann war er eben wieder da. Sie war wohl kaum der Grund dafür.

Sie kämpfte gegen die Enttäuschung an, die sich in ihr breitmachte, und versuchte, sich auf ihre Tochter zu konzentrieren, die Pirouetten drehte und in ihren neuen Schuhen beinahe ausrutschte. Auf einmal tauchte eine Hand vor ihr auf.

Jane blickte auf, sah Henry in die Augen, und wieder raste ihr Herz.

»Darf ich um diesen Tanz bitten?«

Ihr stiegen die Tränen in die Augen und verschleierten ihr Sichtfeld. Sie blinzelte schnell und wandte den Blick ab. »Henry.« Sie seufzte. »Ich ... verstehe nicht.«

»Dann lass es mich erklären«, erwiderte er entschlossen. Seine Stimme klang kräftig und voll, und er zog die Hand nicht weg. Jane beäugte sie misstrauisch und legte ihre dann hinein, auch wenn sie nicht sicher war, ob sie gerade die richtige Entscheidung traf.

Er legte die Finger fest um ihre, führte sie zur Tanzfläche und drehte sich zu ihr um. Seine andere Hand wanderte nicht etwa an ihre Taille, vielmehr legte er den Arm um sie, um zu verhindern, dass sie weglaufen konnte. Sie gestand sich ein, dass ein Teil von ihr das zu gern tun wollte. Sie sah quer durch den Raum zu Grace und Anna hinüber, die sie mit weit aufgerissenen Augen beobachteten, doch dann fesselte Henrys Blick ihre ganze Aufmerksamkeit. Sie schaute ihm in die warmen blauen Augen und spürte, wie etwas in ihr schmolz.

»Ich dachte, du hättest die Stadt verlassen«, flüsterte sie und wandte den Blick wieder ab.

»Hatte ich auch«, erwiderte er nur.

»Warum bist du dann zurückgekommen?« Sie hielt den Atem an und wartete auf seine Antwort, wobei sie selbst nicht genau wusste, wie sie darauf reagieren würde. Er war hier, hatte die Arme um sie gelegt und drückte sie so fest an sich, dass sie seinen Herzschlag unter seiner Kleidung spüren konnte. Irgendetwas sagte ihr, dass sein rasendes Herz nicht nur bedeutete, dass er sich mit ihr versöhnen wollte, sondern noch weitaus mehr.

»Weil ich begriffen habe, dass ich zwar für den Rest meines Lebens weglaufen und mich verstecken kann, so aber nie dort ankommen werde, wo ich eigentlich sein will.«

Sie atmete schwer und sah ihm in die Augen. »Und wo möchtest du sein?«

»Hier«, antwortete er schlicht, aber jetzt umspielte ein Lächeln seine Lippen und sein Blick wirkte so beständig, dass sie dieses Mal an seine Entschlossenheit glauben wollte.

Aber sie musste sich ganz sicher sein. »In Briar Creek? Ich dachte, du kannst diese Stadt nicht leiden.«

Er legte die Arme fester um sie, und ihr wurde ganz heiß. Dieser Duft ... Sie hatte die ganze Zeit nicht gewagt, sich daran zu erinnern. »Alles, was ich jemals wollte, ist hier, Jane. Das ist mir nur erst jetzt klar geworden. Ich bin die ganze Zeit davongelaufen, habe Mauern um mich herum aufgebaut und mit dem Schlimmsten gerechnet. Neulich habe ich dir doch erzählt, was du alles brauchst und verdient hast. Es hat eine Weile gedauert, bis ich begriffen habe, dass dasselbe für mich gilt.«

»Das stimmt«, meinte Jane, die daran denken musste, was er alles durchgemacht und was er alles bewirkt hatte. »Du bist mir immer ein guter Freund gewesen, Henry.«

»Ich möchte mehr sein als ein Freund«, erwiderte er leise, und mit einem Mal gingen alle Alarmsirenen bei ihr los.

Jane schüttelte den Kopf und entwand sich seinen Armen, während sie Panik bekam. Sie hatte schon einmal dem falschen Mann vertraut. Dieses Mal würde sie besser auf ihr Herz aufpassen.

Sie standen mitten auf der Tanzfläche, das einzige Paar, das sich nicht im Takt der Musik bewegte, doch das war ihr egal, und es interessierte sie auch nicht, wer es sah und was derjenige dachte. Sie brauchte jetzt einen klaren Kopf, und den hatte sie nicht, wenn eine Hand ihren Rücken hinunterglitt und ihr ganzer Körper kribbelte.

»Als wir uns das letzte Mal gesehen haben, hast du gesagt, wir könnten nicht zusammen sein. Dass du nicht der Richtige für mich wärst. Das ist erst wenige Tage her. Was hat sich also geändert?«

»Ich habe mich geändert«, erklärte er und legte ihr eine Hand auf den Arm. »Ich bin zurück nach San Francisco geflogen, in diese leere Hülle eines Lebens, und da ist mir klar geworden, dass der einzige Platz, wo ich sein möchte, in deinem Haus und bei dir und Sophie ist. Dort war ich glücklich, Jane, und ich muss dir ehrlich gestehen, dass mir das anfangs eine Heidenangst eingejagt hat. Ich musste an all das denken, was ich verlieren würde. Ich habe dich vermisst, Jane, und diese Stadt. Ich habe das vermisst, was ich fühle, wenn ich hier bin, wenn ich bei dir bin. Ich bin die ganze Zeit vor mir selbst weggelaufen, aber meine Wurzeln sind hier. Bei den Menschen, die mich wirklich kennen.«

Das war zu einfach. Es fiel ihr viel zu leicht, ihm zu glauben. Aber sie wollte es so gern tun! Sie sah ihm in die tiefblauen Augen und suchte nach einem Anzeichen von Zweifel, doch da war keins. »Du ... hast mir neulich sehr wehgetan.«

Er schüttelte den Kopf und ergriff auch ihren anderen Arm. »Ich glaube, das hat mir die meiste Angst eingejagt. Wir haben diese wundervolle Nacht zusammen verbracht, und dann sah es mit einem Mal danach aus, als hätte ich deine ganze Welt zerstört. Dabei wollte ich dich doch immer nur glücklich machen. Es ... Es hat mich fast umgebracht, der Grund dafür zu sein, dass du so aufgewühlt warst.«

»Aber warum hast du dann Schluss gemacht? Warum hast

du mir gesagt, wir würden nicht zueinanderpassen, nachdem du dir darüber längst im Klaren warst?«

Er trat auf sie zu, und sie zögerte, wollte sich einerseits zurückziehen, sich andererseits aber auch in seine Arme werfen. Als er ihr eine Hand auf die Schulter legte, stieß sie die Luft aus. Sie verlor diesen Kampf, sie wurde schwach, und eigentlich hoffte sie auch darauf.

»Ich dachte wirklich, dass du ohne mich besser dran wärst, Jane.« Sein Blick durchbohrte sie förmlich, und seine Stimme klang beharrlich. »Aber dann ist mir klar geworden, dass ich ohne dich nicht besser dran bin. Du hattest mir wieder Hoffnung geschenkt. Hoffnung für diese Stadt, für mein Leben, Hoffnung darauf, all das zu finden, was ich jemals gewollt habe. Ich möchte eine Familie, Jane, und zwar mit dir.«

»Henry«, protestierte sie, aber noch während sie seinen Namen aussprach, liefen ihr die ersten Tränen über die Wangen, und sie spürte, dass noch viel mehr kommen würden. »Du hast diesen Brief geschrieben, nicht wahr?«

Er zögerte, nickte dann aber.

»Warum hast du mir das nicht gesagt?« Sie schluchzte und legte die Arme um seinen Hals, als er sie an sich drückte.

»Weil du es dann gewusst hättest … Dann wäre es mir noch viel schwerer gefallen, zu gehen.«

»Was? Was hätte ich dann gewusst?«

»Ich liebe dich, Jane. Ein Teil von mir hat dich schon immer geliebt. Ich liebe dein Lächeln, ich liebe deinen Charakter, und ich liebe es, wie du dich um Sophie kümmerst.« Er strich ihr eine Träne von der Wange. »Ich habe versucht, auf Abstand zu bleiben, allein mein Leben zu bestreiten, aber manchmal muss man im Leben eine Entscheidung treffen und dabei bleiben. Und ich entscheide mich für dich, Jane.«

Sie hielt sich eine Hand vor den Mund, um den Schrei zu

unterdrücken, den sie unwillkürlich ausstieß. Ihre Tränen flossen jetzt ohne Unterlass, aber sie versuchte auch gar nicht, sie aufzuhalten. Er stand zu ihr, stand für sie ein und kämpfte für sie und für Sophie.

Sie sah dem Mann, den sie liebte, lächelnd in die Augen. »Es gibt da nur noch eine Sache, die du für mich tun musst.«

»Was immer du willst.«

»Versprichst du mir, dass du uns mal mit auf eine deiner Reisen nimmst?«

»Meine Reisezeit ist vorüber, Liebling. Ich bin hier, ich gehöre dir. Und ich gehe nie wieder weg.« Er beugte sich vor und küsste sie zärtlich, und sie drückte sich an ihn, spürte seine Wärme und hatte das Gefühl, dass ihr Herz vor Glück überquoll. »Aber ich werde dich irgendwann mit auf eine Reise nehmen. Wenn ich Glück habe, wird die erste unsere Hochzeitsreise.«

Epilog

Jane sah sich am Tisch um und zählte innerlich die Gedecke durch: Grace und Luke, Anna und Mark, Sharon und Rosemary, Brett, Kara und Molly, Kathleen und Sophie, Ivy, sie selbst und ... Henry. Auf Sophies Tischsets aus Bastelpapier standen die elfenbeinfarbenen Porzellanteller, und die Tischdekoration aus blühenden Dahlien war ein Geschenk von Ivy.

»Du wirst mich bis in alle Ewigkeit mit diesen Blumen aufziehen, was?«, flüsterte Henry ihr grinsend ins Ohr und nahm sie in die Arme.

Jane lehnte sich lächelnd an seine Brust. »Vermutlich nicht, aber ich muss dir gestehen, dass ich auch erst wusste, wie eine Dahlie aussieht, nachdem ich die Karte im Blumentopf entdeckt hatte.«

»Hey!« Henry lachte, und Jane stimmte mit ein.

Sie zögerte und wurde dann kurz ernst. »Wie war's heute Morgen?«

Er schürzte die Lippen und blickte in die Ferne. »Es war ... das, was ich gebraucht habe. Ich musste mich von meiner Mutter verabschieden, und zwar auf meine Weise. Wir haben ihr einen Blumenstrauß mitgebracht, wie es Ivy als Kind auch immer gemacht hat, und ich bilde mir ein, dass es ihr auf irgendeine Weise etwas bedeutet.«

»Das hat es immer.« Jane drückte seine Hand. »Sie konnte euch das vielleicht nur nicht so zeigen.« Dann hob sie das Gesicht, um ihn zu küssen, wurde aber von Sophies Kreischen davon abgehalten.

»Igitt! Küsst ihr euch etwa?« Sie starrte sie entgeistert an. »Das ist ja eklig!«

Jane runzelte die Stirn und stellte dann fest, dass ihre Tochter derartige Liebesbekundungen zwischen ihrer Mutter und ihrem Vater nie gesehen hatte. »Das tun wir, Sophie«, bestätigte sie lächelnd.

»Igitt! Aber warum?«

»Weil zwei Menschen, die sich lieben, das auch gern zeigen.« Jane gab Henry einen schnellen Kuss und sah Sophie dann wieder an. »Siehst du?«

Sophie rümpfte die Nase und schien nachzudenken. »So schlimm war das gar nicht.«

Jane hob Sophie lachend auf ihre Hüfte und stöhnte dabei leise. Ihr kleines Mädchen war gar nicht mehr so klein, das Leben änderte sich, es ging immer weiter. Noch vor einem Jahr war sie mit Adam verheiratet gewesen, hatte sich nachts in ihrem leeren Bett herumgeworfen und sich gefragt, ob sie sich ihren Ängsten und der kalten, grausamen Wahrheit jemals stellen konnte. Sie hatte sich ein Jahr lang vor diesem Feiertag gefürchtet und den Gedanken nicht ertragen können, ihn vielleicht nicht mit ihrer Tochter zu verbringen, und jetzt musste sie sich keine Sorgen mehr machen.

Morgen war Thanksgiving, und ja, Sophie würde den Tag bei Adam und Kristy verbringen, aber heute war Jane von den Menschen umgeben, die sie am meisten liebte. Ihre Schwestern und ihre Mutter waren da, ihre Tochter ... und Henry. Sie setzte sich zu ihren Freunden und ihrer Familie an den Tisch. Alle plauderten bereits miteinander, reichten Cranberrysoße und Kartoffeln herum, und Rosemary erzählte stolz von den erfolgreichen Kursen für Erwachsene im Ballettstudio und dass sie für den Winter mehr Anmeldungen hatten als erwartet. Sie hatte sogar einige Nachzügler zum *Nussknacker* zugelassen, auch wenn dadurch bei der Bestellung der Kostüme einiges durcheinandergeraten war.

Anna kam mit einem riesigen Silbertablett in der Hand aus der Küche und stellte den Truthahn ans Kopfende des Tisches. Dort hatte ihr Vater immer gesessen, aber jetzt hatte ihre Mutter seinen Platz eingenommen. Jane entging nicht, dass sie sein Taschentuch in der Hand hielt.

Anna setzte sich neben Mark, und dabei glitzerte etwas an ihrem Finger. Jane keuchte auf. Es war ein Ring! Annas Augen blitzten alarmiert, und sie schüttelte kaum merklich den Kopf und drehte sich zu Mark um.

Er räusperte sich und klopfte mit einem Löffel gegen sein Glas, woraufhin alle verstummten.

Jane wandte sich Henry zu, der grinste und ihr einen Arm um die Schultern legte. Zum ersten Mal seit langer Zeit wagte sie zu hoffen, dass sie alle ihr Glück finden würden. Sie hatte jedenfalls eine Menge, wofür sie dankbar sein konnte.

Danksagung

Ich möchte meiner Lektorin Michele Bidelspach für ihr haargenaues Feedback, ihre Unterstützung und ihre Hilfe danken sowie für das unfassbare Verständnis, das sie für jede meiner Geschichten aufbringt.

Außerdem danke ich meiner Korrektorin Lori Paximadis, meiner Agentin Julie Paulauski, meiner Redakteurin Carolyn Kurek, der großartigen Grafikabteilung, die wieder einmal ein wunderschönes Cover geschaffen hat, und natürlich allen anderen bei Grand Central, die daran beteiligt gewesen sind, dass diese Geschichte von einem Manuskript zu einem fertigen Buch heranreifen konnte.

Natürlich bin ich auch meiner Familie und meinen Freunden sehr dankbar, die es auch nach fünf Büchern immer noch nicht leid sind, mich weiterhin aufzubauen. Mein besonderer Dank gilt dabei Natalie Charles für die vielen Brainstorming-Sitzungen, für ihre Unterstützung und natürlich ihren Humor.

Zu guter Letzt möchte ich auch allen Lesern danken, die Briar Creek durch meine Geschichten besucht haben und durch die diese erfundene Stadt zum Leben erwachen konnte.